Mira Morton

Schneeflöckchen im Wintertee

Verlag:
PINK CROWN Edition
Richard Wagner-Gasse 9b
2340 Mödling, Österreich

ISBN: 978-3-9033-6033-4

Text: Mira Morton
Coverdesign: Mira Morton
Grafiken Cover: © Anastasia Nio, Anna Gorkun, deadpon3, Eisfrei, Katerina Arts, Katerina Tyshkovskaya, Omeris, shekaka, Sintcova Svetlana, Zentangle - shutterstock.com
Grafiken Text: © anna_ku, dhtgip, tetiana_u - shutterstock.com
Korrektorat/Lektorat: Martina König
Covergestaltung, Satz: János Rudolf

1. Auflage, September 2023

Dieser Roman ist auch als E-Book erhältlich.
www.miramorton.com

Mira Morton

Schnee Flöckchen im Wintertee

Es gibt Freund*innen, die dich auf wundersame Weise
ein Leben lang begleiten.

Daher widme ich diesen Roman einem Menschen, ohne den es diese Geschichte in der Form gar nicht geben würde. Glück ist, wenn du dich deinen Freunden nie erklären musst. Dann sind es echte Seelenverbindungen.

Danke für alles, lieber Theo!
This one is for you!

Kapitel 1

Ich fasse es nicht, dass du es wirklich getan hast, Marlie.«

Meine beste Freundin Lisa drückt mich heftig an sich und verpasst mir einen dicken Schmatz auf die Wange.

»Hör auf, das so groß zu machen, es ist ja bloß ein – nennen wir es mal – ausgedehnter Urlaub.«

So muss ich es sehen, denn dass ich von Wien mit ein paar Koffern in ein Ferienappartement in die Ramsau gezogen bin, ist ein Schritt, den ich mir vor ein paar Wochen nicht zugetraut hätte. »Außerdem bist du daran schuld«, füge ich lächelnd hinzu.

»Bin ich, und ich bin stolz auf dich. Anscheinend war es eine meiner besten Ideen überhaupt, dich im Sommer hierherzukarren.«

Lisa lässt sich auf die Couch in der kleinen Wohnküche fallen und öffnet eine Flasche Prosecco, die sie schon vorher auf dem kleinen Holztisch bereitgestellt hat. »Und das wird jetzt gefeiert. Birgit kommt nachher auch noch auf ein Gläschen.«

»Ich weiß gar nicht, wie ich dir und Birgit danken soll.«

Ein wenig habe ich sogar ein schlechtes Gewissen, dass mir eine ihrer Freundinnen hier gleich ein ganzes Appartement auf unbestimmte Zeit so günstig vermietet. Noch dazu auf einem Reiterhof. Pferde habe ich immer geliebt, aber nur ein paar Mal in den Ferien als Jugendliche die Chance gehabt, ein paar Stunden zu nehmen. Aber das wird sich jetzt ändern.

»Hör auf, Marlie. Wir helfen dir alle gerne, wobei du auch bei mir hättest wohnen bleiben können.«

Sie sieht mich beinahe tadelnd aus ihren grünen Augen an. Sofort winke ich ab. »Ich weiß, Lisa, und das ist echt lieb von dir, aber auf die Dauer geht das nicht. Ich muss erst meinen Rhythmus wiederfinden und du hast mit deinem Atelier genug Arbeit.« Ich hebe mein pinkfarbenes Notizbuch hoch. »Da drinnen stehen meine fünf Vorsätze, und die umzusetzen, wird für mich anstrengend genug. Aber das muss ich allein schaffen.«

Das haben sogar meine Eltern verstanden, bei denen ich die letzten Monate gewohnt habe, nachdem ich meine Wohnung gekündigt hatte.

Lisa drückt mir ein volles Glas in die Hand. »Das verstehe ich ja. Dann trinken wir jetzt darauf, dass du all deine Vorsätze umsetzen kannst und meine für dich gleich dazu.«

Moment. »Welche hast du denn für mich?«

Sie grinst schelmisch und wirft ihr langes blondes Haar in den Nacken. »Willst du sie wirklich wissen?«

»Natürlich. Raus damit.«

»Gut, aber du musst mir versprechen, dass du mir nicht böse bist, wenn ich ehrlich bin.«

Ich boxe Lisa in die Seite. »Wir sind wie Schwestern, schon vergessen? Ich habe dich als Schwester ausgesucht und erwarte mir, dass du ehrlich zu mir bist. Wenn du es nicht bist, wer dann?«

»Okay, okay. Also erstens: Du siehst zu, dass du schleunigst meine Kleider anziehst, oder wenigstens Jeans und einen Pulli dazu, und diese Jogginghosen am besten verbrennst.«

Ich sehe an mir herab. So schlecht sieht meine schwarze Jogginghose auch wieder nicht aus, wie sie tut. Ich lebe quasi seit beinahe zwei Jahren in gemütlicher Mode. Was ist so ungemein falsch daran?

»Wie Karl Lagerfeld zu sagen pflegte: ›Wer Jogginghosen trägt, hat die Kontrolle über sein Leben verloren.‹ Und genau die willst du ja zurück, oder? Die Kontrolle über dein Leben.«

Kurz hat sich in mir alles zusammengezogen. Wahrheit kann wehtun. Das weiß niemand besser als ich.

»Du hast ja recht«, antworte ich kleinlaut. »Aber du musst auch zugeben, dass der gute Mann nach dieser Aussage verdammt viel Geld mit ebendiesen Jogginghosen verdient hat.«

Sie grinst mich an. »Stimmt, aber das ist nicht der Punkt. Und was ich mir noch von dir wünsche, ist, dass du endlich zum Friseur gehst.«

Automatisch fahre ich mir durchs Haar. Ich weiß, dass es mittlerweile unterschiedliche Längen hat, was nicht auffällt, wenn ich es zusammenbinde. Aber was solls. »Jetzt übertreib aber nicht. Ich war doch erst.«

»Vor einem halben Jahr, meine Liebe.«

So lange ist das her?

»Bist du sicher?«

Lisa nickt heftig. »Bin ich. Ich habe dich doch in Wien dazu gezwungen.«

»Okay. Dann werde ich eben zum Friseur gehen, wenn dir so viel dran liegt.«

»Tut es. Weil dein Haar stumpf aussieht und echt einen Schnitt vertragen könnte, und weil es verdammt schade ist, dass meine schöne Freundin sich wie ein Troll herrichtet.«

»Jetzt übertreibst du aber.«

»Tue ich nicht, und mein Punkt drei ist: Iss mehr. Auch wenn ich jetzt wie deine Mutter klinge.«

»Tust du. Sie sagt mir das jeden Tag.« Seit zwei verdammt langen Jahren. »Und ich hasse es.«

»Reg dich nicht auf. Damit bin ich schon fertig mit meinen Wünschen an dich. Also: Auf eine unheimlich schöne Zeit hier und darauf, dass ich meine beste Freundin jeden Tag sehen kann, was mir abgegangen ist. Im Sommer habe ich mich schon daran gewöhnt gehabt.«

»Ich auch.« Die beinahe vier Wochen hier haben mir wirklich gutgetan. Genau deshalb habe ich mich ja von Lisa dazu überreden lassen, eine Weile hierherzuziehen. »Auf uns beide, Lisa! Und danke, dass du immer für mich da bist.«

»Ist doch klar.«

Wir stoßen an und trinken einen Schluck.

Lisa lehnt sich gemütlich zurück. »Und? Was ist dein Plan für morgen?«

Auch wenn es mir unangenehm ist, sage ich es ihr.

»So gegen ein Uhr aufstehen«, sie hebt eine Braue, noch während ich spreche, »dann vielleicht eine Runde durch den Wald spazieren, und Birgit hat mir angeboten, dass ich am frühen Abend eine Reitstunde bekommen kann.«

Mir tun sie hier schon jetzt alle leid, denn Talent bin ich beim Reiten keines. Aber ich hoffe, das wird sich ändern, denn ich liebe Pferde einfach.

»Ein Uhr ist auf jeden Fall schon mal besser als drei oder vier Uhr nachmittags.«

»Ist es. Ich muss meinen Schlafrhythmus langsam in den Griff bekommen.«

»Ich weiß. Daher werde ich dich morgen um fünf Minuten nach eins anrufen.«

»Das musst du nicht.«

»Oh doch. Keine Widerrede. Soll ich auch gleich noch einen Friseurtermin für dich ausmachen?«

»Bitte nicht. Gib mir ein wenig Zeit, ja?«

Ich muss mich erst wieder an die vielen Menschen gewöhnen, und das geht nicht so schnell, auch wenn ich im Sommer schon Fortschritte gemacht habe.

»Okay. Maximal vier Wochen. Dann zerre ich dich eigenhändig in den Ort hinunter. Und jetzt schieße ich ein Foto von dir in deinem neuen Zuhause. Damit wir dann irgendwann einen Vorher-Nachher-Vergleich haben.«

Und wenn es schiefgeht? Im Spätherbst und Winter geht es mir immer grundsätzlich schlechter als im Sommer. »Lieber nicht, Lisa.«

»Oh doch. Denn entweder nimmst du jetzt dein Leben wieder in die Hand, oder das Leben wird dir in den Allerwertesten treten und du wirst es bereuen. Wir haben doch ausgemacht, dass es ab sofort nur eine Richtung gibt, in die du blicken solltest. Und die wäre?«

»Nach vorne. Ich weiß«, antworte ich geschlagen. Sie meint es nur gut, aber das stresst auch ungemein.

»Etwas mehr Vorfreude, wenn ich bitten darf. Du wirst das schaffen, Marlie. Als du im Sommer hier warst, warst du auch wie ausgewechselt.«

Ich will gar nicht wie ausgewechselt sein. Mir reicht es schon, wenn ich wieder aus ganzem Herzen lachen kann. Zu Musik nur für mich tanzen und laut und falsch mitsingen kann. Mich leicht fühlen und mal in einem Café mit Lisa oder ihren Freundinnen hier unbekümmert plaudern kann. Mehr will ich ja gar nicht. Obwohl: Irgendwann wäre es schön, wenn ich wieder als Innenarchitektin arbeiten könnte. Ein Projekt hätte, auf das ich mich stürzen könnte. Etwas Sinnvolles tue und am Abend mit dem Gefühl einschlafe, der Tag hat etwas gebracht.

Lisa hat recht. Ich muss ganz fest daran glauben, dass ich den Tiefpunkt in meinem Leben durchschritten habe und es von nun an bergauf geht.

Sie steht auf und hält das Handy in meine Richtung. »Bitte lächeln.«

Sofort winke ich ab. »Nicht! Ich sehe furchtbar aus.«

Doch sie schießt das Foto trotzdem.

Ein heißer Schauer jagt über meinen Rücken. Ich muss tatsächlich auch an meinem Äußeren etwas ändern. Vielleicht hilft das auch meinem Inneren. So wie ich jetzt dasitze, sehe ich aus wie ein Geist: mit tiefen, dunklen Ringen unter den Augen, kein Funken Glanz in meinen grün-blauen Augen oder meinem langen dunkelbraunen Haar, und auch meine Wangen sind eingefallen. Die Jogginghose schlackert an mir, weil ich noch zwei Kilos abgenommen habe.

Ich springe auf, stoße am Couchtisch an und ihr Glas fällt zu Boden, während ich meines gerade noch im letzten Moment erwische.

»Scherben bringen Glück«, meint Lisa und hebt sie schon auf.

»Hoffentlich.«

»Ganz sicher. Die Wahrsagerin hat doch auch gesagt, wenn du hierherziehst, wird alles besser.«

»Bitte erinnere mich jetzt nicht an Esmeralda.«

Das war mir ein wenig zu steil, dass Lisa mich zu dieser echt Verrückten geschliffen hat, die noch dazu meinte, ich würde mich wieder verlieben! Ich? Nie mehr wieder. Nicht in diesem Leben, das steht für mich fest.

»Wie du willst«, meint Lisa. Sie wirft die Scherben in den Mistkübel, ich die von mir eingesammelten ebenso, und dann umarmt sie mich. »Marlie! Ich wünsche mir einfach nur meine Freundin zurück, weil sie jetzt lange genug gelitten hat.« Ein

Kloß bildet sich in meinem Hals. »Du weißt schon, die, auf die ich immer ein wenig eifersüchtig war, weil sie so verdammt kreativ und intelligent ist, leider in jedem meiner Kleider wie ein Star aussieht und wirklich jeden mit ihrer eigenen Begeisterungsfähigkeit anstecken kann.« Ich schlucke. »Und ich vermisse deine trockenen, spitzen Bemerkungen, und noch mehr, in Pyjamas herumzuhüpfen und zu irgendeinem Song zu tanzen.«

Ja, das haben wir gemacht, seit wir vierzehn oder fünfzehn waren. Damals dachten wir beide auch noch, wir werden weltberühmte Designerinnen. So á la Vivienne Westwood. Aber wovon träumt man nicht alles, wenn man jung ist?

Es klopft an der Tür und Lisa springt auf.

»Komm herein!«, rufe ich laut.

Was bin ich froh, dass Birgit zu uns stößt. Diese Unterhaltungen mit Lisa sind anstrengend, obwohl ich weiß, dass ich sie vielleicht brauche. Aber sie fühlen sich wie Besuche beim Zahnarzt an. Braucht man auch, aber wer reißt sich schon drum?

Kapitel 2

Einige Wochen später …

Steh auf, Marlie! Steh auf!‹, wiederhole ich in meinem Kopf, aber was mache ich stattdessen? Kuschle mich in die Bettdecke und schließe noch einmal die Augen, dabei hat mein Wecker schon mehrmals geläutet.

Kurz darauf schaue ich auf die Uhr.

Mist. Wo ist die Zeit hin? Es ist schon sieben Uhr und vierzehn Minuten. Ich habe fast eine Viertelstunde mit dösen vertrödelt. Ruckartig fahre ich hoch. Es muss sein, auch wenn ich mich benebelt und tonnenschwer fühle. Aber immerhin bin ich schon bei Aufstehen um sieben Uhr angelangt. Wenn das kein Erfolg ist?

Noch schlaftrunken schaffe ich es, das Teewasser in der kleinen Küche der Ferienwohnung zum Kochen zu bringen.

»So ein Mist!«, rufe ich laut, weil mir der Tee aus der silbernen Dose beim Öffnen auskommt und sich über die Arbeitsplatte und den Boden ergießt.

Schade um den guten Tee!

Schnell wische ich die Teeblätter von der Anrichte zurück in die Dose und kehre dann den Boden auf. Ich kann gar nicht hinsehen, dass ich einen meiner Lieblingstees in den Mistkübel werfen muss. Aber die vom Fußboden kann ich wirklich nicht aufkochen.

Fängt ja echt gut an.

Während mein Roiboos-Cup-Caramel-Tee zieht, springe ich unter die Dusche und putze mir auch gleich die Zähne.

Hm. In Jeans und einem pastellfarbenen Strickpulli in Rosa stehe ich vor dem Spiegel, um mich noch zu schminken. Eine Routine, auf die Lisa besteht. ›Sonst findest du nie ins Alltagsleben zurück!‹, mahnt sie mich immer. Ich bezweifle stark, dass das etwas mit Schminke zu tun hat, aber ich mache es.

Mein Handy piepst. WhatsApp von meiner Mutter: ›Schatz, du siehst ja ganz toll auf dem Foto aus, das Lisa mir gerade geschickt hat! So hübsch!!! Du warst beim Friseur. Ich freue mich so, dass es dir besser geht. Isst du auch wirklich genug, mein Schatz?‹

Oh. Lisa muss ihr das Foto nach dem Friseurbesuch gestern geschickt haben, aber ich hasse es, wenn meine Mama mich jedes Mal wieder nach meinem Essverhalten fragt. Sie macht sich Sorgen. Das kann ich verstehen, also ignoriere ich diesen Teil und betrachte mein Spiegelbild. Dass Lisa mich zu einer neuen Frisur gedrängt hat, war echt gut. Ich habe mein Haar satt und gerade abschneiden und nur an den Seiten ganz leicht stufen lassen. Jetzt fällt es in großen Wellen über meine Schultern bis zum Ansatz meiner Brust hinunter und glänzt wunderschön. Sieht tatsächlich um einiges besser aus. Nicht mehr einfach nur stumpf und hoffnungslos.

›Danke, Mama. Geht mir auch super! Mach dir keine Sorgen, ich habe alles im Griff.‹ Ich schicke ihr gleich drei Küsse und muss gestehen: Was meine Figur betrifft, hat sie ja recht. Ich bin noch immer schmäler als früher, speziell im Gesicht. Aber immerhin habe ich in den letzten Wochen schon drei Kilo zugenommen. Fehlen noch fünf, dann habe ich wieder mein Normalgewicht von vor der Katastrophe. – Nein, den Gedanken darf ich nicht zulassen. Mal sehen. Die Wimpern und Brauen zu betonen, passt gut. Da kommen meine grün-blauen Augen zur Geltung. Und das leichte Rouge lässt mich gesund aussehen und passt zum Lipgloss.

Auch wenn es nur Maskerade ist, aber wenigstens habe ich keine Narben direkt im Gesicht abbekommen. Die unter meinem Haar sieht man ohnehin nicht, genauso wenig wie die an den Beinen, weil es ja Winter ist.

Soll ich etwas frühstücken?

Nein. Ich muss los. Schließlich habe ich jetzt einen wirklich entscheidenden Termin, der bestimmt, wie mein Leben weitergehen wird.

Aber noch ein Schluck Tee hilft. Jetzt fühle ich mich munter, wenn auch verdammt nervös. Es muss einfach klappen, denn die Alternative wäre: Ich fahre wieder zurück nach Wien. Und das ist keine Option. Zumindest nicht im Moment.

***

Langsam verziehen sich die Wolken. Dennoch, im Schatten der schneeverhangenen riesigen Nadelbäume ist es nicht gerade warm. Aber ich muss wohl noch ein wenig auf Lisa warten, was okay ist, denn bis jetzt war es immer umgekehrt.

Du meine Güte. Es ist wirklich schön hier.

Weil mir nichts Besseres einfällt, trete ich den frischen Schnee rund um mein Auto fest. Ich kann es gar nicht erwarten, Lisa die Neuigkeiten zu berichten.

Ah, da kommt sie endlich!

Lisa steigt aus ihrem schwarzen Mini Cooper, der auf beiden Seiten ihren Werbeschriftzug trägt: Atelier Lisa Müller-Mai. Wie immer sieht sie wie ein Gesamtkunstwerk mit ihrem rot-weiß karierten Rucksack aus, den sie in der Hand hält. Wir wollen ja gemeinsam zu Gerhard auf die Hütte wandern. Heute ist sie von Kopf bis Fuß in Weiß gekleidet und winkt mir schon. »Huhu, Marlie! Du bist aber früh dran! Respekt!«

Während ich auf sie zustapfe, frage ich sie: »Früh dran? Ich war einfach nur pünktlich.«

»Und das ist gut so«, erklärt sie mir grinsend und holt ihre Stöcke aus dem Kofferraum. Meine halte ich in einer Hand. Dann wickelt Lisa sich noch einen riesigen weißen Schal um den Hals und endlich geht es los. Ich brenne darauf, ihr von meinem Treffen mit ihrer Freundin Karo zu berichten.

»So, jetzt können wir«, meint Lisa.

»Dann los, mir ist schon ziemlich kalt vom Warten.«

Lisa grinst. »Dass dir mal so was passiert?«

Ich winke ab. »Stimmt! Sag einfach, dass ich ziemlich gut mit meinem Leben bin.«

»Bist du.«

Wir gehen einen Weg bergauf. Ich liebe es, durch den verschneiten Wald zu wandern. Genau deshalb bin ich hierhergezogen: wegen der Ruhe und Magie der Berge. Der Bäume. Der gesamten Natur hier. Und gut war es!

Gleich nach dem Parkplatz steigt der Weg ganz schön an und mir wird immer wärmer.

»Du weißt, dass ich das hier nur für dich mache«, erklärt mir Lisa. Das ist das Verwunderliche. Sie ist hier aufgewachsen und ich bin diejenige, die aus Wien hierhergezogen ist. Daher sollte sie der Bergfex von uns beiden sein. Aber im Winter zu wandern, das mag sie gar nicht.

»Ich weiß«, antworte ich ihr grinsend. »Weil du einfach die *beste* beste Freundin der Welt bist. Und neugierig!«

»Stimmt«, antwortet sie lachend und streicht sich eine Strähne ihres blonden Haares aus dem Gesicht. »Also: Wenn ich mir den Weg bis zur Sonnenalm schon antue, dann will ich jetzt endlich wissen, wie das Gespräch heute Morgen mit Karo gelaufen ist.«

Ich bleibe stehen und strahle sie an. »Ich habe einen Auftrag von ihr bekommen!« Noch kann ich es selbst kaum glauben. Nach zwei Jahren werde ich also wieder in meinem Job arbeiten. Es fühlt sich surreal an und ich habe auch ein wenig Bammel vor der Verpflichtung, aber ich werde es schaffen. Weil ich es will. Okay. Und muss. Langsam geht mir das Geld aus, auch wenn mich meine Eltern großzügig unterstützen.

Lisa starrt mich erst mit großen Augen an. »Was? Ich dachte, sie hört sich bloß einmal an, was du früher so gemacht hast. Oh Marlie, das ist ja Weltklasse!« Sie umarmt mich spontan. »Das hast du dir wirklich verdient. Nein, Quatsch! Die können dankbar sein, eine so begabte Innenarchitektin wie dich an Bord zu haben.«

»Sind sie auch. Gleich morgen beginne ich damit, drei Wohnungen im Basecamp an der Reiteralm-Talstation auszustatten. Ich treffe mich um acht Uhr mit Karo, da kann ich mir die Musterwohnung ansehen und mit ihr die Stilrichtung festlegen und die Wünsche der Kunden besprechen. Und gleich danach werde ich mich mal mit den Farbwelten und Stoffmustern beschäftigen.«

»Wenn du diese Wohnungen ausstattest, werden sie auf jeden Fall gemütlich und chic werden, daran habe ich keine Zweifel.«

Ich schon. Mein letzter Auftrag ist lange her. »Danke, dass du an mich glaubst.« Aber vielleicht hat sie recht, denn das Einzige, das ich wirklich gut kann, ist das, was ich gelernt habe: Innenarchitektur. Und nach den letzten zwei Jahren ist es hoch an der Zeit, mich damit wieder ausführlich zu beschäftigen.

»Ich habe immer an dich geglaubt! Das müssen wir heute Abend feiern. Marlie ist *back* im Business! Das sind die besten

Nachrichten der Woche.« Sie sieht mich grinsend an. »Abgesehen von der neuen Frisur natürlich.«

»Die du natürlich gleich meiner Mum zeigen musstest.«

»Musste ich.«

Sanft drücke ich ihren Arm im Gehen. »Danke, Lisa. Vorhin ist mir wieder eingefallen, dass ich nur wegen dir hier bin. Aber weißt du was, ich habe mir überlegt, ob ich nicht Madame Esmeralda einen zweiten Besuch abstatten sollte, um ihr zu sagen, dass sie mit beinahe allem recht hatte.« Hatte die schräge Wahrsagerin auch. Natürlich nur nicht mit ihrem Gefasel von einer neuen, großen Liebe.

»Gute Idee, ich komme mit. Wir fahren morgen bei ihr vorbei. Sie wird sich sicher freuen. Vor zwei oder drei Wochen habe ich sie im Ort getroffen und ein wenig mit ihr gequatscht. Die ist so eine Nummer.«

»Ist sie! Ich meine, wer bitte nennt sich hier in Schladming *Madame Esmeralda* und nimmt an, dass die Einheimischen ihr mit diesem Namen und wegen eines Blicks in die Zukunft die Tür einrennen werden?«

Lisa kichert. »Ihr Outfit nicht zu vergessen! Ich liebe ihren Post-Hippie-Style mit den wallenden Kleidern und den unzähligen silbernen Armreifen und Ketten ja sehr, aber er ist schon ein krasser Gegensatz zu Lederhose, Dirndl und Ski- oder Wandermode.«

»Ganz zu schweigen von ihrem bunten Wohnwagen, der allen ein Dorn im Auge ist.«

Wir kichern beide.

»Und wie! Eine ihrer Nachbarinnen hat ihr bereits zwei Mal die Polizei an den Hals gehetzt, weil sie Esmeralda wegen unerlaubten Drogenbesitzes angezeigt hat.«

Oh. Ich könnte mir schon vorstellen, dass sie hin und wieder was raucht. »Und?«

»Nichts. Sie sind wieder abgezogen, denn der Geruch kam von den Räucherstäbchen.«

»Das waren die Drogen?«

Wir zerkugeln uns beide.

Esmeralda ist ja auch wirklich schrullig. Sie hat ein kleines Haus mit Grund direkt im Ort geerbt und könnte es um viel Geld verkaufen. Stattdessen hat sie ihren Wohnwagen im Garten aufgestellt und hält dort Hof. Allerdings wohnt sie sehr wohl im Haus. Doch ihre Kunden fürs Kartenlegen bestellt sie allesamt in den Wohnwagen. Das habe ich alles mit eigenen Augen gesehen, als Lisa mich vor ein paar Monaten im Sommer zu ihr geschleppt hat.

»Achtung, Lisa!« Sie stolpert nach vorne und ich erwische sie zum Glück noch am Arm.

»Du meine Güte! Ich habe den Ast da unter dem Schnee überhaupt nicht gecheckt.«

»Ist ja nichts passiert.«

»Siehst du, Marlie, ich gehöre ans Meer. Sage ich doch immer. Ich bin am falschen Ort geboren worden.«

»Blödsinn! Du wohnst inmitten der schönsten Berge und hast mich überredet, hierherzuziehen. Kann es sein, dass du dir ein klitzekleines bisschen in die Tasche lügst und einfach nur zu faul zum Gehen bist?«

Nun lacht sie übers ganze Gesicht und dabei strahlen ihre Augen in Grün. »Bin ich. Aber nur im Winter, wenn der Schnee so nervtötend unter den Schuhen knirscht, wie wir wissen.«

Ich weiß, dieses Geräusch hasst sie.

»Dann denk halt an den Kaiserschmarrn, den es bei Gerhard geben wird.« Auf den freue ich mich jedes Mal wieder, wie auch auf seinen Sohn und die Angestellten samt der phänomenalen Aussicht. Auch sie sind mit ein Grund, warum es mir schon um so viel besser geht.

»Gott, dafür gehe ich noch einen Kilometer bergauf.«

Müssen wir auch. Wenn nicht etwas mehr. »Wir sind gleich bei der Halseralm. Also so weit ist es jetzt auch nicht mehr.«

»Du lügst, aber motiviere mich weiter.«

»Mach ich.« Ich bleibe stehen und sie damit auch. »Schau dir doch einfach dieses Panorama an. Der Schnee glitzert ja geradezu. Wenn das nicht erhebend ist?«

»Weißt du was? Lass uns das alles still genießen, denn mir geht langsam die Puste aus.«

»Wie du willst. Ich kann auch schweigen und mit mir selbst sprechen. Darin habe ich Übung, wie wir wissen.«

Lisa grinst breit. »Langsam siehst du nicht nur wieder wie die alte Marlie aus, du sprichst auch wie sie.«

»Jaja, die Geister, die du heraufbeschwört hast, wirst du nicht wieder los, meine Süße.«

»Absolut!« Dann wirft sie einen Schneeball auf mich.

»Womit habe ich den jetzt verdient?«, frage ich sie, während ich mir den Schnee aus dem Gesicht wische.

»Ach, der war einfach so als Erfrischung gedacht.«

»Danke, du denkst wirklich an alles.«

»Ja, so bin ich.«

Kichernd spazieren wir nebeneinanderher. Hin und wieder atme ich die kalte Luft bewusst tief ein. Dann wieder betrachte ich die Bäume, an denen wir entlangwandern. Wenn das keine Kraft gibt, dann weiß ich auch nicht. Erst seit ich hier bin, kann ich wieder frei atmen. Ruhig schlafen. Vor allem aber durchschlafen. Viele wissen nicht, was für ein Gefühl das ist, wenn du nach zwei Jahren in der Früh aufstehst und tatsächlich ausgeschlafen bist. Meine dunkelgrauen, tiefen Augenringe sind auch verschwunden.

Und zum Glück geht es meinem Knie wunderbar. Außer ein paar Narben sieht man rein gar nichts mehr vom Unfall. Nur innerlich, da sind noch nicht alle Wunden verheilt. Das weiß ich. Aber seit ich hier bin, wird langsam alles besser. Ich muss nach vorne blicken und mir eine neue Zukunft aufbauen. Ohne ihn. Das weiß ich, aber es tut noch immer verdammt weh.

Nach etwas weniger als einer Stunde erreichen wir die Hütten, denn die Sonnenalm besteht gleich aus mehreren. Wir gehen an den ersten vorbei und dann den steilen Weg hinauf zur Haupthütte.

Gerhard sieht uns und winkt uns von der großen Terrasse aus zu. Laut ruft er: »Griaß enk!«

Auch wir rufen »Griaß di!« zurück. Als wir bei ihm ankommen, meint er: »Na endlich!« Kein Wunder, ich habe ihn aus dem Auto angerufen und uns angekündigt, aber mit Lisa dauert die Wanderung immer etwas länger.

Wir begrüßen ihn mit einer Umarmung und suhlen uns kurz in seinen Komplimenten. Wie immer ein klein wenig politisch inkorrekt, aber lustig.

»Ich wollte euch schon suchen«, erklärt er uns mit einem breiten Grinsen im Gesicht.

»Du weißt doch, dass ich langsam gehe«, mault Lisa zurück.

»Langsam? Meine Pensionistinnen sind doppelt so schnell heroben wie du, Lisa.«

»Danke! Aber dafür genieße ich jeden Stein am Weg.«

»Stimmt! Oder Ast. Weil du drüber stolperst«, werfe ich ein. Gerhard und ich sehen einander verschwörerisch an. Er weiß, dass Lisa wandern hasst. Speziell im Schnee.

»Komm!« Er legt ihr den Arm auf die Schulter und führt sie an einen der Tische direkt an der Hausmauer. »Genieße die Sonne. Ich bringe euch sofort einen Kaiserschmarrn, schwarzen Kaffee für dich und Tee für Marlie.«

»Wie merkst du dir das alles bei den vielen Gästen?«, frage ich ihn voller Bewunderung.

Gerhard beugt sich zu mir. »Nur von denen, die ich mag.«

Ich nicke bloß. Im Sommer habe ich hier spontan zwei Wochen gewohnt und ein wenig mitgeholfen. Nachmittags, weil ich davor ja geschlafen habe. Aber das werde ich ihm nie vergessen. Gerhard gehört auch zu den Einheimischen, die ich durch Lisa kennengelernt habe und die mir durch ihre Herzlichkeit und so einige Gespräche durch mein tiefes Loch zurück nach oben an die Sonne geholfen haben.

Und die scheint heute, als wäre es bereits März. Wir ziehen die Handschuhe aus, lehnen die Stöcke an die Hausmauer, legen unsere Schals auf die Holzbank und öffnen unsere Daunenanoraks vor dem Hinsetzen ein wenig, denn hier an der Mauer ist es echt warm.

»Die Aussicht ist schon ein Hammer«, meint Lisa plötzlich und schießt ein Foto.

»Absolut! Ich mag diese Weite hier heroben. Da habe ich das Gefühl, alles, was da unten im Tal passiert, ist klein und unwichtig.«

Lisa runzelt die Stirn. »Also so weit würde ich nicht gehen, aber die Luft ist herrlich.«

Spinnt sie? Und weil die Luft so herrlich ist, muss sie sich sofort eine Zigarette anzünden? »Lisa!«

»Was?«

»Musst du jetzt rauchen?«

Sie nickt. »Muss ich. Ach, ich habe dir noch gar nicht erzählt, dass meine neuen Stoffe eingetroffen sind.«

Damit hat sie mich, auch wenn mir klar ist, dass sie bewusst das Thema gewechselt hat. »Und? Sind sie so, wie du sie dir vorgestellt hast?«

Lisa entwirft unglaublich tolle und einzigartige Kleider. Manche sind modern und trachtig zugleich. Andere haben die schrillsten Muster von edel bis hin zu total poppig. Ich liebe auch ihre Accessoires. Ein Armband aus Leder und einem geflochtenen Dirndlstoff samt mehreren Silberanhängern trage ich heute. Ich liebe es. Es passt auch perfekt zu meiner Lieblingshalskette mit dem Schneeflockenanhänger. Mein Symbol für mein neues Leben hier.

»Sie sind noch besser als gedacht, und die Spitzen, die ich mir habe schicken lassen! Ein Traum, sag ich dir. Ich kann sie dir heute oder morgen zeigen.«

»Das musst du. Vielleicht gleich heute, ich bin ja auch neugierig.«

Lisa tätschelt meine Hand. »Und du darfst dir auch Muster mitnehmen, falls du irgendetwas für eine besondere Deko in deinem Appartement brauchst.« Sie kennt mich. Früher habe ich aus allem Möglichen Dekos gebastelt. Vasen mit Spitzen umwickelt oder Ähnliches.

Leider kennt sie aber auch meinen Hang zum Chaos. Daran hat sich wenig geändert.

Früher, als ich meinen Job noch hatte, konnte man in meiner Wohnung in Wien nicht einmal einen Fuß aufsetzen, da alles mit Stoff- und Farbmustern, manchmal Hölzern und Fliesen, Lederstücken und meinen Plänen übersät war. Und auf exakt diese Art von Chaos freue ich mich jetzt so sehr, dass ich es gar nicht ausdrücken kann. Es ist höchste Zeit, wieder zu arbeiten.

Gerhard kommt mit einem breiten Grinsen im Gesicht und einer großen Pfanne in der einen Hand sowie einem Tablett in der anderen aus der Hütte.

»Sieht das gut aus!« Lisa nimmt schon mal eine Gabel.

»Und riecht herrlich«, füge ich hinzu.

Er stellt den Kaiserschmarrn zwischen uns auf den Tisch. »Ich weiß halt, wie man Frauen glücklich macht.«

»Und wie du das weißt.«

Wir scherzen noch kurz mit ihm, aber dann braucht ihn ein Mann am Nebentisch und Gerhard entschuldigt sich bei uns.

»Ist der lecker«, seufzt Lisa.

»Siehst du! Und den hättest du verpasst, wenn du unten im Tal geblieben wärst.«

»Schon gut. Aber es ist halt anstrengend.«

»Aber gesund.«

»Sprichst du vom Wandern oder vom Essen?«

Die Antwort erübrigt sich, daher konzentriere ich mich auf den Schmarrn, denn heute fühle ich mich einfach nur pudelwohl in meiner Haut. Ich habe die Berggipfel und diese einmalige Weite im Blick und einen neuen Job in der Tasche. Himmel!

Auch wenn tief in mir noch lange nicht alle Narben verheilt sind und sie es vermutlich nie sein werden, so ist das dennoch der nächste wichtige Schritt für mich zurück in ein halbwegs normales Leben. Lachen, das gelingt mir erst wieder aus vollem Herzen, seit ich hier bin. Ich hätte nicht fast zwei Jahre warten und schon früher hierherziehen sollen. Aber egal. Ich blicke nach vorne, wie Lisa es mir immer rät.

Plötzlich tätschelt sie meine Hand und sieht mir tief in die Augen. »Ich bin so froh, dass du jetzt hier lebst.«

Kann sie meine Gedanken lesen? »Ja, das bin ich auch.«

Sie lächelt. »Ach, übrigens: Heute Abend treffen wir Mädels uns in der *tischlerei*. Kommst du auch? Dann können wir auf deinen neuen Job anstoßen.«

»Wer genau sind die Mädels?«

»Nathalie, Maria, vielleicht können wir auch Karo fragen, ob sie Zeit hat. Birgit habe ich beim Herfahren angerufen, aber die hat leider zu tun.«

Langsam nicke ich. Ich sollte mitgehen, auch wenn es mir noch immer etwas schwerfällt. Viele Leute rund um einen Tisch sind nicht so mein Ding, vor allem wenn sie vom Unfall wissen. Ich mag diese mitleidigen Blicke nicht. Nein, ich hasse sie! Aber ich muss lernen, da darüberzustehen. »Ja, Lisa. Ich komme gerne.«

»Super. Soll ich dich abholen kommen oder fährst du selbst? Du könntest dann ja bei mir übernachten.«

Noch besser. »Das machen wir und ich fahre selbst. Aber danke fürs Angebot.« Sie weiß, dass ich zwar seit einem halben Jahr wieder mit dem Auto fahre, aber wenn ich es nicht muss, ist mir wohler. Doch auch da muss ich einfach durch.

Sie sieht mich an. »Gerne. Ich mag die neue Marlie, habe ich dir das schon gesagt?«

»Hast du. Und nicht nur ein Mal.«

»Gut. Dann hätten wir das besprochen und ich kann weiteressen. Der ist zu gut.«

Kurz darauf haben wir den Kaiserschmarrn verputzt und lehnen uns zurück. Die Sonne scheint uns direkt ins Gesicht und ich schließe die Augen. »Jetzt brauche ich eine Hängematte.«

»Ich auch«, stöhnt Lisa neben mir und wir kichern beide.

Ich mag mein neues Leben hier. Und erstaunlicherweise fehlt mir nichts an Wien. Rein gar nichts. Irgendwann muss ich mich dann wohl endgültig entscheiden, ob das quasi nur ein ausgedehnter Erholungsurlaub mit Arbeit ist oder ob ich für immer hierbleiben will.

Kapitel 3

Zehn Tage habe ich nun meinen neuen Job und ich liebe ihn. In meinem Notizbuch mit meinen Vorsätzen habe ich schon einige Seiten eingetragen. Die Visitenkarten klammere ich einfach hinein und zu jeder Person schreibe ich kleine Anmerkungen dazu. Am Anfang ist das alles etwas verwirrend gewesen, wer jetzt bei wem und in welcher Funktion arbeitet, aber jetzt habe ich den Durchblick.

So. Die Visitenkarte von Theo klammere ich auf eine eigene Seite und schreibe ›Partner von Karo beim Basecamp‹ dazu. Dann hefte ich noch die von Patrick mit dem Vermerk ›rechte Hand von Karo‹ ein. Damit fehlt mir nur noch Gerfried, der dritte Partner, aber den habe ich noch nicht kennengelernt.

Ich blättere um. Mit Maria hatte ich letzte Woche einen Termin. Sie kümmert sich um die Vermietung der Ferienwohnungen und auch sie hat eine rechte Hand: Steffi. Eine echt hübsche Dunkelhaarige und Lustige. Ich fand es toll, mit den beiden Frauen ausführlich über die Wünsche der Kunden sprechen zu können. Das hilft mir beim Planen sehr. Und sie haben mich auf einige echt tolle Ideen gebracht.

Kurz sehe ich mich in meinem kleinen Zwei-Zimmer-Appartement um. Stimmt, hier sieht es aus, als hätte eine Bombe eingeschlagen. Direkt vor dem Fernseher liegen bereits die Ledermuster für die Sofas, daneben ausgedruckte Bilder für Esstische, Sessel, Kästen, Kommoden, Couchtische, Betten, und ein paar Muster-Lampenschirme für die indirekte Wandbeleuchtung liegen auf dem Sessel. Die Kataloge, die ich teils von ansässigen Möbelhäusern bekommen oder mir zuschicken habe lassen, liegen aufgeschlagen und mit Post-its versehen ebenfalls verstreut herum.

Auch wenn es für ein ungeschultes Auge nicht so aussehen mag: Ich bin ein gutes Stück weiter. Doch ich muss verhindern, dass Birgit heraufkommt. Sosehr ich die gesamte Familie hier am Zechmannhof ins Herz geschlossen habe, sie sind alle so superordentlich. Die brechen mir zusammen, wenn sie meinen Saustall sehen.

Aber er ist es wert, denn heute habe ich am Vormittag mit Karo und Theo meine ersten Ideen besprochen und sie waren begeistert! Wir haben uns für einen funktionalen, eher minimalistischen Contemporary-Style mit wenig Schnickschnack, jung und modern mit qualitativ wirklich guten Materialien und einem Schuss Bohemian entschieden. Die Gäste sollen Platz für ihre eigenen Sachen finden. Maria hat mich darauf hingewiesen, dass gerade Platz zum Trocknen der nassen Sachen enorm wichtig ist. Nichts nervt mehr, als wenn du vom Skifahren oder Langlaufen nach Hause kommst und nicht weißt, wohin mit Skikleidung, Schuhen, Helmen, Handschuhen und so weiter. Aber das habe ich gelöst.

In jedem Appartement wird es eine Wohnwand aus gebürstetem Holz geben. Dort kann man alles aufhängen oder auf breite

Holzbords ablegen und ich werde sie auch beleuchten. Ins Badezimmer kommen hohe Heizkörper, auf die man Sachen hängen kann.

Ein Muster vom gebürsteten Holz liegt auf meinem Couchtisch. Das hat mir Henry vor vier Tagen vorbeigebracht. Ein lässiger Typ, der wie Lisa einen Mini fährt.

Ich denke, wir lassen die Holzwände von Fischer Bau, für die er arbeitet, anfertigen. Das gibt den Wohnungen ein klein wenig alpines Flair.

Ich klappe mein Notizbuch zu und sehe auf die Uhr. Kurz nach zwölf. Soll ich hier aufräumen oder lieber auf die Piste?

Eindeutig Piste! Was bin ich doch für ein Bewegungsjunkie geworden. Meine Eltern können es gar nicht glauben.

Den Computer fahre ich auch herunter. Ich brauche eindeutig ein wenig frische Luft, um meinen Kopf frei zu machen. Ich träume schon von Sitzgruppen und Schrankwänden. Die letzten Tage habe ich ohnehin von in der Früh bis spätabends gearbeitet. Lisa hat mich heute am Telefon gefragt, ob ich verschollen bin. Nach dem Skifahren rufe ich sie an.

Wenn ich will, kann ich schnell sein. Rein in die Skiunterwäsche und den weißen Skianzug mit dem affengeilen Muster in Schwarz, den ich gemeinsam mit Lisa beim Intersport Gerhardter direkt bei der Talstation der Reiteralm gekauft habe. Wir waren dort, weil ich ihr die drei Wohnungen gezeigt habe, die ich einrichten werde, und haben den Ausflug gleich zum Shoppen genützt. Also mich hat es nicht mehr gewundert, dass Lisa auch dort wirklich jeden kennt. Das ist ja hier normal. In dieser Gegend ist jeder mit jedem verwandt oder bekannt. Auch wenn es eine unsichtbare Trennlinie zwischen der historisch evangelischen Ramsau und dem katholischen Schladming zu geben scheint. Aber vielleicht irre ich mich da ja auch.

Auf jeden Fall bin ich startklar, laufe nach unten und gebe in der Gaststube Birgit kurz Bescheid, dass ich weg bin. Wie immer sieht sie einfach bezaubernd in ihrem Dirndl aus. Und ihr Lächeln macht jeden Tag noch besser.

»Willst du nicht noch etwas essen?«, fragt sie, während sie gleichzeitig mit ihrem kleinen Enkel einen Turm aus Bausteinen baut.

»Das ist lieb, aber danke. Wenn ich nicht gleich losfahre, wird es zu spät.«

»Hast recht. Dann viel Spaß beim Skifahren, aber zum Abendessen sehen wir uns, ja?«

»Sehr gerne, danke! Bis später dann!«

Ich bin schon bei der Tür, da ruft sie mir nach: »Und morgen könntest du wieder eine Reitstunde haben und anschließend könnten wir einen Kaffee trinken.« Sie lacht. »Du natürlich deinen Tee.«

»Das wäre toll! Abgemacht!« Ich winke ihr zu und laufe hinaus zu meinem Auto, das links am Parkplatz steht.

Eine Stunde später fahre ich in der Gondel auf die Planai hinauf. Ich hasse es ja, wenn ich im Lift oder so wie hier ein starkes Parfum rieche. Aber der Mann neben mir im schwarzen Skianzug riecht dagegen saugut. Warum er die lila getönte Brille nicht wenigstens nach oben geschoben hat, weiß ich nicht. Ich trage ja nicht abends eine Sonnenbrille, aber bitte, jeder, wie er will.

Kurz schließe ich die Augen. Ja, er duftet irgendwie nach Hölzern und Kräutern. Da ich mir manchmal Männerparfums kaufe, sollte ich ihn fragen, was das ist.

Genug geträumt. Ich schaue ihn an und habe keine Ahnung, ob er zu mir sieht oder auf die Pisten unter uns. Nein, den frage ich lieber nicht, was er da trägt. Ist ja auch nicht wichtig.

Muss genau jetzt mein Handy läuten? Schnell schlüpfe ich aus meinem rechten Handschuh und suche in der Tasche meines Anoraks nach dem Telefon.

Kaum habe ich es gefunden und herausgezogen, fällt es auch schon auf den Boden. Großartig. Ist hier ja auch gar nicht überfüllt! Ich bücke mich und – »Ups!« – bin mit einem Helm zusammengestoßen. Sofort fahre ich hoch.

»Entschuldigung!«, murmelt er und hält mir mein Handy hin.

»Danke! War ja auch mein Fehler«, erwidere ich und nehme das Telefon. Weil mir die Sache irgendwie peinlich ich, füge ich ergänzend hinzu: »Ich dachte, ich hätte es auf lautlos geschaltet.«

»Passiert mir auch öfter mal.«

Ich mag seine Stimme. Tief, aber nicht zu tief. Und sie klingt voll. Geradezu samtig. Krächzende oder zu hohe Stimmen können manchmal enervierend sein.

»Ja, zu blöd.«

Nach wie vor trägt er die verspiegelte Brille, aber jetzt bin ich mir sicher, dass er mich mustert. Soll er.

Ich sehe nach, wessen Anruf ich verpasst habe. Es war Lisa. Daher stecke ich das Handy ein und ziehe mir auch den Handschuh wieder an.

»Doch nicht wichtig?«

Ich schüttle den Kopf. »Das kann warten.«

Er nickt und scheint demonstrativ nach draußen zu blicken. Ich schätze, das war es dann mit Konversation. Auch gut.

Oben angekommen, schnappe ich mir meine Carver samt der Stöcke und gehe ein Stück von den anderen Skifahrern weg. Man muss sich ja auch wirklich nicht die Ski direkt vor der Bergstation anschnallen.

Plötzlich taucht er neben mir auf und lässt seine Skier in den hart gepressten Schnee fallen. Tolle Dinger. Noch nie gesehen.

»Nervt dich das auch, wenn sie nicht einmal ein paar Meter weggehen können?«

»Und wie!«

Ich bin nicht ganz sicher. Das Du spricht für einen Einheimischen, die meisten Touristen siezen eher. Andererseits spricht er ein wunderschönes, dialektfreies Hochdeutsch, das eindeutig österreichisches Deutsch, jedoch nicht von hier ist. Vielleicht kommt er aus Bayern? Könnte auch sein.

»Welche Piste nimmst du?«

Er spricht also noch mit mir. »Ich denke, ich fahr runter zum Fastenberglift.«

»Da wollte ich auch hin.«

Während ich meinen Helm unter dem Kinn zuschnalle, schaue ich ihn an. »Sicher? Oder stalkst du mich jetzt?«

Zu meiner Überraschung schiebt er die Brille nach oben. Du meine Güte! Kurz werden meine Knie weich. Dieser Blick. Tiefgründig. Klar. Musternd. Er ist einfach verdammt fesch und braun gebrannt.

Oh. Ich sollte ihm dann wohl die Hand schütteln, die er mir entgegengestreckt hält.

»Titus. Nun weißt du, wen du anzeigen musst.«

»Marlie. Ich wollte dich doch gar nicht anzeigen.«

»Wunderbar, denn ich habe auch nicht vor, dich zu stalken, daher nehme ich einfach die andere Seite.«

»Äh, so habe ich das jetzt auch nicht gemeint. Du kannst fahren, wo du willst.«

Er grinst. »Ach? Das klang eben nicht so.«

»War doch nur ein Scherz.«

Mit einer Handbewegung setzt er sich wieder die Brille auf. »Hab noch einen schönen Tag.« Tatsächlich nimmt er die andere Seite und ich bin verwirrt. Was war denn das jetzt?

Der Typ ist sicher ein paar Jahre älter als ich und sieht wie ein Schauspieler aus. Sein Gesicht ist kantig, feine Züge und komplett gerade Nase. Seine Figur ist auch perfekt. Zumindest steht ihm der schwarze Skianzug super. Ich schätze, irgendeine Luxusmarke wie Bogner.

Egal. Jetzt habe ich noch ungefähr zweieinhalb Stunden zum Skifahren. Und die werde ich genießen! Durch den frisch gefallenen Schnee ist die Piste heute traumhaft. Nicht zu weich und nicht zu hart. Perfekt zum Carven.

***

Es ist schon halb fünf Uhr, als ich müde, aber glücklich an der Talstation der Planaibahn ankomme. Heute war Kaiserwetter und der Schnee ein Traum. So liebe ich es. In meiner Kindheit war ich in allen Ferien hier. Lisa und ich haben einander schon mit zehn oder elf Jahren kennengelernt und verwunderlicherweise nie mehr aus den Augen verloren. Allerdings sind wir erst wirklich beste Freundinnen geworden, als sie dann für die Modeschule nach Wien gezogen ist und wir in derselben Klasse waren. Deshalb nennt sie meine Eltern manchmal auch ihre Adoptiveltern, weil sie so viel Zeit bei uns verbracht hat.

Im Gegensatz zu ihr ist mir jedoch nach der Matura klar geworden, dass nicht Mode, sondern Innenarchitektur meine wahre Leidenschaft ist. Lisa dagegen ist dabei geblieben, eine weltberühmte Designerin werden zu wollen. Das hätte sie auch verdient, aber jetzt, mit über dreißig Jahren, weiß ich, dass manches eben nur Träume sind und Träume bleiben werden. Es gab eben nur eine Vivienne Westwood, was schade ist.

Ich werfe den Kofferraum zu. Meine Ski und Stöcke sind verstaut und ich trage gemütliche Boots statt der steifen Skischuhe. Jetzt kann ich Lisa über die Freisprechanlage zurückrufen.

»Wo warst du denn?«, lautet ihre erste Frage.

»Auf der Piste. Planai.«

»Ah, verstehe. Du, wir haben es doch letzte Woche nicht mehr zu Esmeralda geschafft. Aber sie war heute hier und hat uns beide auf ein Gläschen Wein eingeladen.«

Soll ich mir heute den ganzen Abend freigeben? Warum nicht. Meine Planung ist im Werden, im Moment ist Karo am Zug, denn sie wird die Entwürfe mit den Eigentümerinnen der Wohnungen besprechen. Erst dann kann ich mit den endgültigen Plänen beginnen und mich danach mit Angeboten und Bestellungen beschäftigen.

»Superidee. Ich fahre aber erst noch zurück in die Ramsau, weil ich duschen und mich umziehen will.« Außerdem muss ich Birgit sagen, dass ich leider nicht zum Abendessen bleiben werde.

»Gut. Dann treffen wir uns gleich bei Esmeralda, so um sieben Uhr? Passt das?«

»Perfekt.«

»Ich rufe sie an und gebe ihr Bescheid.«

Nachdem wir aufgelegt haben, spiele ich Musik von meinem Handy und singe mit. Das nächste Lied ist von Harry Styles: ›As it was‹. Ja, wie es war. Oh Gott!

Wie so oft, wenn ich gar nicht an ihn denke, kommt irgendetwas, das mich triggert, und alles ist wieder da!

Kapitel 4

Flashback, vor zwei Jahren …

»Niiicht!«, schreie ich. Doch es ist zu spät. Der Wagen hebt ab.

Für einen kurzen Moment nehme ich den blanken Horror in Victors Augen wahr, während ich seinen Namen brülle. Alles dreht sich. Die Leitplanke, der Baum, Sträucher, die Wiese. Splitter, Blut, mein Kopf. Mein letzter bewusster Gedanke ist: ›Jetzt sterben wir.‹

Dann komme ich wieder zu mir. Benommen. Muss erst einmal begreifen, dass ich am Leben bin. Ein Feuerwehrmann hebt mich gerade aus dem Sitz. Ich starre ihn an. Versuche, nach innen zu sehen. Das Auto liegt auf dem Dach. »Victor?«, krächze ich. »Was ist mit ihm?«

»Das machen meine Kollegen. Ich kümmere mich erst mal um Sie.« Doch ich spüre es genau: Er lügt! Und ich schreie noch lauter nach »Victor!«.

Sanitäter umringen mich.

Der Mann legt mich auf eine Trage und sie versuchen, mich zu beruhigen. Streicheln meinen Oberarm und erzählen mir, dass sie sich um ihn kümmern, aber jetzt erst einmal mich versorgen müssen. Ich ergebe mich. Obwohl alles tief in mir weiter verzweifelt nach ihm schreit. Den Blick aus seinen Augen nicht loswird. Blanker Horror.

Dann beginnen sie, mir Fragen zu stellen und mich zu untersuchen. Aber ich habe keine Schmerzen. Ich spüre gar nichts. Alles in mir ist leer. Wie ausgebrannt. Tot.

Immer wieder beginne ich von Neuem und frage sie nach Victor, aber sie sagen alle ständig das Gleiche: »Das andere Team kümmert sich um ihn.«

Was immer sie mir in die Venen träufeln, meine Augen fallen zu.

Das Nächste, das ich weiß, ist, dass meine Eltern und Lisa an meinem Krankenbett im Spital sind. Und rund um mich jede Menge an Geräten. Alles ist weiß. Steril. Riecht nach Sterben.

Immer wieder will ich wissen, was mit Victor ist. Sie sagen, er liegt woanders. Über eine ganze Woche lang erzählen sie mir ständig das Gleiche. Die Ärzte, die Schwestern, meine Familie. Aber sie haben mich angelogen. Alle.

Zu meinem Schutz, wie mir meine Mama später unter Tränen gestanden hat. Doch sie wussten nicht, dass ich bereits beim ersten Augenaufschlag noch an der Unfallstelle wusste, dass Victor es nicht geschafft hat.

Er war einem Tier ausgewichen. Zu weit nach rechts, weil Victor mit fast hundertfünfzig auf der Landstraße bei Lanzendorf unterwegs gewesen war. Wir waren spät dran gewesen und auf dem Weg zum Geburtstagsfest eines Freundes von ihm. Kurz vor dem Unfall habe ich ihn noch angekeift, er soll doch langsamer fahren. Mir wird sonst schlecht. Ja. Unser letztes Gespräch war ein Streit. Ich habe ihn einen Irren genannt und er mich eine Zicke. Ich kann das nicht vergessen. Warum musste unser letztes Gespräch ein Streit sein?

Nicht einmal beim Begräbnis war ich dabei, sondern auf der Intensivstation. Schwere Kopfverletzungen. Zum Glück waren die meisten Schnittwunden im Haar, weil ich mich zusammengekringelt habe und deshalb mit dem Kopf an die Scheibe gedonnert bin. Oder den Rahmen, das weiß ich nicht mehr. Heute sieht man die Narben unter meinem langen Haar auf jeden Fall nicht mehr, aber man kann sie spüren.

Auch mein rechter Unterschenkelknochen war gebrochen und das Knie verletzt. Mit dem Bein habe ich mich vorne gegen das Auto gestemmt. So, als könnte ich es bremsen!

Ich will diese Szene nicht mehr sehen! Nie mehr wieder! Heute macht es mich einfach nur wütend. Stinksauer. Ich schlage mit der Hand aufs Lenkrad.

Du hast dich ja fein rausgeschlichen, Victor! Was ist mit all deinen Versprechungen? Hä? Dass wir heiraten werden? Vielleicht ein kleines Haus im Süden von Wien kaufen und Kinder haben werden? Und? Wie willst du das alles jetzt einlösen? Wie denkst du dir, dass ich jemals wieder wirklich glücklich sein kann?

Ich hasse dich gerade, und zwar sehr!

Heute weine ich nicht. Das kommt in Schüben und dazwischen funktioniere ich mehr oder weniger gut. Die meiste Zeit über wie in Trance.

Erst seit ich hierhergezogen bin, habe ich Phasen, in denen ich mich selbst wieder wirklich spüre. Wenn ich in der Natur bin. Tatsächlich Bäume umarme. Oder beim Reiten. Beim Gehen und wenn mir saukalt im Gesicht ist. Ich brauche das Wandern. Auch das Skifahren. An Kraftplätzen sitzen, die Augen schließen und Moos und Erde riechen. Der Wald duftet auch im Winter nach Wald. Man muss sich nur bemühen. Und ich mag es mittlerweile wirklich sehr. Es heilt. Das denke ich zumindest.

Genau diesen Rat hat mir Madame Esmeralda gegeben, als Lisa mich im Sommer zu ihr geschleppt hat. Erst wollte ich es nicht glauben. Warum sollte ich von Wien wegziehen? Noch dazu in die Berge und in einen Ort, in dem ich nur Lisa und ihre Familie wirklich kenne? Doch Esmeralda meinte, nur die Natur wird meine Wunden heilen.

Sie hatte recht. Heute weiß ich das. Und ich freue mich darauf, es ihr zu sagen. Obwohl sie es sicher bereits von Lisa weiß. Aber sie soll es auch von mir hören, denn auf eine gewisse Weise hat mir diese schräge Frau das Leben gerettet. Oder zurückgegeben. Ja, das trifft es noch besser.

Meine Verletzungen sind relativ schnell verheilt. Aber meine Seele nicht. Im Gegenteil. Monat um Monat wurde in Wien alles schlimmer und ich antriebsloser. Ich konnte nicht mehr arbeiten. Nicht einmal essen. Seine Sachen nicht wegräumen.

Es war bereits so schlimm, dass ich wieder in mein Kinderzimmer bei meinen Eltern eingezogen bin, weil sie sich solche Sorgen um mich gemacht haben. Und Tabletten wollte ich keine nehmen. Auch die Therapeuten, zu denen sie mich geschleppt haben, konnten mir nicht wirklich helfen. Heute weiß ich den Grund dafür: Ich wollte gar keine Hilfe. Ich wollte mein Leben verschlafen. Mich nicht mit der so schmerzhaften Realität konfrontieren. Das geht wunderbar, wenn man erst am späten Nachmittag aufsteht und bis spät in die Nacht fernsieht. Serien bingt. Oder liest und sich wegträumt.

Schließlich waren es meine Eltern, die meine Wohnung geräumt und gekündigt und all meine Sachen in einem Depot untergebracht haben. Ich hätte niemals die Kraft dazu aufgebracht.

Allerdings waren meine Eltern nicht überzeugt davon gewesen, dass es eine gute Idee von mir ist, im Herbst nach Schladming zu ziehen. Erst habe ich zwei Wochen bei Lisa gewohnt, dann haben mir Birgit und Harald ein Appartement bei sich am Zechmannhof angeboten, weil ich ohnehin jeden zweiten Tag bei ihnen und den Pferden war. Auch sie als Familie haben mir gutgetan.

Aber jetzt wissen alle in meinem Umfeld, dass ich auf einem wirklich neuen und guten Weg bin. Auch wenn ich immer noch diese Flashbacks habe. Doch sie gehen schneller vorüber als früher.

Und da bin ich auch schon. Beim Zechmannhof.

Ich parke das Auto in der Einfahrt unter den hohen Föhren und steige aus. Ja, es fühlt sich wie nach Hause kommen an, und das ist wirklich schön.

Plötzlich fällt mir der schwarz gekleidete Skifahrer wieder ein. Komisch. Er ist der erste Mann, der mir eine Millisekunde lang Herzklopfen beschert hat. Ob ich ihn wiedersehen werde?

Blödsinn! Hier sind Tausende Touristen. Außerdem suche ich keinen neuen Mann. Ich hatte eine große Liebe, aber die gibt es nicht mehr. Mich noch einmal zu verlieben, halte ich für ausgeschlossen. Wozu auch? Um vielleicht aus irgendeinem Grund ein zweites Mal durch die Hölle gehen zu müssen? Nein, der Weg zurück ins Leben ist anstrengend genug, ein weiteres Mal würde ich das nicht durchstehen. Außerdem komme ich mittlerweile ganz gut allein zurecht. Also: Ski verstauen, Schuhe zum Trocknen unter die Heizung stellen, dann hinauf in die Wohnung, duschen und umziehen.

Allerdings treffe ich Harald und Birgit am Weg hinauf in die Wohnung. Wie immer kümmern sie sich rührend um mich, daher plaudere ich noch kurz mit ihnen über die Schneelage, esse ein belegtes Brot und laufe erst eine halbe Stunde später nach oben.

In der Dusche habe ich plötzlich Lust darauf, eines der neuen Kleider aus Lisas Atelier anzuziehen. Es ist ein ultracooles Filzkleid in Blassrosa. Gerade geschnitten, mit großen Taschen aus einem Dirndlstoff in Grün, ebenfalls Blassrosa und Weiß. Ich liebe es und für einen Besuch bei Esmeralda ist es geradezu perfekt. Außerdem passt es super zu meinem dunklen Haar.

Als ich das Haus verlasse, trage ich meinen dicken Daunenmantel über dem Kleid, schwarze gefütterte Stiefel, einen passenden blassrosa Wollschal, eine weiße Haube und dicke weiße Fäustlinge. Mir kann nichts mehr passieren. Selbst wenn es völlig unerwartet zu schneien beginnt.

Am Weg nach Schladming bin ich mir nicht mehr ganz sicher, ob der abermalige Besuch bei Madame Esmeralda echt eine gute Idee ist. Im Grunde macht mir diese Wahrsagerei Angst. Wenn es nur Humbug ist, dann habe ich Angst um meinen klaren Verstand, wenn nicht, dann erzeugt das erst recht Angst in mir vor dem, was in dieser unsichtbaren Welt alles sein könnte. Ich will gar nicht weiter darüber nachgrübeln, denn zum Schluss flehe ich sie an, mich mit Victor sprechen zu lassen, und schnappe womöglich komplett über! Nicht auszudenken, wenn sie mir etwas sagt, das nur er wissen kann. Nein. Das werde ich sein lassen. Er beschützt mich irgendwo von da oben, daran glaube ich, und dabei werde ich es belassen.

Ich rufe mal Lisa an. Vielleicht hole ich sie ab. Ja, das ist eine Idee.

Kapitel 5

Langsam denke ich, in Madame Esmeraldas Wohnwagen tanzt alles. Muss an der Mischung an bunt gestrichenen Wänden und gemusterten Tüchern, die sie überall hingehängt hat, im Zusammenspiel mit dem intensiven Geruch der Räucherstäbchen liegen. Die großen dunkelvioletten Blumen, die ich gerade anstarre, scheinen sich zu bewegen. Sieht lustig aus.

»Marlie?«

Oh. »Ja?«

»Magst du noch eine Tasse Tee oder lieber ein Glas Prosecco?«, will Esmeralda wissen.

Keine Ahnung. Auch ihr Hippiemuster von dem bodenlangen Kleid bewegt sich. Bin ich so was wie high?

Ach so! Das liegt daran, dass sie aufgestanden ist. Heute hat sie ihr pechschwarzes Haar zu einem langen Zopf geflochten, und wenn sie – wie jetzt – in der Miniküchenzeile hantiert, klimpern sowohl ihre silbernen Armreifen wie auch die langen Ketten um ihren Hals. Ihre unechten Wimpern ebenfalls.

»Tee oder Prosecco?«

Stimmt. Das war die Frage.

»Prosecco. Gerne. Aber nur ein Gläschen, ich bin ja mit dem Auto da.« Da ich Lisa dann doch abgeholt habe, bin ich heute die Fahrerin.

Sie winkt ab. »Lass dein Auto doch bei mir stehen. Franz kann euch führen, der macht das gerne. Und morgen bringen wir dir dein Auto rauf zum Zechmannhof in die Ramsau.«

»Das würdet ihr tun?«

»Und ob!« Sie hat schon die Flasche aus dem Kühlschrank genommen und deutet Lisa, aus den Kästchen über dem Tisch die Gläser rauszuholen. »Wir wollten doch auf dein neues Leben hier trinken.«

»Ich kann ja zu Fuß nach Hause gehen«, meint Lisa. Erstaunlich. Sie wohnt im Stadtzentrum, das ist in etwa ein Kilometer bis zu ihrer Wohnung. Freiwillig geht sie das sonst nie.

»Also wenn das für dich und Franz kein Problem ist, nehme ich dein Angebot an«, entscheide ich spontan, entgegen meiner sonstigen Gewohnheit.

»Das ist kein Problem, er freut sich, wenn er etwas zu tun hat.«

Von ihm hat sie uns vorhin erzählt. Franz ist Witwer und wohnt zwei Häuser weiter. Sie haben sich angefreundet, was manche der Nachbarinnen nur noch mehr verärgert hat. Immerhin ist Franz ein echter Einheimischer, der der Verrückten auch noch im Haus und beim Schneeschaufeln hilft, wo er nur kann. Ich schätze, da ist ein bisschen mehr als reine Nachbarschaftshilfe im Spiel und bei den Frauen gleich nebenan ziemlich viele Vorurteile. Die Damen sollten einfach mal rüberkommen und Esmeralda kennenlernen.

Sie schenkt die drei Gläser voll und stellt sie uns hin. Der Tisch ist überladen mit Tarotkarten, einer Glaskugel, Räucherstäbchen, Duftkerzen und verschiedenen Kristallen. Ein Wunder, dass die Gläser noch Platz finden. Ich hebe meines in ihre Richtung.

»Danke, Esmeralda. Das machen wir. Und danke noch einmal für deinen Rat im Sommer! Ich habe mir auch die fünf wichtigsten Vorsätze in ein Notizbuch geschrieben.« Wo ist es? »Kurzen Moment.« Ich krame in der Handtasche, dann halte ich mein pinkfarbenes Büchlein hoch und zeige es ihr.

Sie kichert und stößt mit uns an. »Das ist wunderbar, Marlie. Du wirst auch noch den fünften Vorsatz erfüllen, glaub mir.«

Sie hat recht. Die ersten vier habe ich tatsächlich geschafft, jetzt muss ich mich irgendwann nur noch entscheiden, ob ich hierbleiben oder zurück nach Wien ziehen will. Aber das hat Zeit.

»Das wäre schön. Prost!«

»Zum Wohl, aber ich weiß, wie es ausgehen wird«, meint sie schmunzelnd.

»Ach ja? Und wie?«

»Das sage ich dir nicht, du sollst nicht beeinflusst werden. Aber ich werde es Lisa ins Ohr flüstern.«

»Das ist aber gemein.«

Sie kichert tief und krächzend, weil sie sich gleichzeitig verschluckt hat. »So bin ich.« Dann flüstert sie tatsächlich Lisa etwas ins Ohr, die dann übers ganze Gesicht lacht.

»Ich weiß, was du denkst, nämlich, dass ich hierbleibe.«

»Kann sein, kann aber auch nicht sein«, erwidert Esmeralda geheimnisvoll und Lisa deutet mit Daumen und Zeigefinger, dass ihre Lippen versiegelt sind.

»Okay. Ist schon gut, ich vergesse das am besten wieder.«

»Wunderbare Idee, Marlie. Also, auf uns!«, erwidert Esmeralda.

Nachdem wir alle drei einen Schluck getrunken haben, meint Lisa: »Kannst du bitte für Marlie noch einmal die Karten legen, Esmeralda?«

Sie sieht mich an und mich gruselt es. Ich kenne niemanden mit einem so stechenden Blick. Immerhin sind ihre Augen nicht dunkelbraun, sondern kohlschwarz. So schwarz, dass man ihre Pupillen nicht sehen kann.

Dann tippt sie auf ein Kartendeck. »Davon bin ich ausgegangen. Ich habe auch schon die richtigen Karten für dich ausgewählt, Marlie.«

Es muss an den Räucherstäbchen liegen. Da ist sicher etwas drinnen, das nicht ganz legal ist, denn mir ist etwas schwummerig. Außerdem fällt mir ein, dass, obwohl es beim letzten Mal gut gelaufen ist, Wahrsagerei und Kartenlegen echt nicht meines sind. Dennoch nicke ich mit einem breiten Lächeln, das ich bis in meine Zehenspitzen spüren kann, und sage laut und deutlich: »Gerne. Ich würde mich freuen!«

Ich bin nicht mehr ganz bei Sinnen. Das weiß ich. Aber soll sein.

Sie tut da bestimmt etwas in diese Stäbchen. Oder träufelt es darüber. Keine Ahnung, aber irgendetwas macht einen benommen.

Drei Gläschen Prosecco und eine halbe Stunde später kommt Madame Esmeralda endlich zum spannenden Teil ihrer Vorhersagen. Bis jetzt hat sie mir die Bedeutung der gelegten Karten erklärt. Das kenne ich schon vom letzten Mal, aber diesmal sieht es anscheinend noch viel besser für mich aus.

Vor mir liegen fünf Karten, bei denen sie ganz aus dem Häuschen ist: das Rad des Schicksals, die Herrscherin, die Liebenden, der Magier und die Hohepriesterin. Sie tippt auf die Karten. »In Summe steht alles auf Neuanfang, Marlie. Besser geht es nicht. Es kommt eine neue Liebe, aber das habe ich dir auch schon das letzte Mal prophezeit, deine Seele heilt weiter und du ziehst viel Kraft aus der Natur, wie auch Intuition und Inspiration.«

»Klingt super.« Letzteres kann ich auch in meiner Arbeit gut gebrauchen. Aber eine neue Liebe? Das Letzte, das ich brauche. Nie mehr wieder. Da muss sie sich irren. Am besten, ich ignoriere diesen Punkt.

Nun aber geht es an ihre selbst gebastelten Karten.

»Berührst du bitte erst den Rosenquarz und dann zieh bitte drei Karten aus dem Deck.«

»Gerne.« Ich gebe zu, das habe ich schon beim letzten Mal spannend gefunden.

»Also, was haben wir hier für dich?« Sie fächert die Karten vor mir auf. »Die Macht der Natur, das rote Feuer und dann noch das Schloss ohne Schlüssel.«

»Und was bedeutet das?« Mit dieser Frage kommt mir Lisa zuvor.

»Ist das gut?«

»Ist es, denn die Macht der Natur wird dir den Weg zeigen, Marlie. Oder auch die richtige Person. Eine neue Liebe vermutlich.« Schon wieder? Ich werde mich nie wieder verlieben. Also kann ich den Teil wohl streichen. Dennoch fährt Esmeralda unbeirrt fort. »Doch sie kommt mit Gewalt. Also würde es mich nicht wundern, wenn du dich in einem heftigen Schneetreiben, einem starken Nebel, einem Sturm oder Ähnlichem wiederfindest und dabei jemanden triffst, der dir wichtig ist.«

Ich in einer Naturkatastrophe? »Äh, nein danke. Mir hat schon der Autounfall gereicht. Und ich sehe mir immer die Wettervorhersage an, bevor ich Ski fahren oder wandern gehe.« Habe ich von Gerhard gelernt.

Sie lächelt nur und kommt einfach zur nächsten Karte. »Das rote Feuer bedeutet, es wird dich wärmen. Das kann ein echtes Feuer sein, ein Kaminfeuer, die Farbe Rot oder ein Mensch, der sozusagen Feuer in dir entfacht.« Dann klatscht sie plötzlich in die Hände und strahlt übers ganze Gesicht. »Oder alles zusammen! Aber irgendetwas mit Rot auf jeden Fall.«

Klar. So stellen sie sich das immer in den romantischen Filmen vor: ein Mann, der dir vor dem Kaminfeuer seine ewige Liebe schwört. Was für ein Schwachsinn. Ich bin echt enttäuscht. Mit mir hat diese Legung definitiv nichts zu tun. »Nur eine Frage, Esmeralda: Wieso geht es die ganze Zeit um eine ominöse neue Liebe für mich? Das ist das Letzte, das ich brauche.« Oder will. Es könnte wieder schlimm enden. Noch einmal stehe ich das nicht durch. Daher werde ich auch ganz bestimmt nie wieder jemanden so in mein Herz lassen wie Victor. Niemals!

»Ob du sie willst oder nicht, Marlie, wenn die Liebe kommen soll, dann kommt sie auch.« Sie hält einen Moment inne und ich den Atem an. Es ist gruselig, wenn sie so überzeugt davon spricht. Und noch gruseliger, wenn sie, wie jetzt, ihre Hand auf die Stirn legt und die Augen kurz schließt, denn das heißt: Sie hat eine Eingebung. Weiß ich vom letzten Mal.

Bei mir bedeutet die gleiche Geste, dass ich etwas verbockt, verloren oder hinuntergeworfen habe. Aber ich bin eben nicht esoterisch.

Und dann spricht sie. Tiefer als sonst. »Ich denke, sie ist schon hier. Ja. Du kennst ihn vermutlich schon.« Esmeralda sieht mir mitten ins Herz und ich sofort auf die samtrote Tischdecke. »Wen hast du in den letzten Wochen kennengelernt?«

Ich zucke zusammen. »Niemanden!« Den Mann von der Skipiste kann sie ja wohl wirklich nicht meinen. Kennengelernt trifft es auch überhaupt nicht. Wir sind einander einen Wimpernschlag lang begegnet. Das war auch schon alles.

»Das kann nicht sein. Denk besser nach.«

Okay. Wenn sie unbedingt will. »Gut, natürlich gibt es einige Männer in der neuen Firma, Top-Living, für die ich jetzt arbeite. Da habe ich Theo und Patrick und dann noch zwei Architekten kennengelernt, eine Handvoll an Typen bei den Läden, in denen ich wegen der Möbel und den Holzverkleidungen war, wie Henry, und überall, wo ich halt sonst hinkomme, lerne ich

Männer kennen.« Davon ist sicher keiner an mir interessiert. Das weiß ich. Und ich umgekehrt sowieso nicht.

Sie winkt ab und ihre Lippen arbeiten. »Die meine ich nicht. Aber egal, du wirst es schon merken. Kommen wir zur letzten Karte.«

»Auf die bin ich auch gespannt«, meint Lisa, die sich heute auffallend ruhig verhält und gespannt zuhört. Allerdings trinkt sie zu viel. Schon das fünfte Glas, während ich noch beim dritten bin. »Frage, Esmeralda: Kann ich hier eine rauchen?«

Sie lächelt. »Aber klar doch. Aschenbecher ist über dir im Kästchen.«

»Danke, das ist ja mal was.« Und schon streckt sich Lisa, um ihn zu finden.

»Muss das sein?«, frage ich sie.

»Absolut. Du trinkst ja auch Alkohol und ich sag nichts.«

»Du aber auch.«

»Stimmt. Ich habe ein Laster mehr als du. Gewonnen, schätze ich.«

Sinnlos, mit ihr darüber zu diskutieren.

Esmeralda wendet sich wieder mir zu. »Nun, Marlie, das Schloss ohne Schlüssel steht bei mir für Geheimnisse oder Verborgenes, für das man den Schlüssel erst entdecken oder finden muss, damit es an die Oberfläche kann. Aber wenn mal der oder die Schlüssel gefunden sind, dann öffnet sich das ganze Herz.«

»Klingt schön«, erkläre ich ihr mit einem Seufzer. »Aber du irrst dich. Ich versuche nach wie vor, Victor den Schlüssel zu meinem Herzen zu entreißen. Manchmal gelingt es schon ganz gut. Vielleicht bedeutet die Karte ja genau das? Dass mir mein Schloss wieder selbst gehört und ich den Schlüssel ein für alle Mal versteckt halte, damit ihn auch niemand anderer gegen mich benutzen kann?«

Esmeralda schiebt ihre Armreifen am Handgelenk hin und her. »Weißt du was? Wichtig ist auf jeden Fall, dass du dir weiterhin die Kraft aus der Natur holst. Das tut dir gut, wie du selbst erzählt hast. Dein neuer Job ist auch toll, denn dafür darfst du dich nicht hängen lassen.« Wie recht sie hat. Ich stehe jetzt auch jeden Tag um sieben Uhr auf. Da ist es noch stockfinster, aber es gelingt mir. »Du hast alte und neue Freunde und alles andere kommt dann schon von selbst.«

»Das hoffe ich auch.« Speziell, wenn es um einen dauerhaften Job geht. Denn das ist genau das, was ich mir wirklich wünsche. Und mir gefällt das ganze Team, mit dem ich jetzt arbeiten kann. Mir wäre nur recht, wenn es so bleiben könnte und ich nach den drei Wohnungen vielleicht ein neues Projekt bekommen kann.

Insgesamt kann ich mit ihrem Rat also ganz gut leben, auch wenn ich dafür keine Stunde in die Karten hätte schauen müssen. Nach wie vor bin ich zwiegespalten, was ich davon halten soll. Im Grunde ist das alles nur ein Spektakel. Aber sie hat mir das letzte Mal mitten ins Gesicht gesagt, wenn ich meine Vergangenheit hinter mir lassen will, dann muss ich an einen Ort mit viel Natur ziehen. Nur die wird meine Seele heilen. Na ja, irgendwie hatte sie doch recht. Sollte sie diesmal danebenliegen, dann macht das nichts. Mir geht es hier schon um so viel besser als in Wien, mehr erwarte ich gar nicht. Vielleicht sollte ich ja tatsächlich für immer hierbleiben?

»Dann danke, Esmeralda!«

Ich mag sie. Bloß ihren Namen nicht. Das verklickere ich ihr beim nächsten Mal.

Sie hebt das Glas. »Wann immer du einen Blick in die Zukunft brauchst, bist du herzlich willkommen. Und nun trinken wir auf diesen verdammt attraktiven, dunkelhaarigen Mann, der in dein Leben treten wird.«

Shit! Ich versprühe gerade den Prosecco quer über den Tisch!

»Ich wusste ja, dass er dir schon begegnet ist«, erklärt sie mir grinsend und trinkt genüsslich einen Schluck, während ich noch die nassen Flecken mit einer Serviette vom bunten Tischtuch streiche und inbrünstig hoffe, dass die beiden nicht checken, wie rot ich geworden bin. Daraus wird wohl nichts, denn Esmeralda fixiert mich geradezu mit ihren schwarzen Augen.

»Was? Und das erzählst du mir gar nicht?« Lisa hält mich am Oberarm fest. »Sag sofort, wen du kennengelernt hast. Und wo?« Sie grinst.

»Lisa! Ich habe ihn nicht erwähnt, weil es da nichts zu erzählen gibt. Mir ist mein Handy in der Gondel runtergefallen, Titus hat es aufgehoben und sich oben an der Bergstation neben mir die Skier angeschnallt. Das war alles.«

Lisa kreischt auf, ich fahre zusammen und Esmeralda beißt sich vor Lachen auf die Lippen.

»Das ist er!«, meint sie entzückt und Lisa schiebt nach: »Du weißt ja sogar seinen Namen! Also sag nicht, da war nichts.«

»Wenn ich es sage! Den weiß ich nur, weil ich ihm vorgeworfen habe, dass er mich stalkt, wenn er die gleiche Piste abfährt.«

Ich brauche gefühlt noch eine halbe Stunde, um den beiden wieder auszureden, dass Titus mein künftiger Ehemann ist. Ohne Scherz. Die würden mich mit ihm verheiraten, so fix sind sie davon überzeugt, dass er mein neuer Traummann ist.

Dabei weiß ich rein gar nichts über ihn. Und Traummänner sind genau das: Männer, die dir im Traum erscheinen und nicht real sind. Victor hat das allein in diesem Monat schon wieder drei Mal hinbekommen und ich hasse es. Immer wache ich danach auf und denke, er sei noch am Leben.

Das passiert mir nie wieder! Erst letzte Woche habe ich schweren Herzens sein T-Shirt entsorgt, an dem ich immer rieche. Ich habe es fertiggebracht, es zwei Jahre lang nie zu waschen. Okay, es war damals ja frisch gewaschen, aber so oft, wie ich hineingeheult habe, musste es jetzt weg. Vor allem deshalb, weil es so nicht weitergehen kann. Ich darf mir nicht ausmalen, dass er vielleicht demnächst zur Tür hereinkommt und alles nur ein böser Albtraum war.

Lisa stößt mich in die Seite.

»Was?«

»Du kannst nicht ewig Single bleiben, Marlie.«

»Wieso? Du bist es doch auch?«

»Ja, weil ich den Richtigen noch nicht kennengelernt habe. Aber ich schwöre –« Sie hüpft auf, weshalb in dem kleinen Wohnwagen nicht nur alles zittert, sondern wir knapp an einem Brand vorbeischlittern, weil einige der Räucherstäbchen aus ihrem filigranen Ständer aus Holz auf die Tischdecke fallen. Esmeralda und ich versuchen sofort, die Reste der Stäbchen und der Asche in den Aschenbecher mit dem jamaikanischen Muster aus Hanfblättern zu befördern. »Ich schwöre, wenn mein Traummann vor mir steht, dann spinne ich ein feines Netz aus Seidenfäden um ihn, und ehe er sich versieht, macht er mir einen Antrag«, träumt Lisa laut vor sich hin.

»Vielleicht sollten wir uns darauf konzentrieren?« Wenn Lisa schon so begeistert von der Idee ist? »Könntest du nicht auch noch Lisa die Karten legen, Esmeralda? Bitte?«

Doch zu meiner Verwunderung schüttelt sie den Kopf. »Ich habe mich schon zu sehr mit Alkohol verseucht. Das nächste Mal aber gerne, Lisa.«

»Ja, bitte. Und ich flehe dich an, Esmeralda: Er soll gut aussehen, einen gewissen Sex-Appeal haben, aber vor allem Stil und Humor. Ich hasse diese Nerds, die zum Lachen in den Keller gehen und rein gar nichts von Mode verstehen.«

Wir lachen alle drei.

»Und was ist, wenn er gerne wandert? So wie ich?«

»Soll er. Solange er mich nicht mitschleift, so wie du!«

Ich liebe es, wenn sie ihre ohnehin großen Augen weit aufreißt und Grimassen schneidet. Speziell wie jetzt, wenn ihre blonden lockigen Strähnen unordentlich unter ihrem Hut ins Gesicht fallen. Was auch immer Lisa trägt, es sieht extravagant und toll aus. Als wäre jedes Kleid für sie gemacht. Nun ja, ist es auch. Sie schneidert das meiste davon ja selbst.

Irgendwann stößt auch Franz mit drei großen, verschieden belegten Pizzen zu uns. Der Mann weiß, wie man Frauen, die etwas angeheitert sind, zum Kreischen bringt! Wir bleiben noch bis kurz nach elf Uhr abends. Da wir beide jedoch morgen früh aufstehen und arbeiten müssen, verabschieden wir uns endlich bei Esmeralda und danken ihr für diesen denkwürdigen Nachmittag und Franz fährt uns nach Hause. Erst setzen wir Lisa im Ort ab, dann fährt er den Berg hinauf in die Ramsau. Ich bedanke mich hundert Mal bei ihm, steige aus und will schon die Haustür aufschließen.

Im Umdrehen winke ich ihm noch nach, als er davonfährt, und betrachte den Mond. Vollmond. Ich liebe Vollmondnächte. Nachdem ich die letzten beiden Stunden nur mehr Wasser getrunken und beinahe eine ganze Pizza gegessen habe, bin ich auch wieder fit. Zuckerschock von den Kohlehydraten. So ein kleiner Nachtspaziergang kann nur gut für mich sein. Es ist einfach herrlich, wenn alles mucksmäuschenstill ist und der Mond die Landschaft in ein Silberlicht taucht.

Ich spaziere zurück hinaus auf die Landstraße. Die Luft ist klar und perfekt für eine kleine Runde vor dem Schlafengehen.

Kapitel 6

Spontan beschließe ich, nach rechts ein Stück die Vorbergstraße entlangzugehen und dann in den Waldrandweg abzubiegen. Vielleicht bis zur Schneebergerstraße. Das brauche ich jetzt. Schließlich spukt mir alles, was Esmeralda mir da prophezeit hat, noch immer im Kopf herum. Wenigstens soll es im Job toll laufen. Das klingt schon mal sehr gut.

Eine eigene Wohnung wäre aber toll. Doch die ist in der Gegend gar nicht so einfach zu finden. Ich könnte Karo fragen, ob sie mir bei der Suche helfen kann. Und ihre Freundin Maria. Die beiden kennen sich hier am Immobilienmarkt ja super aus.

Das mache ich! Hoffentlich treiben sie etwas Leistbares auf. Sosehr ich alle am Zechmannhof liebe, es wird Zeit, dazu zu stehen, dass ich hierbleiben werde. Es geht nicht mehr um eine Übergangslösung, sondern darum, ein Zuhause für mich zu finden. Nur für mich. Das ist meine Zukunft. Und sie zu schreiben, liegt an mir selbst.

Moment mal. Ich bleibe stehen.

Habe ich mich gerade dazu durchgerungen, für immer hierzubleiben?

Absolut!

Ich drehe mich ein paar Mal im Kreis.

Fühlt sich das gut an!

Gleich morgen rufe ich die beiden an.

Geradezu beflügelt gehe ich weiter. Wenn der Mond nicht scheinen würde, wäre es stockfinster. So aber sehe ich die Silhouetten der Bäume, an denen ich vorbeigehe, recht gut. Wenn nicht irgendwo ein Auto fährt, ist es auch still. Nur der Schnee knirscht unter meinen Stiefeln.

Vom Ende des Waldrandwegs kommt mir eine Gestalt entgegen. In der Sekunde klopft mein Herz schneller.

Das ist ein Mann. Seine Hände hat er in der Hose eingesteckt und den Kopf hält er gesenkt. Außerdem trägt er eine Haube, sofern ich das richtig sehe. Links und rechts von mir ist bloß Wald.

Mir gefällt das gerade ganz und gar nicht. Soll ich umdrehen? Andererseits? Hier kann doch bloß ein Einheimischer unterwegs sein? Ich bin ja nicht in Wien.

Je näher er mir kommt, desto bedrohlicher finde ich unser unvermeidbares Zusammentreffen. Aber ich nehme allen Mut zusammen und gehe direkt auf ihn zu. Mein Handy schalte ich sicherheitshalber auf Video und halte es, wie rein zufällig, vor meinem Bauch in seine Richtung. Wenn mir etwas passiert, dann habe ich ihn aufgenommen. Nun, wenn er es nicht findet und das Video wieder löscht.

Du meine Güte! Ganz habe ich das Stadtkind in mir wohl noch nicht abgelegt. Ich muss eindeutig noch etwas cooler werden.

Nicht ein einziges Mal hat er bis jetzt in meine Richtung gesehen, dabei muss er doch meine Schritte im Schnee hören.

Ist der blöd? Der wird ja direkt in mich hineinlaufen.

Ich entschließe mich zu einem mutigen und ortsüblichen »Griaß di!«.

Er zuckt zusammen und holt sich etwas aus dem Ohr.

Oh! Kopfhörer. Das erklärt alles.

Und dann sieht er mich an. Wie schon beim ersten Mal dreht mein Blut eine verdammt schnelle Runde in meinen Adern und der Boden unter meinen Stiefeln kommt mir weich vor.

»Marlie?«

Natürlich ist er es. Titus.

Selbst im Mondlicht sind seine Gesichtszüge unverkennbar. Außerdem grinst er breit. Und er hat sich meinen Namen gemerkt. »Was treibst du denn mitten in der Nacht hier?«

»Das könnte ich dich genauso fragen, Titus«, erwidere ich keck. Mir ist so viel leichter ums Herz.

»Ich mache das fast jeden Abend.«

Aha. »Warum? Kannst du nicht schlafen?«

Titus steht vor mir und sieht mich ungläubig an. »Ist das nicht eine sehr persönliche Frage?«

Nickend erkläre ich ihm: »Ist es. Aber dir hier um diese Uhrzeit über den Weg zu laufen, ist für mich auch ziemlich persönlich.«

Titus kneift die Lippen kurz aufeinander. »Verstehe. Ich könnte aber auch sagen, du störst gerade meine Kreise.«

»Du weißt, dass das angeblich seine letzten Worte waren, bevor Archimedes von einem römischen Soldaten in einem Garten erstochen wurde? Jetzt solltest du wohl Angst vor mir bekommen.«

Oder doch eher ich, denn er öffnet den Reißverschluss seines schon wieder pechschwarzen Anoraks und zieht etwas heraus. »Hier. Trink einen Schluck. Das entspannt.«

Ein Flachmann? In Silber? Sehr edel. Die Gravur kann ich nicht lesen, zu klein, und das Wappen kenne ich nicht. Aber ich nehme einen Schluck. Was solls.

»Wow! Ich liebe Birnenschnaps. Der war echt gut. Danke. Aber wieso soll ich mich entspannen? Du solltest eher etwas trinken.«

»Stimmt.« Er setzt an und ich hoffe für ihn, er trinkt nicht alles auf ex. Der Flachmann war ziemlich voll.

Dann wischt er sich über den Mund. »So. Zurück zu unserem unverhofften Wiedersehen.« Dann hält er mir die Hand hin. »Hat mich echt erstaunt. Ich wünsche dir noch einen schönen mitternächtlichen Spaziergang.«

Weil ich so perplex bin, schüttle ich seine Hand und wünsche ihm dasselbe. Doch statt weiterzugehen, bleibe ich stocksteif stehen und sehe ihm in die Augen.

Er deutet nach hinten. »Wolltest du nicht in diese Richtung?«

»Äh, ja. Aber mir reicht es. Ich gehe lieber zurück.«

»Dann stalkst jetzt du mich?«

»Du kannst ja auch umdrehen.«

»Und warum sollte ich das, wenn ich doch eindeutig in die andere Richtung unterwegs war?«

Ich zucke mit den Schultern. »Keine Ahnung.« Wieso ist da diese seltsame Energie zwischen uns? Ich fühle mich gleichermaßen zu ihm hingezogen wie abgestoßen. Beinahe gruselig.

Auf jeden Fall sollte er weitergehen. Dann nehme ich eben die andere Richtung, und wenn ich nur abwarte, bis er weit genug entfernt ist, um nach Hause gehen zu können.

»Sollen wir hier noch eine Runde länger stehen und schweigen?«, will er wissen.

»Ja, äh, nein. Natürlich nicht.«

Ich drehe um. Bitte. Dann gehe ich jetzt zurück und er soll tun, wonach ihm ist.

Keine zwei Sekunden später hat er zu mir aufgeschlossen. »Wohnst du in diese Richtung?«

Oha! Das kann ich auch: »Ist die Frage nicht etwas zu persönlich?«

Er grinst breit. »Jetzt nicht mehr. Wir haben zusammen Birnenschnaps aus der gleichen Flasche getrunken, wovor mir normalerweise ekelt, und wir haben über Archimedes gefachsimpelt. Man könnte glatt behaupten, wir seien wenigstens bereits gute Bekannte.«

Er marschiert recht schnell, aber ich halte Schritt. Auch verbal, denke ich. »Das geht aber schnell bei dir. Für mich bist du noch nicht ganz aus der Schublade Serienkiller gekrabbelt.«

Plötzlich hält er mir ein Bonbon vor die Nase. »Hier. Für dich!«

Ich schlage es ihm aus der Hand. Besser gesagt, dem Handschuh. Sofort hebt er es wieder aus dem Schnee auf. »Bitte, dann eben nicht. Das war mein letztes Latschen-Lutschi aus der Edelweiss-Apotheke! Da ist dir echt etwas entgangen. Die sind bio und zuckerfrei. Also ich bin süchtig nach diesen Dingern.«

Sieht so aus, denn schon packt er es aus und steckt sich das Zuckerl in den Mund.

»Und du scheinst deren Testimonial zu sein. Bekommst du Geld dafür?«

Also zum Schieflachen lustig war mein Kommentar nun auch wieder nicht. Aber wenn es ihm gefällt?

»Du machst mir Spaß.«

»Toll. Dann bist jetzt du dran.«

Wir biegen nach links in die Vorbergstraße ein. Anscheinend sein Weg, denn er macht keine Anstalten, in eine andere Richtung abzubiegen.

»Sorry, aber ich bin überhaupt nicht unterhaltsam. Ein Misanthrop gewissermaßen.«

»Und trotzdem zwängst du dich in eine voll besetzte Gondel? Alle Achtung.«

»Nein. Ich war zu faul für eine Skitour und wollte es mir leicht machen.«

»Verstehe. Du bist also ein fauler Menschenfeind mit einem Faible für Mitternachtsspaziergänge, Latschenkiefer-Zuckerln und Birnenschnaps. Das würde ich mal in einen Lebenslauf schreiben.«

Er hebt die Hand. »Da hast du recht. Sollte ich.«

»Kommt bestimmt gut an.«

»Denke ich auch. Ob ich damit CEO werden kann?«

»Du? Sicher. In der Alkoholbranche vielleicht?«

Es macht Spaß, mich mit ihm zu matchen. Das erinnert mich an Victor. Wir haben uns gegenseitig auch immer mächtig eingeschenkt und danach darüber gelacht.

Ein kleines Verbalgefecht später gelangen wir an die Einfahrt zum Zechmannhof, wo rechts ein gemauertes Jagdhäuschen steht. Jetzt muss ich meine Karten wohl oder übel auf den Tisch legen.

»Hier wohnst du also?«

»Ja. Sieht so aus. Aber bevor du dir die Adresse merkst, ich werde demnächst ausziehen.« Gelogen, aber sicher ist sicher.

»Warum? Bist du nur auf Urlaub hier?«

»Zu persönlich«, antworte ich, winke ihm und laufe dann auf das Haus zu.

Ich bin froh, die Tür hinter mir schließen zu können und ins Bett zu kommen. Titus ist zwar unterhaltend, aber nicht mehr. Und dass mein Herz klopft, ist nur darauf zurückzuführen, dass er so schnell gegangen ist.

Genau. Das ist es. Und nichts anderes.

Jetzt will ich nur noch eine heiße Dusche und mein weiches Bett. Und eines weiß ich bestimmt: Er ist auf gar keinen Fall mein Traummann. Eher mein Albtraummann. Esmeralda täuscht sich da ganz gewaltig.

Welche schlechten Eigenschaften hat er eigentlich?

Hm. Keine, die mir spontan einfällt. Aber das liegt ziemlich sicher daran, dass ich ihn nicht gut genug kenne. Im Grunde ja gar nicht. Er hat sicher welche. Jede Menge davon, und sein fesches Äußere soll davon ablenken.

Sicher. So ist das.

Kapitel 7

Zwei Wochen später …

Manchmal geht alles verdammt schnell, wenn man sich erst einmal zu einer Entscheidung durchgerungen hat.

Ist das zu glauben? Da hocke ich am Boden des Appartements und packe doch tatsächlich meine letzten Kleidungsstücke in einen Karton. Erstaunlich, was sich über die kurze Zeit angesammelt hat.

Ich kann es kaum erwarten, in meine neue Wohnung zu ziehen. Selbst wenn ich den Familienanschluss hier furchtbar vermissen werde. Zumindest zwischendurch finden Birgit und ich immer Zeit für einen kurzen Plausch und mindestens ein Mal in der Woche reite ich eines ihrer Pferde oder darf ab und zu mit dem Pferdeschlitten eine Runde mitfahren. Diese Tiere haben mir unendlich geholfen, mich selbst zu finden. Vielleicht durch die Kraft und Ruhe, die sie ausstrahlen? Auch wenn sie schreckhaft sind. Vielleicht haben wir diesen seltsamen Gegensatz gemeinsam?

»Wo kommt ihr denn her?« Auf die drei Herbstkleider habe ich komplett vergessen gehabt! Kurz muss ich lachen. Sie liegen zusammengerollt ganz unten im Schrank verstaut. Ja, es sind jetzt doch schon über drei Monate, die ich hier bin. Erstaunlich, wie schnell die Zeit verflogen ist, und noch mehr, wie ich mich fühle.

Irgendwann musste ich mich ja zwischen Wien und der Steiermark entscheiden. Also: Dann ist das nun klar. Ich bleibe hier. Vielleicht für immer? Wer weiß. In zwei Tagen kommt die Spedition mit meinen Möbeln und Kartons aus Wien. Das wird spannend. Ich erinnere mich schon gar nicht mehr, was ich alles besitze. Meine Eltern sind super. Sie haben das gleich alles für mich organisiert. Dann sehe ich nach so langer Zeit all mein Zeug wieder und ich freue mich darauf. Das wird mega.

Mir fällt der Stapel an Broschüren und Visitenkarten in die Hand, den ich in der obersten Schublade der Kommode unter dem Spiegel gehortet habe. Du meine Güte!

Fakt ist, hier vergeht die Zeit wie im Flug. Kein Vergleich zu den letzten über eineinhalb Jahren in Wien, gleichzeitig aber auch kein Wunder. Durch Lisa, Karo und Birgit lerne ich immer mehr Leute kennen und außerdem haben sie sich alle auf die Fahnen geheftet, dass ich meine neue Heimat kennenlernen muss.

Ich nehme ein Ticket aus dem Berg an Unterlagen.

Dachstein! Da war ich im Spätherbst mal mit Lisa. Überhaupt haben sie am Anfang alle versucht, mich zu unterhalten und speziell an den Wochenenden mir irgendein besonderes Programm zu bieten. Echt süß.

Lisa und ich waren damals nicht nur auf dem Berg, sondern auch im Eispalast. Genial!

Schon die Fahrt hinauf kann etwas. Auf einer der großen roten Gondeln kann man sogar auf dem Dach mitfahren.

Natürlich nur, wenn das Wetter passt, und auch die Plätze sind begrenzt. Aber das ist ohnehin nicht meines.

Doch was mich wirklich beeindruckt hat, abgesehen von den schroffen Steilwänden des Dachsteins, war der Eispalast. Wir haben Selfies von uns beiden auf der ›Stiege ins Nichts‹ geschossen, die aus Glas gebaut ist, über der Steilwand hängt und damit quasi ins Nichts führt, weil sie nach ein paar Stufen in einer kleinen Plattform endet. Alles durchsichtig. Also da ist mir schon etwas mulmig zumute gewesen.

Ich packe die Fahrkarte der Gondelbahn und die Eintrittskarte in einen Karton zu den Prospekten, da ich es nicht übers Herz bringe, sie wegzuwerfen. Als ich die Broschüre vom Eispalast ansehe, ist es, als ob wir gestern oben gewesen wären.

Vor mir erscheinen die mit Farblicht beleuchteten Eisskulpturen, die mich mächtig beeindruckt haben. Sogar den Hubschrauber aus der Fernsehserie ›Die Bergretter‹ haben sie ins Eis gehauen und gelb beleuchtet. Sieht einfach toll aus. Lisa und ich haben abwechselnd dann noch Fotos voneinander auf einem Thron aus Eis geschossen. Echt imposant.

Ich beschrifte den Karton mit Erinnerungen mit einem schwarzen Marker: ›Unterlagen Schladming/Ramsau‹.

Auch wenn ich noch ein paar Tage zwischen Kisten und Koffern leben muss, meine Vorfreude auf die neue Wohnung, die ich Karo und Maria zu verdanken habe, wird mit jeder Minute größer.

Kaum vorzustellen: Vor knapp zwei Wochen habe ich Karo von meiner Entscheidung, hierzubleiben, erzählt. Und schon letzten Samstag haben wir zu dritt, gemeinsam mit Maria, eine Besichtigungstour gestartet. Bei der Gelegenheit habe ich gleich ein paar neue Lokale und Menschen kennengelernt. Am Samstagabend sind wir drei dann geschafft, aber etwas aufgekratzt in einer kleinen Bar versumpert. Jetzt weiß ich, wie das hier mit den Services für die Appartements im Detail funktioniert. Nicht übel, dass die Gäste sogar Frühstücksboxen bei Marias

Firma ›Schladming Appartements‹ bestellen können. Die werden liebevoll von Marias Team zusammengestellt. Überhaupt arbeiten all die Frauen, die ich hier kennengelernt habe, so gerne und unermüdlich wie ich mittlerweile wieder. Das mag ich. Leidenschaft für das, was du tust. Das war ich immer und bin ich endlich wieder.

Aber letztendlich haben wir uns nur abgelenkt, weil wir uns einig waren: Keine der Wohnungen passt wirklich zu mir oder aber zu meinem Budget.

Tja, und gleich am nächsten Tag war ich dann mit beiden das erste Mal in meinem neuen Zuhause. Schon beim Hineingehen habe ich gewusst: Das ist es. Das muss einfach meine Wohnung werden. Spannenderweise haben Maria und Karo das auch sofort gesagt.

Alles in der Wohnung ist erst kürzlich renoviert worden. Sie hat dunkle Parkettböden und weiß gestrichene Türen und Fenster. Was mir besonders gut gefallen hat, war auch, dass alle Fenster wie auch die großen Glastüren ins Freie mit breiten, vorstehenden Simsen eingerahmt sind. Das gibt der Wohnung einen gewissen Kick. Bad und Küche sind minimalistisch in Sand und Taupe verfliest, aber sehr modern mit schlichten Linien. Außerdem gibt es eine Badewanne und separat eine Dusche mit Glaswand. Der Stil und die Farben passen einfach perfekt zu meinen Möbeln.

Kaum zu glauben, dass ich diese Wohnung im Erdgeschoss eines kleinen Stadthauses mieten werde und auch den Garten benutzen darf. Es ist alles so, als hätte ich es mir wünschen und aussuchen können. Was für ein Zufall und Glück obendrein.

Ich kann nur dankbar sein, dass mich alle hier so lieb unterstützen. Diesen Montag hat Karo sich dann auch noch sofort um meinen Mietvertrag gekümmert und schon zwei Tage später war ich beim Notar unterschreiben.

Also in Wien hätte ich das alles nicht so schnell auf die Reihe bekommen. Aber so ist es hier. Jede und jeder kennt anscheinend jeden. Ich mag das.

Kurz muss ich lachen. Niemals wäre ich mit einem Notar sofort per Du gewesen und hätte mit ihm bei einem Kaffee über meine Lieblingspisten, seine Langlaufstrecken oder wie ich Karo und Theo kennengelernt habe geplaudert.

Doch wo es mir dann die Sprache verschlagen hat, war, als Karo mir vor ihm erzählte, dass Wolfgang in den 90er-Jahren den Weltrekord im Triple-Triathlon gebrochen hat. Das muss man sich mal auf der Zunge zergehen lassen: Drei Mal einen Triathlon, und das auf einmal. In unter dreiunddreißig Stunden! Das ist ja übermenschlich. Eine Ironman-Nummer für mindestens zwei Marvel-Superhelden, wenn man mich fragt.

Wie war das? Über elf Kilometer schwimmen. Unvorstellbar. Da wäre ich nach spätestens einem abgesoffen. Dann folgt die Kleinigkeit von knapp fünfhundertfünfzig Kilometer Radfahren, was ich mir schon vorstellen kann, wenn das Rad hinten im Anhänger ist und ich mit dem Auto von Wien bis in etwa nach Bayreuth fahren müsste. Aber der Überhammer ist, nach all dem Wahnsinn auch noch über hundertzwanzig Kilometer zu laufen! Von hier bis zum Chiemsee. So was geht doch nicht für einen einzigen Menschen.

Unwillkürlich schüttle ich den Kopf. Wenn das nicht Willensstärke ist, dann weiß ich auch nicht. Der Körper kann so eine Strapaze ja nicht wollen. Schade, dass ich Wolfgang erst jetzt kennengelernt habe. Er hätte mir vielleicht schneller helfen können als meine Therapeuten. Egal. Jetzt geht es mir ja wieder gut und ich muss nach vorne schauen und nicht zurück.

Diesen Satz von Lisa werde ich auch nie wieder los.

Auf jeden Fall darf ich sofort in meine neue Wohnung einziehen, was Hammer ist. Das alles ist ganz sicher ein Zeichen, davon bin ich überzeugt, selbst wenn ich nicht an so etwas glaube.

Ich stehe auf. Der letzte Karton ist gepackt. Jetzt gönne ich mir zur Feier des Tages eine Tasse Tee mit einer Scheibe Zitrone.

Mit der Tasse in der Hand setze ich mich auf die Couch und trinke auf das Glück, das ich habe.

Allerdings hat mein besonderes Glück mit der Wohnungssuche zur Folge, dass ich etwas überhastet hier ausziehe. Deshalb war ich gestern noch spontan mit Birgit im Dorfladen frühstücken. Direkt im Ort Ramsau. Ich wollte ihr in Ruhe sagen können, wie dankbar ich ihr und ihrer gesamten Familie für meinen Neustart hier bin.

Ja, das war echt schön. Wir haben beschlossen, noch ein wenig durch den Ort Ramsau zu spazieren, und sind, keine Ahnung, warum eigentlich, ins Heimatmuseum eingefallen. Sie war selbst schon extrem lange nicht mehr dort gewesen.

Jetzt weiß ich alles über die berühmten Erstbesteiger des Dachsteins. Immerhin der höchste Berg der steirischen Alpen. Kaum vorstellbar, wie man mit dieser Ausrüstung, die im Grunde gar keine war, und einer Kleidung, durch die Nässe einfach durchgeht, die Südwand des Dachsteins besteigen kann.

Aber das Ramsauer Brüderpaar Franz und Georg Steiner hat es geschafft. 1909! Unfassbar, speziell wenn man im Museum die alten Fotos, Bergschuhe und Jacken gesehen hat. Noch unzuverlässiger sind mir die Eispickel, Seile und Mauerhaken. Unvorstellbar, dass Georg seinen Bruder angeblich bei besonders schwierigen Stellen mit einem langen Holzstock schlicht und ergreifend an die Wand gedrückt hat!

Klar habe ich mir im kleinen Shop ein paar Postkarten mit alten Fotos gekauft, die kann ich jetzt für meine Wohnung rahmen lassen und vielleicht ins WC hängen? Klingt blöd, aber ich mag das, wenn dort die Wände voll mit kleinen Fotos sind. Nach und nach werde ich weitere alte Postkarten von der Region hinhängen. Das wird sicher toll aussehen.

Mein Blick fällt auf mein Dirndl, das am Haken an der Tür zwischen den beiden Räumen hängt. Darauf habe ich völlig vergessen! Sofort stelle ich die mittlerweile kühler gewordene Tasse ab, lege das Kleid und die Schürze sorgfältig zusammen und packe beide in einen der Koffer.

Im Grunde war es das. Den Rest kann ich übermorgen kurz vor der Abreise noch schnell packen. Ich drehe mich im Kreis und checke noch einmal den Raum, ob ich etwas übersehen habe.

Nein. Sieht für meine Begriffe ziemlich ordentlich aus, selbst wenn sich die Umzugskartons stapeln.

Meinen nächsten beruflichen Termin habe ich nächste Woche und jetzt ist es erst kurz nach zwei Uhr nachmittags. Perfekt. Das heißt, ich fahre nach Schladming und wandere ein wenig irgendeinen der Berge hinauf. Mit meinen Schneeschuhen und den Stöcken geht das wirklich gut.

Oder aber ich fahre Ski.

Nachdem das Wetter nicht prickelnd aussieht, vielleicht doch Ski fahren. Wenn ich mich beeile, schaffe ich noch eineinhalb Stunden, was gut passt. Später treffe ich mich mit Lisa und Karo in einer gemütlichen Hütte zu Käsespätzle am Kaminfeuer. Das wird sicher nett. Einige andere Freunde wie auch mein neuer Chef Theo werden auch dabei sein.

Dann sollte ich einen Zahn zulegen, sonst wird das nichts!

Kapitel 8

Rund zwei Stunden später …

Unmöglich! Ich sehe nichts mehr und habe keine Ahnung, wo die Piste ist. Wie kann man so dämlich sein und trotz der Warnung, dass der Sturm stärker werden wird, die mehr oder weniger letzte Gondel nehmen und dann so lange in einer Hütte herumtrödeln und noch in aller Seelenruhe aufs Klo gehen? Aber nein, ich fühle mich ja schon so einheimisch, dass es mir nicht einmal komisch vorkommt, wenn ich die Letzte bin, die die Ausflugshütte verlässt. Ich Idiotin!

Am liebsten würde ich mir selbst eine runterhauen, denn der Schnee kommt mittlerweile quer daher, alles flimmert in einem undefinierten Weiß und zu allem Überfluss stürmt es. Warum bin ich nicht oben geblieben, als mir der Hüttenwirt angeboten hat, den Sturm bei ihnen abzuwarten? Aber nein, ich habe das

Angebot dankend ausgeschlagen, weil ich ohnehin gleich unten im Tal bin, wenn ich die Piste in einem durchfahre.

Denkste!

Weiterzufahren, hat null Sinn. Ich kristle ab, denn die Situation wird von Minute zu Minute gefährlicher. Lebensgefährlich! Okay. Ruhe bewahren und die Situation sondieren. Ich kann nur hoffen, dass ich überall die richtigen Abzweigungen genommen habe.

Egal, wohin ich sehe, ich sehe nichts. Nur eine weiß-graue Wand. Zwischendurch kommen echt heftige Böen.

Wie soll ich wissen, ob noch von oben jemand auf Skiern daherkommt und mich versehentlich niederfährt? Ich weiß ja nicht einmal genau, wo ich bin. Nur eines ist sicher: Ich bin nicht mehr auf der Piste, denn der Schnee unter mir ist weich und tief.

Vorsichtig ziehe ich mir einen Handschuh aus und stecke ihn in den Anorak. Nicht, dass ihn mir der Sturm davonweht. Ebenso langsam und in Lee schalte ich mein Handy ein. Gut, dass ich in meiner Jugend einen Segelkurs am Neusiedler See gemacht habe.

Ich atme tief durch. Mein Telefon funktioniert. Ich gebe auf Google Maps die Mittelstation der Planai ein und lasse mir die Route für Fußgeher anzeigen. Okay.

Mist. Das schaut nicht gut aus.

Vorsichtig stapfe ich mit den Skiern in die angezeigte Richtung. Es sind etwa fünfhundert Meter. Das ist schaffbar. Ich muss nur verdammt aufpassen, wo ich hintrete. Aber ich muss es zur Gondelbahn schaffen, denn nur dort kann ich mich unterstellen und abwarten, bis es wieder besser wird.

Ich tappe im Dunklen, denn ich sehe rein gar nicht mehr, wo ich hintrete. Die Angst lässt mich stoßartig atmen. Wieso muss ausgerechnet mir das passieren?

Pass auf, Victor: Jetzt wäre es wirklich toll, wenn du da wärst und auf mich aufpasst. Okay? Ich brauche dich gerade wirklich. Pass auf mich auf, ja?

»Ahhh!«, kreische ich auf, weil ich beinahe in eine Holzwand gekracht wäre, die wie aus dem Nichts vor mir aufgetaucht ist. »Victor!«, schreie ich. Das versteht er unter *auf mich aufpassen*?

Der Sturm ist kaum mehr auszuhalten und mir ist kalt, obwohl ich wirklich gut ausgerüstet bin und einen Helm trage. Allerdings ist meine Hand, in der ich das Handy wegen des Weges halte, definitiv kurz vorm Erfrieren.

Ups. Unter mir gibt der frische Schnee nach. Ich sollte laut schreien oder den Notruf wählen, denn das hier ist ein Notfall. Im Grunde ein Fall für die Bergrettung!

Moment. Wie blöd bin ich? Das war eine Hütte!

Vorsichtig drehe ich mich auf den Skiern um und hangle mich der Holzwand entlang. Irgendwo muss ja eine Tür sein.

Ah! Hier. Sofort klopfe und schreie ich laut: »Hallo! Ist da jemand?«

Keine Antwort.

Egal. Doch im Fenster daneben brennt sogar Licht. Hier muss jemand sein.

Danke, Victor. Ich wusste ja, dass du auf mich aufpasst! Notfalls trete ich die Tür ein. Dann bin ich gerettet.

Ich probiere mal, ob die Tür verschlossen ist. Doch die fliegt gerade in einem Schwung nach innen auf und ich halb mit, weshalb ich jetzt am Boden liege. Im Schnee. Vor der Hütte.

»Sind Sie wahnsinnig?!«, kreische ich vor Schreck und sehe nicht einmal auf, weil mein Handy weg ist. Es muss hier irgendwo neben oder unter mir sein.

»Manche behaupten das, aber egal. Brauchst du Hilfe?«, höre ich plötzlich eine tiefe Stimme, die mir vertraut erscheint.

Ich sehe auf und mein Herz springt einen Salto. Ich kenne dieses Gesicht! »Titus! Wonach sieht es denn aus?«

Mühsam quäle ich mich an den Stöcken hoch und öffne mit dem Ski meine linke Bindung. Sofort werfe ich ihn an die Hauswand. Dann schiebe ich mit dem Schuh die rechte Bindung nach oben und werfe diesen Ski dem anderen nach. Jetzt muss ich nur noch mein Handy finden.

»Okay, entschuldige. Ich kann dir die Skier nicht abnehmen, sonst fliegt noch die Tür aus den Angeln.«

»Schon gut.«

Er steht mit einer Skihose bekleidet, aber nur im Pulli vor mir im Eingang der Hütte und hält mit einer Hand die Tür fest, damit der Sturm sie nicht hin und her schlagen kann.

Verdammt. Mit einer der letzten Gondeln heraufzufahren und auf der Hütte oben herumzutrödeln, war wirklich ein dämlicher Akt der Selbstüberschätzung, aber über diese Hütte zu stolpern, ist definitiv meine Rettung!

Mein Herz rast. Schon wieder. Warum habe ich jedes Mal wieder Herzklopfen, wenn er vor mir steht? Muss an den seltsamen Situationen liegen, in denen wir einander über den Weg laufen. Aber egal, warum, ich freue mich wie eine Schneekönigin, ihn zu sehen!

Er deutet mir, endlich in die Hütte zu gehen. »Komm doch endlich herein, Marlie! Was tust du überhaupt in diesem Wetter auf der Piste?« Die Tür, die er zu halten versucht, ist schwer zu bändigen.

Seine Frage halte ich für berechtigt. Habe ich mir auch schon ein paar Mal in den letzten Minuten gestellt.

»Wonach sieht es aus? Mich retten, weil ich nicht glauben wollte, dass es hier so einen Schneesturm mit Nebel geben kann, vielleicht?«

Aber ich gehe nicht hinein. Nicht ohne mein Handy. Schnell ziehe ich mir wieder den zweiten Handschuh über und knie mich in den Schnee, um den Boden abzusuchen. Es muss doch hier irgendwo liegen.

»Kommst du bitte endlich herein? Es schneit bis zu mir in den Vorraum.« Was stimmt, und das, obwohl er rund einen halben Meter hinter der Türschwelle steht.

»Ich brauche aber mein Telefon.«

»Okay.« Er fixiert das Türblatt zwischen seinen Beinen. Dann zieht er sein Handy aus der Hosentasche. »Sag deine Nummer an.«

Ohne zu zögern, tue ich es.

Und schon läutet es direkt links hinter mir. Mist. Da hätte ich zuletzt gesucht!

»Danke!« Ich ziehe es aus bereits mehr als fünf Zentimeter frischem Schnee und stehe auf. Titus reicht mir schon die Hand, aber die brauche ich nicht. Ich husche an ihm vorbei. Er drückt mit viel Kraft die Tür zu und versperrt sie sofort von innen. Macht Sinn. So kann der Wind sie nicht wieder aufdrücken.

Als Erstes schüttle ich mich in dem kleinen Vorraum mit dem nun nassen und teilweise schneebedeckten Steinboden ab, denn ich bin ebenfalls bereits eingeschneit. »Entschuldige, aber ich hoffe, das ist okay für dich. Ich kann die Fliesen ja nachher aufwischen.«

Nachdem er keine Schuhe trägt, schlüpfe ich auch aus meinen und lege den Helm auf einem Holzbrett ab, das anscheinend dafür gedacht ist.

»Für mich schon, aber ob es für den Besitzer okay ist, weiß ich nicht.«

Was?

»Wie? Das ist nicht deine Hütte?«

»Absolut nicht. Ich habe mich auch hierher gerettet. Du wolltest vermutlich ebenfalls noch zur Mittelstation hinunter?«

»Ja! Aber das hier ist mir lieber, denn ich nehme nicht an, dass sie bei dem Sturm noch fahren.«

»Nicht anzunehmen.«

»Ist sonst noch jemand hier?«

Schmunzelnd schüttelt er den Kopf. »Nein. Nur du und ich.«

»So ein Zufall.« Aber auch gut. Ich bin so was von froh und erleichtert, dass ich in Sicherheit bin, egal ob mit oder ohne ihn.

»Ist es. Übrigens«, er deutet auf ein kleines Regal, auf dem schon seine Skischuhe stehen, »hier kannst du sie zum Trocknen abstellen.«

»Mach ich.« Ich setze mich auf die kleine Lederbank, schlüpfe aus den Skischuhen und folge ihm auf Socken in ein Wohnzimmer mit angeschlossener Küchenzeile. »Hier ist also wirklich niemand?«

»Nein! Ich hab alle Zimmer durchgesehen. Oben gibt es ein Schlafzimmer, ein Kinderzimmer, ein Badezimmer mit WC, und herunten ist das hier alles. Abgesehen von einer kleinen Speisekammer hinten links und noch einem WC gleich hinter der anderen Tür im Vorzimmer.«

Etwas verloren und meine Hände aneinander rubbelnd, weil sie immer noch saukalt sind, stehe ich da und sehe mich genauer um. Sehr hübsch eingerichtet. Nicht teuer, aber recht stilvoll. Beinahe ein Scandinavian Contemporary Style mit ein paar Stilbrüchen, aber sehr heimelig. Ich mag es. Sofa, eine Kommode sowie die Überzüge der Sessel und Kissen sind alle in Beigetönen. Der Rest, Tisch, Couchtisch, eine Kommode und die Arbeitsplatte in der Küche, sind aus einem dunklen Holz gemacht. Eiche, schätze ich. Ich mag auch den Makrameeläufer quer über den Couchtisch und die beigen Lackfronten der Küche.

Aber das Highlight steht direkt vor der Couch. Ich deute darauf. »Ich liebe diesen offenen Kamin. Können wir den anzünden?« Das könnte helfen, denn hier herinnen ist es nicht übermäßig warm und er ist sehr breit. Wärmt sicher super.

»Können wir. Allerdings würde ich lieber das Holz aus dem Vorraum als den Kamin selbst anzünden.«

Smartass! »Wunderbar. Das hilft schon einmal.« Kurz wird mir heiß, obwohl ich zittere. »Aber brechen wir hier nicht ein? Wir sollten jemanden anrufen und versuchen, herauszufinden, wem die Hütte gehört.«

Seine dunkelbraunen Augen lächeln mich an. »Das ist doch aufregend. Warum willst du es kaputtmachen?«

Ich atme tief durch. »Vielleicht, weil ich schlicht und ergreifend ehrlich bin?« Egal, wie er das sieht, ich rufe jetzt Lisa an und bitte sie, herauszufinden, wer hier die Eigentümer sind. Außerdem muss ich ohnehin das Abendessen mit allen absagen.

Er fährt sich durchs Haar und dreht sich im Kreis. »Wirklich? Da draußen wütet die Apokalypse und deine einzige Sorge ist, ob du den Besitzer anrufen kannst, damit er absegnet, dass wir unsere Leben retten? Echt jetzt, Marlie?«

»Ja. Echt jetzt. Es sei denn, dir fällt etwas Wichtigeres zu tun ein.«

Zu meiner Überraschung antwortet er mit einem »Ja«, aber das ignoriere ich.

Sofort ziehe ich mein Handy aus der Hosentasche.

Mist. Es ist tot. Entweder ist der Akku leer oder es ist zu nass geworden.

Ich sehe hoch. Titus stürmt gerade zur Tür hinaus.

Was tut er denn jetzt? Ich laufe ihm nach.

Er hat die Eingangstür aufgerissen und schreit »Hallo!« in die weiße, wütende Wand. »Ist da jemand?«

Verdammt. Er hat recht. Das ist wichtiger. Es könnte noch jemand unterwegs sein, den wir retten können.

Okay. Ich brülle mit.

Nichts. Keine Antwort, keine Konturen, die wir ausmachen können.

Wir rufen eine ziemliche Weile lang ins Nichts hinein. Aber keine Reaktion.

Plötzlich befiehlt Titus: »Hinein!«

Wieso? »Geben wir auf?«

»Ja. Du bist durchnässt und voller Schnee und ich auch. Ich informiere jetzt die Bergrettung, dass wir hier sind.«

»Und du denkst, dein Handy funktioniert?«

»Das werden wir gleich sehen.«

Mit Gewalt drückt er die Tür wieder zu. Der Sturm ist noch extremer geworden, aber mit Absperren hält sie ihm stand.

Tatsächlich! Sein Telefon funktioniert. So ein Glück.

Ich entferne von meinem die Hülle und wische beide Teile mit einem Geschirrtuch ab. Dann lege ich es auf den Couchtisch. Hoffentlich trocknet es durch.

Während er telefoniert, gehe ich in den ersten Stock und hole aus dem Badezimmer frische Handtücher. Ich hätte meinen Helm nicht abnehmen sollen, mein Haar trieft.

Als ich damit wieder hinunterkomme, steht er vor dem Kamin.

»Und? Hast du jemanden erreicht?«

»Ja. Wir sollen hierbleiben und uns bis morgen nirgendwohin bewegen.« Dann sieht er mich ernst an. »Anscheinend waren wir die Letzten, von denen sie nicht wussten, wo sie sind.«

»Gut.« Mir fällt ein Stein vom Herzen. Dann ist anscheinend niemand mehr in Gefahr. Und ich war dämlich. Saudumm. Unentschuldbar blöd. Aber so ein Fehler wird mir nie wieder passieren. Das nächste Mal bleibe ich, wo ich bin.

»Lass uns mal checken, was wir essen könnten.«

Hunger habe ich noch keinen, aber was, wenn wir hier demnächst im Dunklen sitzen?

»Denkst du, der Strom könnte ausfallen?«

»Das ist möglich. Such du nach Kerzen, ich durchforste mal die Speisekammer.«

Meine Aufgabe ist schnell erledigt. Gleich die oberste Schublade der Kommode ist voll mit Kerzen, Teelichtern und Servietten. Sofort verteile ich so viele davon wie möglich. Oh. Wo sind die Zündhölzer oder ein Feuerzeug?

Direkt auf dem Kaminsims liegt zum Glück eine Packung langer Streichhölzer. Sehr gut. Ich stelle auch dort noch ein paar Teelichter auf.

»Magst du heiße Schokolade?«, ruft Titus aus der Speisekammer.

»Nein, danke. Ich vertrage Milch nicht so gut. Aber wenn es irgendeinen Tee gibt?« Während Titus nachsieht, öffne ich alle Küchenschränke. Nudeln, Fertigsugo und Salz. Das passt doch.

»Wintertee?« Er hält mir ein braunes Papiersackerl vor die Nase. »Der ist bio und heißt Alles-wird-gut-Tee.«

Wäre zu schön, wenn sich das bewahrheiten würde. Aber es ist bloß der Name der Teesorte. »Klingt doch super. Ich habe hier übrigens alles für Spaghetti gefunden. Die könnte ich machen.«

Er strahlt. »Du würdest freiwillig für uns kochen?«

Ich halte ihm das Fertigsugo im Glas vor die Nase. »Wenn das für dich kochen ist, dann ja. Dafür sorgst du dafür, dass wir Feuer im Kamin haben. Von mir aus auch indem du die Holzscheite anzündest.« Ich muss grinsen. Das war die Retourkutsche. »Meine Haare sind nämlich noch immer klatschenass.«

Erstaunt sieht er mich an. »Dann geh doch hinauf ins Bad, such einen Föhn und trockne sie damit.«

Ich komme mir gerade ziemlich blöd vor. Dieser Krisenmodus vernebelt meinen Verstand. Aber ja. Wir sind in einer voll ausgestatten Hütte, der Strom funktioniert noch, sein Handy ebenso, nur draußen pfeift der Sturm und die Fensterläden klappern. In Summe ist alles gut.

»Okay, dann hoffen wir, wir haben noch Strom, wenn ich damit fertig bin.« Ich laufe nach oben, denn mir ist einfach zu kalt.

Kurz checke ich sogar den Schrank im Schlafzimmer und hole mir eine Jogginghose und Socken raus. Fühlt sich wie Diebstahl an, aber meine Füße sind kalt wie Eisblöcke. Das ist ein Notfall, rede ich mir ein.

Wenig später habe ich geduscht, mir das Haar geföhnt und die Jogginghose samt der frischen Socken übergezogen. Endlich ist mir wieder warm. Meine Skihose hänge ich über den Heizkörper im Bad und laufe nach unten.

Wahnsinn. Es sieht richtig gemütlich aus mit dem Feuer, das im Kamin prasselt. Aber wo ist Titus?

Ich rufe nach ihm. Plötzlich höre ich ihn und gehe zum Vorraum. Er stürmt gerade herein und drückt sich gegen die Tür.

»Bist du wahnsinnig? Wo warst du denn?«

Er klopft sich den Schnee vom Anorak und der Mütze.

»Ich habe die Läden rund ums Haus geschlossen. Die im ersten Stock aber nicht.«

»Wir sollten doch nicht hinausgehen.«

Titus kneift die Brauen zusammen. »Machst du immer das, was andere sagen?«

»Ja.« Gelogen, aber woher soll er das wissen? »Du nicht?«

Er grinst. »Nein. Üblicherweise genau das Gegenteil davon. Und jetzt bin ich mit Duschen dran.«

Während er sich nach oben verzieht, setze ich die Spaghetti auf und habe Zeit zum Nachdenken. Wie kann es sein, dass ausgerechnet wir beide hier in dieser Hütte Schutz suchen? Schon eigenartig. Aber kein Zeichen, denn vermutlich haben wir uns schlicht und ergreifend nur deshalb hier getroffen, weil wir beide zu doof waren, die Warnungen wirklich ernst zu nehmen, und am Weg zur Mittelstation waren. Das lässt sich alles rein faktisch erklären.

Kapitel 9

Ein paar Stunden später ist es draußen sicher schon stockfinster, aber da die Fensterläden geschlossen sind, ist es herinnen gleich dunkel wie am Nachmittag.

Allerdings hat der Sturm hörbar nachgelassen. Dummerweise ist jetzt auch der Akku von Titus' Handy leer und wir haben kein Ladegerät gefunden.

Schlimmer als das ist jedoch die Tatsache, dass wir beide hier vor dem Feuer sitzen und er keine einzige meiner Fragen zufriedenstellend beantwortet hat. Ist es zu viel verlangt, wissen zu wollen, was er beruflich macht oder warum er so zugeknöpft ist? Seiner wenig gesprächseinladenden Art steht entgegen, dass er mir optisch durchaus gefällt. Sehr sogar. Aber mit der Art?

Außerdem habe ich ohnehin nicht vor, jemand Neues in mein Herz zu lassen. Viel zu gefährlich.

Plötzlich beugt er sich in meine Richtung. »Warum jetzt so schweigsam?«

Es reicht! Ich bemühe mich, diese zähflüssige Unterhaltung irgendwie am Laufen zu halten. Ich! Nicht er!

»Weil mit dir zu reden so anstrengend ist, wie einen Marathon zu laufen.« Mir fällt der Notar wieder ein. »Ich korrigiere: wie ein Triple-Marathon.« Er grinst. Kann er ruhig. »Aber weißt du was? Du hast recht. Du kannst dich ja ruhig weiterhin in Schweigen hüllen, aber mir ist gerade danach, dir mal meine Geschichte zu erzählen. Ob du willst oder nicht.« Weglaufen kann er ja nicht und mir reicht es einfach.

Seine Züge werden mit einem Schlag sanfter. »Wer sagt, dass ich sie nicht hören will?«

»Ach? Das hast du dann aber bis jetzt gut verborgen.«

»Marlie, ich bin nicht der große Redner.«

»Ist mir kaum aufgefallen.«

»Gib mir deine Tasse. Ich schenke dir noch Wintertee nach und dann bin ich gespannt, zu hören, was dich in die Berge verschlagen hat.«

Nimmt er mir gerade mit Nettigkeiten den Wind aus den Segeln? Sehr verwirrend.

»Danke.« Ich drücke ihm meine Tasse in die Hand. Der Rest vom Tee ist ohnehin schon kalt. »Sieht man mir leicht an, dass ich nicht von hier bin?«

Bereits im Gehen dreht er sich um und schmunzelt. »Das, und man hört es.«

Na super. Nicht einmal für ihn gehe ich als Einheimische durch, dabei ist er ja selbst keiner. »Das kann ich nur zurückgeben.«

Seelenruhig schenkt er am Herd meine Tasse voll und kommt damit wieder zum Sofa zurück. Mittlerweile ist es hier wirklich gemütlich, denn ich habe oben zwei Decken in einem Kasten gefunden und kuschle mich in eine davon.

»Hier, bitte. Über mich gibt es eben nicht viel zu sagen oder zu wissen. Der Paradiesvogel hier im Raum bist du.«

Ich und ein Paradiesvogel? Sicher nicht. »Okay, vergessen wir das. Aber mach dich mal auf eine echt traurige Geschichte gefasst.«

Die Überraschung ist ihm anzusehen. »Geht es um einen Mann?«

»Ja, aber nicht so, wie du vielleicht annimmst.«

Und dann kotze ich ihm quasi alles vor die Füße, was in den letzten beiden Jahren passiert ist, beginnend mit unserer Verlobung und natürlich dem Autounfall.

Je länger ich dahinplappere, desto leichter wird mir ums Herz. Ich habe mir noch nie so viel Zeit genommen, meine Geschichte in all ihren Facetten zu erzählen, und es tut mir erstaunlich gut.

Ich lasse nichts aus. Weder meine Wut auf Victor, dass nur ich mit seinem Verlust fertigwerden muss und die Scherben meiner zerbrochenen Träume von einer Familie mit ihm in den Müll werfen musste, noch meine Depression, in die ich geschlittert bin. So schlimm, dass ich nach kurzer Zeit meinen Job kündigen musste, weil ich einfach nicht mehr in der Lage war, aus dem Bett zu kommen. Selbst die Sache mit Victors Kuschel-T-Shirt erzähle ich ihm, was kein Problem ist. Wir werden uns sicher nie mehr wiedersehen, also was soll er mit all den Informationen über eine Fremde, von der er nur den Vornamen kennt, schon anfangen?

Nach gefühlt über einer Stunde bin ich bei den Pferden und der Natur hier angekommen, die mir gemeinsam mit meiner Familie, Lisa und all meinen neuen Freunden Kraft gegeben haben.

»Tja, und jetzt ziehe ich übermorgen in meine neue Wohnung nach Schladming und habe mich dazu entschlossen, fürs Erste hierzubleiben.« Langsam könnte er dann etwas mehr als ›Hm‹ oder ›Ist ja krass‹ von sich geben.

Zu seiner Verteidigung muss ich ihm aber zugestehen, dass er mehr als aufmerksam zugehört und mir weder blöde Fragen gestellt oder noch blödere Ratschläge erteilt hat, wie ›Da hättest du dich mehr zusammenreißen müssen‹. Alles schon da gewesen.

»Gratuliere. Das klingt doch nach einer guten Entscheidung.« So viele Worte auf einmal?

»Ist es auch.«

Da fällt mir ein, ich habe Madame Esmeraldas Rolle zu erwähnen vergessen. Weil ich gerade so in Fahrt bin, hole ich das nach.

Als ich auch damit fertig bin, fasst er die Karten zusammen: »Die Macht der Natur, Feuer oder Rot und ein Schloss ohne Schlüssel? Das war ihre Vorhersage?«

Sieh an. Er hört wirklich sehr genau zu.

»Ja. So ein Blödsinn, oder? Außerdem werde ich mich nie wieder verlieben. Noch einmal lasse ich mir nicht das Herz brechen.«

Titus kneift die Brauen zusammen und starrt mich verwundert an.

»Das kann ich verstehen.«

Wohl kaum. Niemand versteht das, der das nicht selbst erlebt hat.

Plötzlich umarmt er mich und sagt: »Danke! Danke, dass du deine Geschichte mit mir geteilt hast.«

Ich fasse es nicht. Damit habe ich nicht gerechnet.

Schnell löse ich mich aus seinen Armen, bevor ich versucht bin, die Tränen zuzulassen, die sich bis in meine Augenwinkel vorgearbeitet haben, und mich von ihm trösten lasse, auch wenn es genau das ist, was ich jetzt brauchen könnte: einfach nur gehalten werden.

Ich wische mir über die Augen. »Schon gut. Jetzt weißt du, mit wem du es zu tun hast.« Da fällt mir noch etwas ein: »Ach ja, und ich bin chaotisch, liebe Wintersonnenuntergänge und kann bestimmte Sachen nicht wegwerfen, wie Eintrittskarten oder so. Vielleicht habe ich also gewisse Messie-Züge an mir.« Das sollte dem Ganzen eine heitere Note zum Schluss geben, denn es hat Kraft gekostet, ihm das alles zu erzählen. Selbst hinter den Sonnenuntergängen steckt nämlich Victor. Ich habe das Gefühl, da ist er mir immer besonders nahe. Keine Ahnung, warum. Aber so ist es.

Ich halte meine Tasse mit beiden Händen fest und starre ins Feuer. Soll er mit den Informationen machen, was er will. Mir hat es gutgetan, ihm alles in einem Schwung zu erzählen, auch wenn es emotional anstrengend ist. Vielleicht musste ich mal meine Geschichte in einem Stück rauskotzen. Egal, vor wem.

»Du hast etwas zu erwähnen vergessen.«

Wie bitte? Woher will er denn das wissen? »Und das wäre?«

»Bei deinen Eigenschaften: Dass du wunderschön bist, hast du nicht gesagt, Marlie. Innerlich wie äußerlich.«

Mein Herzschlag poltert. Ein Kompliment? Von Titus? »Meinst du das ernst?«

»Nein, das sage ich nur, damit du dich besser fühlst.« Spinnt er? Doch er streicht mir über die Hand, mit der ich gerade eine meiner Haarsträhnen zwirble. Mache ich immer, wenn ich wirklich nervös bin. »Natürlich meine ich das ernst. Sonst würde ich es nicht sagen, das wissen wir mittlerweile doch beide, oder etwa nicht?«

»Doch. Natürlich«, murmle ich, denn mich überwältigt gerade ein echt schräges Gefühl von Vertrautheit mit ihm. Wie wir so auf dem Sofa knotzen, das im Kamin prasselnde Feuer, die warme Tasse Tee in meinen Händen, und dann natürlich seine dunklen, so wachsamen Augen. Ich mag gerade sehr, wo ich bin. Erschreckend!

Denn natürlich ist es Blödsinn. Wir beide haben rein gar nichts gemeinsam. Was auch? Er lässt ja nichts heraus.

Mit einem Ruck steht er auf.

»Was hast du vor?«

Er hält mir seine Hand hin. »Komm, wir sehen mal draußen nach, wie es mit dem Wetter aussieht.«

Okay. Das bedeutet Themenwechsel. Mit der Tasse in der Hand folge ich ihm. Im kleinen Vorraum mit der holzverkleideten Wand schnappen wir uns jeder ein paar Crocs von den Eigentümern.

Neben ihm zu stehen, macht es nicht besser. Ich muss mir eingestehen, dass er mich anzieht wie ein Magnet. Das muss an der unglaublichen Ruhe liegen, die er ausstrahlt. Vielleicht ist es auch Stärke. Sicherheit. Oder was auch immer. Auf jeden Fall fühle ich mich neben ihm wohl und jetzt sogar ein kleines bisschen aufgekratzt.

Dann öffnet Titus vorsichtig die Tür.

Wenigstens fliegt sie uns nicht gleich um die Ohren. Dafür aber fällt Pulverschnee zur Tür herein. Titus nimmt die Schneeschaufel, die im Eck lehnt, und schaufelt auch gleich noch einen halben Meter direkt vor dem Eingang frei.

»Sieht doch schon ganz gut aus.«

In den Crocs treten wir beide vor die Tür und sehen uns um. Obwohl es stockfinster ist, ist die Sicht eindeutig besser als vorher.

»Ja, der Wind ist deutlich weniger geworden.« Meine Augen gewöhnen sich schnell an die Dunkelheit und mir fällt ein Holzschild auf, das ich beim Herkommen nicht gesehen habe. Und eine andere Hütte, die etwa hundert Meter weiter steht. Lesen kann ich natürlich nicht, was auf dem Wegweiser steht.

»Es schneit übrigens in deine Teetasse«, meint Titus und deutet auf sie.

»Stimmt! Ist das nicht witzig?« Ich halte sie von mir weg und sehe zu, wie die bauschigen Schneeflocken in die Tasse fallen. »Schneeflöckchen im Wintertee.«

Irgendwie verwundert sieht er mich an, dann auf meine Tasse. »Aber er wird kalt.«

»Macht nichts.« Denn es sieht süß aus. »Ich gehe ohnehin gleich wieder hinein.«

Einmal betrachte ich noch die Schneeflocken im hellen Schein des Lichts aus der Hütte, wie sie sanft in meine Tasse fallen. Dann drehe ich mich um.

Hier draußen ist es viel zu kalt, denn ich trage bloß diese Jogginghose und mein langärmeliges Unterziehshirt.

Titus folgt mir nach drinnen, schließt ab und ich hocke mich wieder im Wohnzimmer aufs Sofa. Noch die Decke über die Beine, dann ist es wieder kuschelig und warm. Er legt noch ein paar Scheite Holz im Kamin nach. Dann dreht er sich zu mir um.

»Hast du Lust auf Backgammon? Ich habe in der Kommode eines gesehen.«

»Ich liebe Backgammon!« Das habe ich früher immer mit meinen Eltern gespielt. Lustigerweise hier im Skiurlaub und fast jeden Abend. »Aber ich warne dich: Ich gewinne fast immer.«

Breit lächelnd holt er das Spiel aus einer Lade und baut es am Couchtisch auf. »Zu dumm, denn ich gewinne immer. Nicht nur fast.«

»Das werden wir sehen. Wer die höhere Zahl würfelt, darf beginnen und sich die Farbe aussuchen.«

»Ist okay für mich.«

Wir nehmen jeder einen Würfel und meiner rollt auch schon. »Ich habe eine Sechs!«

Er leider auch.

Gut. Nächste Runde.

»Eine Fünf. Immerhin«, meint er.

»Drei! So ein Topfen!« Das fängt ja gut an.

***

Eine Stunde später hat jeder von uns drei Partien gewonnen, ich drei Mal laut jubelnd meinen Sieg mit einem Freudentanz gefeiert und er seine bloß, so wie jetzt auch, mit einem »Ich wusste ja, dass es geht« kommentiert. »Einstand«, meint er. Weiß ich doch. »Die nächste Runde entscheidet. Ich schlage vor, wir spielen um etwas.«

»Gute Idee. Der, der gewinnt, darf sich vom anderen etwas wünschen.«

Er zieht eine Braue hoch. »Egal, was?«

»Na ja, alles, was angemessen und hier umsetzbar ist.« Etwas Lustiges eben. Kopfstand vor dem Kamin oder so.

»Angemessen ist sehr undefiniert.«

»Du weißt aber auch immer etwas zu entgegnen, oder? Das war doch dein Vorschlag.«

Titus lehnt sich zurück, während ich schon mal die Chips aufstelle. »Du weißt schon, dass der Sturm eine Naturgewalt ist, das Haus hier rot wie Feuer und kein Schlüssel im Schloss steckte?«

Ich halte inne und mein Herz beginnt, zu rasen. Er hat recht! Mir ist das auch schon in den Sinn gekommen, allerdings mit der Abwandlung, dass er das geheimnisvolle Schloss ist, doch ich frage mich, warum Titus plötzlich die Karten erwähnt?

»Willst du mich ablenken, um zu gewinnen?«

Er steht auf. »Nein. Ich hole uns eine Flasche Wein.«

»Hast du die auch in der Speisekammer gesehen?«

Nickend verschwindet er.

Kurz darauf habe ich das Backgammon neu aufgestellt und er mir ein Glas Wein serviert. Nun hält er mir seines vor die Nase. Zum Anstoßen.

»Auf diesen Abend, den wir nicht vorhersehen konnten.«

»Nein! Bestimmt nicht! Und das nächste Mal fahre ich bei den ersten dunklen Wolken nach Hause. Ich schwöre es.«

Die Gläser klingen schön, als wir sie kurz aneinanderstoßen. »Ich auch, aber dennoch finde ich das hier, nun ja, überraschend angenehm.«

Leider muss ich ihm recht geben, wenn ich ehrlich bin. »Kein Wunder, du weißt ja, mit wem du es zu tun hast, im Gegensatz zu mir.«

»Bist du noch immer bei der Serienkiller-Theorie?«, fragt er schmunzelnd.

»Knapp.« Kichernd lege ich nach. »Weißt du was? Wenn, dann bist du einer dieser kultivierten Serienkiller. Wie Johnny Depp in ›Das geheime Fenster‹. Das kann ich mir bei dir leider sehr gut vorstellen.«

Er trinkt einen Schluck, stellt sein Glas ab und meint: »Dann sollte ich dich von diesen schrecklichen Gedanken erlösen.« Sanft streicht er mir eine Strähne meines langen dunkelbraunen Haares aus dem Gesicht. »Aber danke, dass du mich mit Johnny Depp verglichen hast. Ich mag sowohl ihn als auch diesen Film sehr.«

»Bitte, gerne. Aber bilde dir nichts drauf ein, denn diese Story ist echt verdammt gruselig!« Wie die Idee, mich in ihn zu verlieben. Das darf nicht passieren.

Titus nickt. »Ja, sehr sogar. Um es kurz zu machen: Ich bin tatsächlich zu einem Misanthrop mutiert. Nicht, weil ich Menschen grundsätzlich nicht mag, sondern weil ich nicht andauernd erkannt und gestört werden will.«

Ich hebe meinen Kopf. »Bist du berühmt?«

Seine Augen lächeln funkelnd. »Könnte man so sagen. Allerdings, wenn du mich nicht erkannt hast, dann bin ich es wohl weniger, als ich mir eingebildet habe.«

»Ich schwöre, ich habe keine Ahnung.«

»Dann belassen wir es für den Moment doch lieber dabei. Was ich dir sagen wollte, ist: Ich kann dich verstehen, ohne dir zu nahe treten zu wollen, indem ich behaupte, ich wüsste, was du durchgemacht hast. Das weiß man, denke ich, erst, wenn man es erlebt hast.«

Wieso sagt er in genau diesem Moment das Richtige? Ich sehe auf. »Du ahnst gar nicht, wie recht du hast. Viele haben sich eingebildet, mir Ratschläge erteilen zu müssen, obwohl sie nicht wissen, wie es sich anfühlt, wenn du den Menschen, den du liebst und der deine Zukunft ist, verloren hast.«

Titus drückt kurz meine Hand und ich lasse es geschehen. »Kann ich mir denken. Wieder ein Grund, Menschen nicht zu mögen. Aber zurück zu meiner Geschichte. Ich denke, ich sollte sie dir erzählen.«

»Unbedingt«, werfe ich ein.

»Sie ist aber irgendwie kurz.«

»Ich bin trotzdem gespannt«, murmle ich und genieße die Wärme, die mich einhüllt. Sobald wir beide für einen Moment schweigen, setzt sich dieses knisternde Geräusch des Feuers durch und lullt mich ein. Ich mag es. So hört sich Geborgenheit an. Und so riecht es hier auch: nach verbrennendem Holz, Kräutern und vielleicht einem Hauch an Moschus.

»Die simple Wahrheit ist, meine Eltern sind reich. Ich hatte also nach meinem Studium einen sehr guten Start als Investor, und sowohl die Firmen als auch die Immobilien, die ich über die Jahre erworben habe, haben mich letztendlich wohlhabender als sie gemacht.«

»Bist du deshalb hier? Weil du investieren willst?«

»Habe ich schon und werde ich weiterhin, wenn sich die Gelegenheit bietet.«

»Dann machst du im Moment einfach nur Urlaub?«

»Ja und nein. Viele meiner Termine absolviere ich online, aber da meine Ex mein Haus in der Ramsau abgelehnt hat, bereitet es mir mittlerweile umso mehr Freude, Zeit hier zu verbringen.«

»Deine Ex-Freundin mochte wohl die Berge nicht?«

»Die nicht, und letztendlich mich noch weniger. Dabei frage ich dich«, er sieht mir tief in die Augen, »wie kann man diese beeindruckende Landschaft hier nicht mögen? Die Berge, die Wanderwege zu den Hütten oder den Anblick einer Gams, die in einer schroff abfallenden Steilwand steht?«

Ich zucke mit den Schultern. »Weiß ich auch nicht.«

Aber so ganz bin ich nicht bei der Sache, denn mich beschäftigt eine andere Frage. Wie kann man ihn nicht mögen? Ja, er lässt sich nicht sofort in die Karten schauen, aber er ist auf jeden Fall ein mehr als interessanter Mann. Schlagfertig, eindeutig belesen und gebildet, zuweilen selbstironisch und auf jeden Fall mehr als attraktiv. Und ich liebe nicht nur seine samtig-tiefe Stimme, sondern auch die bedächtige Art, in der er spricht.

Fühlt es sich so an, wenn zwei einander völlig fremde Galaxien miteinander kollidieren? Von einer unsichtbaren Kraft angezogen werden und sich nicht mehr dagegen wehren können? Mit einem Schlag ist seine Welt auch irgendwie meine geworden und vielleicht auch umgekehrt. Auf jeden Fall fühlt sich hier neben ihm am Sofa zu lümmeln verdammt gut an. Außerdem klingt das Wörtchen ›Ex‹ auch nicht übel.

Mit mir stimmt etwas nicht, doch meine Neugierde siegt über alle Bedenken.

»Hast du jemand Neuen?«

Unsere Blicke verhaken sich ineinander. Ich mustere ihn und er lächelt mit den Augen. Wo kommt dieses unanständige Kribbeln in meinem Bauch plötzlich her?

»Warum interessiert dich das?«

»Nun ja, wir schütten einander gerade das Herz aus. Vielleicht irgendwie deshalb?«

Titus nickt und rückt einen Tick näher an meine Seite. »Entschuldige, gutes Argument. Nein, ich habe niemanden.«

»Okay. Und du wohnst jetzt in der Ramsau? Also ständig?«

Nun lacht er laut auf. »Nein, mein Haus in der Ramsau ist bloß mein Zweitwohnsitz.« Dann zieht er mich an sich und flüstert mir ins Ohr: »Der Bürgermeister fragt mich alle sechs Monate, wann ich endlich gedenke, das zu ändern. Zweitwohnsitze sind ihm ein Dorn im Auge.«

»Und? Wirst du es ändern?«

»Bis jetzt hatte ich das nicht vor. Aber ich wollte morgen auch zurück nach Wien.«

»Und das willst du nicht mehr? Warum?«

»Ich denke, weil ich herausfinden sollte, ob ich mir ebenfalls das Herz nicht noch einmal brechen lassen will, so wie du.«

Während ich diese Antwort noch durch meine grauen Zellen zur Verarbeitung schicke und rätsle, was er damit wohl meint, kommt er mir mit seinen Lippen nahe.

Noch näher.

Meine Augen klappen zu.

Das ist keine gute Idee. Nein! Die dümmste überhaupt.

Und dann berühren seine Lippen meine. Anfangs nur zart, wie der Flügelschlag eines Schmetterlings.

Eine Welle an wohliger Wärme überrollt mich. Setzt jedes Nein außer Kraft. Ich schlinge meine Arme um seinen Nacken und erwidere seinen Kuss voller Leidenschaft. Mut. Neugier.

Ich muss ihm dringend etwas sagen: »Nur damit du es weißt: Ich werde mich keinesfalls wieder verlieben.«

Er grinst. »Dann tue ich es auch nicht. Versprochen.«

Und schon küssen wir einander wieder.

Du meine Güte! Ich hätte nie gedacht, dass ich jemals einen Mann, der nicht Victor ist, wieder so küssen könnte. In meinem Kopf surrt es und ich bilde mir ein, zu schweben.

Ohne Vorwarnung schiebt er mich von sich und blickt mich an. »Sorry! Ich weiß auch nicht, warum ich das getan habe. Ich habe dich überrumpelt.«

Seine Küsse kann ich noch auf meinen heißen Lippen fühlen. Ich fahre mit den Fingern über sie, weil ich verwirrt bin. »Tut es dir leid?«

Energisch schüttelt Titus den Kopf. »Mir nicht. Aber was ist mit dir?«

Ich zucke mit den Achseln und betrachte die flauschige Decke. »Ich weiß nicht genau. Wenn du damit zufrieden bist, dass ich dir nichts versprechen kann, dann würde ich dir gestehen, dass es mir gefallen hat.« Mit einem Augenaufschlag sehe ich ihn direkt an. »Sehr sogar.«

Titus umarmt mich. »Ich kann dir auch nichts versprechen, außer, dass ich mit niemand anderem diese Hütte teilen wollte.«

»Ich auch nicht.«

Vielleicht ist diese absurde Situation des Hiereingesperrtseins schuld daran oder die Idee, dass das hier alles nichts mit der wahren Realität zu tun hat, aber ich lasse mich in seine Richtung fallen. Mit mir in den Armen kippt er nach hinten und wir schmusen.

So leidenschaftlich, dass ich mit dem Bein das Backgammon erwische und es zu Boden fällt.

»Du torpedierst unser alles entscheidendes Spiel?«, raunt er in mein Ohr.

»Ja. Dann gibt es keine Siegerin.«

»Du meinst wohl keinen Sieger?«

»Oh nein, ich meine Siegerin.«

»Sieger.«

Bevor ich ein weiteres Mal versuche, das letzte Wort zu haben, küsst er mich wieder.

Im ersten Moment fällt mir gar nicht auf, dass es um uns herum plötzlich dunkel wird.

»Oh! Jetzt ist der Strom ausgefallen.«

»Echt jetzt?« Langsam löse ich mich aus seinen Armen und sehe mich um. Stimmt. Bis auf das Feuer ist es finster.

»Nur einen Moment.«

Er steht auf, legt Holz im Kamin nach und ich mache mich ebenfalls nützlich, indem ich die Kerzen am Couchtisch anzünde.

Jetzt ist es gleich noch romantischer.

Titus kommt wieder zu mir und schiebt den Tisch zur Seite. Erstaunt sehe ich ihn an.

»Nur zur Sicherheit«, erklärt er mir schmunzelnd und schlingt seine Arme um mich. »Ich will dich nämlich, Marlie!«

Dann haucht er mir »Jetzt!« ins Ohr und durch meinen Körper jagt eine Welle an Hitze.

Ich mustere ihn. Er sieht so umwerfend sexy aus. Ja, ich mag jede kleine Falte in seinen Augenwinkeln und finde seinen Mund wirklich sehr anziehend. Auch seine gerade geschnittene Nase. Die ganz leichten Grübchen und seinen kantigen Kiefer. Ganz zu schweigen von seinem schlanken, durchtrainierten Körper.

Das hier ist ein Ausnahmezustand. Warum sollen wir nicht das Beste daraus machen? Zumal er der erste Mann nach Victor ist, den ich will. Mit dem ich mir eine Nacht vorstellen kann.

Soll ich?

Ich lehne mich an seinen Hals und flüstere »Ich will dich auch« in sein Ohr.

Und in diesem Moment verliert sich alles. Ich tauche ab in einen Rausch an Wärme, kleinen, funkelnden Sternen und den Geruch von Holz und Kräutern. Untermalt vom Knistern der frischen Holzscheite im Kamin und seiner samtigen, tiefen Stimme, die sagt: »Nicht nur der Sturm, Marlie, auch du bist eine Naturgewalt.«

»Und du steckst noch immer voller Geheimnisse wie das Schloss ohne Schlüssel.«

Ab da sehe ich rot.

Mein Oberteil landet irgendwo und Titus hält plötzlich den Schneeflockenanhänger meiner Halskette in der Hand. »Warum hast du das?«

»Ich habe es mir gekauft, als ich hergezogen bin. Als Symbol für die Magie des Winters und auch dafür, dass etwas ganz Zartes, Filigranes doch viel Kraft gemeinsam mit anderen entwickeln kann.«

Er küsst die Schneeflocke, dann mich und ich ziehe ihm sein Shirt über den Kopf. Wow! Ein Tattoo? Das überrascht mich.

Mit zwei Fingern streichle ich über das Tribal-Muster auf seinem linken Oberarm.

»Was sind das für Symbole?«

»Eine Maori-Sonne und kleinere Zeichen für Frieden, Weisheit und Erfolg.«

»Warum gerade Maori?«

»Ich habe auch ein Haus in Neuseeland.«

Wusste ich es doch, dass er mir noch lange nicht alles erzählt hat.

»Und das kleine hier, sind das auch Schneeflocken?«

»Ja, und wie bei dir stehen sie für mich für diese Region hier. Ebenfalls mein Zuhause.«

»Es ist umwerfend schön.« Und männlich. Sexy. Künstlerisch. »Ich liebe es!«

Dann nehme ich seine Hand und lasse ihn als Erstes meine Narben am Kopf ertasten. Titus sieht mich erstaunt an.

Ich nicke nur, dann strecke ich ihm mein Bein hin. »Und die hier.«

»Sie sind schön, Marlie. Du bist schön.«

Er streicht sanft über die Narben und küsst sie. Eine nach der anderen.

Ich umarme ihn. Alles ist so einfach. Wie kann das sein?

Plötzlich schiebt er seine Hand in mein Höschen und wieder beginnt alles rund um mich zu verschwimmen. Verliert sich in einem Feuerwerk an nacheinander explodierenden Sternen, die ich mit geschlossenen Augen sehen und tief in mir fühlen kann. Wir können einander nicht schnell genug ausziehen und nicht innig genug spüren. Erforschen. Ertasten.

Ja, genau das hier habe ich gebraucht. Zu erfahren, dass ich gewollt werde. So wie ich bin. Mit all den Narben auf meinem Hinterkopf und Beinen wie auch jenen auf meiner Seele. Er weiß von ihnen und will mich dennoch. Das fühlt sich richtig an. Und wenn es nur für heute Nacht ist.

Kapitel 10

Ich schlage die Augen auf, doch es ist stockdunkel. Kein Wunder, die Fensterläden sind sicher noch geschlossen.

Wo ist Titus?

Liege ich tatsächlich noch immer auf der Couch? Nein. Am Teppich vor dem Kamin. Ich ziehe die Decke hoch und kuschle mich in das Kissen. Vielleicht ist er nur am WC. Aber ich höre nichts.

Doch.

Das Knarren der Eingangstür.

»Titus?«

»Guten Morgen, Sonnenschein!«, höre ich ihn von draußen rufen.

Langsam sehe ich besser. Da ist er.

»Der Sturm hat wieder etwas zugelegt. Ich war drüben bei der Mittelstation.«

»Ohne mir etwas zu sagen? Bist du lebensmüde?«

Er setzt sich zu mir auf den Boden. »Du sorgst dich um mich?«

Ich schlage ihm auf den Arm. »Natürlich tue ich das!«

Titus beugt sich zu mir und küsst mich. Mitten auf den Mund.

Okay. Haben wir heute auch noch etwas miteinander?

Sieht so aus. Ich schlinge meine Arme um seinen Nacken und küsse ihn noch einmal.

Er scheint es zu mögen, mir Haarsträhnen aus dem Gesicht zu streichen.

»Und? Was war in der Mittelstation?«

»Es waren ein paar Männer da. Heute steht die Gondelbahn still. Noch immer zu viel Wind, aber es hat auch einige Bäume umgeworfen. Deshalb der Stromausfall. Sie haben mir erzählt, dass sogar noch heute Bäume umfallen, die erst nur geknickt waren.«

»Echt?«

»Ja, die Schwerkraft. Aber Fakt ist, es soll noch ein paar Stunden richtig Wind geben, dann sollte das Unwetter durchgezogen sein. Es sind nur noch ein paar Zellen, die uns treffen werden.«

»Dann bleiben wir hier?«

»Findest du es denn nicht gemütlich?«

»Doch. Aber Lisa und all die anderen werden sich große Sorgen machen, weil ich gestern nicht zum Mädelsabend aufgetaucht bin.«

»Keine Sorge. Wenn sie die Bergrettung angerufen haben, dann wissen sie, dass eine Marlie und ein Titus hier in dieser Hütte sind. Wie viele Menschen mit unseren Vornamen kennst du?«

»Stimmt. Das erleichtert mich.« Da fällt mir ein: »Wie spät ist es eigentlich?«

»Kurz nach neun Uhr.«

»So spät?«

»So früh, würde ich sagen. Die Läden lassen wir lieber geschlossen, und da wir nichts vorhaben, komme ich wieder zu dir ins Bett.«

»Auf den Boden, meinst du«, erwidere ich kichernd.

»Da siehst du, wozu wir uns gegenseitig bringen: Wir schlafen auf dem Boden und finden es im Prinzip beide ganz okay.«

»Weil wir so unkompliziert sind.«

»Denkst du?«

»Ja, so könnte man es sehen.«

Titus zündet noch eine neue Kerze auf dem Couchtisch neben uns an, die andere ist völlig ausgebrannt. »Leider kann ich dir keinen Wintertee machen so ohne Strom.«

»Kein Problem. Es gibt ja Wasser und Saft.«

»Stimmt. Bleib, wo du bist. Ich hole uns etwas zu trinken.« In Boxershorts geht er zur Küchenzeile und ich beobachte ihn.

»Für mich nur ein Glas Wasser, bitte.«

Mensch, ist er sexy. Speziell sein Hintern und seine Beine. Aber auch seine schmalen Hüften. Und die breiten Schultern. Okay, alles an ihm ist anziehend. Selbst seine Bewegungen. Die haben etwas Katzenhaftes und ich liebe Katzen. Kleine. Er erinnert dagegen eher an einen Panther. Sanfte Bewegungen, hypnotisierendes Äußeres, aber brandgefährlich. Für mein Herz.

Nein, für *ein* Herz. Denn ich werde mich nicht Hals über Kopf verlieben und schon gar keine Beziehung mit ihm eingehen. Wenn wir diese Hütte verlassen, dann soll das hier einfach eine wunderschöne Erinnerung sein. Das kann nicht schaden. Ebenso wenig wie die Tatsache, dass ich seit langer Zeit wieder das Gefühl habe, so richtig im Leben angekommen zu sein, und ich unbändige Leidenschaft gespürt habe. Das ist verdammt schön.

»Gefällt dir, was du siehst?«, fragt Titus neckisch.

»Doch. Durchaus.«

Er drückt mir das Glas Wasser in die Hand. »Geht das auch ein bisschen enthusiastischer?«

Ich hebe die Decke hoch. »Weißt du was, ich bin besser im Zeigen als im Reden. Komm doch wieder ins Bett.«

Strahlend lässt Titus sich nicht zwei Mal bitten und kuschelt sich zu mir. »Ich scheine abzufärben! Das könnten meine Worte gewesen sein.«

»An Selbstbewusstsein mangelt es dir jedenfalls nicht.«

»Nein. Was hast du noch alles über mich herausgefunden?«

Mit dem Zeigefinger über meinen Lippen denke ich nach. »Du scheinst Ordnung zu mögen.« Auf jeden Fall hat er ständig alles wieder abgeräumt und das Geschirr sofort abgewaschen. »Und ich schätze, du magst es, zu reisen, sonst hättest du nicht ein Haus in Neuseeland.«

»Zwei Punkte, Sherlock. Noch etwas?«

»Nun, du glaubst zwar nicht offiziell an etwas Übersinnliches, aber die Prophezeiung von Esmeralda hast du dir gemerkt und dein linker Arm ist voller Maori-Symbole.«

»Und Schneeflocken«, ergänzt er.

»Richtig. Daraus schließe ich, du hast eine Seite, die ein wenig mystisch ist und die du vor der Welt lieber geheim hältst.«

»Drei Punkte, und völlig ohne Google. Du solltest zum MI6 oder so gehen.«

Amüsanter Gedanke. »Stimmt, ich könnte ihre Büros definitiv ein wenig aufpeppen und James Bond in die Kunst des Teesiedens einführen.« Er lacht, während mir dummerweise meine Möbel einfallen. »Apropos aufpeppen: Ich muss spätestens morgen früh ins Tal. Da kommt der Möbelwagen aus Wien.« Auf den habe ich komplett vergessen gehabt.

»Und wenn wir die nächsten Wochen hier zuwarten müssen? Also mir würde da so einiges einfallen, was wir mit der Zeit anstellen könnten.« Ich fange seine Hand, mit der er mich gerade streichelt.

»Du meinst sicher putzen?«

Titus lacht. »Du kannst Gedanken lesen.«

»Weiß ich.«

Es macht Spaß, sich mit ihm liebevoll zu matchen. Ja. Wirklich Spaß. Aber der muss ein Ende finden. Ich muss siedeln. Und Anfang nächster Woche meine Pläne von Karo und Theo absegnen lassen. Da muss alles sitzen, sonst kann ich mir weitere Aufträge ins Haar cremen. Was nicht passieren darf. Die Miete der neuen Wohnung ist zwar okay, aber auch nicht gerade günstig, und langsam geht mir das Geld aus. Das Geld, das Victor und ich auf mein Konto als Anzahlung für ein Haus gelegt haben, und Zuschüsse meiner Eltern.

Mein Hals schnürt sich zu. Wie Victor das wohl findet? Ich hier, nackt in den Armen eines fremden Mannes? Deshalb wird er mich wohl nicht hierhergeleitet haben. Oder doch?

Titus streichelt mir übers Gesicht. »Er ist wohl noch immer präsent.«

»Ja«, antworte ich ehrlich und mit einem Frosch im Hals.

Verschwinde, Victor! Das hier hat rein gar nichts mit dir zu tun!

»Komm her.«

Ich lege mich auf seine Brust und Titus hält mich fest. Das Beste, das er tun kann. Langsam gelingt es mir, die Bilder und Gedanken wieder aus meinem Kopf zu verjagen.

Und irgendwann schlafe ich einfach wieder ein.

Oh Gott! Ich muss so was von dringend aufs Klo. Sofort springe ich auf. Leise, um Victor nicht zu wecken, tappe ich nach draußen und biege gleich links in unser WC ab. Schlaftrunken, aber doch irgendwie zielstrebig reiße ich die Tür auf.

Und erstarre. Nicht nur, dass mir Schnee ins Gesicht weht, zwei Männer stehen vor mir! Dann schreie ich auf.

»Hilfe!« Ich bin nackt!

Sofort knalle ich die Tür wieder zu.

Wo bin ich und wer sind die beiden?

Entgeistert sehe ich mich um.

Das ist nicht unsere Wohnung in Wien. Ich bin in Schladming. In der Hütte mit: »Titus!«

Er stürzt mir entgegen. Langsam sehe ich wieder im Dunklen. »Was ist passiert?«

Entgeistert deute ich auf die Tür. »Zwei Männer. Äh, na ja. Ich wollte aufs Klo.«

»Im Freien?«

Gibt keine gute Optik, die ganze Situation. Sieht dämlich aus. Das verstehe ich. »Nein, natürlich nicht. Ich war wohl desorientiert. Aber da stehen zwei Typen vor der Tür.«

»Geh hinein, ich sehe mal nach.«

Das lasse ich mir nicht zwei Mal sagen, denn ich muss nach wie vor sehr dringend und meine Gedanken jagen von Victor zu Titus und wieder zurück. Ich laufe in den ersten Stock hinauf.

Was bitte ist denn in mich gefahren? Ich war so sicher, dass ich in unserer Wohnung bin. Die einzige Erklärung ist, dass ich inmitten eines Traums aufgewacht bin. Das muss es sein.

Kurz darauf gehe ich eingewickelt in ein Handtuch nach unten, von wo Stimmen kommen.

»Und das ist Marlie.«

»Griaß di!«, grüßen mich die Männer, nachdem Titus mich vorgestellt hat.

»Entschuldigung, ich wollte euch nicht erschrecken«, erkläre ich ihnen peinlich berührt.

»Kein Problem. Wir wollten euch nur anbieten, später mit dem Ratrak mit ins Tal zu fahren.«

»Vorausgesetzt, ihr wollt«, wirft der Jüngere der beiden grinsend ein.

»Natürlich wollen wir«, antworte ich wie aus der Pistole geschossen. Meine Wohnung. Ich muss siedeln!

»Passt. So in einer halben Stunde kommt der Hans vorbei und holt euch.«

»Eine halbe Stunde?« Das ist aber ziemlich bald. Wir müssen noch zusammenräumen, vielleicht die benutzte Wäsche in die Waschmaschine werfen. Ach ja, die geht ja auch nicht ohne Strom.

»Das schaffen wir. Ich danke euch«, antwortet Titus zu meiner Überraschung und verabschiedet sich per Handschlag von den Männern.

Ich sehe mich um und kriege die Panik. Wie sollen wir die Hütte so verlassen, wie wir sie vorgefunden haben? Ohne Waschmaschine? Ohne Staubsauger? Das gefällt mir gerade gar nicht.

Titus küsst mich auf die Stirn. »Du hast ihnen ja einen einmaligen Anblick verschafft, der ihnen sicher schlaflose Nächte bescheren wird.«

»Eher mir. Das ist so was von peinlich.«

»Findest du?« Und mit einem Ruck zieht er mir das Handtuch vom Leib.

Ich halte mir die Hände vors Gesicht. »Die Sache ist mir wirklich unangenehm, Titus. Reite jetzt bitte nicht darauf herum.«

»Niemals. Aber wir könnten doch –?« Er sieht mich mit erwartungsvollen Augen an.

»Äh, wir haben es gerade ziemlich eilig.«

»Stimmt. Aber du hast vergessen, wo du bist. Also würde ich mich sicherheitshalber noch einmal gerne in Erinnerung rufen, damit du unten im Tal nicht behauptest, du hättest mich noch nie gesehen.«

Meint er das ernst?

Kurz überlege ich. Ein Quickie oder die Hütte ordentlich hinterlassen?

Gerade weil ich die Chaosqueen bin, wähle ich Letzteres.

»Sorry. Komm. Wir müssen hier sauber machen.«

Plötzlich wechselt seine Stimmung. »Marlie! Ich schicke einen Putztrupp hierher, von mir aus lasse ich die gesamte

Hütte neu ausmalen, oder nein, ich richte sie zum Dank für die Eigentümer neu ein. Ich schwöre, das mache ich alles. Aber was ich nicht will, ist, so mit dir auseinanderzugehen. Dafür war –«

Was? Sag es! Aber er hat innegehalten und spricht nicht weiter. Stattdessen hebt er eine der beiden Decken vom Boden auf und legt sie zusammen.

Ich halte seinen Arm fest. »Was wolltest du gerade sagen?«

»Nichts. Du hast recht. Wir sollten unseren Gastgebern damit danken, dass wir hier aufräumen.«

Richtig. Und uns anziehen. Er trägt ja auch bloß Shorts und ich gar nichts mehr.

»Eben.« Obwohl mir das echt gerade gegen den Strich geht. Alles. Auch, dass er nicht ausspricht, was er im Begriff war, zu sagen.

Ja. Ich bin ziemlich unsanft aus meiner rosaroten Wolke gefallen. Nicht nur mit meinem Auftritt draußen vor der Tür. Er entzieht sich mir und macht weiter mit dem Aufräumen.

Gut. Wenn es so enden soll, dann ist es auch gut.

Nein. Ist es nicht. Wieso benimmt Titus sich plötzlich, als seien wir Fremde füreinander?

Aber bitte. Dann ziehe ich mich schnell an und helfe mit.

Mit unseren Skiern und Stöcken in der Hand und den Helmen am Kopf warten wir im Vorraum auf den Ratrak. Zwischen uns sind vielleicht fünfzig Zentimeter, gefühlt hat sich aber eine Kluft im Ausmaß des Grand Canyons zwischen uns breitgemacht. Und alles nur, weil ich zusammenräumen statt mit ihm schlafen wollte? Dabei wollte ich das ja! Aber ich wollte auch vernünftig sein. Warum ist das so ein Problem?

Ich sehe ihn an, aber er starrt auf den Holzboden.

Bin ich durch die Hölle gegangen, um jetzt mit ihm hier so zu tun, als seien wir Fremde? Sicher nicht.

»Hör mal, Titus.« Er sieht mir direkt in die Augen. »Ich weiß nicht, was dich so gestört hat, aber ich möchte, dass du weißt: Das ist das erste Mal seit dem Unfall, dass ich mich fallengelassen habe. Und ich habe jede Minute mit dir genossen.«

Bevor ich ihm sagen kann, dass es mir unendlich leidtäte, wenn wir jetzt wie Fremde auseinandergingen, lässt er seine Ski und Stöcke fallen, nimmt mein Gesicht in seine Hände und küsst mich. Dann zieht er mich in seine Arme. »Es tut mir leid, Marlie. Ich weiß, was mich getriggert hat.«

»Und das wäre?«

»Deine Rationalität. Meine Ängste. Du willst doch, dass wir als Freunde auseinandergehen und dass es das dann war, oder?«

Ja. Genau. Obwohl: »*Wollen* ist nicht ganz richtig. Vor allem anderen habe ich einfach zu viel Angst, dass mein Herz erneut gebrochen wird. Das stehe ich nicht durch.«

Mir entweicht ein tiefer Seufzer, woraufhin Titus mir über die Wange streicht. »Mir geht es ganz gleich. Aber sollten wir uns dieser Angst beugen?«

Nun umarme auch ich ihn. »Ich weiß ehrlich nicht, ob ich das kann, Titus.«

»Ich bin mir für mich ebenso wenig sicher. Vielleicht denken wir beide zu weit voraus. Ich will nichts anderes, als dich unten im Tal zu deinem Auto zu bringen und dich irgendwann wieder anrufen zu können.« Spitzbübisch grinst er mich an. »Ich habe nämlich deine Nummer schon.«

Ich kuschle mich an seine Brust. »Okay. Das kannst du machen.«

»Wunderbar. Was morgen ist, werden wir ja morgen herausfinden.«

»Morgen siedle ich.«

»Ich bin schlecht beim Möbelpacken.«

»Eher zu faul, oder?«, lächle ich, denn es fühlt sich gerade alles sehr, sehr gut an.

»Wir werden sehen. Morgen ist morgen. Ich höre den Ratrak piepsen. Komm, wir gehen mal raus.«

Ich ziehe mir schnell die Handschuhe über, er auch. Dann sehen wir uns an.

»Okay. Ich bin noch nie in einem Ratrak mitgefahren.«

»Denkst du ich, Marlie? Aber das stand definitiv auf meiner Bucket List.«

»Lügner.«

»Achtung, gleich wird es stürmisch!« Und schon fliegt die Tür auf, denn der Sturm ist wieder stärker geworden. Allerdings kein Vergleich zu gestern.

Wir können die Tür hinter uns zumachen, aber sicherheitshalber sperrt Titus ab und steckt den Schlüssel ein. Gute Idee. Dann können wir ihn dem Eigentümer übergeben und uns gleich persönlich bedanken.

Aber jetzt müssen wir erst einmal unfallfrei auf dieses Ungetüm steigen. Das Ding ist schon verdammt groß und hoch! Wenn wir heil unten angekommen sind, brauche ich ein Stamperl Schnaps. Egal, welchen.

***

Als wir unten an der Talstation vor meinem Auto stehen, bin ich geschafft. So hoch oben zu sitzen, vermittelt einem das Gefühl, dass die Planai noch viel steiler als ohnehin schon ist.

Titus verstaut meine Skier im Kofferraum und schiebt sie am umgelegten Rücksitz bis nach vorne. Ich ziehe mir in der Zwischenzeit bequeme Boots an.

»Hier ist der Wind nicht einmal so stark wie oben.«

»Nein. Zum Glück nicht.« Meine Skischuhe kommen noch in den Kofferraum, dann werfe ich den Deckel zu. Ich muss schnell weg, denn das hier fühlt sich gerade wie eine furchtbare Abschiedsszene an.

»Fährst du jetzt zum Zechmannhof?«

Ich muss mich zusammenreißen. »Ja, das habe ich vor. Und als Allererstes bitte ich Birgit um irgendein Stamperl Schnaps.«

»Guter Plan.« Er sieht zu Boden, dann mich an. »Und wie soll es jetzt weitergehen?«

Gar nicht! Auch wenn ich mir das Gegenteil wünschen würde. »Gib mir einfach mal ein paar Tage Zeit, mich in der Wohnung einzugewöhnen, ja?«

Das ist doch gut. Aber unverbindlich, ich weiß.

»Übersetzt für mich heißt das: Ruf mich nicht gleich am ersten Abend an.«

Jetzt sehe ich betreten weg. »Ja. Das heißt es wohl.« Ich brauche auf jeden Fall Abstand und muss erst darüber nachdenken, was da zwischen uns passiert ist.

»Okay. Ich verspreche es dir, Marlie. Und pass auf dich auf.« Dann umarmt er mich.

»Ja«, hauche ich und wieder ist da dieses wunderschöne Gefühl eines flatternden Schmetterlingschwarms in meinem Bauch, das mich beinahe zum Weinen bringt. »Du auf dich auch«, bekomme ich gerade noch krächzend heraus.

»Gut.« Ich bekomme noch einen Kuss auf die Stirn, dann geht er weg. Kurz sehe ich Titus nach, dann setze ich mich hinters Steuer. Abschiedsszenen ertrage ich nicht. Das ist ja noch die Herzbrechen-light-Variante und die finde ich schon schlimm und muss leiden. Genau deshalb brauche ich auch keine Beziehung.

Kapitel 11

Rund zwanzig Minuten später werfe ich die Autotür zu und marschiere zum Haupthaus vom Pferdehof. Am Weg habe ich bereits mit Lisa und Karo telefoniert. Sie waren beide in großer Sorge um mich, aber schlau genug gewesen, mit der Bergrettung zu telefonieren. Daher wussten sie, dass eine Marlie in Sicherheit war. Allerdings bei einem Titus, was ich ihnen nun zu erklären versucht habe, ohne zu erwähnen, dass etwas zwischen uns gelaufen ist. Keine der beiden hat mir das abgenommen. Aber ich bin zu erledigt, um das auszudiskutieren.

Birgit und Harald laufen mir mit offenen Armen entgegen.

»Marlie! Was machst du denn für Sachen! Wir haben uns solche Sorgen gemacht und dich nicht erreichen können«, sagt Birgit sofort und wir umarmen einander.

»Es tut mir so leid, Birgit. Ich konnte niemanden verständigen, weil mein Akku leer war.«

Sie winkt ab. »Schon gut, Lisa hat uns gestern noch angerufen.«

Nun drückt mich auch noch Harald. »Ein Glück, dass dir nichts passiert ist. Wirklich.«

»Ja. Danke!«

Kurz schildere ich ihnen beim Hineingehen das Wichtigste. »Kann ich nachher bitte ein Stamperl haben? Das brauche ich jetzt, denke ich.«

»Und etwas zu essen«, stellt Birgit fest. Liebevoll und fürsorglich wie immer.

»Gerne. Vielleicht einfach nur eine Schinkensemmel oder so? Ich würde nur schnell nach oben gehen und mich umziehen.«

»Ist gut. Wir treffen uns dann in der Stubn.«

»Passt. Danke.«

Ich laufe in den ersten Stock hinauf und dusche mich erst mal. In Jogginghose und einem Pulli sowie mit geputzten Zähnen fühle ich mich gleich besser. Ich betrachte mein Spiegelbild. Nein, mein Gefühl sagt mir, Lisa könnte auftauchen. Also noch einmal umziehen, sonst führen wir wieder dieses Lagerfeld-Gespräch.

Unten stelle ich als Erstes die Frage, die ich vorhin vergessen habe, zu stellen: »Wisst ihr vielleicht, wem diese rote Hütte gehören könnte?«

Birgit und Harald sehen einander an. »Ich glaube, das ist die von den Thalers aus Graz, aber sicher bin ich mir nicht«, denkt Harald laut nach.

»Ja, ich denke auch, dass das die vom Anton ist.«

Nun, wenn sich die beiden einig sind, dann wird das wohl stimmen. »Ich muss ihn anrufen und mich bedanken. Vielleicht kann ich einen Putzdienst beauftragen, dass die Hütte noch einmal ordentlich sauber gemacht wird, und ein paar Sachen, die wir verwendet haben, nachkaufen und hinaufbringen, wenn das Wetter besser ist.«

»Das ist lieb von dir, aber ich denke, das wird er nicht wollen. Sprich halt zuerst mit ihm.«

Das werde ich, aber nicht jetzt, denn Lisa und Karo stürmen gerade zur Tür herein. Ich springe auf. Dachte ich es mir doch!

Die beiden erdrücken mich beinahe. Ich freue mich unheimlich, dass sie extra hergekommen sind. Allerdings kann ich an Lisas funkelnden Augen sehen, dass sie eine Mission hat, und ich spüre, um wen es geht: Titus. Das muss ich irgendwie umschiffen.

Wir setzen uns alle an den großen Tisch aus massivem Holz, allerdings nur wir Frauen, denn Harald entschuldigt sich. Er hat noch einiges nach dem Sturm zu tun, denn auch hier sind Äste von den Bäumen gefallen, wenn auch zum Glück nichts Schlimmeres passiert ist. Außerdem denke ich, er will uns Frauen allein quatschen lassen.

Nachdem ich den dreien noch einige Details meines Abenteuers im Sturm erzählt habe, bricht das Unvermeidbare über mich herein. Von Lisa. Typisch.

»So. Deine Schonzeit ist vorbei, Marlie, denn jetzt hast du etwas gegessen. Also sag schon: Was ist da mit diesem Titus gelaufen? Wieso war er auch in der Hütte?«

Um kurz darüber nachzudenken, wie viel ich preisgeben soll, beiße ich noch einmal ein Stück von der Semmel ab und kaue extrem langsam.

Birgit schenkt uns schon mal jeder ein Stamperl Birnenschnaps ein.

Plötzlich zeigt Lisa mit dem Finger auf mich. »Oh nein! Wag es ja nicht, dir jetzt irgendeine belanglose Geschichte auszudenken. Ich kenne dich zu gut dafür, meine Liebe. Und du strahlst!« Sie kommt näher und sieht mir tief in die Augen. »Und ich weiß, was das bedeutet.«

Ich wehre sie mit beiden Händen fuchtelnd ab. »Ist schon gut. Ja, okay, da war was. Aber das war ein Ausnahmezustand und wird ganz bestimmt nichts Ernstes.«

Karo, die Gott und die Welt kennt und mir damit ja bereits alles Mögliche vermittelt hat, von neuen Freunden über meinen Job, verschiedenen Läden bis hin zu meiner Wohnung, meint aufgeregt: »Also ich kenne hier nur einen Titus. Und das ist Titus Tantz.«

Tantz? Seltsamer Nachname. Würde aber zu ihm passen.

»Was, der?«, ruft Lisa aufgeregt, und selbst Birgit meint: »Den bekommt man selten zu Gesicht, obwohl er nicht weit entfernt von uns wohnt.«

»Kann sein. Sein Nachname sagt mir nichts, denn er hat ihn nicht erwähnt.«

»Titus Tantz! Holy cow! Warte mal. Ich google ihn. Dann kannst du gleich nachlesen, mit wem du da im Bett warst.«

Das klingt so profan, wenn sie unsere Zeit auf der Hütte bloß auf den Sex reduziert. »Darum ging es in erster Linie aber gar nicht, Lisa.«

»Das glaube ich«, grinst Karo. »Für dich nicht. Aber du hast ja auch keine Ahnung, wer er ist und dass sich eine Reihe an Frauen hier nichts mehr wünschen würden, als wenigstens mit ihm in der Gondel zu fahren.«

Lisa hält mir ihr pinkfarbenes Handy unter die Nase. »Hier. Dann lies mal. Wikipedia.«

Ich überfliege den Eintrag. Er ist also 39 Jahre alt. Und hat am 30. Juli Geburtstag. Lustig. Ich am 30. März. Allerdings bin ich um sieben Jahre jünger als er. So alt wirkt er gar nicht, weil er etwas bubenhaft Hinterlistiges an sich hat. Das mag ich sehr an ihm, denn das ist seine heitere Seite.

Was? Ich habe angenommen, er hätte Wirtschaft oder etwas Ähnliches studiert. Aber Technische Mathematik? Verstehe, er ist mit Immobiliengeschäften reich geworden, aber er investiert auch in Hotelanlagen und neue Technologien. Eine seiner Firmen, die da aufgelistet sind, kommt mir bekannt vor.

Da steht etwas von einem Unternehmen, das Superkonduktoren baut, die auch bei Zimmertemperatur funktionieren könnten. Angeblich Nobelpreis-würdig. Mir kommt vor, da klingelt etwas bei mir. Habe ich davon nicht unlängst in den Medien gehört? Kann sein. Wofür man die braucht? Keine Ahnung. Davon verstehe ich nichts, muss ich mal nachlesen. Aber nicht jetzt. Lisa fuchtelt wie wild mit ihren Händen vor meinem Gesicht herum.

»Jetzt ist aber auch wieder genug, Marlie. Du kannst ihn ja später selbst googeln.«

»Reg dich nicht auf, Lisa. Aber ja, das ist er. Ist ja auch sein Bild.«

»Dachte ich es mir doch«, erklärt sie sichtlich stolz.

Na und? Dann ist er eben Titus Tantz. Das ändert rein gar nichts für mich.

»Also: Wie ist er?«, will Karo wissen. »Dass er überaus fesch ist, darüber sind wir uns ja einig. Aber es heißt, er lebt sehr zurückgezogen und kommt wie ein Vampir nur nachts raus.«

Das erklärt, warum wir uns beim Mitternachtsspaziergang getroffen haben. »Du weißt doch, die Leute erfinden immer irgendetwas. Speziell dann, wenn du reich oder berühmt bist.«

»Oder beides«, fügt Birgit nickend hinzu.

»Da hast du recht. Jetzt schieß schon los.« Lisa wird ungeduldig, prostet uns zu und kippt ein Stamperl vom wirklich sauguten Birnenschnaps hinunter. Wie immer sieht sie umwerfend in ihrem dunkelgrünen Wollkleid mit den blau-türkisen Tüllblumen aus. Auch ihre Frisur kann was. Sie hat ein zum Kleid passendes Band im Haar, hinter dem sie ihre blonden Locken wild aufgesteckt hat. Steht ihr super.

Karo und ich glänzen mit Jeans, einem Langarm-Shirt und lustigerweise tragen wir beide eine Function-Wear-Jacke darüber. Sie in Rot, ich in Beige. Was bin ich froh, dass ich die Jogginghose verworfen habe.

Vernünftig, wie ich auch angezogen bin, erzähle ich ihnen, wie wir uns auf der Piste kennengelernt haben, was Lisa ja bereits weiß, dann von dem einen Spaziergang mitten in der Nacht und dass er bereits in der Hütte war, als ich dort Schutz gesucht habe.

Ich verliere mich in Details – vom Spaghettikochen bis hin zum Schließen der Fensterläden – und male die Backgammon-Partien aus.

Birgit schüttelt immer wieder den Kopf und murmelt: »So ein Glück, dass du diese Hütte entdeckt hast.«

»Und dass sie nicht abgeschlossen war«, fügt Karo hinzu.

»Ja. Insgesamt war es mehr als bloß Glück, denke ich.« Vielleicht hatte Victor ja doch seine Hände im Spiel? Oder besser: Seinen Geist? Seine Seele? Was weiß ich?

»Okay, okay. Kommen wir wieder zurück. Titus ist also ganz nett, schlagfertig, aber genauso verschlossen, wie alle behaupten. Und wie kam es, dass ihr miteinander im Bett gelandet seid?« Wie immer will Lisa die Essenz.

»Auf dem Teppichboden vor dem Kamin«, korrigiere ich sie. Die drei kichern. »Vielleicht weil ich ihm meine ganze Lebensgeschichte erzählt habe? Ihm sogar meine Narben an den Beinen und am Kopf gezeigt habe? Ich weiß nicht. Er war dann plötzlich ganz anders.« Doch. Ich sollte es zugeben. »Auf jeden Fall hat er sich mir danach geöffnet. Langsam zwar, aber doch. Außerdem ist er bei Kerzenlicht wirklich ziemlich sexy. Aber jetzt ist damit Schluss. Mehr gebe ich nicht preis, außer: Es war verdammt gut.«

»Das freut mich!« Lisa umarmt mich.

»Du tust ja gerade so, als hätte ich die letzten beiden Jahre kein Leben gehabt.«

Sie sieht mich an. »Gehts noch? Hast du ja auch nicht, bevor du hierhergekommen bist. Und das mit diesem Titus, das ist für mich das eindeutige Zeichen, dass es ab jetzt nur noch bergauf gehen wird. Und darüber freue ich mich. Kann ich bitte noch ein Stamperl haben, Birgit?«

»Natürlich, gerne.« Sie nimmt die Flasche und schenkt ihr nach. Nun stoßen auch Karo und ich mit Lisa an, aber Birgit trinkt wie immer nichts. »Aber du fährst dann nicht mehr mit dem Auto nach Schladming hinunter, Lisa, ja?«, meint sie eindringlich.

»Äh.«

Birgit hat recht.

»Weißt du was, du bleibst hier, Lisa. Und Karo, du gerne auch. Ich habe ja das Doppelbett und die Ausziehcouch, dann können wir heute so richtig Abschied feiern. Ist das okay, Birgit?«

Sie lächelt und sieht in ihrem rosa Dirndl strahlend aus. »Klar. Das wollte ich auch schon vorschlagen.«

Sie schenkt uns noch eine Runde aus, dann muss sie mal in den Stall zu den Pferden oder nach Harald sehen. Wir bleiben auf jeden Fall sitzen.

»Prost! Auf dich und Titus!« Lisa stößt mit Karo und mir an. Ich frage mich, was sie vorhat. Ich hatte an *ein* Stamperl gedacht. Nicht an eine Flasche Schnaps.

»Lisa! Das wird keine Beziehung, und du weißt, warum.«

»Also ich denke, das solltest du dir gut überlegen. So wie es klingt, hat es dich erwischt und ihn anscheinend ja auch«, wendet Karo ein.

»Ich weiß nicht. Da oben, das war surreal. Wir beide, diese kuschelige Hütte, das Feuer im Kamin: wie aus der Zeit gefallen. Das heißt noch lange nicht, dass das im echten Leben klappen könnte.«

»Wenn du es nicht versuchst, wirst du es nie wissen.«

»Ich stimme Lisa zu. Du hast ja nichts zu verlieren«, assistiert ihr Karo.

»Nein. Nichts. Außer mein Herz.« Und wenn ich es mir bildlich vorstelle, dann hat es jede Menge Narben und Pflaster drauf, damit es überhaupt zusammenhält. Vielleicht bereits weniger Pflaster und mehr Narben als noch vor zwei Jahren, aber wirklich heilen wird es nie.

Lisa, die direkt neben mir auf einem der Holzsessel sitzt, beugt sich zu mir und umarmt mich. »Victor hätte gewollt, dass du wieder glücklich wirst. Davon bin ich überzeugt.«

Seufzend nicke ich. »Ja, das denke ich auch. Aber ich will nicht noch einmal in dieses Loch fallen. Nie mehr wieder.« Es hat mich viel zu viel Kraft gekostet, so weit zu kommen, wie ich heute bin. »Jetzt konzentriere ich mich auf die neue Wohnung und darauf, dass ich dank Karo nicht nur das Appartement, sondern vielleicht noch andere Projekte vor mir habe.«

»Das wirst du«, meint sie lachend. »Wir brauchen dich und es wird jede Menge für dich zu tun geben.«

Ich sehe die beiden Frauen an. Schade, dass Birgit noch nicht zurück ist. Ihr muss ich das gesondert noch einmal sagen. »Danke! Euch beiden. Ohne euch hätte ich diesen Neuanfang hier nicht geschafft.« Ich hebe mein halb volles Gläschen. »Auf die tollsten Frauen, die ich kenne! Und alle anderen, die gerade nicht hier sind, wie Birgit, Maria und Esmeralda und so weiter!« Ja, nach dem letzten Abend habe ich auch meine neue Lieblingswahrsagerin glatt in mein Herz geschlossen.

Ich mag starke, schräge und eigenwillige Frauen. Und mit etwas Glück und Zeit gehöre ich auch wieder dazu. Einen Fuß habe ich schon in der Tür meines neuen, erstarkten Ichs. Nun muss ich nur noch den zweiten nachziehen, damit ich auf Dauer sicher stehen kann.

»Da bin ich wieder. Alles in Ordnung draußen.«

»Das ist gut.«

Birgit setzt sich wieder zu uns und ich hole mein Danke an sie nach.

»Wir haben da wenig beigetragen.«

Typisch Birgit. Sie ist immer so extrem bescheiden.

»Hör auf! Du speziell. Dass du mir das Appartement so günstig vermietet hast. Samt Familienanschluss! Das kann ich nie wieder gutmachen.« Ich schlage mir auf die Stirn. »Allein wie dämlich ich mich anfangs mit den Pferden angestellt habe. Ich mag gar nicht an deine Nerven denken.«

»Es gab weniger talentierte Schülerinnen«, meint Birgit lachend. »Du hast dich halt erst an die Pferde gewöhnen müssen.«

»Ich würde sagen, eher umgekehrt.«

Wir lachen.

Ach. Es ist einfach nur schön, sich so wohlzufühlen. Das hier sind meine Freundinnen und sie werden es bleiben. Egal, was passiert. Mir ist klar, ich werde nie eine Ramsauerin oder eine Schladmingerin werden. Aber mir reicht es, hier so viele neue Freunde gefunden zu haben. Da fällt mir ein: Ich muss Gerhard anrufen und ihm von der Wohnung erzählen. Er hat ja auch gesagt, er fragt für mich herum. Das werde ich etwas später machen. Im schlimmsten Fall morgen.

Mein Handy läutet.

Gibts ja nicht. Es scheint sich erholt zu haben und wieder trocken zu sein. Gerhard ist dran. Gut, dann kann ich ihm gleich alles erzählen.

»Das war jetzt Telepathie«, erkläre ich ihm statt einer Begrüßung.

Ich deute den Mädels, dass es kurz dauern wird, und gehe in den Gang hinaus zum Telefonieren.

Etwas später rufen auch noch Maria und Steffi an.

Wir alle genießen den späten Nachmittag sehr, der beinahe windstill ausklingt, und bewegen uns nicht aus Birgits gemütlicher Stube weg.

Doch es wäre unehrlich von mir, nicht zuzugeben, dass ich immer wieder auf mein Handy blicke. Aber nein. Kein Anruf, keine Nachricht von Titus. Wie ich es mir gedacht habe. Da das schon wehtut, ist es richtig, mich auf nichts mit Titus einzulassen. Natürlich hält er sich damit nur an meinen Wunsch, mich nicht zu kontaktieren, aber ich vermisse ihn. Und echt jetzt! Er könnte auch ignorieren, was ich gesagt habe, wenn ich ihm wirklich wichtig wäre.

Nach dem wunderbaren Abendessen mit frischen Käsespätzle und grünem Salat gehen wir in mein Appartement, lehnen nur mehr müde in meinem Zimmer herum und quatschen.

Plötzlich meldet sich mein Handy. WhatsApp-Nachricht einer unbekannten Nummer.

»Titus?«, fragt Lisa sofort.

»Keine Ahnung.«

»Jetzt lies schon vor«, macht Karo Druck.

Die beiden sind, was ihn und mich betrifft, nach wie vor nicht davon zu überzeugen, dass daraus nichts werden kann.

›Ich bin es, Titus. Und keine Sorge, das ist kein Anruf, sondern nur eine kleine Vorwarnung!‹

Verdutzt sehe ich hoch. Und spüre wieder dieses Kribbeln im ganzen Körper. Ja. Ich freue mich über seine Nachricht! Viel zu sehr, als dass es mir guttut.

»Was meint er denn damit, Marlie?«

»Keine Ahnung, Lisa.«

Das meine ich ernst. Warum er nicht anruft, weiß ich, aber wovor er mich um halb zehn Uhr abends warnen will, verstehe ich überhaupt nicht. Ich habe auch gar nicht mehr mit einer Nachricht von ihm gerechnet.

Ich tippe: ›Wunderbar, aber ich verstehe nicht, was du meinst.‹

Sofort schreibt er zurück.

›Marlie! Ich hatte dir doch versprochen, dich nicht gleich am ersten Abend anzurufen. Daher solltest du also nicht überrascht sein, sondern dir denken: Gut so, er hält seine Versprechen.‹

Die beiden hängen über meinem Telefon, was fast schon unangenehm ist. Reicht schon, dass Lisa sich den Mund zuhält, weil sie so kichert. Dann meint sie: »Das finde ich gut, dass er sich an Versprechen hält, aber dass du ihm verboten hast, dich anzurufen, ist dämlich.«

»Danke, Lisa.«

»Gerne. Kommt von Herzen, Süße.«

Ich sehe wieder auf mein Handy. Seine letzte Nachricht erklärt nicht, was das mit der Vorwarnung soll. Will er herkommen?

Das muss ich klären.

›Danke dafür! Aber was soll die Vorwarnung? Gibt es wieder Sturm?‹

Er schickt in der Sekunde einen Tränen lachenden Smiley.

›Nein, aber es sollte gleich jemand bei dir klopfen.‹

›Wieso?‹

»Versteht ihr, was er meint?«

Die beiden schütteln den Kopf.

»Aber das ist echt spannend mit euch«, bemerkt Karo und grinst mich an.

»Sieht so aus.«

Plötzlich klopft es tatsächlich und ich fahre zusammen. »Birgit?« Das kann ja bloß sie sein.

»Ja!«

Ich springe auf. »Komm doch herein.«

Und schon bin ich bei der Tür und ziehe sie auf.

Sie hält mir einen ursüßen, riesigen cremefarbenen Filzkorb vor die Nase.

»Das ist gerade für dich abgegeben worden.«

»Nicht wahr! Von wem?« Ich denke, ich weiß es, aber ich will sichergehen, dass ich mich nicht irre.

»Ein junger Mann war da. Mehr weiß ich auch nicht. Leider muss ich gleich wieder nach unten, weil ich noch zu tun habe. Habt noch einen schönen Abend.«

Ich nehme den Korb. »Danke! Ja, schade! Dann sehen wir uns noch morgen beim Frühstück.«

»Ganz sicher sogar. Du musst dich vor dem Siedeln ja auf jeden Fall noch stärken.«

»Danke!« Ich drücke Birgit kurz und schon ist sie weg.

Meine beiden Helferlein packen bereits aus. Lisa hält mir eine kleine hellbraune Box aus Karton vor die Nase, die sie auch gleich öffnet. Zum Vorschein kommen vier weiße Säckchen mit zwei verschiedenen Teemischungen. Und nicht nur das, auch Honig und Stäbchen mit Kandiszucker. Wahnsinn.

»Das kann was. Schneeflöckchen-Wintertee«, kommentiert Lisa schmunzelnd und hat damit recht, denn so steht es auf den Etiketten.

Mir wird kurz heiß. Schneeflöckchen-Wintertee? Das ist kein Zufall. Außerdem liebe ich den Tee vom Demmer und war immer in der Mölkerbastei im Palais Ephrussi in Wien meinen Tee kaufen. Noch dazu ist der Roiboos Cup Caramel mein Lieblingstee. Ich kann es gerade überhaupt nicht fassen, dass Titus mir ausgerechnet von dort Tee schickt.

»Diese Sorte kenne ich noch gar nicht.«

Karo und Lisa sehen einander an und Karo meint trocken: »Das gibt es? Echt jetzt?«

Schmunzelnd erwidere ich: »Ja, da staunt ihr, was? Aber Roiboos Lebkuchen habe ich noch nie probiert.«

Ich lege die vier Säckchen sorgfältig in die Schachtel zurück. Und als hätte ich bereits eine Tasse davon probiert, ist mir warm ums Herz. »Ich liebe Rooibos-Tee! Damit werde ich wohl eine Weile auskommen.«

Lisa sieht mich mit zusammengekniffenen Augen an. »Du? Ja, vielleicht drei Wochen, wenn du dich zurückhältst.«

Wir lachen alle drei und ich tippe am Handy: ›Danke! Jetzt verstehe ich die Vorwarnung. Ich liebe den Korb. Und vor allem die Tees! So gute Sorten. Das ist echt süß von dir!‹

›Ich wollte der Erste sein, der dir ein kleines Einstandsgeschenk für die neue Wohnung schickt. Natürlich völlig unverbindlich.‹

›Du bist verrückt!‹, texte ich zurück.

Dann lese ich die Karte, die Karo mir vor die Nase hält. ›Ein neues Heim zu beziehen, ist wie die erste Seite einer neuen Geschichte zu schreiben. Du kannst gestalten, wie sie sich anfühlen soll. Wie sie aussehen wird. Wer deine Gäste sind und wen du an der Tür abweisen wirst. Ich wünsche dir aus ganzem Herzen, dass das Schicksal dazu beitragen wird, damit es eine Geschichte wird, die du aus ganzem Herzen umarmen, lieben und leben kannst. T‹

»Verdammt! Mir kommen gleich die Tränen«, meint Lisa und auch Karo ist sichtlich bewegt. Ich bin einfach nur sprachlos und kurz erstarrt.

Plötzlich meldet sich mein Handy. Er hat auf mein ›Du bist verrückt!‹ geantwortet: ›Stimmt. Normalität war noch nie mein Freund.‹

Ich kann direkt in meinem Kopf hören, wie sehr ihn unsere Unterhaltung gerade belustigt. Ein neuer Text erscheint: ›Dann wünsche ich dir eine gute Nacht und morgen einen wundervollen ersten Tag in deiner neuen Wohnung.‹ Er schickt einen Smiley dazu und einen Nachtrag: ›PS: Bitte positiv anzumerken: Kein Anruf am ersten Abend!‹

Ich bin echt geflasht. Das passt alles irgendwie gar nicht zu ihm. Oder doch?

»Du meine Güte, der meint es aber ernst, Marlie.«

Ich nicke. »Sieht so aus, Lisa.«

»Und was machst du jetzt?«, fragt Karo.

Kopfschüttelnd erkläre ich beiden: »Keine Ahnung. Nicht den blassen Schimmer.«

»Verstehe ich.«

»Übrigens: Hier ist auch ein Gutschein für eine mega Kaffee- und Teemaschine drinnen. Wird dir geliefert.«

Lisa hält ihn mir vor die Nase. Verstehe, das ist echt *sneaky*, Titus. Aber der Gutschein bringt mich auch sehr zum Schmunzeln.

»Ich schätze, da war ein wenig Eigennutz seinerseits im Spiel.« Vermutlich hat er vor, mich irgendwann zum Kaffee zu besuchen.

Um mich selbst von meinem Gefühlswirrwarr abzulenken, das er mit dieser Überraschung ausgelöst hat, durchstöbere ich mit den Mädels den Rest des Korbs.

Das ist ja ein Überlebenspaket mit allem wie Milch, Fladenbrot und Weckerln, ein Wahnsinnssortiment an verschiedenen Specksorten und in Papier eingepackten Hartwürsten sowie verschiedene Käsesorten.

»Wacholderspeck vom Wanke! Mann, den liebe ich. Den gönnen wir uns morgen, wenn wir alle Möbel in deiner Wohnung haben«, erklärt Lisa voller Begeisterung und hält den Speck halb aus dem Papier ausgepackt in ihrer Hand.

»Das machen wir. Auf jeden Fall hat dir Titus nur das Beste vom Besten geschickt«, meint Karo.

»Stimmt.« Die Fleischerei kenne sogar ich, da war ich schon ein paar Mal mit Lisa einkaufen.

Karo packt noch je eine Flasche Kernöl und Essig aus und stellt beide auf den Tisch, während ich noch jede Menge Knabbersachen aus dem Naturkostladen und wirklich teuer aussehende Messer, vermutlich für den Speck, aus dem Filzkorb ausgrabe.

»Wahnsinn, Marlie, das ist ja echt ein Care-Paket vom Feinsten! Ich finde, der Mann wird mir von Minute zu Minute sympathischer. Der ist ja geradezu umsichtig!«

»Ja, Lisa. Das ist er tatsächlich. Und er hat anscheinend auch Angst, dass ich verhungern könnte.« Da kann Titus sich gleich mit meiner Mutter zusammentun.

»Also so sehe ich das nicht.«

»Ich auch nicht«, gibt Lisa Karo recht, steht auf, klettert in Socken auf mein Bett und springt dort wie eine Irre herum. Jetzt simuliert sie auch noch mit den Händen ein laut pochendes Herz.

»Lisa!« Ich könnte sie erwürgen. »Hör auf!« Das ist ja kindisch.

»Was? Stimmt doch! Da hat sich jemand verliebt.«

Karo nickt, aber ich winke ab. »Oder aber da will einer nur nett sein.«

»Klar doch. Ich bekomme auch immer solche Geschenke von irgendwelchen Männern, die nur nett sein wollen«, ätzt Lisa und setzt sich wieder hin.

Am besten wird sein, ich kommentiere das erst gar nicht. Sie lachen beide und Karo zieht noch etwas aus dem Korb, das ich übersehen habe: »Hast du den Flachmann schon entdeckt?«

»Nein! Ist der süß!«

»Und nicht nur das!« Karo deutet auf die silberne Flasche.

Jetzt sehe ich es erst. Da sind Schneeflöckchen eingraviert und mein Name. Wow. »Wie hat er denn das mit der Gravur so schnell hinbekommen?«

»Sagen wir mal, ich denke, er hat für sein Care-Paket einige Beziehungen spielen lassen«, vermutet Lisa.

»Vermutlich.«

Ganz unten in dem Korb finde ich zwischen den Säckchen mit Knabbersachen auch noch einen Stein. Äh? Was will er mir damit sagen? Ich halte ihn hoch.

»Wieso schenkt er mir denn einen Stein?« Ich hoffe, er will mir damit nicht sagen, dass ich in seinen Augen ein Herz aus Stein habe.

»Der hat sicher irgendeine wichtige Bedeutung«, sagt Lisa.

Wir raten eine Weile, aber die Erklärung kommt per Textnachricht von ihm selbst.

›Sorry, das hätte ich beinahe vergessen: Den Stein habe ich eigenhändig am Dachstein beim Klettern eingesammelt und er soll ein kleines Stück deines neuen Zuhauses werden. Natürlich nur, wenn er dir gefällt und du das möchtest.‹

Beide hängen über meinen Schultern und lesen mit. Er schreibt noch etwas.

›Du kannst ihn ja im WC platzieren, dort, wo du vorhast, die Postkarten aus dem Heimatmuseum aufzuhängen!‹

Er hat sich jede Kleinigkeit gemerkt, die ich ihm erzählt habe. Ich fasse mir unwillkürlich ans Herz.

»Sagt jetzt bitte nichts!«

Mir kommen gleich die Tränen. Das ist alles so unglaublich süß von ihm.

›Ich weiß gar nicht, was ich sagen soll, außer vielen Dank, Titus! Du hast mir damit wirklich eine Riesenfreude gemacht und der Stein bekommt auf jeden Fall einen Ehrenplatz in meiner Wohnung.‹

›Genau das wollte ich. Und ich verspreche dir, dich auch morgen nicht anzurufen! Viel Spaß beim Siedeln.‹

›Ja. Und noch einmal Danke! Schlaf gut.‹

Ich denke, damit ist unsere Konversation für heute beendet. Klarerweise bloß die zwischen Titus und mir, denn Lisa muss sicher die Sache mit dem Geschenkkorb und seinen Beweggründen, ihn mir zu schicken, noch aus verschiedenen Perspektiven beleuchten und in all seinen Facetten besprechen.

»Sag mal: Was soll denn das mit er ruft dich *nicht* an?«

Ich wusste es.

»Er sollte mir Zeit zum Nachdenken geben, das hab ich euch ja früher schon gesagt. Das ist alles.«

Sie fährt sich durchs Haar und sieht Karo Hilfe suchend an. »Bitte, sag du es ihr auch.« Dann wendet sie sich wieder mir zu. »Marlie, worauf genau willst du warten? Darauf, dass du alt und runzlig bist?«

Sie übertreibt wie immer maßlos.

»Also wenn du mich fragst, Marlie, dann meint er es wirklich ernst, ob du es glaubst oder nicht.«

Ich hab auch nicht Karo nach ihrer Meinung gefragt, aber die beiden scheinen sich durch sein Geschenk endgültig in ihrer Mission bestätigt zu fühlen. Das könnte jetzt dauern, bis sie hoffentlich verstehen, dass ich keine Beziehung will. Dabei bin ich schon so was von müde!

Karo fährt fort: »Aber ich kann dich verstehen, es schadet ja nicht, wenn du dir erst sicher sein will, was du für ihn empfindet.«

»Danke, Karo. Aber können wir das jetzt bitte einfach lassen? Ich muss morgen siedeln und danach kann ich mich wieder mit Titus befassen.«

Lisa verdreht die Augen. »Wie du meinst. Aber sei vorsichtig, sonst ist er plötzlich weg und du heulst dir dann doch die Augen nach ihm aus.«

»Das wird nicht passieren.«

»Ich denke schon«, meint sie schulterzuckend und steht auf. »Aber wie du willst, dann gehe ich als Erste ins Bad, wenn ihr nichts dagegen habt.«

Haben wir nicht, denn in der Zwischenzeit werde ich für die beiden mal Nachtwäsche und die Betten herrichten.

»Mach das.«

Ich stehe vor dem großen Holzschrank und nehme eine Decke und einen Polster sowie die Bettwäsche heraus. Karo hilft mir beim Herrichten der Couch und Überziehen der Decke, während ich meinen Gedanken nachhänge.

Es war doch echt lieb von ihm, sich zu melden und mir diesen coolen Überraschungskorb zu schicken. Titus ist schon wirklich etwas Besonderes. Den Stein lege ich nachher auf meine Kommode direkt neben dem Bett. Ein Stück Dachstein. Das hat auch nicht jeder. Weiter kann ich im Moment nicht mehr denken, denn mein Herz schlägt so laut, dass ich es wieder einmal in meinen Ohren hören kann. Was soll ich nur mit Titus tun? Ich habe keine Ahnung.

Kapitel 12

Drei Tage später …

Jetzt, wo ich erschöpft, aber glücklich auf meinem taupefarbenen Ledersofa sitze und mich in meinem neuen kleinen Reich umsehe, weiß ich: Du meine Güte, wie habe ich meine eigenen Möbel vermisst!

Ich muss Titus texten. Es war echt nett und superhilfreich, dass er mir vorgestern zum Siedeln zwei Männer zum Möbelschleppen geschickt hat. Aber auch irgendwie schade. Insgeheim habe ich ja schon gehofft, dass er selbst vorbeikommt. Aber dank seiner Hilfe ist alles schneller gegangen als gedacht.

Harald war übers Wochenende hier und hat meine Lampen aufgehängt. Birgit konnte nur auf einen Sprung vorbeikommen und war begeistert von der Wohnung.

Weil Maria veranlasst hat, dass die Wohnung komplett durchgeputzt wurde, konnten wir schon alles einräumen. Lisa, Karo, Maria, Steffi, Patrick und sogar Esmeralda haben übers

Wochenende kräftig mit angepackt und jetzt ist meine Küche fertig sowie beinahe alle Kartons ausgepackt. Meine beiden Kleiderkästen sind voll mit meinen Sachen und auch die Vitrine mit den Büchern und sonstigen Kleinigkeiten steht beleuchtet vor mir.

Das ist das Letzte, das ich heute noch mache.

Ich lege den Stein vom Dachstein in das oberste Glasfach. Da er von den LED-Lichtern beleuchtet wird, sieht er gleich noch toller aus. Aber es fehlt etwas.

Lisa hat mir doch dieses Stoffmuster von einer Spitze mit Schneeflöckchen drauf gegeben. Super. Ich finde es in einer der Laden der breiten Kommode.

Dann schneide ich ein übergroßes Rechteck aus und knittere es. Das kommt jetzt unter den Stein. Dann noch sein Flachmann und die Karte stelle ich auf. Das passt. Fertig.

Ich hätte nicht einmal zu träumen gewagt, dass es hier am Sonntagabend bereits richtig wohnlich aussieht und sogar meine eigenen Lampen montiert sind. Es sieht super aus und ich komme aus dem Lächeln gar nicht mehr raus. Meine Eltern habe ich gleich direkt per Videocall durch die Wohnung geführt und sie sind hin und weg. Natürlich wollen sie mich schnellstmöglich besuchen kommen, aber Papa meinte, das wird beruflich für ihn erst so in etwa sechs Wochen möglich sein. Egal wann, ich freue mich auf sie.

Ja, meine Freundinnen und Freunde waren alle so verdammt schnell! Und Henry hat mir als Überraschung eine gebürstete Holzwand vorbeigebracht, weil sie mir so gut gefallen. Ein Geschenk von Karo, Theo und Gerfried, meinen drei Quasi-Chefs. Er war so nett und hat das Ding auch gleich im Vorraum montiert. Was soll ich sagen? Aus mir ist auf wundersame Weise ein Glückspilz geworden, seit ich hier bin.

Jetzt stehen nur mehr vier kleinere Umzugskartons im Schlafzimmer. Draußen schneit es, aber seit Tagen gibt es keinen Wind mehr. Gott sei Dank! Er hat genug Schaden angerichtet.

Ziemlich viele Bäume sind umgefallen und einige Stromleitungen waren auch betroffen. Aber soweit ich das weiß, ist niemand zu Schaden gekommen. Das ist das Wichtigste.

Endlich kann ich mich mal hinsetzen.

Ich schmunzle, als ich die letzten Nachrichten zwischen mir und Titus durchlese. Jeden Tag hat er mir geschrieben, dass er mich heroisch *nicht* angerufen hat.

›Du wirst es nicht glauben, aber ich sitze in meinem Sofa und beinahe alles ist fertig eingeräumt!‹

In der Sekunde schreibt er zurück: ›Das sind gute Nachrichten. Dann könnten wir eventuell langsam über ein persönliches Gespräch nachdenken oder ist dieser Gedanke vorschnell?‹

Nein. Absolut nicht. Denn mittlerweile ist mir klar: Ich vermisse ihn. Jeden Abend erwarte ich sehnsüchtig seine Nachricht und denke ständig an Titus. Bevor Lisa heute gegangen ist, hat sie mir gedroht: ›Entweder redest du jetzt bald mit ihm, oder ich lade ihn zu dir ein.‹ Bei ihr ist Vorsicht geboten, denn sie bringt es zuwege und tut es. Das will ich aber auch nicht. Was soll schon passieren, wenn ich mit ihm telefoniere?

Daher tippe ich: ›Nein, ich würde mich sogar freuen! Später schicke ich dir dann ein paar Fotos von der Wohnung.‹

Schwerfällig erhebe ich mich aus dem Sofa, denn ich spüre jeden Muskel von der Schlepperei und Putzerei.

Wunderbar. Mein Tee ist fertig. Eigentlich wollte ich den Roiboos-Lebkuchen-Tee vom Demmer probieren, aber Esmeralda hat mir auch einen Tee mitgebracht. Ihre eigene Mischung, wie sie mir erklärt hat, und dass ich ihn heute noch probieren sollte. Daher habe ich diesen Tee ziehen lassen und schnuppere an der Tasse. Riecht herrlich. Vielleicht ein wenig nach Gras oder Heu? Beeren sind jedoch auch dabei.

Schmeckt aber sehr gut.

Mit der Tasse in der Hand setze ich mich vor den Fernseher. Sogar der ist bereits angeschlossen und funktioniert. Dank Patrick.

Nur aufs Internet muss ich noch warten. Das kommt dann nächste Woche. Maria hat das organisiert. Ich muss sie alle zum Dank auf ein Abendessen einladen. Das ist das Mindeste, das ich tun kann.

Hm. Das ist jetzt meine Wohnung. Und nur meine. Eine Lade voll Erinnerungen an Victor mit einem gerahmten Bild von uns beiden habe ich in der Kommode im Schlafzimmer. Aber den Rest an Sachen, die von ihm noch übrig waren und meine Eltern nicht entsorgt haben, hat Lisa in einen Karton verpackt und mitgenommen. Auch meine Eltern haben mir am Telefon dazu geraten. Wozu sollte ich seine Dokumentenmappe oder die Sammlung seiner Marvel-Figuren aus seiner Kindheit bei mir behalten? Doch Lisa musste mir versprechen, dass sie nichts davon wegwirft. Aber es ist gut, wenn ich die Sachen nicht sehen muss.

Schlimm war jedoch, dass sie mir auch den süßen Teddybären, den er mir mal geschenkt hat, weggenommen hat. Sie hat gemeint, den kann ich auch nicht behalten, denn sonst käme ich nie über Victor hinweg. Vermutlich hat sie recht.

Aber so toll ich meine neue Wohnung auch finde, ihr fehlt etwas, und das ist Victor. Es sind ja nach wie vor die Möbel, die wir uns gemeinsam ausgesucht und in denen wir drei Jahre lang gewohnt haben.

Ich seufze laut.

Im Fernsehen läuft ein Krimi. Konzentrieren kann ich mich nicht darauf, aber es ist gut, Stimmen zu hören. So fühle ich mich nicht so allein. Ich weiß, Victor wäre stolz auf mich.

Immer wieder sehe ich mich um. Alles ist weiß ausgemalt und freundlich. Meine ebenfalls weißen Möbel lassen das Wohnzimmer größer erscheinen, als es ist. Die hohen Decken sind auch gut. Das verleiht dem Ganzen mehr Luft zum Atmen.

Plötzlich meldet sich die Türglocke in dem Moment, als ich den letzten Schluck von meinem Tee austrinke. An diesen schrillen Ton muss ich mich erst gewöhnen. Nicht zu überhören!

Dann muss ich wohl wieder aufstehen. Mir tut echt alles weh. Ich sollte mir ein heißes Bad gönnen.

Mit einem Schwung öffne ich die weiß gestrichene Eingangstür. Und schaue direkt in einen Riesengummibaum.

Was ist das denn?

Dann sehe ich diese mir vertrauten Augen und dieses Lächeln, das zwischen den Blättern hervorspäht.

»Titus!« Mein Herz macht einen Freudensprung. Vielleicht nicht nur einen.

»Ja, äh. Ich weiß. Du bist Innenarchitektin, daher habe ich davon abgesehen, dir ein Sofa oder sonstige Möbelstücke mitzubringen, aber eine Pflanze geht immer, heißt es.«

Er zaubert mir damit nicht nur ein Lächeln ins Gesicht, sondern beschert mir auch einen warmen Schauer, der durch meinen Körper jagt. »Wer sagt das?«

»Die junge Frau im Geschäft.«

»Wo hast du das Ding denn gekauft?«

»Bei Blumenstadl neben dem Centro, allerdings schon gestern.« Titus steht noch immer hinter der riesigen Pflanze und spricht durch die Blätter mit mir. »Das hier ist übrigens eine Baumstrelitzie. Die Paradiesvogelblume passt irgendwie zu dir, dachte ich mir.«

Er war es, der mich den Paradiesvogel in der Hütte genannt hat. Ich kann nur den Kopf schütteln. Denkt er sich wirklich bei allem, was er tut, etwas? Es sieht auf jeden Fall danach aus. »Danke! Aber komm doch erst einmal herein.«

»Gute Idee.«

Ich helfe ihm, den riesigen Strauch mit den großen, langen Blättern durch den Türstock zu befördern. Wir stellen den großen weißen Topf gemeinsam in meinem Vorzimmer ab und Titus schlängelt sich seitlich daran vorbei. Er legt seine Hände auf meine Schultern.

»Hallo, übrigens. Schön, dich zu sehen.« Dann küsst er mich einfach auf den Mund. Und ja. Mir fallen die Augen zu. Wie macht er das immer? »Nachdem ich gerade in der Gegend war und du ja mit mir persönlich sprechen wolltest, dachte ich, ich nutze meine Chance und komme vorbei.« Verschmitzt lächelt er mich an. »So musst du mir keine Fotos schicken.«

Ich glaube ihm kein Wort. Wieso sollte er bei dieser Kälte mit einer Topfpflanze im Auto herumfahren? Egal, er ist hier und ich fühle mich wie ausgewechselt. Geradezu leicht und beschwingt im Gegensatz zu gerade eben.

Als ich mich wieder halbwegs im Griff habe und mein Puls wieder herunten ist, muss ich nachfragen: »Wieso denkst du, eine Paradiesvogelblume passt zu mir? Ich weiß schon, du hast mich auch auf der Hütte als Paradiesvogel bezeichnet, aber warum?«

Titus lacht breit. »Das ist das absolut Faszinierende an dir. Dir fällt es nicht einmal auf.«

»Was denn?«

»Deine stechend grün-blauen Augen, dein wunderschönes Gesicht, dein volles, dunkles Haar, für das andere Frauen vermutlich töten würden.« Er streicht mir eine lockige Strähne hinters Ohr. »Und falls du es vergessen hast: Du stehst in einer abgefuckten Latzhose vor mir. Ganz zu schweigen von deinem Blumen-Shirt in Pink und dem dazu passenden Haarband. Wie würdest du dich bezeichnen? Hier? Wo alle anderen Dirndl tragen?«

»Guter Durchschnitt?«

»Netter Versuch, Marlie. Ich hasse Mittelmäßigkeit und nichts an dir ist mittelmäßig. Für mich bist du ein außergewöhnlicher Paradiesvogel und das kannst du mir auch nicht ausreden, also versuch es erst gar nicht. Wo darf ich das Ding hinstellen?«

»Auf jeden Fall erst einmal ins Wohnzimmer bitte. Wir müssen dann später den perfekten Platz finden. Aber er ist ein Traum. Wirklich! Danke!«

»Später klingt gut.«

Einige Minuten sind wir schwer damit beschäftigt, die Strelitzie hin und her zu schieben. Dann finden wir den absolut besten Platz ever! Direkt neben meinem Ohrensessel, den ich zum Lesen verwende.

»Das kann was.«

»Absolut.« Titus scheint zufrieden zu sein. »Es sieht überhaupt toll aus bei dir. Und das nach nur drei Tagen! Hut ab.«

»Danke! Auch für deine Helfer! Und danke auch für das Kompliment. Ja, die Einrichtung spiegelt meine eher minimalistische Phase wider. Jetzt muss ich das Ganze noch mit etwas mehr Alpenflair aufpeppen. Aber das hat Zeit.«

Er zieht mich an sich. »Es wird sicher nur noch besser. Aber jetzt genug mit dem Small Talk. Möchtest du mit mir essen gehen?«

Dummerweise rutscht mir »In der Öffentlichkeit?« heraus.

Titus grinst. »Nein. Irgendwo in einem Keller, wo uns keiner sieht.«

»Du scherzt!« Doch mir kommen Zweifel. Bei all dem, was ich über ihn gehört habe, ist das doch möglich. »Oder nicht?«

»Natürlich scherze ich.«

Ich bin zwar saumüde, aber da mein Kühlschrank bis auf Wein und Prosecco, den mir die Mädels mitgebracht haben, und die Sachen, die er mir geschenkt hat, leer ist und mein Magen schon mehrmals geknurrt hat, halte ich das für eine gute Idee. Den Wacholderspeck samt dem Fladenbrot haben Lisa und Karo heute beinahe zur Gänze verdrückt. Ich habe bloß ein paar Stückchen vom Speck gegessen.

»Okay. Aber ich brauche ein bisschen. Ich muss mich noch umziehen.« Geduscht und die Haare gewaschen habe ich ja schon.

»Kein Problem, ich sehe mir in der Zwischenzeit deine Bücher an.«

Oh! »Nach dem Motto: Zeig mir, was du liest, und ich sage dir, wer du bist?«

»Kann sein.«

»Dann fühl dich wie zu Hause.«

»Der Stein hat wirklich einen prominenten Platz bekommen«, bemerkt er. »Gefällt mir sehr, wie du das mit dieser Spitze dekoriert hast.«

Finde ich auch.

Ich drehe mich noch einmal um. »Natürlich! Das habe ich dir doch gesagt, denn ich finde, er ist etwas ganz Besonderes, wie auch der Flachmann und deine Karte.«

Dann rausche ich ab und lasse ihn einfach im Wohnzimmer stehen.

Du meine Güte. Ich bin so was von aufgeregt, dass es schon nicht mehr feierlich ist. *Es ist rein freundschaftlich,* sage ich mir innerlich vor.

Was bin ich doch für eine Lügnerin. Okay. Es ist vielleicht so etwas wie Freundschaft plus. Mehr aber nicht. Gut. So passt das für mich. Sonst müsste ich die Einladung ausschlagen.

Kapitel 13

Es gibt unzählige Arten, wie man einen fulminanten und unvergesslichen Auftritt beim Betreten eines Restaurants hinlegen kann. Leider fällt meiner jedoch in die Kategorie ›krass und superpeinlich‹.

Im Moment sitze ich nämlich direkt am Boden, mitten in der Tür, die Titus mir noch aufhält, am Eingang ins Lokal *die tischlerei*. Großartig!

»Hast du dir wehgetan?«, fragt er gleich voller Sorge, bückt sich und hält mir die Hand hin.

»Nein, schon gut. Ich bin bloß irgendwie an der obersten Stufe hängen geblieben und dann gestolpert.«

Da sind bloß drei Stufen, die ins Lokal führen! Und ich kann nicht einmal die unfallfrei bewältigen? Was ist mit mir los?

»Okay. Komm.«

Ich ziehe mich an seiner Hand hoch und geniere mich gerade richtig. Alle im Lokal haben hergeschaut.

Auch die Kellnerin, die ich im Fallen angerempelt habe, weil sie uns vermutlich gerade in dem Moment begrüßen wollte, fragt, ob alles gut ist, was ich bejahe und mich gleich bei ihr entschuldige.

»Kein Problem, kann passieren. Solange nicht mehr zu Bruch geht als ein paar Gläser, ist alles okay.«

»Ja. Danke.«

Dann sammelt sie die Scherben vom Boden auf und ich helfe ihr. »Nein, nein. Vielen Dank, aber ich mache das schon.«

»Danke.«

In Windeseile legt sie die großen Scherben zurück aufs Tablett.

Titus nimmt mir den Mantel ab und ich streife mir mein Kleid zurecht. Eines aus Lisas Atelier. Ein eckig ausgeschnittenes Hängekleid in Dunkelrot mit Dreiviertelärmeln, das wunderbar zu meinen schwarzen Stiefeln passt. Zum Glück hat es keine Flecken abbekommen.

»Du wolltest wohl, dass auch wirklich alle mitbekommen, dass wir hier sind, was?«, flüstert Titus mir ins Ohr, während wir von einer zweiten jungen Frau an einen Tisch begleitet werden.

»Ach, das war es! Ich wusste doch, ich wollte mit der Aktion irgendetwas beweisen, außer, dass ich blind bin.«

»Hör auf, so unkompliziert anziehend zu sein, sonst muss ich noch alle meine Vorsätze über Bord werfen.«

»Dann hör du auf, mir ständig wohlüberlegte Geschenke und Komplimente zu machen.« Rhetorisch. Ich weiß. Ich liebe seine Aufmerksamkeit. So ehrlich muss ich mir selbst gegenüber sein.

»Herr Tantz, passt der Tisch für Sie?«, fragt die sehr hübsche blonde Frau. Sie kennt ihn? Vielleicht ist sie die Eigentümerin hier?

»Perfekt. Vielen Dank.« Dann sieht er mich an. »Trinken wir Wein? Rotwein vielleicht?«

»Ja. Gerne. Tollpatschiger kann ich mich ja auch nach ein paar Gläsern nicht anstellen.« Außerdem sind wir zu Fuß von meiner Wohnung hierherspaziert. Das ist jetzt der Vorteil einer Stadtwohnung.

»Vergiss es. Das kann passieren.«

»Ja, eh. Vorzugsweise mir.«

Die hübsche Blonde im glänzenden grünen Seidendirndl kommt an den Tisch zurück, präsentiert uns die Flasche und schenkt ihm ein Glas zum Kosten ein.

»Sehr gut. Ja, den nehmen wir.«

Kurz darauf stoßen wir an.

»Auf unser persönliches Gespräch«, sagt Titus und sieht mir dabei tief in die Augen.

»Zum Wohl«, erwidere ich. Jetzt ist der falsche Zeitpunkt für die Freundschaft-plus-Diskussion.

Wir nehmen beide einen Schluck und sehen zu, wie die Frau uns den Gruß aus der Küche serviert. Kurz erklärt sie uns, was es ist, dann geht sie weg.

Ich streiche mir sofort ein Brötchen, sonst bin ich demnächst betrunken.

»Wir sollten vielleicht über uns sprechen.«

Bitte? Meine Augen dürften wie Scheinwerfer angegangen sein. Das wäre mein Part, nicht seiner. Und nicht hier.

»Äh, worüber genau willst du denn reden?«

»Ich habe nachgedacht«, beginnt er, während ich kaue. »Und das, was wir beide haben, kann ich nicht einordnen.«

»Dann sind wir schon zwei.«

»Aber ich muss es einordnen können, Marlie. Alles andere treibt mich in den Wahnsinn.«

»Verstehe ich.« Mich ja irgendwie auch. »Aber du hast doch auf der Hütte den Vorschlag mit einem Tag nach dem anderen gebracht. Vielleicht ist das die Lösung?«

Er sieht auf den Tisch. »Habe ich, aber ich bin mir nicht mehr so sicher. Das Problem ist nämlich, dass ich mich nicht auf meine Arbeit konzentrieren kann.«

Verdammt! Das warme Gefühl um mein Herz sagt mir, dass ich mich über alle Maßen darüber freue.

Doch dann werde ich misstrauisch.

»Und was hast du jetzt vor?« Schluss zu machen, wäre ziemlich kindisch. Was soll er denn beenden, das nicht ist? Nein, das kann er nicht machen. »Bevor du antwortest, will ich dir noch etwas sagen: Ich brauche nicht täglich ein Geschenk, Titus. Wirklich nicht.« Seine Nachrichten allerdings schon. Ich habe mich in den paar Tagen ziemlich an sie gewöhnt. »Auch wenn ich sie alle supersüß und wohlüberlegt finde. Aber es sollte zwischen uns beiden nicht um Geschenke gehen, oder?«

Er nimmt meine Hände in seine und sieht mir direkt in die Augen. »Das ist ja mein Problem. Ich würde dir am liebsten die Welt zu Füßen legen, Marlie.« Er schluckt tief.

»Sagst du bitte einfach, was dich so quält?«

Verhalten nickt Titus. »Ja. Der Punkt ist, ich habe nachgedacht und werde niemals eine Chance gegen Victor haben.«

Mein Herz setzt aus. Um Himmels willen! Wie kommt er denn dadrauf? »Nein, Titus. Das ist nicht richtig.«

»Doch. Das ist es. Ich kann nicht gegen jemanden kämpfen, der nicht mehr unter uns ist. Du vergötterst ihn, selbst wenn du wütend auf ihn bist. Das ist mir schon auf der Hütte aufgefallen, aber mittlerweile ganz klar geworden.«

In mir fällt alles zusammen und mir ist schlecht. Hat er mit seiner Einschätzung recht? Ist das der Grund, warum ich mein Herz schützen will? Weil es gar nicht frei ist? Nie mehr wieder frei sein wird? Oder habe ich tatsächlich einfach nur Angst, dass ich noch einmal verletzt werde, wie ich es angenommen habe?

Ich bin so verwirrt, dass ich am liebsten nach draußen in die kalte Nachtluft laufen würde, um mal tief durchzuatmen.

Vielleicht sollte ich genau das tun?

Ich stehe auf. »Gib mir ein paar Minuten. Bitte, ja?«

Ohne mich umzusehen, durchquere ich das Lokal und gehe ohne Mantel nach draußen vor die Tür. Vorsichtig nehme ich die drei Stufen auf den Gehsteig hinunter und lehne mich dort erst mal an die Hausmauer. Seit vier Tagen habe ich vor dem Einschlafen kein einziges Zwiegespräch mit Victor geführt, sondern an Titus gedacht. Kaum öffne ich die Augen, frage ich mich, was er gerade macht. Jedes Mal, wenn ich eine Textnachricht von ihm bekomme, schlägt mein Herz höher.

Wieso kann nicht alles so bleiben, wie es ist?

Die Frage jedoch ist, ob er recht hat. Habe ich Victor auf ein Podest gehoben, das niemand jemals erreichen wird können? Vergleiche ich Titus mit Victor?

Ein paar Mal. Ja. Habe ich. Zugegeben.

Doch sie sind grundverschieden. Victor hat gerne geredet und sich mit Menschen umgeben. Titus spricht auch gerne, aber nur, wenn er wirklich will, und zudem ist er ein selbsterklärter Menschenfeind. Victor hat so einige halsbrecherische Aktionen geliefert. Ich schlucke schwer. Was ihn letztendlich das Leben gekostet hat. Titus kommt mir viel berechneter vor. Ein Faible für Zahlen haben beide: Titus als Mathematiker, Victor war Steuerberater. Victor war nie so romantisch, wie Titus es sein kann, wenn er will. Ja, er war lauter, aber auch mitreißend. Umgekehrt ist Titus geheimnisvoller, was ebenfalls interessant und anziehend ist.

Auf jeden Fall war Victor größer und definitiv weniger sensibel. Ich dachte immer, an ihn könnte ich mich anlehnen. Seine Versprechen mir gegenüber würden halten. Dabei hat er mich unzählige Male versetzt oder gar nicht angerufen, weil es woanders gerade lustiger war.

Die Vergleiche zwischen Titus und Victor werden immer schneller und jagen durch meinen Kopf. Ich halte ihn. Das muss aufhören!

Victor muss aufhören.

Titus hat recht. Er ist noch viel zu präsent. Aber er ist die Vergangenheit. Ich muss nach vorne schauen! Und wenn ich das tue, dann könnte es für mich und Titus eine Zukunft geben.

Keine Ahnung, was ich tun soll!

Plötzlich steht Titus neben mir und legt mir meinen Mantel um die Schultern. »Es ist kalt.«

Ich sehe ihn an. »Danke.« Da ist so viel Wärme in seinem Blick. Fürsorge. Vielleicht auch ein Funken Angst. Die habe ich auch. Wenn er recht hat, dann allerdings nicht davor, dass mir wieder das Herz gebrochen wird, sondern davor, dass niemand Victor das Wasser reichen wird können. Doch das stimmt nicht. Nicht, wenn ich an Titus und sein Verhalten denke. An die Art, wie er ist. Was er ausstrahlt.

»Wir haben drei Optionen, Marlie: Hier stehen bleiben, ich kann dich auch nach Hause bringen, oder wir gehen wieder hinein und essen etwas.«

Mein Herz quillt über. Er hat *wir* gesagt. Plötzlich weiß ich sehr genau, was ich genau jetzt tun möchte.

Ich schlinge meine Arme um seinen Hals und lehne meinen Kopf an seine Brust. Dann sehe ich ihn von unten an. »Wenn du möchtest, dann essen wir drinnen, so wie wir es vorhatten.«

Titus zieht eine Braue nach oben. »Ist das so etwas wie eine Entscheidung?«

»Nein, weil ich mich nämlich gar nicht zwischen dir und Victor entscheiden muss. Du bist hier und ich genieße es, mit dir zusammen zu sein. Deine Nachrichten zu lesen. Mit dir zu texten. Dich, so wie jetzt, zu umarmen. Daher denke ich, wir sollten vielleicht herausfinden, wohin uns das führt, und deshalb würde ich mir wünschen, dass das für den Anfang genug für dich ist.« Kurz muss ich Luft holen, weil ich so schnell gesprochen habe.

Ich kann ihm ansehen, wie er das verarbeitet. »Nur, damit ich nichts falsch verstehe. Du weißt ja, ich bin ein Mann.« Ja! Und was für einer. »Würde ich dich aus irgendeinem Grund vor jemand anderem als meine Freundin bezeichnen, wäre das in deinen Augen zutreffend oder nicht?«

Mist. Genau darum geht es ja. Um eine Art von Bindung. Ein Versprechen, zueinander gehören zu wollen.

Will ich das?

Er lässt mich nicht aus den Augen. Leider kann ich vorhersehen, was er tun wird, wenn ich Nein sage. Und das will ich noch weniger, als Angst davor zu haben, dass das mit uns schiefgeht. Dafür hat er sich mittlerweile einen viel zu großen Platz in meinem Denken erobert. Ja, und einen noch größeren in meinem Herzen. Vor ihm wusste ich nicht, dass zwischen all den Narben und Pflastern noch so viel Platz für eine neue Liebe ist.

Ich hole tief Luft und sie ist eisig. »Ja. Es wäre zutreffend, Titus. Und eines weiß ich mit hundertprozentiger Sicherheit: Das hat nichts damit zu tun, dass ich Victor auf ein Podest stelle. Im Gegenteil. Wenn ich ehrlich bin, schneidest du bei meinen innerlichen Vergleichen in vielen Punkten sogar besser als er ab.« Soll ich ihm das auch noch verraten? Ja, warum nicht. »Ich muss dir noch etwas gestehen: Ich habe so Schiss vor uns, wie ich es gar nicht in Worte fassen kann.«

Er zieht mich in seine Arme und küsst mich am Kopf. »Denkst du, ich nicht? Ich habe mir geschworen, mich nie mehr wieder so zu verlieben. Aber es ist einfach passiert, Marlie. Weil du bist, wie du bist.« Nun hält er mich ein Stückchen von sich weg, um mich ansehen zu können. »Und seit unserem Abschied an der Talstation habe ich Angst, dich wieder zu verlieren. Wie verrückt ist das?«

»Sehr. Aber du hast doch gesagt, die Normalität und du wärt noch nie Freunde gewesen.«

»Siehst du, genau deshalb habe ich Angst, dich wieder zu verlieren.«

»Weil du lieber verrückt bist?« Ich weiß ja, dass er meint, dass ich gut zugehört habe.

»Genau. Und du weißt, warum noch.«

»Ja. Weiß ich«, hauche ich und gebe auf. Lasse meinen Kopf wieder auf seine Brust sinken und stehe einfach nur da. Genieße die Wärme seines Körpers. Dass er mich festhält. Da ist. Mehr brauche ich im Moment nicht.

***

Als wir nach einem fulminanten Abendessen von der *tischlerei* zu mir nach Hause spazieren, Titus hat auf drei Gängen bestanden, bin ich nicht nur pappsatt, sondern auch leicht angeheitert vom Wein. Die Anstrengungen und Aufregungen der letzten Woche tragen das ihre bei. Deshalb kichere ich bei jedem zweiten Satz, den er von sich gibt, und matche mich mit ihm verbal, weil wir eben so sind.

»Du bist wirklich unterhaltsam, Marlie, wenn du etwas zu viel getrunken hast.«

Ich fahre ihm beinahe mit dem Zeigefinger ins Gesicht. Er fängt ihn mit der Hand ab. »Dann musst du eben aufhören, so witzige Sachen zu erzählen.«

»Ganz im Gegenteil. Ich erzähle dir noch etwas verdammt Lustiges.«

»Und das wäre?«

»Dass ich dich jetzt einpacken und mit zu mir nehmen werde. Es kann ja nicht sein, dass meine nagelneue Freundin nicht weiß, wo ich wohne. Oder wie siehst du das?«

»Zu dir?«, pruste ich los. Das kann nicht sein. Ich habe nicht einmal gewagt, darüber nachzudenken, wie und wo genau er wohnt. Ups. Das war der Randstein.

»Achtung!«

Er fängt mich auf und hält mich an der Schulter fest, statt nur meine Hand zu halten.

»Heute ist es aber rutschig.«

»Absolut«, meint er schmunzelnd. »Speziell dort, wo du gehst.«

»Ja, nicht wahr?«

Wieder muss ich kichern.

Dann holt Titus sein Handy aus dem Mantel. »Kannst du mich holen? – Ja. Jetzt. Ecke Parkgasse und Ritter-von-Gersdorff-Straße.« Kurz hört er zu. »Sehr gut. Danke.«

Ich zerkringle mich. »Du kennst den Taxifahrer aber gut. Oder ist er von Uber?«

»Keines von beiden, das war mein Chauffeur.«

Du meine Güte! Ich muss an der nächstbesten Hauswand anhalten, um mir nicht vor Lachen ins Höschen zu pinkeln.

»Sag einmal, hast du etwas anderes als ich getrunken?«

»Nur den Tee, den mir Esmeralda vorbeigebracht hat. Bevor du gekommen bist.«

»Von der Wahrsagerin?«

»Ja, von ihr. Aber es war nur Tee.« So. Jetzt gehts wieder. »Wir können weitergehen.«

»Nur mehr um die Ecke. Dann sind wir da.«

»Bei deinem geheimnisvollen Chauffeur?« Da fällt mir ein: »Warum hat nie einer eine Chauffeuse? Oder sagt man Chauffeurin?«

»Warts ab.«

Vor uns taucht an der kleinen Kreuzung eine mattschwarze Limousine auf und bleibt direkt neben der Hauswand stehen. Gegenüber vom Blue Tomato Store. Lustig, der gehörte mal Gerfried. Ich kenne mittlerweile auch wirklich viele Leute und Geschichten hier. Egal, daher deute ich auf den Wagen.

»Dein Batmobil?«

»Ja.«

Nun steigt auch der Fahrer aus. Hammer!

Er ist definitiv ein junger Mann, allerdings auf hochhackigen Stiefeln, zu denen er eine extrem weit geschnittene schwarze Hose und eine schmal geschnittene rosa Fake-Pelzjacke trägt. Sein schwarzes nackenlanges, welliges Haar ist nach hinten gekämmt und er ist geschminkt. Ich schätze, er hat auch aufgeklebte Wimpern.

Ist der süß! Wo hat Titus ihn nur gefunden? Er hat so ein entzückendes Lächeln.

»Hi! Ich bin Felix.«

»Marlie. Freut mich. Krasses Outfit. Ich liebe es!«

»Danke. Kommt mit.«

Er hält die hintere Wagentür auf und ich steige ein. Besser gesagt, Titus schiebt mich auf den Sitz.

Über den Rückspiegel sieht Felix zu mir nach hinten, als er geräuschlos losfährt. »Ich dachte schon, er wird dich ewig vor mir verstecken, Marlie. Jetzt weiß ich auch, warum.«

»Du sprichst über mich, Felix. Nicht vergessen«, ermahnt ihn Titus gespielt ernst.

»Ich weiß, Boss.«

Meine Augen sind müde, meine Beine schwer und mein Kopf langsam. »Aber ich verstehe gerade nur Bahnhof. Wie hast du das gemeint, Felix?«

»Hast du einen Spiegel?«

»Natürlich.«

»Dann weißt du, warum.«

Ich kneife meine Brauen zusammen und Titus zieht mich mit seinem Arm an sich. »Ich habe es dir ja schon einmal gesagt: Du bist wunderschön.« Wenn die beiden das sagen? »Wenn du einen durch deine grün-blauen Augen ansiehst, dann ist das, wie vor einem Scanner zu stehen, der dir gleichzeitig weiche Knie beschert.«

Seltsames Kompliment. Aber herzig. »Gut, dann schließe ich sie.« Ich kann ohnehin nicht mehr.

Meinen Kopf lehne ich an seine Schulter und er hält mich fest. Ist das gemütlich. Wir fahren im Batmobil die Bergstraße hinauf in die Ramsau und ich werde bald sehen, wo er wohnt. Da ich die Straße ja in- und auswendig kenne, kann ich die Augen – bis wir da sind – getrost geschlossen lassen.

Kapitel 14

Wo bin ich? Es ist stockdunkel und ich taste nach einem Lichtschalter.

Da ist aber nichts.

Bin ich in meiner neuen Wohnung?

Plötzlich fällt es mir wieder ein: Wir sind bei ihm. Aber ich muss am Weg hierher eingeschlafen sein, denn ich kann mich an gar nichts mehr erinnern. Was mache ich jetzt? Ich finde ja nicht einmal einen Lichtschalter, dabei muss ich verdammt dringend auf die Pipibox. Echt ein Leiden von mir, wenn ich am Vorabend zu viel getrunken habe.

»Titus?«, rufe ich.

Langsam nimmt der Raum Konturen an. Direkt vor mir sind Glasscheiben, die verdunkelt sind.

»Guten Morgen. Was kann ich für dich tun?«, fragt mich eine samtige Frauenstimme aus dem Nichts und ich schrecke zusammen. Wer ist das denn?

»Kannst du deinen Befehl wiederholen? Ich habe ihn nicht verstanden.«

Oh. Das ist so was wie eine Alexa.

»Kannst du das Licht aufdrehen?«

»Natürlich.«

Und zack, schon ist alles hell.

Wow! Der Raum ist riesengroß. Ich liege in weißer Seidenbettwäsche und das Bett steht frei mit Sicht auf die drei Glaswände, die mich umgeben.

»Weißt du auch, wo hier das WC ist?«

»Natürlich. Am hinteren Ende des Raumes befindet sich das Badezimmer.«

»Danke.«

Auf den ersten Blick ist dort aber keine Tür. Nur eine Holzwand. Ich tippe sie an. Irgendwo.

Aha. Eine Tür springt auf. Ich öffne sie. Dahinter sind jedoch nur zwei Reihen an Hemden, fein säuberlich aufgehängt. Nach dem dritten Versuch finde ich die Badezimmertür.

Ich packs nicht. Das ist kein Badezimmer, sondern eine Wellness-Oase. Und Titus steht in einem Nebel aus Dampf unter der Dusche.

»Entschuldige, ich bin auf der Suche nach dem WC«, sage ich laut, denn er hat mich nicht hereinkommen gehört.

»Guten Morgen«, ruft er, dreht das Wasser ab und kommt nackt hinter der Glaswand hervor. Ich würde über ihn herfallen, wenn ich nicht so dringend müsste. »Habe ich dich geweckt?« Er drückt mir einen nassen Kuss auf den Mund.

»Nein. Ich müsste nur mal schnell aufs WC.«

Titus grinst und zeigt in meine Richtung. »Da drüben.«

Ich drehe mich um. Tatsächlich, da ist noch eine Tür, die wie eine Holzwand aussieht.

»Danke.« Und schon verschwinde ich dahinter.

Das ist eine Toilette? Das Ding ist eckig und leuchtet in Dunkelviolett. Mir egal. Ich hebe den rechteckigen Deckel an. Er fährt an einem Arm wie die Flügeltüren eines Autos nach oben und bildet so eine komplett glatte, völlig untypische, weil viereckige Rückenlehne. Ich muss Titus fragen, was das ist.

Plötzlich höre ich eine Stimme und zucke zusammen. »Möchtest du Musik von deiner Lieblingsplaylist hören?«

Woher um alles in der Welt weiß das Klo, welche Musik ich mag, und warum fragt es mich das?

»Äh, ja. Bitte.«

Sofort erklingt klassische Musik. Verstehe. Das ist seine Lieblingsmusik. Hätte mich ja auch gewundert.

Doch kurz darauf stehe ich vor dem nächsten Problem: Wie im Himmel spüle ich hier runter? Nicht, dass ich Technik nicht mag. Aber dieses WC ist die nächste Evolutionsstufe an Klos.

Ich suche nach einem Drücker. Einem Rad, einem Touchscreen. Irgendetwas.

»Verdammt!«

Oh.

Ich kichere. Diese eingebauten Duschen mag ich. Wie auch immer ich die jetzt aktiviert habe.

»Kann ich helfen?«, fragt die Stimme aus dem Off.

»Ja. Kannst du das WC spülen?«

»Natürlich.«

Und das tut das Ding nun auch.

Ich erhebe mich und ziehe mir mein Höschen wieder rauf. Wahnsinn. Das ist Luxus.

Nach dem Händewaschen gehe ich zurück ins große Badezimmer.

Titus steht mit einem Handtuch um die Hüften vor dem breiten weißen Waschbecken.

»Nicht nur du steckst voller Geheimnisse, sondern auch dein Klo.«

Wie so oft schmunzeln seine Augen. »Hat alles geklappt?«

»Ja. Nach einer Weile schon.«

»Ich wusste, du würdest damit klarkommen. Hast du Lust auf ein heißes Bad?«, fragt Titus.

Die Sache mit seiner Toilette lasse ich lieber einfach mal so stehen. »Das wäre schön.«

Die Wanne ist designmäßig vom gleichen Hersteller wie das WC, das sieht man, denn auch sie ist weiß, viereckig und hat interessanterweise einen im Boden eingelassenen Überlauf. Wozu das denn? Außerdem steht sie direkt vor großen Glasscheiben, durch die ich die Landschaft sehen kann. Felder, Wiesen, Bäume. In der Ferne einige Häuser. Sehr cool.

»Tessa, füll das Bad. Achtunddreißig Grad.«

Ich reiße meine Augen auf. Das Ding füllt sich automatisch? »Woher hast du das denn?«

»Großbritannien«, lautet seine einfache Antwort.

»Das musst du mir später genauer verraten.«

Kurz darauf sitzen wir beide in der spacigen Wanne, deren Außenumrandung nun ebenfalls in Lila leuchtet. Titus hat das restliche Licht abgeschaltet, nun, abschalten lassen, und die Wanne hat doch tatsächlich einen Überlauf wie ein Infinity-Pool. Außerdem sprüht sie einen Wassernebel an der Oberfläche, der nach Eukalyptus riecht. So ein Bad habe ich noch nie gesehen.

»Das hier ist echt krass.« Und damit meine ich nicht nur, dass ich zwischen seinen Beinen sitze, Titus seine Arme um mich geschlungen hat und wir beide durch die Scheiben in die Schneelandschaft blicken können.

Er beugt sich nach vorne und flüstert in mein Ohr: »Du magst es?«

»Und wie. Ich meine, diese Wanne und der Ausblick sind der Wahnsinn! Überhaupt dieses Badezimmer. Du hast ja alles. Dampfbad, Sauna, zwei Liegen.«

»Das ist alles?«

Ich drehe mich um. »Du meinst, ich sollte auch diesen attraktiven Mann hinter mir erwähnen, der mich gerade am Busen hält?«

»Ja. Das denke ich.«

»Er fällt aber nicht unter krass, sondern unter unglaublich, unheimlich, verdammt sexy, erschreckend eloquent und geheimnisvoll –« Mitten in meiner Aufzählung verschließt er mir den Mund mit einem Kuss.

Ich bin auch der Meinung, wir haben genug geredet. Das hier ist viel zu schön, um mich nicht völlig zu entspannen und in seine Hände zu begeben. Im wahrsten Sinne des Wortes, wie ich mit einem Stöhnen quittiere. Es ist für mich zu früh, um klar zu denken, aber nicht zu früh, um zu genießen, wie er mich gerade zärtlich streichelt.

Zur Hölle mit meinen Ängsten!

Etwas später, beim Frühstück im Erdgeschoss, lerne ich Petra kennen. Sie kommt jeden Morgen und führt den Haushalt. Wir sitzen in einem Wohnzimmer, wieder umgeben von Glaswänden mit einem spektakulären Blick in die Umgebung und die grauen und nur teilweise von Schnee bedeckten Wände des Dachsteinmassivs.

In einer Ecke seines Wohnzimmers hängt ein tropfenförmiger offener Kamin von der Decke. Sehr stylish. Ich liebe das Design. Nichts in diesem Raum ist zu viel. Lauter edle Materialien, exzellente Verarbeitung, und die Farbwelt ist stimmig. Sanfte Töne von Braun über Grün bis zu einem pastelligen Senf und Violett. Besonders mag ich diese eine Wand mit der abstrakten Tapete.

»Magst du vielleicht noch Ham and Eggs? Oder ein weiches Ei?«, fragt mich Titus' gute Seele Petra.

»Danke, Petra. Aber das Dinkelweckerl mit Schinken«, Käse, Tomaten und Salat zähle ich nicht auf, »war mehr als ausreichend.«

»Für ein Vogerl, ja«, merkt sie schmunzelnd an. »Wie man sehen kann, esse ich ja gerne.«

»Stimmt gar nicht. Außerdem siehst du toll in dem Dirndl aus.« Und das tut sie. Auch der pfiffige Kurzhaarschnitt steht ihr.

Sie winkt ab. »Das ist hier Arbeitskleidung. So. Titus. Soll ich ein Mittagessen für euch vorbereiten?«

Er sieht mich fragend an. »Heute ist Montag. Was steht bei dir am Programm?«

»Die restlichen Kartons auszupacken.«

»Schade.«

»Wieso? Woran hast du gedacht?«

»Skifahren oder vielleicht eine Pferdeschlittenfahrt?«

»Ein anderes Mal gerne, aber ich will erst alles in der Wohnung fertig machen.« Und dafür habe ich bis Donnerstag Zeit, denn dann habe ich den nächsten Besprechungstermin mit Karo und Theo zu meinen Plänen.

»Verstehe, ich bringe dich hinunter. Also nein. Danke, Petra. Mach etwas für Felix und dich.«

»Ist gut«, meint sie und verschwindet, ich nehme an, in die Küche.

»Wenn du fertig bist, dann zeige ich dir gerne noch das ganze Haus.«

»Sehr gerne. Und danach bringst du mich wirklich hinunter nach Schladming?«

»Natürlich.«

Ich nehme seine Hand und folge ihm.

Das Haus ist ein Hammer. Alles ist edel verarbeitet und es ist riesig. Mit drei Gästezimmern und Bädern, einem Wahnsinnszimmer, das er anscheinend gar nicht benutzt, im obersten Geschoss, und der ganze Keller ist quasi ein Partyraum mit einem Billardtisch, einer Bar und einer weiteren, richtig großen Wellness-Oase samt Indoorpool. Einen Outdoorpool gibt es auch. Aber Titus zeigt mir auch die Technik. Wärme generiert er über Wärmepumpen, er hat eine Tiefenbohrung machen lassen, und das Flachdach ist mit Photovoltaikzellen überzogen. Selbst die Glaspaneele über der Terrasse sind Solarzellen.

»Du hast alles eingebaut, was geht, um das Haus energieeffizient zu machen, oder?«

»Habe ich. Und hier ist noch die Garage.«

Auch von der habe ich gestern Nacht nichts mehr mitbekommen. Drei Autos stehen drinnen. Eines, wie es aussieht, teurer als das andere, wobei ich das mattschwarze Batmobil ja bereits von gestern kenne. Eine hypermoderne Elektrolimousine in Mattschwarz. Kein Tesla. Ich kenne die Marke aber nicht.

»Was bitte sind das für Autos?«

»Der weiße Geländewagen ist ein Mercedes-Maybach G 650 Landaulet. Limitierte Edition. Das mattschwarze Batmobil, wie du es bezeichnet hast, ist ein vollelektrischer Mercedes EQS, und das da hinten ist ein Tesla X, den hauptsächlich Felix fährt, wenn er allein unterwegs ist.

»Hammer.«

»Ja, den habe ich auch. Allerdings in Wien«, grinst er. Natürlich meint er damit die Automarke Hummer. »Auch vollelektrisch umgebaut wie der, den Arnold Schwarzenegger besitzt.«

»Okay. Ich sag nichts mehr«, grinse ich. »Außer dass mein Audi Kombi, der eigentlich Victors Auto war und den ich behalten habe, schon fünf Jahre alt ist. Aber vergessen wir das. Die Netflix-Doku über Arnold habe ich gesehen. Was für ein Leben, oder?«

»Ja. Wahnsinn. Wirklich inspirierend.«

Wir gehen hinaus und auf seinem Vorplatz steht noch ein Auto. Ein stinknormaler schwarzer SUV, ich schätze, der gehört Petra.

»Fährst du mich oder Felix?«

»Ich. Komm, steig ein.«

Wir nehmen das Batmobil von gestern.

Während er auf die kleine Straße hinausfährt, frage ich ihn: »Was hast du denn heute vor?«

»Nun, da du keine Zeit für mich hast, werde ich mir ein paar Immobilien ansehen.«

»Einfach so? Damit meine ich, ohne Termin?«

»Wieso nicht? Ich begutachte sie ja nur von außen.«

Okay, das geht immer. »Dann willst du in etwas investieren?«

»Habe ich schon, und ja, immer, wenn ich etwas Passendes finde.« Er sieht mich von der Seite an. »Außer, du brauchst jemanden, der dir mit deinen Kartons hilft. Heute könnte ich dir nämlich tatsächlich mich selbst als Helfer anbieten.«

Ich bin verdammt geneigt, das Angebot anzunehmen. Aber ich kenne mich. Zum Ein- und vielleicht sogar Aussortieren der letzten Kisten brauche ich Ruhe. Außerdem ist mir das gestern mit Titus und mir zu schnell gegangen und ich muss das erst einmal verarbeiten und ein paar Stunden werde ich auch an den Plänen zeichnen.

»Das ist lieb, Titus. Aber das hältst du nervlich sicher nicht durch, wenn ich über jedes einzelne Stück nachdenke und mir den besten Platz dafür überlege. Außerdem muss ich auch noch am Computer die Pläne fertigstellen.«

»Wenn du Zeit für dich allein brauchst, dann sag es einfach, Marlie. Ich habe damit überhaupt kein Problem, denn ich kann geduldiger sein, als du annimmst.«

Ich seufze tief. Ja, das hat er auf gewisse Weise bereits bewiesen. »Okay, ja. Ich möchte einfach vor mich hin räumen, einkaufen gehen, den Kühlschrank befüllen, Pläne zeichnen, und Lisa will auch am späten Nachmittag auf einen Sprung vorbeikommen.«

»Soll ich etwas für den Abend planen?«

Planen ist etwas, das er, wie es den Anschein hat, wirklich gerne macht. »Ja, das wäre schön. Überrasch mich, und ich schwöre, ich bin bei allem dabei. So ab sechs Uhr.«

»Ich nehme dich beim Wort«, erwidert er schmunzelnd.

»Kannst du.«

Den Rest der Fahrt reden wir über nichts wirklich Wichtiges. Er gibt jedoch preis, dass er das Grundstück, auf dem sein Haus steht, von einer Großtante mütterlicherseits geerbt und erst vor vier Jahren neu gebaut hat. Ich wiederum erzähle ihm, wie ich Lisa kennengelernt habe und wie es kommt, dass ausgerechnet eine Schladmingerin schon in der Schule in Wien meine beste Freundin wurde.

Genau, was ich brauche. Keine schwierigen Themen. So kann ich mich wohlfühlen und nicht darüber nachdenken, was Victor zu all dem sagen würde. Und das tue ich. Immer wieder, wenn ich nicht beschäftigt bin. Aber das muss aufhören. Für Titus. Und uns beide.

Daher brauche ich heute körperliche Arbeit und geistige Ablenkung. Allerdings graut mir davor, bei so manch einem Stück aus dem Karton mit Souvenirs aus diversen Urlauben doch wieder in Erinnerungen um mein verpasstes Leben mit Victor zu versinken.

Vielleicht überlasse ich die heiklen Stücke Lisa, wenn sie bei mir vorbeischaut. Ich glaube, das wäre eine gute Idee.

Wenig später setzt Titus mich vor der Haustür ab. Ich verabschiede mich mit einem Kuss von ihm.

»Ich komme dann am frühen Abend wieder. Willst du eventuell essen gehen?«

»Weißt du was? Ich mache uns eine Kleinigkeit oder wir bestellen etwas. Je nachdem, wie es sich ausgeht. Vielleicht ist Lisa ja auch noch da.«

»Das würde mich freuen, denn dann lerne ich sie endlich kennen. Sehr gut. Ich bringe auf jeden Fall Getränke mit.«

Er geht einkaufen? Oder plündert er seinen Weinkeller für mich? Das würde nicht einmal auffallen, so riesig wie der Raum mit den zahlreichen Kühlschränken und dem Verkostungstisch ist.

»Gerne. Aber bitte nicht zu viel.«

Titus winkt mir zu, dann lässt er die Scheibe wieder nach oben und rollt los. Ich winke ihm nach und sperre auf.

Sofort läutet mein Handy. Titus.

»Hast du etwas vergessen?«

»Ja. Etwas Wichtiges.«

»Und das wäre?«

»Dass du mir erstaunlicherweise schon jetzt fehlst. Kannst du deine Wahrsagerin mal fragen, ob du mich verhext hast?«

Ich muss lachen. »Ja, genau. Das wird es sein. Dafür bin ich bekannt und gefürchtet.«

Auch er lacht schallend am anderen Ende. »Ich mag es, mit dir zu reden.«

»Ich auch! Und du fehlst mir auch.«

»Bist du sicher?«

»Ja.«

Das bin ich. Und es fühlt sich erstaunlich gut an.

Kapitel 15

Fünf Tage später …

Es ist Freitag, und wenn ich mich so umsehe, habe ich es in vier Tagen geschafft, dass meine Wohnung wie früher in Wien aussieht, wenn ich mitten in einem Projekt gesteckt bin. Das völlige Chaos. Im Wohnzimmer gibt es einen schmalen Weg, der ins Schlafzimmer führt, und einen zweiten bis in die Küche. Nach dem Termin mit Karo und Theo gestern in der Früh bin ich sofort losgezogen und habe mir in ein paar lokalen Geschäften neue Farb-, Holz- und Stoffmuster besorgt. Mittlerweile sind auch noch zusätzliche Kataloge, die ich von verschiedenen Herstellern bestellt habe, bei mir eingetroffen. Deshalb liegt all das jetzt verstreut am Boden meiner Wohnung herum.

Zum Glück waren Karo und Theo von meinen Plänen begeistert, aber beim Durchdiskutieren sind wir gemeinsam auf ein paar Kleinigkeiten gestoßen, die ich noch ändern wollte. Doch damit bin ich jetzt gerade fertig geworden.

Zusammenräumen kann ich leider erst nach dem Ausflug. Jetzt geht sich das nicht mehr aus, denn heute strahlt die Sonne und Titus hat darauf bestanden, dass ich mir selbst ab ein Uhr mittags freigebe und mich für eine Schneewanderung anziehe.

Das passt gut, denn ich brauche dringend wieder etwas Frischluft und Bewegung.

Die letzten Tage waren wirklich schön, aber auch anstrengend, weil wir viel zu wenig geschlafen haben, da wir uns jeden Abend, wenn auch manchmal erst sehr spät, gesehen haben. Zwei Mal hat Titus bei mir übernachtet, zwei Mal ich bei ihm. Dass es so ausgeglichen war, ist reiner Zufall. Hat sich so ergeben, weil wir bei ihm geblieben sind, wenn wir abends in der Ramsau noch einen Mitternachtsspaziergang unternommen haben, und wenn wir zu faul dafür waren, hat er bei mir übernachtet.

Nachdem ich nun weiß, dass Lisa ihn ins Herz geschlossen hat, fällt es mir ein wenig leichter, innerlich zu ihm zu stehen. Meine Güte! Erst hat sie einen Freudentanz quer durch meine Wohnung und über mein Sofa hingelegt und ist dann am Montag natürlich so lange hiergeblieben, bis er vorbeigekommen ist. Sie wollte ihn nämlich unbedingt persönlich kennenlernen.

Es war spannend. Kaum sind sie einander gegenübergesessen, ging es los mit ›Kennst du den?‹, und natürlich haben sie festgestellt, dass es ein Wunder ist, dass sie sich erst durch mich kennenlernen. Nach einer Stunde haben die beiden geplaudert, als wären sie schon ewig die besten Freunde, was ich wirklich schön gefunden habe. Und entlastend. Was, wenn meine beste Freundin ihn nicht mögen würde? Oder umgekehrt. Zum Glück ist das Gegenteil der Fall und sie ist von ihm fasziniert. Auch Titus hat mir erklärt, dass er selten jemand so Kreativen und Unkonventionellen wie Lisa getroffen hat und dass wir unbedingt gemeinsam mal in ihrem Atelier vorbeischauen müssen, was wir Mittwochabend auch getan haben.

Natürlich wissen auch alle anderen Bescheid, die Nachricht hat sich wie ein Lauffeuer verbreitet. Aber okay. Das ist die Kehrseite vom Dorfleben. Alle wissen alles über dich.

Nur meinen Eltern habe ich noch nichts von Titus erzählt, dabei telefonieren wir mindestens zwei, drei Mal die Woche. Seit sie wissen, dass es mir besser geht, muss es nicht mehr täglich sein. Ich werde es ihnen schon noch erzählen, aber das hat ja Zeit.

Den Sturm habe ich ihnen gegenüber auch nicht erwähnt, sie haben sich schon lange genug Sorgen um mich gemacht und die Sache ist ja gut ausgegangen.

Unschlüssig stehe ich vor meinem Kleiderschrank im Schlafzimmer. Und was ziehe ich jetzt an?

Um Punkt ein Uhr läutet es an meiner Tür.

Ich reiße sie voller Vorfreude auf und da steht er. Sieht heiß wie immer aus. Er trägt eine leichte, aber sicher warme schwarze Skihose und schwarze Schneeboots. Dazu einen echt stylishen Anorak und eine schwarze Beanie. Ich dagegen habe mich wieder einmal für mein blassrosa Outfit mit weißen Schneeschuhen, dazu passender Mütze mit Quaste und Handschuhen entschieden.

»Ich komme damit nicht klar«, lautet seine Begrüßung, dann umarmt und küsst er mich leidenschaftlich.

Als ich mich von ihm löse, muss ich nachfragen: »Womit kommst du nicht klar?«

»Sieh dich an: Du siehst aus wie ein Model, bist pünktlich fertig und ganz offensichtlich guter Laune. An dir ist etwas faul.«

Ich schlage ihm grinsend auf den Arm. »Wird Zeit, dass du mir von deinem Frauentrauma erzählst, denn in meiner Welt ist das ganz normal, dass man pünktlich ist, wenn man etwas ausgemacht hat, aber ich kann dir auch sagen, dass ich lange damit gekämpft habe, es wirklich zu sein.« Dann setze ich nach: »Schau nur bloß nicht ins Wohnzimmer.«

Mein Rucksack steht schon im Vorraum bereit, ich setze mir die Sonnenbrille auf und er schlängelt sich an mir vorbei. Klar muss er sich das Chaos ansehen.

»So also arbeitet eine Künstlerin.«

»Das ist jetzt ein wenig übertrieben.«

»Gar nicht. Aber ich verspreche dir: Ich räume nicht zusammen und greife auch nichts an.« Er zieht seine rechte Braue hoch. »Oder soll ich Felix schicken, nachdem er uns abgesetzt hat?«

»Wehe! Dann finde ich nie wieder etwas.«

»Dachte ich mir. Komm.« Er reicht mir die Hand und ich ergreife sie.

Hinter uns sperre ich noch ab, dann steigen wir in den Wagen. Heute ist es der weiße Geländewagen.

Felix hält die Tür auf und begrüßt mich mit einem großen Smile: »Hallo, meine Schöne.«

»Achtung! Ich gewöhne mich noch an deine Komplimente.« Dann umarme ich ihn. Er ist so ein Lieber.

»Das sollst du auch. Du bist eine Queen! Lass dir nie etwas anderes einreden.«

»Ich werde es versuchen.«

»Felix, du weißt aber schon, dass Marlie mein Mädchen ist, oder?«

»Sicher, Boss!« Noch bevor Felix die Tür zuwirft, raunt er Titus zu: »Außerdem kennst du meine Vorlieben.«

Ich schätze, er meint damit, dass er homosexuell ist. Oder bi. Einerlei. Auf jeden Fall verstehen sich die beiden prächtig und ich mag Felix' fröhliche, lebensbejahende Art unglaublich gerne.

Wir sitzen beide hinten und ich kuschle mich in Titus' Arme. »Und? Wohin werden wir wandern?«

»Das wird eine Überraschung, aber ich bin sicher, dass es dir gefallen wird.«

»Ja? Wieso?«

»Weil ich dir zugehört habe.« Typische Titus-Antwort.

Ich seufze. »Manchmal bist du echt schräg.«

»Darf ich dich daran erinnern: Normal sind bei der Gaußschen Normalverteilung die mittleren achtundsechzig Komma zwei Prozent. Zu denen wollte ich nie gehören.« Da spricht der Mathematiker aus ihm.

Wer außer ihm weiß auf Anhieb die exakte Prozentanzahl einer Normalverteilung? Ich bin mir sicher, sie ist aufs Komma richtig. Das muss ich nicht nachgoogeln.

»Ich auch nicht«, stimme ich ihm schmunzelnd zu.

»Dann sind wir ja gut miteinander bedient.«

»Sind wir.«

Immer wieder aufs Neue fühlt sich dieses *wir* vertraut wie fremd an. Langsam sollte ich mich dann daran gewöhnen, wieder in einer Beziehung zu sein.

»Hast du diese Familie Thaler von der Hütte schon erreicht?«, frage ich ihn, denn er wollte das gleich am nächsten Tag nach unserer Rückkehr tun.

»Ja. Alles erledigt. Toni hat mich heute endlich zurückgerufen und ich habe ihm in unser beider Namen gedankt.«

Das erleichtert mich. »Sollten wir ihm nicht etwas schicken?«

Er streicht mir über die Wange. »Mach dir bitte keinen Kopf, Marlie. Auch das ist auf dem Weg. Wie auch eine Freundin von Petra, die diese Woche oben war, durchgeputzt hat und alles und mehr aufgefüllt hat, was wir verbraucht haben.«

»Du bist ein Wahnsinn. Wie war er?«

»Toni? Sehr nett. Und er meinte, dass die Hütte genau aus dem Grund offen steht, falls jemand sich mal retten muss.«

»Wow. Der ist aber umsichtig.«

»Ja. Ist hier aufgewachsen. Den Schlüssel hat die Putzfrau auch wieder innen ans Brett gehängt. Ich denke, damit passt das dann.«

Absolut. Mir hat das die ganze Zeit schon keine Ruhe gelassen. Aber wunderbar. Damit ist das erledigt und ich kann aufhören, mich wie eine Einbrecherin zu fühlen, wenn ich an die Hütte denke. Und das passiert einige Male täglich. Nicht ursächlich wegen dieses seltsamen Gefühls, sich bei Fremden breitgemacht zu haben, sondern weil es einfach so schön war. Weil es irgendwie jetzt *unsere* Hütte ist.

Wir fahren in die Ramsau hinauf, aber ich sage nichts. Mal sehen, wo er wandern gehen will. Als Felix jedoch in den Zechmannhof einbiegt, sehe ich Titus fragend an. »Was machen wir denn hier? Ich habe doch heute Vormittag erst mit Birgit telefoniert?«

»Nun, dann hat sie super dichtgehalten, was ich auch erwartet habe.«

»Ach ja?«

»Ja, denn ich habe bereits am Montag für heute einen Pferdeschlitten für uns beide bei ihr reserviert.«

»Nicht wahr! Ich wollte die ganze Zeit schon mal wieder mitfahren.« Dafür war aber so gut wie keine Zeit. Wie auch nicht für die Pferde. Aber das wird wieder, wenn der Anfangsstress mit dem Projekt vorbei ist.

»Siehst du, und schon ist es so weit.«

Ich freu mich so!

Kaum sind wir ausgestiegen, kommt Birgit aus dem Haus und umarmt mich. »Es tut mir so leid, aber ich durfte dir nichts sagen.«

»Schon gut, sonst wäre Titus' Überraschung ja nichts geworden. Sag, fährt uns dein Schwiegervater?«

Sie lächelt schelmisch. »Ja. Und er freut sich schon drauf. Schnaps hat er auf jeden Fall auch mit.«

Und da kommt er schon. Hans Stocker fährt mit dem wunderschönen roten Pferdeschlitten vor, den gleich vier Pferde ziehen.

»Griaß enk!«

»Griaß di, Hans!« Dann stelle ich ihm Titus vor.

Ich freue mich riesig, mit ihm ausfahren zu können! Hans ist ein absolutes Original. Allein sein Bart ist was fürs Museum. So einen an den Enden gezwirbelten Kaiserbart sieht man ganz selten. Dazu sein speckiger Hut und der dicke grüne Lodenmantel. Besser gehts nicht. Und das Kaiserwetter heute ist das Tüpfelchen auf dem i.

Natürlich wartet Hans uns bereits das erste Stamperl Schnaps auf, noch bevor es losgeht. Aber ehrlich? Ein, zwei, drei über ein paar Stunden verteilt gehen bei der Kälte immer. Manche halten uns für Alkoholiker. Manche nennen es Wirkungstrinker. Was immer wir mit einem Glaserl auch bewirken wollten? Hier gehört das auf jeden Fall schlicht und ergreifend zur Kultur.

Wir prosten einander zu und trinken im Stehen ex.

»Auf gehts«, meint er und sammelt unsere Gläser wieder ein.

»Super!« Titus hilft mir auf die hohe Kutsche und steigt nach mir selbst ein, während sich Hans auf den Kutschbock setzt und zu uns umdreht.

»Schau, ihr habt da die Decken.«

Und in die wickle ich mich sofort ein. Beim Gehen wird einem ja warm, aber beim Sitzen nicht.

»Perfekt. Danke. Ist das gemütlich!« Und mindestens so zauberhaft wie eine nächtliche Pferdekutschenfahrt.

Wir traben los.

In den weiten Tälern, durch die wir entlangtraben, glitzern die großen Schneefelder im Sonnenlicht. Die Äste der Nadelbäume hängen manchmal bis auf den Boden, so schwer lastet der Schnee auf ihnen. Und die wenigen, weit verstreut liegenden

Bauernhöfe und Häuser erinnern an kleine Miniaturen, wie bei diesen alten Spielzeugeisenbahnen. Einfach nur märchenhaft schön.

»Die Idee war toll, Titus! Es ist einfach immer wieder ein erhebendes Gefühl.«

»Freu dich nicht zu früh. Das letzte Stück müssen wir dann nämlich gehen.«

»Kein Problem. Ich gehe gerne.«

»Ich weiß. Komm her.«

In seinen Armen fühle ich mich so unheimlich wohl, dass es zwischendurch wehtut. Victor hat die Berge gehasst. Er war mehr der Meermensch. Das bin ich auch, aber die Natur hier ist einfach einmalig. Und ich habe ihr viel zu verdanken. Das Wiedererlangen meiner geistigen Gesundheit, um genau zu sein. In der Stadt wäre ich wohl irgendwann komplett durchgedreht.

Hier kann ich atmen. Ich mag es, wenn vor dem Mund dieser leichte Nebel entsteht, weil es so kalt ist. Und die Luft so klar ist, dass man sich einbildet, sie sehen zu können, obwohl sie unsichtbar ist.

Ich zeige auf die riesige Bergkette, die gut sichtbar wird. »Da. Der Dachstein.« Die besonders steilen Wände sind grau, der Rest ist mit Schnee bedeckt.

Hans dreht sich um, deshalb schluckt Titus ganz offensichtlich hinunter, was er gerade sagen wollte. »Der Gipfel gehört zwar zum Dachsteinmassiv, aber das ist die Scheichenspitze.«

»Danke, dir, Hans. Ich vergesse das immer. Für mich ist das noch immer der Dachstein«, erwidere ich lachend.

»Wird schon werden.« Damit dreht er sich wieder um und beinahe mühelos gleitet die Kutsche dahin.

Auch den Pferden scheint das Laufen durch den Schnee zu gefallen. Und ich genieße weiterhin die Langsamkeit, in der die wunderschönen alten Bauernhöfe, die zopfig mit Schnee behangenen Bäume und die in der Sonne hell glitzernden Felder vorbeiziehen. Es ist auch schön, sich das gemeinsam schweigend einfach nur anzusehen.

Titus zieht mich noch enger an sich. »Das ist normalerweise nicht so meines, aber mit dir genieße ich das gerade sehr.«

»Ich auch! Hast du die Pferdeschlittenfahrt nur wegen mir bestellt?«

»Ich gebs zu«, meint er leise. »Ich wollte dich beeindrucken.«

Ich drehe mich zur Seite, um ihn ansehen zu können. »Mit dem Pferdeschlitten oder deiner romantischen Ader?«

Er zuckt mit den Schultern. »Mit beidem?«

»Das ist dir gelungen. Ich bin schwer beeindruckt.« Victor hasste Romantik. Teelichter im Speziellen. Auf die reagierte er quasi allergisch. Wie auch darauf, mir Blumen zu vorgegebenen Anlässen zu schenken. Den Valentinstag hat er immer verweigert. Das war ihm zu kommerzbehaftet. Er meinte immer, er schenke mir lieber Blumen, wenn er das möchte, und nicht dann, wenn alle sagen, er müsse. Nun. Blumen habe ich nur zum Geburtstag bekommen. Nie einfach nur so.

Nicht, dass mir das jemals wichtig gewesen wäre, aber ich gebe zu, ich genieße all die Aufmerksamkeiten, die Titus sich in den letzten eineinhalb Wochen oder so hat einfallen lassen.

Mit seiner Frage »Würdest du mir verraten, welche Träume du hast? Ich meine, für dein Leben? Was wünschst du dir?« reißt er mich aus meinen Gedanken.

Ein kurzer Stich bohrt sich durch meine Brust. »Träume? Damit habe ich aufgehört. Ich versuche lieber, aus dem Hier und Jetzt das Beste zu machen.«

»Ist das nicht zu abgeklärt? Es ist doch schön, sich etwas vorzunehmen und es vielleicht zu erreichen.«

»Weißt du, ich bin ehrlich gestanden schon froh genug über die Tatsache, dass ich wieder lebe und nicht bloß in meiner Wohnung in Wien hinter verdunkelten Fenstern dahinvegetiere.« Ich schlucke schwer. »Es hat mich so viel Kraft gekostet und so müde gemacht, mich da wieder rauszuziehen. Und ohne all die Menschen, meine Eltern, Lisa, einige alte Freunde in Wien und neue hier hätte ich das nicht gestemmt.« Mir fällt gerade etwas auf. »Ich habe den Traum gehabt, wieder am Leben teilzuhaben, und ihn sogar erreicht. Das ist doch etwas.«

»Ja, mehr als nur *etwas.*« Er nimmt mein Gesicht in beide Hände. »Darauf kannst du verdammt stolz sein. Diese Stärke hat nicht jeder.«

»Ja, da hast du vermutlich recht, und das ist schlimm genug! Aber wie gesagt, das war ich nicht allein.«

»Niemand sollte in so einer Situation allein sein.«

»Ja«, murmle ich. »Das sehe ich auch so.«

Er blickt mir tief in die Augen. Ich mag es, in seine dunkelbraunen Augen zu sehen. Sie drücken so viel Gefühl aus. Und Klarheit. Da ist keine Show dahinter. Kein Verschleiern, sondern Wahrheit. Wenn er etwas denkt oder empfindet, dann seziert er die Welt um sich herum. Mich. Sich selbst. Gefühle. Meine. Seine. Und drückt dann das Ergebnis seines Denkens auf so viele unterschiedliche Arten in seinem Blick aus. Es sind die Schattierungen. Wie seine Augen leuchten oder eben auch nicht. Wie weit er sie öffnet, wie benetzt sie sind, wenn ihn etwas traurig stimmt oder er mitfühlt, oder aber wie er sie zusammenkneift, wenn er etwas unterhaltsam findet. So wie jetzt.

»Du liest meine Augen?«

Ich schmunzle unwillkürlich. »Ja. Und ich liebe sie. Sie können so vieles auf so viele Arten erzählen.«

Er raunt in mein Ohr: »Ich hoffe doch, du liebst nicht nur meine Augen.«

Sofort zucke ich zusammen.

Ich kann diesen Satz nicht einfach so zu ihm sagen. *Ich liebe dich.* Für mich bedeutet das viel zu viel. Das ist nicht nur der Ausdruck eines Gefühls. Es ist ein großes Versprechen. Da zu sein, wenn man einander braucht. Gleichzeitig auch eine Art innerlicher Schwur, den anderen zu nehmen, wie er oder sie ist.

Nicht auf den Unzulänglichkeiten herumzuhacken, sondern zu unterstützen. Das Positive herauszustreichen, damit man gemeinsam wachsen kann. Zusammen in die Zukunft reisen zu wollen, egal, was sie bringt.

Nein.

Hinter diesen drei Worten steckt viel zu viel. Dazu bin ich noch nicht bereit, obwohl ich vielleicht sogar am Weg dahin bin. Aber es kann immer etwas passieren. Das weiß ich.

Er hat bemerkt, dass etwas nicht stimmt, und hält meinen Kopf fest. »Entschuldige. Ich will dich zu nichts drängen. Das war ein wirklich misslungener Scherz und das Körnchen Wahrheit dahinter vergiss bitte wieder.«

Rosa Elefanten vergisst man auch nicht, wenn sie mal jemand erwähnt hat. Und tief aus meinem Inneren kullert plötzlich »Ich liebe es, dass du nie nach Ausreden suchst, sondern einfach sagst, wie etwas für dich ist« heraus. Ups. Das war dann wohl der rosa Elefant.

Er mustert mich. Dann sagt er: »Und ich liebe es, in genau dem Moment in deine unfassbar tiefgründigen grün-blauen Augen zu sehen, wenn du all deine Zweifel mutig über Bord wirfst und deinem Gefühl folgst.«

Mein Herz geht auf! Etwas Schöneres hätte er mir nicht sagen können.

Titus zieht mich ganz fest an sich und ich beginne tatsächlich, zu träumen. Davon, dass wir uns in den nächsten Tagen, ja vielleicht sogar Wochen, ein wenig von dieser Magie behalten.

Ja.

Das wünsche ich mir.

Kapitel 16

Auf der Halseralm bleiben wir direkt vor dem auf zwei Brettern befestigten Schild ›Pferdekutschen Haltestelle Halseralm‹ stehen. Nicht nur wir drei stärken uns draußen in der Sonne vor der Hütte mit einem Getränk, auch die Pferde bekommen von Hans etwas zu fressen und frisches Wasser. Wenn ich gewusst hätte, dass wir mit ihnen unterwegs sein werden, hätte ich Äpfel mitgenommen.

Ein wenig genießen wir die Sonne und das Treiben rund um uns. An so einem traumhaften Tag ist auch im Winter so einiges los in der Hütte. Aber wir wollen ja weiter. Daher machen wir uns wieder auf den Weg.

Als wir wieder bei den Pferden ankommen, erklärt uns Hans: »So. Ich fahre wieder zurück, weil der Titus ja mit dir auf die Sonnenalm marschieren will.«

»Zu Gerhard? Super, da freue ich mich drauf!« Ich dachte, er will vielleicht bloß durch den Wald zurück zu einem der Parkplätze wandern.

»Dann grüßt mir den Gerhard und passt auf euch auf«, meint Hans.

»Das machen wir«, antwortet ihm Titus.

Wir bedanken uns bei Hans für die wunderschöne Schlittenfahrt und ich setze mir wieder meine Haube auf, während Titus noch unsere Stöcke aus der Kutsche holt. Die schaden nie. Man kann auf dem verschneiten Weg immer mal auf einer Eisplatte wegrutschen.

Wir nehmen den kleinen Fußweg hinauf zum Rundwanderweg und winken Hans noch einmal zu, der sich nun mit der Kutsche auf den Weg zurück zum Zechmannhof macht. Im Sommer kann man mit den Pferden bis hinauf zur Sonnenalm, im Winter geht das nicht.

»Die Sonnenalm also? Da willst du mit mir hin?«

»Exakt. Und ich habe für heute ein Zimmer reserviert.«

Was? »So romantisch bist du also?«

»Ich dachte, ihr seid befreundet und du warst sicher schon länger nicht mehr oben.«

Dafür bekommt er einen dicken Kuss. »Das war eine Superidee. Und ja, das stimmt. Ich habe bloß letzte Woche einmal mit Gerhard telefoniert.«

Er schmunzelt. »Dann habe ich ja zum Glück ein ganz gutes Programm gewählt.«

»Nein, das beste!«

Bergauf zu gehen, ist für mich immer noch recht mühsam. Aber ich mag diese Art von Anstrengung sehr. Da fühle ich mich so richtig geerdet. In meinem Körper. Und das ist super.

Der Weg ist zwischendurch immer wieder etwas steiler, aber gerade geht es fast eben dahin.

»Kann ich dich etwas sehr Persönliches fragen?«

Titus bleibt stehen und dreht sich zu mir. »Nein. Denn wenn du mich das noch einmal fragst, bin ich ernsthaft beleidigt.«

Ich bin echt erschrocken. Warum reagiert er denn gar so heftig? Daher stottere ich irgendetwas Unzusammenhängendes zur Entschuldigung vor mich her.

»Babe! Sorry! Ich wollte damit doch nur zum Ausdruck bringen: Wenn du mich nicht alles fragen kannst und sollst, wer dann? Schon vergessen: Wir teilen hin und wieder das Bett miteinander.«

Mein Herz wird in der Sekunde wieder leicht. »Und ich dachte schon, du hast das jetzt ernst gemeint.«

»Habe ich auch. Auf eine gewisse Weise. Ich will nicht, dass du wie auf rohen Eiern tänzelst, wenn du etwas wissen willst. Frag mich einfach. Wann immer, was immer und wo immer. Abgemacht?«

»Okay. Ich werde also nicht mehr um den Brei herumreden.« Obwohl man sich manchmal hinter ein paar Floskeln wirklich gut verstecken kann. Aber er hat recht. Das ist dämlich. Wir sind ja ein Paar oder zumindest dabei, ein richtiges Paar zu werden.

»Gut. Also: Was willst du wissen?«

Wir gehen gemütlich weiter und der Schnee knirscht unter jedem Schritt. »Du weißt ja, warum ich so einen Schaden, was eine feste Beziehung betrifft, abbekommen habe. Aber du hast doch auch gesagt, du hättest ebenfalls Angst davor.«

Er sieht mich verdutzt an. »Habe ich auch. Gewaltige sogar.«

»Siehst du, genau das verstehe ich nicht. Denn du hast dich von Anfang an nicht so verhalten.«

»Das nehme ich jetzt als Kompliment an meinen Mut«, erwidert er breit grinsend. »Du hast ja keine Ahnung, wie oft ich oben in der Hütte hin und her überlegt habe, ob wir uns wiedersehen sollten oder nicht.«

Jetzt habe ich zwei wichtige Fragen an ihn und stelle die zweite als Erstes: »Und warum hast du dann den Vorschlag gemacht, dass wir einen Tag nach dem anderen nehmen sollten?«

Wieder bleibt er stehen, lässt seine Stöcke fallen und greift mir auf die Schultern, die er festhält. »Marlie! Ich habe noch nie eine Frau wie dich getroffen. Was hätte ich denn tun sollen? Dich gehen lassen und dich dann vielleicht Wochen später rein zufällig irgendwo treffen?« Energisch schüttelt er den Kopf. »Nein. Denn so etwas endet in einer sehr seltsamen Stimmung, weil wir beide viel zu viel Zeit gehabt hätten, uns einzureden, dass unser Zusammentreffen in der Hütte, im Schneesturm, die Nacht, dass all das nichts bedeutet. Und das wäre falsch. Es hat mir etwas bedeutet und tut es immer noch.«

Ich sehe auf den Schnee. »Mir auch.«

»Siehst du. Also habe ich mir gedacht, ich kann mein Herz weiterhin schützen und die tollste Frau überhaupt einfach gehen lassen, oder ich tue das, was ich im Geschäft täglich mache: Ich riskiere es, auf die Schnauze zu fallen.«

»Gut, dass du dir so klar warst, sonst wären wir jetzt nicht hier.«

Er winkt mit der Hand ab. »Keine Sorge. Wir sind ein gutes Team. Solange einer von uns im richtigen Moment den richtigen Schritt setzt, kann der andere seinen mutlosen Tag haben oder einen Fehler machen. Das ist doch das Gute an Beziehungen, nicht?«

»Ja. Ist es.«

»Aber an deinen klitzekleinen Falten auf der Stirn sehe ich, dass du noch etwas anderes wissen wolltest.«

»Stimmt.« Womit wir bei meiner ersten und für mich extrem wichtigen Frage sind. »Du hast mir bis jetzt noch immer nicht den Grund dafür verraten, warum genau du Angst davor hast, dass dir dein Herz wieder gebrochen wird. Meiner ist ja klar.«

Für einen kurzen Moment sehe ich Schmerz in seinem Gesicht. Doch dann räuspert Titus sich. »Ich habe auch jemanden verloren.«

Wie bitte? Ich glaube, mein Herz ist kurz stehen geblieben. Mein Körper ist es.

»Nicht dein Ernst jetzt, oder?« So eine dämliche Meldung! Und das von mir! »Entschuldige, das war jetzt unangebracht. Aber ich hätte nie angenommen, dass dir Ähnliches wie mir passiert ist.«

»Ist es auch nicht.«

»Nein?« Jetzt verstehe ich gar nichts mehr. »Aber du hast doch gerade gesagt, dass auch du –«

»Dass ich jemanden verloren habe. Das habe ich. Die Frau, die ich heiraten wollte, hat sich meinen jüngeren Bruder geschnappt.«

Ich glaub, mir ist das Kinn nach unten geklappt. Sein Bruder hat ihm die Frau ausgespannt? Hammer. Ich kann mich nicht erinnern, dass ich irgendwo im Internet über einen Bruder von ihm gelesen hätte. »Ist nicht wahr.«

»Doch. Sie haben mittlerweile sogar eine Tochter.«

Krass. Das klingt nach Dauerkränkung. »Und wie gehst du damit um? Sprichst du mit ihnen? Siehst du sie?«

»Zu Familienfeiern. Natürlich. Meine kleine Nichte freut sich immer sehr, wenn ich auftauche. Also was soll ich tun? Mittlerweile habe ich mich damit auch abgefunden.« Titus atmet durch. »Komm. Lass uns weitergehen. Jetzt weißt du, warum ich meinen eigenen Gefühlen nicht traue. Ich hätte es damals wissen müssen. Habe ich aber nicht.«

Titus hebt seine Stöcke auf und wir marschieren nebeneinander los.

»Dann waren die beiden wohl äußerst raffiniert, um die Sache vor dir zu verbergen?«

Anscheinend nicht, denn er lacht bitter auf. »Justus und raffiniert? Nein, er ist ein Lebemensch und macht das, was ihm

Spaß macht.« Sein Kiefer malmt. Anscheinend will er weitersprechen. Ich warte mal ab. »Während ich den Ehrgeiz hatte, mir selbst etwas aufzubauen, und dafür sieben Tage die Woche gearbeitet habe, war er damit zufrieden, das, was meine Eltern schon besaßen, zu verwalten und auszugeben.«

»Dein Vater ist Bauträger, oder?«

»Ja. Und meine Mutter Historikerin.«

Ich schmunzle. »Das erklärt dann wohl die römischen Vornamen von euch beiden.«

»Ja. Aber zurück zu den beiden: Während ich also Tag und Nacht gearbeitet habe, hat Justus Sophie zu allem Möglichen mitgeschliffen: Partys. Ausflüge auf Jachten. Einladungen zu Events, für die ich keine Zeit hatte.«

»Autsch.«

»Genau. Ich dachte mir ja nie etwas dabei und war froh, dass Sophie Unterhaltung hat und mich nicht ständig fragt, wann ich Zeit für sie hätte.«

»Und wie bist du draufgekommen, dass die beiden dich betrügen?«

»Durch Zufall. Ich habe mit ihr telefoniert. Angeblich war sie zu diesem Zeitpunkt mit einer Freundin in der Innenstadt in Wien essen. Als wir aufgelegt haben, schaue ich an der roten Ampel ins Nebenauto und da waren die beiden. Und küssen sich.«

Oh mein Gott! »Das tut weh.«

»Tut es. Und erst die Lügen danach. Denn eines war klar: Sophie wollte mich gar nicht verlassen.«

Nicht zu fassen. »Sie wollte euch beide?«

»Ja. Zumindest hatte es den Anschein.«

»Und wie lange ist das her?«

»Vier Jahre. Und nach ihr habe ich beschlossen, allein zu bleiben. Hin und wieder hatte ich One-Night-Stands oder kurze Affären. Aber nie etwas Ernstes. Ich habe mich nie mehr wirklich verliebt.« Dann sieht er mich von der Seite an. »Nun ja, bis ich dich getroffen habe.«

Er hat sich also wirklich in mich verliebt und es gerade ausgesprochen? Mein Herz jubelt, aber: »Das tut mir alles so leid für dich.«

»Danke. Ich denke, es war hoch an der Zeit, komplett mit Sophie abzuschließen.« Dann lächelt er bitter. »Außerdem habe ich zum Glück ja keinen zweiten Bruder.«

Ich schlage ihm auf den Oberarm. »Untersteh dich, mich mit ihr zu vergleichen!«

Wieder werden seine Gesichtszüge ernst. »Ich versuche, es nicht zu tun. Aber das war meine noch größere Angst, nachdem du mir auf der Hütte von Victor erzählt hast.«

»Nämlich?«

»Dass du mich immer mit ihm vergleichen wirst und ich dabei nur schlecht aussteigen kann. Das habe ich dir ja schon gestanden.«

Ich fühle mich ertappt. »Stimmt. Mir ist aber mittlerweile klar geworden, dass ich für eine sehr lange Zeit nicht akzeptieren wollte, dass er meine Zukunft war und wir aber gar keine haben können. Daher war ich alles: wütend, verzweifelt und verloren. Und an manchen Tagen habe ich auf ein Wunder gehofft: dass er plötzlich wieder zur Tür hereinkommt und ich aus meinem Albtraum aufwache.« Es tut gut, mit ihm über alles reden zu können. Ohne Filter. »Und aus genau diesem Schmerz hatte ich furchtbare Angst davor, mich wieder zu verlieben und erneut verletzt zu werden. So wie du.«

Ich drücke die Stöcke in den weichen Schnee neben dem Weg und schlinge meine Arme um seinen Hals. »Aber mit jedem Tag mehr mit dir wird diese Angst viel kleiner. Sie ist jetzt schon kaum mehr vorhanden.«

»Dann haben wir beide eine echte Chance?«

»Ja. Ich denke, die haben wir.«

Wieder fallen seine Stöcke einfach zu Boden und wir küssen uns. Mir ist um so vieles leichter ums Herz. Dass wir in Ruhe miteinander sprechen können, ist genau das Richtige. Das brauche ich. Ihn brauche ich.

Für einige Minuten vergessen wir alles rund um uns. Schmusen. Sagen einander, dass es gut war, die Ängste nicht gewinnen zu lassen, und welches Glück wir hatten, auf der Planai beim Skifahren aufeinander zu treffen.

Den Rest des Weges hinauf zur Sonnenalm strahlen wir beide vermutlich mit der Sonne um die Wette. Schweigen ist nicht immer Gold. Manchmal muss man darüber reden, was einen innerlich bewegt, sonst gibt es einen zu großen Nährboden für Missverständnisse und Missinterpretationen. Und manchmal muss man über ein und dasselbe Thema mehrmals sprechen, bis alles klar ist.

Genau das liebe ich an Titus. Er kann es nehmen, wenn ich ihm meine Wahrheit sage, wie sie ist. Und umgekehrt beschönt er auch nichts, nur um mir zu gefallen. Hach. Ich freue mich, den restlichen Nachmittag mit ihm in der Sonne zu sitzen und zu genießen, dass er in meinem Leben ist.

Nach der letzten Kurve endet der Wald und wir sehen bereits die verschiedenen Hütten der Sonnenalm. Auf den Dächern liegt gut ein halber Meter Schnee.

Wir gehen das letzte Steilstück hinauf zur Terrasse vor der Haupthütte und Gerhard kommt uns schon mit einem breiten Lächeln im Gesicht entgegen.

»Griaß enk! Da seid ihr ja!«

Ich falle ihm um den Hals und stelle ihm natürlich Titus vor.

»Du weißt hoffentlich, dass du dir da unsere Perle geschnappt hast. Pass auf sie auf.«

Ich finde es schön, dass mich alle beschützen wollen.

»Keine Sorge, das ist mir klar und das werde ich.«

Gerhard klopft Titus auf die Schulter. »Dann ists ja gut. Das Appartement steht für euch bereit. Wollt ihr in der Stube sitzen oder heraußen?«

Appartement? Wow! »In der Sonne natürlich«, entscheide ich spontan.

»Habe ich mir gedacht.«

Wir setzen uns an die Hauswand, wo zum Glück noch ein Tisch frei ist, und legen erst einmal alles ab. Unsere Rucksäcke, die Stöcke, Handschuhe und auch die Mützen. Ich öffne den Reißverschluss meiner Jacke, denn mir ist beim Gehen doch ziemlich warm geworden.

»Was wollt ihr zum Trinken?«

»Wasser und ein Tee wären super.«

»Ich könnte einen Kaffee vertragen«, meint Titus.

»Kommt gleich.« Dann bringt er uns noch die Speisekarten, obwohl ich sie ohnehin auswendig kann. »Wollt ihr schon ein Schnapserl dazu?«

Wir lehnen dankend ab. Ich muss erst einmal was essen.

Gerhard verschwindet wieder in der Stube, wo auch die Küche ist.

»Das ist das Einzige, wo wir uns nicht einig sind, oder?«, stellt Titus fest.

»Meinst du das mit dem Kaffee und dem Tee?«

»Genau das.«

»Mach dir keine Sorgen. Wir finden bestimmt noch mehr.«

»Bestimmt«, erwidert er schmunzelnd und sieht in die Karte. »Was isst du?«

Das kann ich aus dem Stand beantworten. »Eine Leberknödelsuppe und danach einen Kaiserschmarrn.«

»Keine Hauptspeise?«

»Nein, das reicht doch.«

»Gut, dann lasse ich die Suppe aus, nehme ein Sonnenalm-Pfand'l und danach ebenfalls Kaiserschmarrn.«

Gerhard kommt mit unseren Getränken und scherzt mit einer Gruppe am Tisch schräg gegenüber. Er ist der geborene Entertainer.

»Hier, bitte schön. Und passt auf, dass ihr euch nicht betrinkt«, erklärt er uns, als er den Tee und den Kaffee serviert. »Ihr habt ja den weiten Weg rüber in die Hütte vor euch.«

Wir lachen beide.

»Keine Sorge, nach dem Essen gehts dann mit einem Schnapserl«, erkläre ich ihm schmunzelnd.

»Da bin ich beruhigt«, erwidert Gerhard, nimmt unsere Bestellungen auf und geht noch an den nächsten Tisch.

»Sitzen wir jetzt tatsächlich den gesamten Nachmittag und Abend hier und tun nichts?«

Ich schätze, das war gar keine Frage an mich, sondern Titus wundert sich gerade über sich selbst.

»Ja. Ich denke, das hattest du vor. Wie alle anderen Gäste hier auch. Und es war anscheinend deine Idee, hier auch zu übernachten.«

»Ja. War es. Ich dachte, du freust dich, du hast hier ja einmal gearbeitet, oder?«

Ich lege meine Hand auf seine. »Ich freue mich riesig darüber, hierzubleiben, Titus. Aber gearbeitet kann man das nicht nennen. Als ich im Sommer für drei Wochen bei Lisa war, dachte sie, mir würde es guttun, eine Woche hier heroben zu bleiben. Wegen des Weitblicks und weil sie Gerhard und die Familie gut kennt.«

»Und?«

»Nun, da ich nichts zu tun hatte, habe ich am Nachmittag einfach mitgeholfen und es hat mir Freude gemacht. Mir irgendwie eine Art von Sinn vermittelt. Allerdings habe ich bloß drinnen die Bestellungen hergerichtet. Zu kellnern, wäre mir damals wegen all der fremden Menschen zu anstrengend gewesen. Aber Gerhard und Matthias haben mich einfach machen lassen, was ich ihnen nie vergessen werde. Tja, und dann sind aus einer Woche fast zwei geworden.«

Titus nimmt einen Schluck vom Kaffee und ich hole den Teebeutel aus der Tasse. Jetzt hat er lange genug gezogen.

»Und wann hast du beschlossen, hierherzuziehen?«

»Nachdem ich wieder in meiner Wohnung in Wien war. Mit einem Schlag war ich wieder stärker depressiv und habe gar nichts mehr auf die Reihe bekommen. Statt gegen Mittag bin ich wieder gegen vier Uhr am Nachmittag aufgestanden. Da habe ich gewusst, dass ich aus der Stadt wegmuss. Dass ich die Natur brauche, obwohl ich mich nie für einen Bergfex gehalten habe. Bin ich ja auch nach wie vor nicht.«

»Nicht?«

»Nein. Ich fahre gerne Ski, weil ich das ja von klein auf gelernt habe und wir unsere Familienurlaube hier in der Gegend verbracht haben. Mittlerweile wandere ich auch gerne und reite ein wenig. Aber Klettern? Nein. Davor habe ich viel zu viel Angst.«

Er nickt. »Darum bist du also nach Schladming gezogen.«

»Bin ich nicht wirklich. Ich habe mich erst kurz vor unserem Wiedersehen auf der Hütte dazu durchgerungen, hier eine Wohnung zu suchen und tatsächlich vorerst hier zu wohnen. Davor war das eher so etwas wie ein Therapieaufenthalt bei Freunden.«

»Aber jetzt bist du eine Schladmingerin.«

Schmunzelnd gebe ich ihm recht. »Ja, sieht ganz danach aus. Und ich date einen Ramsauer. Wie verwegen und unmoralisch.«

»Ja! Noch dazu einen zweiter Klasse, weil ich ja bloß einen Zweitwohnsitz hier angemeldet habe.«

»Ich weiß. Das mögen sie nicht.«

»Absolut nicht. Nun ja, aber es geht nicht anders. Als die Tante meiner Mutter, sie war kinderlos, mir das Haus vermacht hat, dachte ich erst, ich verkaufe es.«

»Was hat dich umgestimmt?«

»Ähnlich wie bei dir der Umstand, dass wir als Kinder hier viele Winter mit der gesamten Familie verbracht haben. Dann war ich im Sommer einige Male im Hotel und habe mich mal am Immobilienmarkt umgesehen. Tja, dabei habe ich mich dann entschlossen, in ein paar Projekte zu investieren. Zwei davon habe ich dir ja beim Vorbeifahren schon gezeigt.«

Hat er. Echt tolle und perfekt in die Landschaft passende Ferienanlagen

Alles, was er sagt, klingt nachvollziehbar. Aber es erklärt nicht, warum er vor vier Jahren das Haus umgebaut hat. Da war er doch noch mit Sophie zusammen, wenn ich das richtig mitbekommen habe. Andererseits hat er auf der Hütte doch davon gesprochen, dass seine Ex weder die Berge noch ihn mochte. Vielleicht war das eine andere Frau?

»Wollte Sophie das Haus in der Ramsau?« Ich nehme einen Schluck vom Tee.

Mmmhm. Sehr gut. Ich liebe jede Art von Kräutertee.

Er schüttelt den Kopf. »Nein, ganz im Gegenteil. Sie hat mir erklärt, ich könne ja gerne hier in der Gegend versauern, aber sie will im Sommer ans Meer und im Winter nach Lech oder auf die Malediven. Mauritius. So was in der Art.«

»Und du hast es trotzdem gemacht? Also es umgebaut?«

»Ja, weil ich gehofft habe, wenn das Haus mal fertig ist, wird sie es toll finden und ihre Meinung ändern. Aber Sophie war nur ein einziges Mal und das nur für drei Tage hier, zwei Wochen später haben wir uns schon getrennt. Ich habe ihr das Haus damals gezeigt und sie fand es bescheuert, dass ich das Geld nicht für eine Villa in Südfrankreich ausgegeben habe.«

So eine dämliche Ziege. »Ich verstehe die Frau nicht.«

»Und ich will sie nicht verstehen.« Er nimmt meine Hände. »Aber reden wir nicht über Sophie. Würdest du dich in meinem Haus wohlfühlen?«

Ups. Mir fällt beinahe die Tasse aus der Hand. Ich stelle sie wieder auf die Untertasse.

»Dein Haus ist ein Traum, Titus. Und klar: Ich fühle mich jetzt schon dort wohl. Wie könnte ich nicht? Es ist *dein* Haus.«

Beinahe unmerklich nickt er und nimmt noch einen Schluck Kaffee, statt etwas darauf zu sagen. In diesen Moment der etwas angespannten Stille platzt zum Glück Gerhard mit dem Pfand'l und meiner Suppe. In dem Moment knurrt auch mein Magen. Wir haben auf der Halseralm ja nur etwas getrunken und jetzt bin ich echt schon hungrig.

»Lasst es euch schmecken.«

»Danke, das werden wir«, antworten wir gleichzeitig und sehen uns kurz an.

Ich drücke seine Hand, dann nehme ich den Löffel. »Guten Appetit! Sorry, aber ich habe echt einen Bärenhunger.«

»Dafür brauchst du dich nicht zu entschuldigen, Marlie. Ich nämlich auch. Ach, noch etwas. Magst du es, wenn jemand von deinem Essen kostet?«

Er sieht mich musternd an. Was ist das denn für eine Frage?

»Klar! Ich liebe es ja auch, von anderen zu kosten. Nur so eine Gabel voll.« Oh. Ich sehe es an seinem Blick und muss lachen. »Du eher nicht, oder?«

Er schüttelt energisch den Kopf. »Nein. Normalerweise hasse ich das. Aber bei dir mache ich eine Ausnahme.« Dann hält er mir ein Stückchen vom Fleisch vor den Mund. »Magst du probieren?«

Ich grinse nickend. »Leider ja.«

Da muss er einfach durch. Es hilft nichts. Aber er füttert mich mit einem Lächeln in den Augen. Das ist gut. Wie das Fleisch aus dem Pfand'l.

Aber etwas anderes weniger, da mir gerade ein blöder Gedanke durch den Kopf geschossen ist, doch erst schlucke ich hinunter. »Mir ist gerade eingefallen, dass ich ja gar nichts für eine Übernachtung in meinem Rucksack habe.«

»Babe! Ich habe zwei nagelneue Zahnbürsten mit, Zahnpasta, Duschgels, eines für dich, eines für mich, und eine kleine Überraschung für dich. Brauchst du mehr?«

Er hat wie immer an alles gedacht. Dafür bekommt er einen Kuss.

»Nein! Aber was für eine Überraschung?«

»Da musst du aufs Schlafengehen warten.«

»So lange?«

»Das liegt an uns.« Er deutet nach links. »Wir haben da drüben ein Appartement, in das wir jederzeit gehen können.«

Mir wird ganz warm ums Herz, und nicht nur dort. »Verstehe. Ich überlegs mir.«

»Dann willst du mich zappeln lassen?«

»Nur ein bisschen. Wir wollen doch auf gar keinen Fall Gerhards Kaiserschmarrn verpassen, oder?«

Er grinst. »Nein, auf gar keinen Fall.«

Kapitel 17

Was war das für eine Nacht!

Ich bin noch mal zurück ins Appartement, weil ich meine Haarbürste im Badezimmer vergessen habe. Das ist mir während des Frühstücks eingefallen. Anscheinend auch den Stecker meines Ladegeräts fürs Handy, wie ich gerade sehe. Gut, dass ich draufgekommen bin! Typisch ich.

Ich ziehe den Stecker aus der Dose und muss lächeln, weil alles in mir kribbelt. Nicht nur, dass er mir ein blassrosa Spitzenneglige aus Seide gekauft hat, mit ihm zu schlafen wird von Mal zu Mal intensiver. Ausgelassener. Freier.

Und wir haben nackt, nur in Decken gewickelt, um Mitternacht vom Holzbalkon aus gemeinsam den Sternenhimmel betrachtet. So schön!

Aber jetzt sollte ich dann los. Titus wollte um zehn Uhr starten und jetzt ist es fünf vor.

Ich schließe die Tür hinter mir und laufe mit dem Rucksack am Rücken und dem Zimmerschlüssel in der Hand nach unten und rüber in die Stube. Dort haben wir auch gefrühstückt.

»Alles erledigt. Meinen Handystecker habe ich auch übersehen gehabt.«

»Oh. Tut mir leid. Den habe ich dann wohl auch nicht gesehen.«

»Kein Problem. Ich bin fertig.«

Titus steht auf und sieht auf die Uhr. »Ich auch.«

Wir verabschieden und bedanken uns bei Gerhard und dessen Sohn Matthias, die beide gerade vor der Küche an der Schank stehen.

»Ihr geht dann also runter?«

Was ist für Gerhard daran so belustigend?

»Ja. Außer du hast zwei Rodeln, die du uns borgen kannst?«

Er winkt ab. »Habe ich schon, ist aber zu gefährlich für dich.«

»Danke fürs Vertrauen«, scherze ich mit ihm weiter, während Titus gar nichts sagt. Plötzlich höre ich einen Hubschrauber. »Hast du heute eine Firmenfeier, Gerhard?« Ich weiß, dass hin und wieder sogar Firmenchefs aus Deutschland oder Österreich hierherkommen. Und manchmal eben mit einem Helikopter.

»Nicht, dass ich wüsste.«

»Wir sollten jetzt«, meint Titus und ich umarme die beiden Höflehner-Männer noch einmal und sage »Bis bald«.

Dann gehen wir nach draußen.

Tatsächlich. Der schwarze Hubschrauber setzt im flacheren Stück hinter dem Haus auf.

Ich will schon den Weg hinuntergehen, der in der entgegengesetzten Richtung liegt, da hält Titus mich an der Hand zurück und schreit, um den Rotorenlärm zu übertönen: »Falsche Richtung!«

»Wieso? Willst du zum Gipfelkreuz vom Rittisberg?«, brülle ich zurück. Dann wird es wieder leiser, der Helikopter hat den Motor abgestellt.

»Nein, aber mit dir einen Hubschrauberrundflug über den Dachstein machen.« Er deutet auf das schwarze Ding. »Den habe ich bestellt.«

Soll ich ihn jetzt ausschimpfen? Ich weiß, wie sehr das hier einige Einheimische stört, wenn sich die Reichen mit Hubschraubern herumfliegen lassen. Andererseits bin ich noch nie in einem geflogen.

Titus sieht mir forschend in die Augen. »War das keine gute Idee?« Himmel! Er hat einen Helikopter bestellt. »Du hast doch gesagt, dass du dir die Serie um die Bergretter gerne anschaust, seit du die Gegend hier kennst.«

Ich kann nur mehr den Kopf schütteln. »Ja, das habe ich.«

In Zukunft muss ich bei ihm echt aufpassen, was ich erwähne. Ihm ist alles zuzutrauen. Was, wenn ich sage, ich habe eine Haifischdoku im Fernsehen gesehen, die mir wahnsinnig gut gefallen hat? Tauchen wir dann als Nächstes zwischen weißen Haien irgendwo in Ägypten oder so?

Ich schüttle die Gedanken ab.

Im Moment sein. Das war doch mein Plan. Und im Moment bin ich verdammt aufgeregt und will in dieses Ding steigen.

»Kommst du?« Er hält mir die Hand hin.

»Natürlich! Du machst mich immer wieder sprachlos.«

»Exakt, was ich vorhatte.«

Lachend laufen wir Hand in Hand zum schwarzen Hubschrauber mit der weißen Werbeaufschrift. Ein Mann mit Helm steigt aus und begrüßt uns auf einem Rundflug von sky heli service. Ich glaube es kaum, aber wir steigen tatsächlich ein.

Mein Herz schlägt unfassbar schnell, so aufgeregt bin ich. Wir setzen ebenfalls Kopfhörer auf, dann begrüßt uns auch der

Pilot Christian quasi offiziell und gibt uns kurz ein paar Sicherheitseinweisungen.

Nachdem wir angeschnallt sind, startet er und schon hebt er nach oben ab. Mit ihm mein Magen. Hui, das ist wie Achterbahnfahren.

Das mulmige Gefühl löst sich von selbst auf, denn ich bin viel zu beschäftigt mit schauen. Fritz, der dunkelhaarige, jüngere der beiden Männer, erklärt uns, was wir unter uns sehen: das Gipfelkreuz vom Rittisberg und die Rittisbergbahn. Ich bin froh, dass der Pilot sich aufs Fliegen konzentriert und Fritz unser Reiseführer ist.

Wir fliegen hinüber zum Dachstein und links an der Südwand über den Gipfel hinweg zum Gletscher. Es ist so spektakulär, dass ich hin und wieder den Atem anhalte.

»Siehst du da unten?« Titus zeigt auf ein flaches Stück vor einer kleineren Wand.

»Ja. Was ist da?«

»Da gehe ich manchmal zum Eisklettern hin. Ist recht sicher und keine sonderlich schwierige Wand, aber ich mag das.«

»Solange du angeseilt bist?«

»Das bin ich natürlich immer, keine Sorge.«

Die habe ich aber! Klettern verursacht bei mir nach wie vor ein ungutes Gefühl. Ich kann mir das einfach nicht vorstellen und habe es auch noch nie versucht. Beim Freiklettern bleibt mir sowieso das Hirn stehen. Da habe ich Angst beim Zusehen, allein, wenn ich es mir im Fernsehen ansehe.

Fritz zählt weiter die Gipfel auf, die wir überfliegen, und erzählt leider auch, wie sehr der Gletscher in den vergangenen zwei Jahrzehnten abgeschmolzen ist. Dennoch genieße ich den Flug und finde es beinahe schade, als wir dann unten in der Ramsau auf einem Helikopter-Pad landen.

Nachdem wir uns bei den beiden für den tollen Flug bedankt und uns verabschiedet haben, falle ich Titus um den Hals. »Danke! Das werde ich nie vergessen.«

»Ich auch nicht, denn das war jetzt unser erster gemeinsamer Flug.«

Weiter kommen wir nicht, denn Felix rollt hupend mit dem Batmobil auf uns zu. Wie immer hat Titus alles auf die Sekunde perfekt organisiert. Ich kann nur den Kopf schütteln. Mit ihm zusammen zu sein, das wird ein Abenteuer. Auf jede erdenkliche Weise. Aber es wird unser gemeinsames, und deshalb freue ich mich darauf.

Als mich Felix vor meiner Wohnung absetzt, bin ich noch immer richtig aufgekratzt.

Titus steigt ebenfalls aus, doch er wird zu sich ins Haus fahren, weil er arbeiten muss. Wie ich auch. Ein Wohnungsputz steht an.

»Danke! Das war so ein toller Ausflug mit dir. Die Schlittenfahrt, die Wanderung, der Flug jetzt. Ich habe es so was von genossen.«

»Ich auch. Sehen wir uns am Abend?«

»Gerne. Aber könntest du heute hier schlafen? Bis ich das Chaos beseitigt habe, könnte das dauern, und vorher will ich noch kurz eine Runde einkaufen.«

»Gar kein Problem. Ich lasse Petra etwas für uns vorbereiten und bringe das Essen einfach mit.«

»Also zu diesem Service sage ich bestimmt nicht Nein. Richte ihr liebe Grüße und ein riesengroßes Danke von mir aus.«

»Werde ich. Bis später.«

Wir küssen uns kurz auf den Mund. Titus dreht sich in Richtung Auto, dann wendet er sich mir wieder zu. »Das war mir doch zu wenig. Komm her.«

Mir auch!

Wir schmusen und können uns erst nach einer ganzen Weile voneinander lösen. Felix, der am Auto lehnt, räuspert sich und erklärt grinsend: »Muss Liebe schön sein.«

»Ist sie auch«, erwidert Titus, küsst mich kurz auf den Mund und steigt hinten ein.

Kopfschüttelnd sperre ich die Haustür auf und gehe nach drinnen. Ich muss das alles Lisa erzählen, sonst platze ich. Von meinen drei WhatsApp-Nachrichten weiß sie zwar, dass wir auf der Sonnenalm waren, aber nichts vom Rest.

Lisas Abschlusskommentar auf alles, was ich ihr brühwarm am Telefon berichtet habe, lautet: »Einfach nur wow! Du hast mit Titus ja echt das große Los gezogen.« Dann schiebt sie nach: »Das hast du dir auch verdient, aber sag mal, so schnell, wie das alles geht, soll ich schon mal dein, äh, Br–, ähm, Verlobungskleid entwerfen?«

Was ist denn jetzt los? Ich werde mich mein ganzes Leben nie wieder verloben.

»Du wolltest doch glatt Brautkleid sagen, oder?«

»Ja, aber mir ist rechtzeitig bewusst geworden, dass du das vielleicht nicht hören willst, weil es dir zu schnell geht.«

»Stimmt genau. Vergiss auch das mit dem Verlobungskleid. Eine reicht für mein ganzes Leben. Ich werde mich nie wieder verloben, das steht für mich fest.«

»Wenn du das sagst? Dann entwerfe ich dir einfach ein Abendkleid, das ihm die Gucker raushaut«, erklärt sie mir lachend. »Ich habe ohnehin schon lange keines mehr entworfen.«

»Das ist zwar lieb von dir, aber hier brauche ich eher ein zweites Dirndl als ein Abendkleid.«

»Dein Winterdirndl hängt seit einer Woche bei mir im Atelier. Du musst halt mal vorbeikommen, um es anzuprobieren.«

Ups. Sie ist etwas verschnupft.

»Ich weiß, und es tut mir so leid, Lisa. Heute geht es sich auch nicht mehr aus.«

»Morgen ist Sonntag. Weißt du was, du kommst her, nachdem er gegangen ist, und nachher fahren wir auf einen Sprung zu Esmeralda. Sie war gestern Nachmittag bei mir und will uns beide gerne wiedersehen.«

»Okay. Aber erst am frühen Nachmittag. Dann arbeite ich davor.« Nach einem Besuch bei Esmeralda bin ich sicher zu nichts mehr fähig.

»Passt. Morgen so um drei bei mir und anschließend können wir ja zu Fuß zu ihr gehen.«

»Du und zu Fuß? Und das freiwillig? Aber von mir aus, für mich klingt das gut.«

Sie ätzt noch, dass sie ja auch gerne, wenn auch nur selten und hin und wieder, spazieren geht. Stimmt. Sehr selten allerdings.

Ich lege auf und mein Blick fällt auf den Boden im Wohnzimmer. Das wird dauern, aber ein paar Stunden habe ich ja noch.

Gleich nach der Dusche und dem Umziehen hocke ich tatsächlich inmitten meiner Unterlagen und beginne mal damit, sie auf sinnvolle Stapel zu verteilen, die ich dann im langen Highboard unterbringen will. Ob ich meinen Eltern von Titus erzählen soll?

Nein, das kann noch warten. Erst muss ich ganz sicher sein, dass es wirklich etwas Ernstes ist und werden kann.

Mir wird mit einem Schlag klar, dass ich das nur mehr als Ausrede vor mir selbst verwende. Wenn das nicht ernst ist, was ist dann eine Beziehung? Er kann sich nicht mehr um mich bemühen, als er es von Anfang an getan hat. Vielleicht sollte ich mal aufwachen und ihm ebenfalls zeigen, wie wichtig er mir ist?

Trage ich damit das Andenken an Victor zu Grabe?

Ich schlucke schwer.

Nein. Das tue ich nicht. Seinen Platz in meinem Herzen wird er immer behalten. Aber mein Herz ist viel größer als das und bietet nicht nur einer Liebe Unterschlupf. Dank Titus ist mir das jetzt klar geworden.

Mir wird warm. Titus ist möglicherweise meine Zukunft und die stelle ich mir wirklich schön vor. Es ist eine andere Art von Liebe als zu Victor. Wir sind älter. Stehen zu dem, was und wer wir sind, und können offen über alles sprechen, auch wenn ich so einiges über Titus noch nicht weiß. Aber das ist egal. Das Wichtigste weiß ich, denn ich denke, er liebt mich wirklich. Und ich ihn.

Mal sehen. Irgendwann sage ich es ihm.

Jetzt aber muss ich mich endlich aufs Zusammenräumen konzentrieren, sonst können wir hier beide heute Abend nicht einmal am Sofa sitzen!

Kapitel 18

Am Sonntagnachmittag mit Esmeralda und Lisa in ihrem bunten Wohnwagen zu sitzen, ist wie Teil eines Märchens in einem Fernsehfilm zu werden.

Alles fühlt sich unwirklich an.

Diesmal trinken wir nur Tee, also ich, und Kaffee, also Lisa und Esmeralda. Den Alkohol lassen wir weg.

»Dann sagen deine Karten, dass ich in den nächsten Wochen und Monaten nichts als Arbeit vor mir habe?«, beschwert sich Lisa über ihre Legung.

»Leider ja, Liebes. Aber du wirst auch einen ganz tollen Erfolg einfahren und das ist großartig.«

»Wie soll das denn passieren?«

Also das klingt mir für Lisas Verhältnisse zu deprimiert. »Darf ich dich daran erinnern, dass du schon berühmt bist?

Wie viele kommen von weit her zu dir, um im Atelier einzukaufen oder sich Kleider schneidern zu lassen?« Mir fällt noch etwas ein. »Diese Politikerin aus Wien hat dir doch eine ganze Kleiderstange an Sachen abgekauft, weil sie deine Mode so liebt. Sag also nicht, du bist nicht bereits supererfolgreich.«

»Stimmt. Weltberühmt in Schladming. Auf diesen Punkt könnte man es bringen.«

»Blödsinn, du untertreibst gerade echt gewaltig!«

Esmeralda deutet uns, zu schweigen.

Hört sie etwas? Oder sieht sie etwas? Nein, kann nicht sein, sie schließt gerade die Augen und reibt sich mit einem Finger die Stirn.

»Und?«

Lisa muss natürlich das Schweigen unterbrechen.

»Ich sehe –«, also doch, »ich sehe, keine Ahnung, eine Zeitung? Vielleicht eine Seite einer Webpage?«

»Und was ist mit der?«

»Lisa!«, ermahne ich sie. »Gib vielleicht Esmeralda ein wenig Zeit.«

Mit Erstaunen stelle ich fest, dass ich mich verändert habe. Meine Einstellung zu Esmeralda verändert habe. Nach ihrem Treffer mit dem Schneesturm, der roten Hütte und Titus zweifle ich nicht mehr eine Sekunde daran, dass diese Frau einen Draht zu einer Welt hat, an die ich bis dato nicht geglaubt habe. Mir wird jetzt noch heiß, wenn ich daran denke, wie sie mir beim letzten Mal auf den Kopf zugesagt hat, dass ich einen dunkelhaarigen Mann getroffen habe und er meine neue Liebe sein wird. Sie hat für mich mehr als bewiesen, dass sie hier keine Scharlatanerie betreibt, zumal sie von uns nicht einmal Geld annimmt, sondern tatsächlich eine besondere Gabe besitzt.

Zwar eine, die mir immer noch ein wenig Angst macht, denn ich weiß ja nicht, was sie alles über mich oder Lisa weiß und nicht ausspricht, aber dennoch: Irgendetwas kann sie vor ihrem inneren Auge spüren oder sehen, das mir verborgen ist.

»Ja! Jetzt ist es klar.« Esmeralda öffnet die Augen wieder und hebt sofort die Hand. »Gib mir einen Moment, Lisa. Ich möchte das noch mit den Karten verifizieren.« Und schon nimmt sie ein Deck, mischt es, lässt Lisa einmal draufklopfen und mischt es erneut. So lange, bis Karten einfach herauspurzeln.

Nach der dritten hört sie auf, legt das Deck zur Seite und reiht die Karten nebeneinander auf.

»Dachte ich es mir.«

»Sagst du mir jetzt endlich, worum es hier geht?«

»Also: Wir haben hier den Ritter der Münzen, den Wagen und das Rad des Schicksals. Wie ich es gesehen habe: Du wirst für deine harte Arbeit belohnt werden. Irgendetwas wird über dich geschrieben werden, damit gerät alles in Bewegung, der Wagen, und plötzlich erreichst du das in deinem Job als Designerin, was du dir schon lange erträumt hast. Das Rad des Schicksals.«

Lisa scheint nicht besonders happy über die Vorhersage zu sein. »Geschrieben wurde schon oft über meine Mode. In Zeitungen, Blogs oder Magazinen. Das hat aber an meinen Verkäufen noch nie etwas geändert.«

»Warts ab. Diesmal wird es etwas ändern und es wird nicht einmal allzu lange dauern«, erklärt ihr Esmeralda schelmisch lächelnd. »Allerdings bekommst du es nicht geschenkt. Du musst jede Möglichkeit wahrnehmen und leider hart dafür arbeiten. Das ist dein Weg ins Glück und er führt dich über deinen Beruf.«

»Kein Problem«, meint Lisa abgeklärt. »Das tue ich ohnehin schon die ganze Zeit.«

»Na dann, Liebes«, erwidert Esmeralda lächelnd und packt die Karten weg.

Ich bin fast ein wenig enttäuscht, dass sie die Karten nicht auch noch für mich legt.

»Und du«, sie zeigt mit ihrem Zeigefinger und dem extrem langen, rot lackierten Nagel direkt auf mein Gesicht, »erzählst mir jetzt alles, was sich nach unserem letzten Treffen zugetragen hat. Ich weiß ja schon, dass die Naturgewalt der Schneesturm und das Feuer die rote Farbe der Hütte waren. Und Titus war das Schloss ohne Schlüssel. Aber wie geht es weiter?«

Sie weiß noch alle drei Karten? Sehr erstaunlich.

»Das weiß ich leider nicht, aber ich erzähle dir gerne, was in der Zwischenzeit passiert ist.« Auch wenn das dauern kann.

»Mach das bitte.« Sie lehnt sich zurück. »Titus Tantz! Wer hätte das gedacht?«

Natürlich weiß sie von ihm. Lisa hat ihr das ja bereits brühwarm während des Siedelns erzählt.

»Wieso? Was ist an ihm so schlimm?«

»Gar nichts«, meint Esmeralda lächelnd. »Ich mag ihn, obwohl ich ihn nicht kenne, denn wir haben wirklich etwas gemeinsam.«

Das überrascht mich jetzt aber.

»Und das ist?«, frage ich weiter, denn mir fehlt jegliche Vorstellung, was die beiden verbinden könnte.

»Mich nennen manche die Hexe und ihn den Vampir.« Ah ja. Das natürlich! »Da sie das meines Wissens über niemand anderen sagen, verbindet uns das. Zwei negativ gemeinte Spitznamen, die nur die Angst derer ausdrücken, die uns nicht kennen. Von mir weiß ich das, von Titus nehme ich es an.«

»Wie recht du hast. Er ist überhaupt nicht so und du auch nicht.«

»Das hoffe ich doch. So, also wie war die letzte Woche?«

»Einfach nur schön.« Ich atme tief durch und muss gleich wieder husten. Diese Räucherstäbchen haben es echt in sich. Auf der einen Seite benebeln sie mich, auf der anderen Seite denke ich aber klar. Komischer Zustand.

Dann werde ich ihr mal erzählen, dass ich sogar mit ihm im Hubschrauber um den Dachstein geflogen bin.

Als Lisa und ich uns auf den Heimweg machen, ist es bereits dunkel, aber auf der Hauptstraße ist die Hölle los. Die Lokale sind voll mit Touristen, die ihren Skiurlaub feiern und sich einen Drink nach dem anderen gönnen.

»Ich bin echt erledigt. Ihre Räucherstäbchen machen mich fertig.«

»Mich auch«, gesteht Lisa. »Ich biege dann mal zu mir ab. Sehen wir uns morgen?«

»Ich weiß noch nicht, wie es sich mit der Arbeit ausgeht, aber wir telefonieren auf jeden Fall, ja?«

»Unbedingt.«

Wir umarmen und küssen einander auf die Wangen, dann biegt sie nach links und ich nach rechts ab. Komisch, dass Titus sich noch gar nicht gemeldet hat. Noch bevor ich mein Häuschen erreiche, tippe ich auf seinen Kontakt. Leider komme ich sofort auf die Mobilbox.

Er wird arbeiten. Das werde ich auch noch. Es ist ja erst kurz nach sechs Uhr. Er wird sich schon melden. Wir wollten ja am Nachmittag telefonieren, um auszumachen, ob wir uns am Abend noch sehen oder nicht.

Kurz nach acht Uhr reicht es. Mit der Arbeit und mit dem Warten auf seinen Anruf. Ich werde ihn einfach mit einem Besuch überraschen.

Ich nehme eine der teuren Flaschen Rotwein mit, die er mir geschenkt hat, und noch ein paar Sackerln an Nüssen und Knabbergebäck. Alles biologisch. Habe ich mittlerweile selbst eingekauft.

Perfekt.

Wie immer dauert die Fahrt hinauf in die Ramsau rund zwanzig Minuten und mein Herz klopft doch ein wenig schneller, als ich mit den Sachen in meiner großen schwarzen Tote Bag bei ihm läute. Unter der Klingel steht nicht einmal sein Name, bloß die Hausnummer. Ist mir bis jetzt noch gar nicht aufgefallen, aber wie auch? Ich habe ihn ja noch nie mit einem Spontanbesuch überrascht.

Aber ich bin für alles gerüstet und habe auch das neue und frisch gewaschene Nachthemd mit, das er mir geschenkt hat, sowie frische Unterwäsche, Socken und ein frisches T-Shirt zu meinen Jeans für morgen wie auch meine Toilettensachen.

Felix öffnet. »Sonnenschein! Komm herein.« Dann lacht er. »Das hat sich gereimt, ohne dass ich es wollte.«

»Hat es.«

Wir umarmen einander wie alte Freunde und er gibt Titus übers Handy Bescheid, dass ich da bin.

»Er freut sich, dass du hier bist. Ich auch.«

»Danke! Übrigens: Ich war heute bei einer Wahrsagerin, die Lisa und ich mittlerweile ganz gut kennen. Du musst uns mal zu ihr begleiten.«

Sofort strahlt Felix mit seinem pinken Lippenstift um die Wette. »Das wollte ich schon immer mal versuchen, habe mich aber nie getraut.«

»Verstehe ich. Ging mir auch so. Aber Esmeralda ist wirklich ein Unikat und ein unheimlich lieber Mensch.«

»Bitte! Nimm mich mit und vergiss es ja nicht! Ich habe tausend Fragen an sie.« Er verzieht den Mund und rollt seine Augen. »Was sage ich? Eine Million!«

»Dann solltest du dir Zeit nehmen«, erwidere ich lachend. »Aber ich organisiere das, versprochen.«

Während wir durch die Eingangshalle in den Flur gehen, der mit Glastüren ins riesige Wohnzimmer mündet, verrät mir Felix schon mal gefühlt hundert seiner Million Fragen. Das Spektrum ist breit: Von ›Wann treffe ich den Richtigen? Wie? Und wo?‹ bis hin zu: ›Gibt es Aliens und was ist mit Reinkarnation?‹ Ich sollte Esmeralda vorwarnen.

»Sie wird sich bei dir aber echt anstrengen müssen.«

»Wird sie«, meint er nüchtern und lacht dann schallend.

»Was für eine freudige Überraschung«, meint Titus, als er den Raum betritt und die Arme ausbreitet. Heiß sieht er aus. Barfuß, in Jeans und einem lose über den Bund hängenden Leinenhemd kommt er auf mich zu und küsst mich.

»Nun ja, ich dachte, ich könnte dir mal ein kleines bisschen entgegenkommen.«

»Wunderbare Idee. Entschuldige, ich war noch am Arbeiten, aber jetzt mache ich Feierabend.«

»Petra hat Abendessen zubereitet. Soll ich es euch im Esszimmer servieren?«

Titus winkt ab. »Nein danke, Felix. Mach Feierabend, denn wir beide, wir begeben uns jetzt nach unten und genießen den Ausblick auf den beleuchteten Garten im Pool. Das Essen holen wir uns dann später selbst.«

»Superidee.« Ich schätze, dass ich nicht darauf vorbereitet bin und daher auch keinen Bikini eingepackt habe, wird ihn nicht stören.

»Ist gut, dann habt viel Spaß, ihr Turteltäubchen.«

Felix zieht sich zurück und ich gebe Titus die Flasche Wein, die ich mitgebracht habe. »Das ist zwar deine, aber ich dachte, wir könnten sie heute Abend gemeinsam trinken.«

»Das Abendprogramm wird ja immer besser.«

»Stimmt. Ich habe auch Nüsse und Knabberzeug mit.«

»Dann komm. Nichts wie nach unten mit uns.«

Wir nehmen die Treppe, ich folge ihm einfach.

Als wir unten ankommen, dreht er sich um. »Dein Spontanbesuch freut mich wirklich, Marlie. Ein kleiner Schritt für die Menschheit, aber ein verdammt großer Schritt für dich und mich.«

Ich kichere. »Das siehst du völlig richtig. Aber wenn du mich damit aufziehst, ist es mein erster und gleichzeitig letzter Überraschungsbesuch bei dir.«

Er macht eine Geste, die zeigt, dass sein Mund verschlossen ist, und öffnet die Tür.

»Gut so. Jetzt hast du Chancen auf einen weiteren.«

In seinem Wellnessbereich ist das Licht gedimmt und der Ausblick tatsächlich ein Wahnsinn. Ich folge ihm quer durch den Raum. Es hat zu schneien begonnen und sein Garten ist mit LED-Lichtern in verschiedenen Farben beleuchtet. Traumhaft. Sieht wie ein Märchenwald in Pink und Türkistönen aus.

Außerdem sprechen wir hier von einer Wellness-Oase vom Feinsten. Es gibt moderne Liegen mit anthrazitfarbenen Matratzen drauf, eine kleine Bar samt Kühlschrank und Kaffeemaschine. Die Hocker dazu sind aus Edelstahl mit einem Flechtbezug in Dunkelgrau. Und überall stehen Palmen und Strelitzien. Das ist mir noch gar nicht aufgefallen.

»Sind die Paradiesvogelblumen neu?«

»Ja. Für dich. Damit du dich auch hier zu Hause fühlst.«

»Echt jetzt?«

»Ja, sie gefallen mir. Dir doch auch, oder?«

»Sehr sogar.« Speziell, weil der eine Stock bereits seine Blüten geöffnet hat. Meiner braucht dafür vermutlich noch ein paar Tage. Diese orange-lila Blüten sind einfach ein Hammer.

»Welche Musik magst du hören?«, fragt er mich.

»Keine Ahnung, such du etwas aus.«

»Tessa. Spiel Buena Vista Social Club. Und danke, dass ich wählen durfte.«

»Kein Problem, sehr gerne.« Und schon ertönen die ersten Klänge einer wundervollen südamerikanischen Musik, die ich noch nie gehört habe. »Was ist das?«

»Son de Cuba, Danzón und Bolero. Eine Mischung aus verschiedenen Stilrichtungen. Ich liebe dieses Album.«

»Ich auch, obwohl ich es noch nie gehört habe.« In der Sekunde fühle ich mich nämlich beschwingt und fröhlich. Ich muss es nachgoogeln.

»Wir können uns ja mal den Film dazu ansehen.«

»Den gibt es auch? Ja, das machen wir.«

»Ja, den gibt es, und du wirst sehen, er wird dich schwer beeindrucken.« Titus stellt den Wein auf die Theke aus gehauenem Granit und ich lege das Knabbergebäck ebenfalls dort ab.

»Da bin ich sicher. Aber eine Frage: Wo soll ich mich umziehen?«

Er schlingt die Arme um meine Hüften. »Gar nicht. Ich finde, es macht viel mehr Spaß, wenn ich das mache.«

»Ach ja?«

»Absolut.«

Und schon schmusen wir und kommen gerade mal einen Meter weit, da zieht er mir schon die Jeans nach unten. Weiter aneinanderklebend, reißen wir uns gegenseitig die Wäsche vom Leib. Stück für Stück. Als wir den Pool erreichen, sind wir splitterfasernackt.

Titus hebt mich hoch, ich quietsche kurz aus Spaß, und er trägt mich über die breiten Stufen ins Wasser. »Wow, ist das warm.«

»Wird mit Photovoltaik- und Erdwärme geheizt.«

»Dann brauchen wir ja nicht einmal ein schlechtes Gewissen zu haben.«

»Keinesfalls.«

»Das ist ja wie in der Badewanne.« Ich liebe es.

Normalerweise zucke ich zusammen, wenn das Wasser meinen Bauch erreicht. Jetzt aber nicht. Titus lässt mich sachte ins Wasser gleiten. Allerdings hält er mich noch immer mit seinen Händen am Rücken fest und sieht mir tief in die Augen.

»Wir hätten uns um sehr vieles selbst betrogen, wenn wir unseren Ängsten nachgegeben hätten, findest du nicht?«

»Das stimmt. Aber ich warte noch immer darauf, dass ich den Prinzen küsse und er in der Sekunde zum Frosch mutiert.«

»Dann bin ich also dein Traumprinz?«

Wie bin ich denn in diese Gasse geraten? »Äh, weißt du, Traumprinzen gibt es ja –«

»Stopp!« Er hält mir sogar den Mund zu. »Nicht weitersprechen. Ich will in dem Glauben bleiben, dass ich dein Traumprinz bin, okay?«

Unter seiner Hand nicke ich. Dann nimmt er sie weg.

»Das ist der nächste Beweis, dass du tief in deinem Herzen verdammt romantisch bist.«

»Das hat mir nie jemand nachgesagt, aber ich finde es schön, wenn du das denkst. Tust du das wirklich?«

»Ja. Tue ich.«

»Und sexy?«

»Auch das. Sehr sogar.«

»Und empfindest du mich auch, sagen wir mal, als angenehmen Zeitgenossen?«

»Ja! Jetzt ist aber auch Schluss! Oder du gestehst auf der Stelle, dass du eine Portion an Komplimenten brauchst. Wenn das so ist, bekommst du sie.«

Er kneift die Brauen zusammen. »Ja?«

»Vergiss es«, erkläre ich ihm lachend und schwimme weg.

»Du hast mich angelogen«, ruft er mir nach.

»Nein, komm einfach her, dann bekommst du meine Komplimente, bloß nicht verbal.«

Er köpfelt ins Wasser und taucht direkt an meinem Körper wieder auf.

»Überredet.«

»Das geht aber einfach.«

»Nur bei dir.«

Dann verschließt er meinen Mund mit seinem und ich lasse mich in seine Arme sinken. Ergebe mich dem kubanischen Rhythmus der Musik und allem, was er gerade mit seinen Händen anstellt. Nie hätte ich gedacht, dass ich jemals wieder einen Mann so nahe an mich heranlasse, und noch weniger, dass ich mich dabei so frei und gleichzeitig geborgen fühlen werde wie mit ihm.

Eine Weile genieße ich seine Zärtlichkeiten. Doch dann übernehme ich das Kommando. Es wird Zeit, ihm nun auf meine Art Komplimente zu machen. Und ich hoffe, sie werden ihm gefallen!

Kapitel 19

Freitag

Ich weiß ja nicht, wie andere das machen, aber mein Kleiderschrank ist nach einer Woche Arbeiten schon wieder ein Chaos. Selbst die Farbe der Lederbank, die vor meinem Bett steht, ist nicht mehr zu erkennen, weil alles kreuz und quer darüber liegt. Ob mir jemand glaubt, dass ich tief in meinem Inneren Ordnung liebe? Ich schätze, nein. Nicht, wenn man das hier betrachtet. Dabei war letzten Sonntag alles wirklich perfekt.

Na, dann werde ich mich diesem Durcheinander widmen. Ich beginne damit, alle Kleidungsstücke, die verstreut herumliegen, aufzuhängen, zusammenzulegen oder in den Wäschekorb zu werfen. Das kann dauern. Ich sollte Musik spielen, damit geht alles besser.

Über meine Bluetooth-Lautsprecher erklingt auch gleich meine Playlist von Zoe Wees. Ich liebe sie! Jeden ihrer Songs, aber ganz besonders *Control*. Das ist gleich der erste auf der YouTube-Playlist, die ich immer wieder aufrufe, weil ich sie so sehr mag.

Sosehr ich mit meiner Arbeit beschäftigt war und sosehr ich es liebe, meinen Beruf wieder auszuüben, die Abende gehören Titus und mir. Langsam gewöhne ich mich daran, einen Freund zu haben, auch wenn ich ihn noch nie so genannt habe. Aber das ist ja auch nicht wichtig.

Wichtig ist, dass wir beinahe jeden Abend gemeinsam noch eine Runde spazieren waren und sogar zwei Mal zum Abendessen aus. Ich genieße das sehr. Außerdem werden wir dieses Wochenende gemeinsam Skifahren gehen. Lisa kommt am Sonntag auch mit.

Langsam fühlt sich mit ihm alles vertraut an. Ich fühle mich mittlerweile sogar richtig wohl in seinem Haus. Zum Glück er sich bei mir in meinem kleinen Appartement ebenso. Und ich weiß jetzt auch, warum Titus denkt, er sei ein Menschenfeind. Von in der Früh bis oft spät am Abend hängt er in Online-Meetings. Eines nach dem anderen. Manchmal geht es um Immobilienprojekte, dann wieder spricht er mit den Leuten aus den Firmen, in die er investiert hat, und dann wieder geht es um Hotels. Kein Wunder, wenn er dann keine Lust mehr auf Gespräche hat.

Ich fege geradezu durch die Wohnung und singe laut mit Zoe mit. Es hilft ja nichts. Putzen, zusammenräumen und Wäsche waschen ist angesagt.

Der Geschirrspüler ist auch fertig. Dann räume ich den mal aus und trällere: »Girls like us, we don't know who we trust, not even the ones we love!« Sie spricht mir mit jeder Textzeile aus dem Herzen. Stimmt nicht ganz, denn seit Titus hat sich das geändert. Aber vor ihm war das so, doch den Song mag ich immer noch sehr.

Die Woche ist wie im Flug vergangen. Kein Wunder, ich habe mit den endgültigen Bestellungen jede Menge zu tun. Bei manchen Entscheidungen, welchen Anbieter wir beauftragen sollen, habe ich mit Karo und Theo Rücksprache gehalten. Nun ist alles entschieden. Ich liebe es, in diesem Team zu arbeiten. Auch Theo ist extrem tiefenentspannt und ich mag ihn mittlerweile ebenfalls sehr. Und das Tolle ist: Heute lernen Theo und Titus einander kennen. Sie investieren doch beide in Immobilien und haben daher sicher einigen Gesprächsstoff. Toll, dass Karo mir geholfen hat, den Abend heute zu organisieren. Es ist mein großes Dankeschön an alle, die mir so lieb bei allem hier und auch beim Siedeln geholfen haben. Leider haben Gerhard, Birgit und Harald abgesagt, weil sie keine Zeit haben. Und Esmeralda ist heute in Salzburg, was auch schade ist.

Aber alle anderen kommen, worauf ich mich echt freue.

Wer läutet da Sturm? Ich drehe die Musik leiser und laufe zur Tür.

»Lisa! Solltest du nicht im Geschäft sein?«

Sie stürzt mit einem Kleidersack über dem Arm herein. »Sollte ich, aber Mona ist da. Ich brauche eine Verschnaufpause.«

Wir umarmen und küssen einander, dann geht sie an mir vorbei ins Wohnzimmer und legt den weißen Kleidersack auf mein Sofa, über den quer in großen Lettern ›Atelier Lisa Müller-Mai‹ geschrieben steht. Ich liebe ihr Logo.

»Hammer! Du hast geputzt?«

»Jetzt tu nicht so, als würde ich das nie machen.«

»Stimmt. Aber so zusammengeräumt war es seit dem Siedeln nie mehr wieder. Respekt.«

»Ich ignoriere das jetzt einfach.«

»Auch gut. Ich habe dir übrigens drei Kleider mitgebracht. Das Winterdirndl und ein echt cooles pink-violettes Filzkleid. Du wirst es lieben!«

Sie öffnet den Kleidersack und holt sie heraus. Hammer! Ständig beschämt sie mich mit ihrer unendlichen Großzügigkeit.

»Okay. Aber diesmal lässt du mich die Kleider auch bezahlen.«

Ihre grünen Augen werden groß. »Kommt gar nicht infrage, Schwester. Und hier – trara – das Abendkleid.«

Ich schlage die Hände vor dem Mund zusammen. Unfassbar! »Das ist einfach nur ein Traum.«

Sie hält mir ein schimmerndes bodenlanges Neckholderkleid mit einem Spitzenstoff außen, auf dem weiße Blüten und Schneeflöckchen wie zufällig verteilt sind und sich von oben nach unten zu ergießen scheinen, vor die Nase. So schön! Und das Kleid darunter changiert zwischen Champagnertönen und Silber.

»Ich weiß. Und perfekt zu deiner Lieblings-Schneeflöckchenkette.« Unwillkürlich fasse ich den Anhänger an. Schon komisch, dass Titus auch eine Schneeflocke als Tattoo hat. »Du musst es aber anprobieren, da es noch nicht ganz fertig ist. Ich werde es gleich abstecken und nehme es dann wieder mit.«

»Willst du es nicht lieber verkaufen? Es ist so unheimlich edel, und ich weiß nicht einmal, zu welchem Anlass ich so ein Kleid anziehen kann.«

»Bist du wahnsinnig? Das habe ich für dich gemacht. Davon gibt es jetzt nur zwei und mein Pendant dazu ist in Wintertürkis und kurz. Und einen Anlass werden wir schon finden. Notfalls mache ich einen Champagnerempfang im Atelier.«

Ich falle ihr um den Hals. »Wie kann ich dir für all die Sachen nur jemals danken?«

Sie hält mich an den Schultern weg. »Indem du die Sachen trägst, vielleicht?«

»Ich schwöre, das werde ich.«

»Übrigens, in dem kleinen Sackerl sind noch ein paar Accessoires: ein schmales Tuch fürs Dirndl, mit dem du die Haare hochbinden kannst, und noch eines für das Filzkleid. Und eine riesige gefilzt Blüte zum Anstecken, falls du das Kleid aufpeppen willst.«

Sofort hole ich die zwei Tücher und die Brosche raus.

»Du bist echt eine Künstlerin!« Die Blüte ist eine Wucht.

»Bin ich. Und um eine Erkenntnis reicher«, meint sie schmunzelnd und setzt sich aufs Sofa.

»Tatsächlich? Welche denn?«

»Kann ich einen Kaffee haben? Dann verrate ich es dir.«

»Klar.«

In der Küche räume ich den Geschirrspüler fertig aus, während das Teewasser kocht.

Kurz darauf bin ich mit einem Cappuccino für Lisa und einer Tasse ›Wintermischung‹ aus seinem Geschenkkorb für mich zurück. Hätte Titus mir nicht die Kaffeemaschine zustellen lassen, hätte ich mir sicher nicht diese teure Ich-kann-alles-Siebträger-Maschine gekauft. Aber sie ist super und macht gleich beides: Kaffee und Tee.

Ich setze mich zu Lisa. »So. Jetzt schieß mal los.«

Bedächtig rührt sie den Zucker um. »Ich habe mir das, was Esmeralda gesagt, und vor allem das, was sie nicht erwähnt hat, durch den Kopf gehen lassen.«

»Und?«

»Und jetzt weiß ich, was mich so unglücklich macht.«

»Du bist unglücklich?« Also das trifft mich wie ein Schlag. Warum hat sie das nie gesagt?

»Na ja, nicht andauernd, aber immer dann, wenn ich mir auf Instagram all die tollen Fotos von den Pärchen ansehe. Oder die Hochzeitsfotos. Kennst du die von Nathalie und Georg auf der Schnepf'n Alm?«

Ups. Genau da wollen wir heute Abend alle hin. Aber ich verstehe, was sie meint. Nathalie ist eine ihrer Freundinnen hier im Ort und: »Natürlich habe ich die gesehen. Besonders die mit dem ganzen Bergpanorama im Hintergrund, wo sie auf der Holzplattform gestanden sind, waren wie aus dem Märchen.«

»Siehst du, genau das meine ich. Wir sind über dreißig. Alle meine Freunde hier heiraten und ich bin seit Jahren Single.«

»Ich weiß.« Und es tut mir für sie weh.

Lisa springt auf und holt sich ihr Nadelkissen mit den Stecknadeln. Selbst das hat Stil. Ein viereckiges Kissen aus Chrom, wenn man das noch Kissen nennen kann, auf einem schwarzen Magnetarmband. Warum sehen Männer das nicht? Es muss doch jemanden geben, der all die tollen Eigenschaften sieht, die Lisa hat. Abgesehen davon, dass sie unglaublich hübsch ist!

»Könntest du bitte mal?«

»Klar.« Ich ziehe mich bis auf die Unterwäsche vor ihr aus. »Nur kurz zurück zu dir, Lisa. Was denkst du: Liegt es daran, dass du die falschen Männer kennenlernst, oder bist du zu wählerisch?« Und schon streift sie mir das Kleid über und in der Sekunde fühle ich mich verwandelt.

»Beides. Ich will halt einen Mann, der auch was für Mode über hat, aber auch intelligent und lustig ist. Und mit mir mal auf die Malediven fliegt. Ist das falsch?«

»Nein, und den wirst du ganz sicher noch treffen, davon bin ich überzeugt.« Mehr als das wünsche ich es ihr einfach aus ganzem Herzen. »Aber was war denn jetzt deine Erkenntnis?«

Sie strahlt mich an, als wäre Weihnachten. »Dass ich aufhöre, zu suchen. Übrigens: Kannst du bitte völlig gerade stehen? Sonst kann ich die Länge nicht abstecken.«

»Gerne.« Während sie mit einer Nadel nach der anderen den Saum anheftet, bringe ich meinen Punkt an. »Mir ist nicht einmal aufgefallen, dass du damit angefangen hast.«

Lisa sieht zu mir hoch. »Natürlich schaue ich immer, ob irgendwo einer dabei ist, der Single ist und passen könnte. Und jetzt noch hinten, dann hab ich es.«

Ich drehe mich um und hoffe, dass sie mich nicht sticht. Hat sie zwar noch nie, aber man weiß ja nie.

»Okay. Und das lässt du ab jetzt sein? Also das mit dem Suchen?«

»Exakt! Schau dich an.« Meint sie jetzt das Kleid? Ich drehe mich noch einmal wie eine Prinzessin beim Walzer. »Toll, es sitzt perfekt. Aber das habe ich gar nicht gemeint, dafür bist du jetzt fertig. Ich helfe dir mit dem Ausziehen.«

»Danke.« Denn das ist auch nötig, sonst steche ich mich selbst.

Mit dem Kleid in der Hand und während ich wieder in meine Sachen schlüpfe, fährt Lisa fort: »Du warst doch so felsenfest davon überzeugt, dich nie mehr wieder verlieben zu wollen, und bumm.«

Ich muss lachen. »Das war halt reiner Zufall. Und es war nicht ein großer Bumm, sondern vielleicht mehrere kleine Knaller.«

»Egal, aber es hat funktioniert. Also: Ab sofort habe ich wieder mehr Zeit für unsere Freundschaft und für meine Mode, weil ich aufs Ausgehen in der Stadt verzichten werde.«

Ich umarme sie. »Das ist eine gute Idee, außerdem hast du scheinbar vergessen, dass du im Moment ohnehin keine Zeit für eine Beziehung haben wirst, denn wenn Esmeralda recht behält, dann wirst du demnächst noch berühmter, als du es schon bist.«

»Hör auf! Also das ist das Letzte, das geschehen wird. Du weißt, wie sehr ich mich abmühe und oft bis zum Umfallen arbeite. Und wenn ich ehrlich bin, mir gehts gut. Aber dass mir die Kundinnen die Tür einlaufen, das wird nicht passieren.«

Ich weiß, was sie meint. Sie verkauft wirklich gut, aber nicht so gut, dass sie sich zurücklehnen und sich mal wirklich Zeit für eine neue Kollektion nehmen könnte. Das macht Lisa alles immer zwischendurch. Mit einer Angestellten mehr wäre das aber möglich, doch die muss sie sich erst leisten können. Also gibt es nur Mona und sie.

»Komm her.« Ich drücke sie ganz fest und sie mich ebenfalls. »Du darfst die Hoffnung nie verlieren. Wenn du eines von mir lernen kannst, dann vielleicht das. Und eine weise Freundin hat mir immer gesagt: Schau nach vorne.«

Sie wischt sich über die Augen. »Danke. Weißt du, wie schön das ist, dass ich jetzt einfach für eine halbe Stunde bei dir vorbeikommen kann?«

»Deshalb wollte ich ja unbedingt eine Wohnung direkt im Zentrum.«

»Und das war eine deiner besten Entscheidungen, Marlie! Besser war nur die, hierherzuziehen, gefolgt von der, Titus nicht gleich den Laufpass zu geben.«

»Du hast recht. Hin und wieder gelingt es sogar mir, etwas Gescheites zu tun.«

»Absolut. Dass du dich zum Beispiel nach Victors Tod jeden Tag mit deiner Schwiegermutter in spe getroffen hast, war keine. Die Frau hat dich fertiggemacht.«

»Ich weiß. Ich habe auch schon lange nichts mehr von ihr gehört.« Obwohl Anita mir immer so leidgetan hat. Sie hat ihr einziges Kind verloren. Schlimmer geht es ja wohl nicht.

»Das ist auch gut so. Am besten wäre, du löschst ihre Nummer.«

»Nein, das könnte ich nicht. Aber ich habe auch ewig schon nicht mehr an sie gedacht.«

»Gut so.« Lisa trinkt ihren Cappuccino im Stehen aus. »So. Das war jetzt quasi meine Pause. Ich muss wieder. Das Abendkleid nehme ich mit.« Sie drückt mir einen dicken Schmatz auf die Wange. »Happy *putzing*! Wir sehen uns dann später auf der Hütte. Ich muss noch ein Kleid zustellen und komme gleich direkt hin.«

»Perfekt, und danke! In der Zwischenzeit auch dir *happy working* und vielen Dank für die tollen Kleider.«

Lisa bleibt stehen. »Wehe! Noch ein Danke und ich nehme die anderen beiden auch wieder mit.«

»Ich schwöre. Ich sage es nie mehr wieder.«

»Glück gehabt, jetzt hast du ein neues Kleid für heute Abend.«

Dann geht sie lachend zur Tür.

Pfuh. Ich hatte ja keine Ahnung, dass Lisa das Alleinsein so beschäftigt. Am besten wird sein, ich frage Titus mal, ob er nicht Freunde oder Bekannte in der Gegend hat, die wir alle mal zu ihm auf ein Abendessen einladen könnten. Auf ungezwungen natürlich. Vielleicht lernt sie ja doch noch ihren Traumprinzen kennen?

Ich hoffe es so sehr.

Es dauert ein Weilchen, aber dann bin ich wieder richtig im Schwung und muss nur noch das Glas der Duschwände putzen. Dann hab ich es geschafft.

Mein Handy läutet. Was ist denn jetzt wieder?

Titus.

»Hallo, mein Schatz! Ich komme dich in einer Stunde holen, passt das?«

Bitte? »Wie spät ist es denn?«

»Kurz nach fünf, und wir wollten doch gegen halb sieben oben auf der Reiteralm sein.«

»Stimmt. Ich habe die Zeit völlig übersehen, aber es wird sich ausgehen.«

»Sehr gut. Sorry, ich habe noch einen Call. Bis nachher.«

Wenn nur alles so einfach wäre, wie mit ihm zusammen zu sein. Meine Ängste waren völlig unbegründet. Langsam begreife ich, dass Titus echt unkompliziert ist. Das Einzige, das ihm wichtig ist, und mir ebenfalls, ist, dass wir miteinander reden. Ausmachen, was wir unternehmen wollen, und uns daran halten. Und das tut er, was mich ungemein entspannt. Wie oft bin ich bei Victor auf Nadeln gesessen, weil er irgendwo aufgehalten worden ist und es nicht der Mühe wert gefunden hat, mir das auch mitzuteilen? Oder mich sonntags einfach sitzen gelassen hat, weil er kurz Tennis spielen war? Und erst spätabends wieder aufgetaucht ist?

Ja. Victor hatte seine Fehler. Wie ich und jeder andere Mensch auch. Langsam beginne ich, sie wieder zu sehen, was vermutlich gut ist. Bis vor Kurzem war er tatsächlich irgendwo weit oben. Strahlend. Fehlerlos. Wie ein Engel. Titus hatte schon recht. Aber das war, bevor ich ihn getroffen habe.

Hm. Ich hoffe noch immer, dass Victor irgendwo da oben ist und auf mich aufpasst. Doch. Das fühle ich. Aber er ist wieder mehr er selbst. Und ich denke, er wacht über mich. Vielleicht hat er mir ja Titus geschickt?

Ich drehe die Musik wieder lauter und bin im Handumdrehen mit dem Bad fertig. Nur um es fünf Minuten später wieder nass zu machen, weil ich mich dusche und für den Hüttenabend schminke. Heute ist das erste Mal, dass ich so richtig in die Farbkiste greife! Mit verlängerten Wimpern, dunkelbraun getuschten Brauen und einem matten pinken Lippenstift, der perfekt zum neuen Kleid von Lisa passt. Gemeinsam mit dem marillenfarbenen Rouge passt das wirklich super. Ich freue mich auf den Abend. Das wird ein Hallo. Hoffentlich findet Titus die Runde auch halbwegs angenehm.

Doch, das wird er. Es sind ja meine Freunde.

Kapitel 20

Wie die Kleinkinder bewerfen wir uns vor der Schnepf'n Alm und direkt neben den süßen Almhütten der Almwelt Austria mit Schneebällen.

Titus hat angefangen und einen Schneeball auf mich geworfen, gleich nachdem wir ausgestiegen sind. Es ist zwar bereits stockfinster, aber die Hütten rings um uns sind ja beleuchtet. Sieht wild romantisch und urig aus. Ich mag auch die Namen, denn jedes Chalet hat seinen eigenen: Holzknecht, Försterin oder Hiatabua und noch einige mehr.

Oh! Er hat mich schon wieder getroffen.

»Na warte! Das kann ich auch!«

»Du triffst mich nie!«

Irrtum!

Ups! Ich habe Titus mitten im Gesicht erwischt, dabei habe ich auf seinen Anorak gezielt. Also im Werfen bin ich echt eine Niete.

»Entschuldige.« Ich stapfe auf Titus zu, während er sich noch Reste vom Schnee aus dem Gesicht wischt.

»Du schießt ja wie ein Sniper!«, meint er grinsend.

Ich zucke mit den Achseln. »Ist mir passiert. Ich wollte dich am Bauch treffen.«

Jetzt lacht er schallend.

»Dann nehme ich das zurück.« Er umarmt und küsst mich. »Komm, bevor ich noch einmal eine Ladung in die Nase bekomme.«

»Dann gibst du auf?«

»Absolut. Ich gebe auf und ergebe mich. Gleichzeitig.«

Felix steht abseits, doch als wir ihm sagen, dass wir hineingehen, kommt er drauf, dass sein Handy noch im Wagen liegt.

»Ich komme gleich nach.«

»Ist gut«, meint Titus und wir gehen schon mal ins Lokal.

Sofort strömt uns wohlige Wärme entgegen.

Ich war schon einmal hier, ist aber länger her, und mag diese Alm. Speziell der weiß verputzte alte gemauerte Tischherd verleiht dem großen Gastraum eine zauberhafte Atmosphäre. Er geht oben in einen Kachelofen über, hat echte Kochplatten und gleich zwei Backrohre. Auf dem kleinen Tisch daneben stehen Brotkörbe bereit und auf dem Kästchen daneben das Brot und Gebäck.

Ein ziemlich großer, dunkelhaariger Kellner nimmt uns mit einem breiten Lächeln im Gesicht in Empfang und fragt uns dann, ob wir reserviert hätten.

»Ja, den Tisch da drüben«, erwidere ich und zeige auf den Tisch in der Ecke, denn Karo, Lisa, Theo und die meisten der anderen sind schon da.

»Sehr gut.«

Titus tippt mir auf die Schulter. »Das nennst du eine kleine, gemütliche Runde?«

Ich grinse. Ja, ich habe etwas geflunkert, sonst wäre er womöglich nicht mitgekommen. Bei ihm weiß ich ja nie. Manchmal mag er Menschen, dann wieder nicht. »Wieso? Genau das ist es. Und alle haben irgendwie beim Siedeln oder meinem neuen Leben mitgeholfen. Also bis auf die, die nicht konnten, ist nur mein engster Kreis hier. In Summe sind wir nur zwölf.« Maximal vierzehn, wenn Walfried, Marias Mann, und Henry es doch noch schaffen.

»Verstehe.« Zum Glück schmunzelt er. So schlimm kann es also nicht sein. »Wie beim letzten Abendmahl?«

Ich klopfe ihm auf den Arm. »Jetzt sei nicht so negativ. Wenn, dann ist das heute hoffentlich das erste Abendmahl von vielen.« Denn dank aller, die am Tisch sitzen, macht es mir wieder Spaß, auszugehen. Und natürlich dank Titus.

»Darüber steht das Urteil noch aus, aber es ist beeindruckend, wie viele Menschen du in der kurzen Zeit schon kennst.«

»Du kannst wirklich kauzig sein. Gerfried kenne ich nur vom Telefonieren, aber deshalb sind wir hier: damit wir alle zusammen sind und du sie auch gleich kennenlernen kannst.«

»Ich schwöre, ich bemühe mich.«

Ich sehe ihm direkt in die Augen. »Danke. Mehr will ich gar nicht.«

»Für dich würde ich mich auch mit einer Runde Trollen an einen Tisch setzen, aber verrate das niemandem«, flüstert er mir zu.

»Du bist der Beste«, raune ich zurück, während uns der Kellner an die beiden Tische begleitet.

Natürlich brauchen wir ein wenig Zeit für die Begrüßung und Vorstellungsrunde. Kein Wunder. Aber alle freuen sich riesig, dass er mitgekommen ist.

Karo fällt Titus überhaupt gleich um den Hals. »Entschuldige, aber ich habe das Gefühl, dich schon länger zu kennen. Freut mich sehr, dass du da bist.«

Er grinst. »Mich auch, und du musst mir versprechen, mir später heimlich zu stecken, was Marlie so alles über mich erzählt hat.«

Karo reißt die Augen auf. »Und damit eine Freundin verraten? Vergiss es.«

Alle lachen. Dann stellt sie ihm Theo und Gerfried vor, die am Tischende sitzen. Ich mag Gerfried auf Anhieb. Einfach ein entspannter, sportlicher Typ. Passt irgendwie total gut zu seiner Geschichte.

»Dann hat Marlie also gleich zwei Chefs und eine Chefin?«, bemerkt Titus lächelnd.

»Ich würde eher sagen, drei mehr als zufriedene Partner, die Widerstand leisten würden, wenn Marlie plötzlich abgeworben werden sollte«, erklärt ihm Gerfried grinsend, und Theo ergänzt: »Wir haben da noch einige Projekte, Marlie. Also bitte keine voreiligen Entscheidungen treffen, ja?«

»Wir sind nämlich auch ziemlich nett«, ergänzt Gerfried.

»Seid ihr«, stimme ich ihnen zu und drehe mich zu Titus. »Echt, das sind sie.«

Er grinst. »Mit nett kann ich auch aufwarten.«

So wie es aussieht, wird das ja ein absolut lustiger Abend, denn Titus rückt mir den Stuhl zurecht und setzt sich gleich neben die beiden Männer und natürlich auch mich. »Da müssen wir jetzt aber mal ausführlich darüber sprechen.«

»Macht ihr Männer das, wie ihr wollt. Am Ende entscheide ich nämlich selbst«, erkläre ich ihnen und frage kurz Patrick, Theos Felix, wie es ihm geht.

Nach ein paar Worten kann ich mich endlich in ein Gespräch mit Andrea, Theos Frau, vertiefen, die ich heute zum ersten Mal treffe. Ich habe mich schon riesig auf sie gefreut, denn Karo hat mir ja schon viel von ihr erzählt.

Lisa sitzt mir ebenfalls gegenüber, was super ist, denn so können wir Frauen gut quatschen. Außerdem finde ich es toll, dass ich Titus dazu überreden konnte, dass uns auch Felix zum Essen begleitet. Mit dem Handy in der Hand kommt er jetzt an den Tisch.

Kein Wunder, dass er mit seinem Outfit mehr Blicke auf sich zieht als wir Frauen, aber die Mädels lieben ihn alle auf den ersten Blick.

»Hallöchen zusammen. Ich bin Felix! Besser bekannt als Titus' Schatten. Allerdings der besser gekleidete«, scherzt er und gibt dann noch allen einzeln die Hand.

»Ich muss dir recht geben«, meint Andrea lachend.

»Dein Outfit ist eine Wucht«, bemerkt auch Lisa anerkennend.

Kein Wunder, heute trägt er pelzbesetzte Stiefel, eine enge schwarze Dreiviertelhose und darüber einen weißen, eng anliegenden und kurzen Anorak, aus dem er sich gerade schält. Das wäre vielleicht noch nicht so krass aufgefallen, wir sind ja auch alle ziemlich gestylt, aber der schwarze Kajal um seine Augen, seine überlangen Wimpern wie auch der blutrote Lippenstift sind dann doch nicht zu übersehen. Dagegen verblasst selbst mein quietsch-pinker.

Felix nimmt die Beanie ab und zum Vorschein kommt sein kinnlanges schwarzes Haar, das er mit einem schicken Haarband nach hinten gebunden hat.

Sein Style ist schon wirklich außergewöhnlich, aber das ist einfach absolut er selbst. Ich deute ihm, sich an meine rechte Seite zu setzen. Wir bestellen die Getränke und Titus hält unter dem Tisch meine Hand.

»Du richtest also ein paar der Appartements im Basecamp ein?«, fragt mich Andrea.

»Ja, und es macht mir großen Spaß. Nächste Woche kommen die meisten Möbel.«

»Ich bin schon sehr gespannt. Die Pläne und Skizzen, die Theo mir gezeigt hat, sehen ja super aus.«

»Danke. Aber das war leicht, denn Karo und Maria haben mir mit extrem vielen Inputs geholfen. Ich denke, gemeinsam haben wir das wirklich gut hinbekommen. Ich hoffe, den Gästen wird die Einrichtung gefallen und sie fühlen sich wohl.«

»Bestimmt werden sie das«, meinen Andrea und Karo gleichzeitig, die dann noch ergänzt: »Aber das waren schon deine Pläne, meine Liebe. Nicht Marias oder meine.«

»Danke!«

»Und wie gefällt es dir, hier zu wohnen? Du bist ja jetzt fix nach Schladming übersiedelt, oder?«, fragt Andrea weiter. »Hier gibt es schon ziemlich viele Berge, oder?«

Ich schmunzle. Von Karo weiß ich, dass sie eher auf Seen und das Meer steht. »Bin ich. Verdammt viel Natur, aber das habe ich gebraucht, wie es aussieht.«

Plötzlich mischt Titus sich ein. »Hast du. Wie sonst hättest du deinen Traummann kennenlernen sollen?«

Alle lachen und Andrea bemerkt kichernd: »Dann habt ihr euch beim Bäumeumarmen kennengelernt?«

Ich sehe Karo tadelnd an. »Du hast das verraten?«

»Ja, entschuldige«, antwortet sie kichernd.

»Okay, sorry, Andrea. Aber ja, beinahe bin ich beim Bäumeumarmen über ihn gestolpert«, erkläre ich glucksend, woraufhin sie trocken ergänzt: »Man kann auch Palmen umarmen. Ich mein ja nur.«

»Das muss ich Marlie erst beibringen«, kommentiert Titus belustigt ihren Einwand.

Mir gefällt es, wie dieser Abend beginnt. Ich mag sie alle hier am Tisch. Die beiden neuen Gesichter und all die mir mittlerweile so vertrauten.

Ja. Langsam werde ich wieder ich. Und das ist ein wirklich erhebendes Gefühl, weil es sich um so vieles leichter anfühlt als noch vor ein paar Wochen.

Alle am Tisch sind bester Laune und es gibt ein Riesenhallo, als auch noch Maria mit ihrem Mann Walfried und ihrer Assistentin Steffi auf uns zukommt. Direkt hinter ihnen hetzt auch noch Henry ins Lokal.

Toll, dass es alle geschafft haben. Jetzt sind wir vollzählig und bekommen auch schon die Getränke serviert. Ich warte noch ab, bis die vier Nachzügler ein Glas haben, dann stehe ich auf und halte meines, gefüllt mit Gelbem Muskateller aus der Südsteiermark, in die Höhe. Diese Weinsorte mag ich besonders gern und sie passt perfekt zu meiner kurzen Rede. Alle wenden sich mir zu und beenden ihre Gespräche.

»Ich sag jetzt einfach mal nur Danke. Euch allen. Ihr habt mir bei so vielem geholfen und wart immer für mich da. Egal ob beim Siedeln, im Job, ob mit Ratschlägen oder Überraschungen. Es tut mir leid, wenn ich das jetzt nicht im Detail ausführe, aber da würden mir die Tränen kommen, und wie ihr seht, trage ich nicht nur ein neues Kleid von Lisa, sondern das erste Mal nach zwei Jahren habe ich, was mein Make-up betrifft, so richtig in den Farbtopf gegriffen. Ihr wollt sicher nicht, dass das verschmiert auf Lisas Kleid landet, und ich auch nicht. Daher: Danke, einfach nur Danke, dass ihr in meinem Leben seid!«

Sie applaudieren? Ist das süß.

Ich setze mich wieder.

»Wow! Das hast du wirklich schön gesagt.«

»Danke, Titus.«

Weiter kommen wir nicht, denn nun wollen alle mit mir einmal persönlich anstoßen, was echt lieb von ihnen ist.

Etwas später lehne ich mich zurück und genieße es, hier sein zu können. Umringt von Menschen, die ich mag.

Ich nehme mal an, alle hier am Tisch kennen mittlerweile meine Geschichte und warum ich nach Schladming gezogen bin.

Vor ein paar Wochen noch hat mich das gestört. Ich hasste diese mitleidigen Blicke, mit denen mich Fremde oft verstohlen angesehen haben. Aber heute ist das anders. Bis auf Lisa sind das hier meine neuen Freunde und sie alle können ruhig wissen, was hinter mir liegt, aber am wichtigsten für mich ist im Moment, dass sie Titus mögen und umgekehrt. Und das haut anscheinend ganz gut hin.

Nach dem echt tollen Abendessen, ich habe mich für Fisch entschieden, quatschen und lachen wir alle durcheinander. Ich lehne mich kurz zurück und beobachte Titus, der mit Theo und Gerfried über dessen Ex-Firma, Blue Tomato, spricht. Und schon kommen sie auf Hotelprojekte. Da haben sich drei gefunden. Erstaunlich, wie viel Titus redet. Das ist echt ungewöhnlich für ihn, aber ich bin froh darüber. Ich wollte ja unbedingt, dass er all die Menschen kennenlernt, mit denen ich arbeite und die ich ins Herz geschlossen habe.

Sieh mal an, mein Menschenfeind genießt also den Abend sehr. Er spricht auch mit allen anderen. Unglaublich. Ich drücke seine Hand kurz, weil ich das gerade echt schön finde.

Denn genau darum geht es hier: das Leben. Freundschaft, Beziehungen und natürlich auch Arbeit.

Klar, muss man einen professionellen Job machen, aber darüber hinaus zählt in dieser Gegend auch noch so etwas wie Handschlagqualität und wie gut man miteinander auskommt und reden kann. Ich mag das. Das hat etwas Ursprüngliches.

Mir fällt auf, dass Lisa immer wieder zur Bar hinüberspäht. Eine Runde an Touristen in unserem Alter, unüberhörbar aus Deutschland, trinkt dort gerade eine Runde Schnaps.

Ich trete ihr unter dem Tisch sacht ins Bein. Dann sieht sie zu mir. »Wen findest du denn so interessant?«, flüstere ich ihr zu.

»Den großen Blonden.«

»Ich dachte, du konzentrierst dich jetzt nur mehr auf dein Geschäft?«

»Habe ich auch vor. Und weil ich nicht mehr auf der Suche nach dem Traummann fürs Leben bin, kann ich ja auch unverbindlichen Spaß haben, oder?« Ihre grünen Augen strahlen. »Die fahren doch morgen sicher nach Hause.«

»Vermutlich. Samstag ist Schichtwechsel.«

»Tja, meine Lieben. Entschuldigt uns, ich glaube, wir lassen die Nachspeise aus und trinken einen Schnaps«, erklärt sie ziemlich laut und quer über den Tisch hinweg. Dann steht Lisa auf.

Moment einmal? Meint sie uns beide?

Titus erhebt sich. »Ich komme mit.« Doch sofort winkt Lisa ab.

»Bitte nicht«, raunt sie ihm zu. »Ich borge mir Marlie nur kurz als Alibi aus.«

Nun hat es zumindest ein Teil am Tisch mitbekommen und sie grinsen Lisa und mich an.

»Okay, dann geht nur. Viel Spaß.«

»Danke«, murmelt sie Titus zu und hakt sich bei mir unter.

Kichernd stellen wir uns neben die drei Männer und bestellen auf Empfehlung der Kellnerin einen Birnenschnaps vom Mandlberggut. Coole Flasche. Rote Williamsbirne. Bin gespannt.

»Wollten eure Männer nicht mit euch trinken?«, fragt der große Blonde sofort.

»Nein, weil das da drüben bloß meine Freunde sind«, erklärt ihm Lisa sofort.

Das hier halte ich für einen neuen Rekord im Anquatschen. Und es wirkt glatt natürlich. Respekt. An beide. Sieht so aus, als hätte auch er ein Auge auf sie geworfen.

Tatsächlich. Kaum kommen unsere Stamperln, schon stoßen die drei Männer mit uns an und ich muss feststellen, dass dieser Schnaps ein Traum ist. Vermutlich der gleiche, den Titus damals im Flachmann hatte.

Sofort erfahren wir erfahren die Vornamen der Männer: Nils, Uwe und Dirk. Wobei Uwe das Objekt ihrer Begierde ist.

So kenne ich Lisa gar nicht. One-Night-Stands hat sie immer verteufelt. Ich muss morgen mit ihr reden. Sie hat sich das, was ihr Esmeralda gesagt hat, ganz eindeutig zu sehr zu Herzen genommen. Anders kann ich mir ihr schräges Verhalten nicht erklären.

Der nächste Schnaps geht auf die Skifahrer. Nun weiß ich auch, dass sie eine der Hütten im Almdorf gleich nebenan gemietet haben.

»Wie praktisch«, erwidere ich und sehe dabei Lisa in die Augen.

»Absolut!«, meint sie und kichert.

Mein Handy piepst. Titus. ›Auf welchen hat sie es abgesehen? Etwa groß und blond?‹

›Yep. Uwe. Wohnt in einer der Hütten gleich nebenan und fährt morgen nach Hause, wie ich soeben mitgehört habe.‹

›Wie praktisch.‹

Ich schicke ihm einen Tränen lachenden Smiley. ›Hab ich auch gerade zu ihr gesagt.‹

Uwe hat sich inzwischen direkt neben Lisa gestellt und mich damit sanft, aber bestimmt an den Rand der Bar gedrängt. Seine beiden Freunde dürften erkannt haben, worauf die Sache hinauslaufen wird. Sie wenden sich von uns ab und vertiefen sich in ein eigenes Gespräch. Wunderbar. Ich bin das fünfte Rad am Wagen. Besser konnte es nicht kommen. Das ist meine Chance.

Ohne auf mich aufmerksam zu machen, drehe ich mich um und gehe schnell an unseren Tisch zurück. Da mir Lisa nicht nachruft, habe ich einen günstigen Zeitpunkt für meine Flucht erwischt.

Beinahe entschuldigend meine ich leise in die Runde um mich herum: »Vielleicht gibt es doch Liebe auf den ersten Blick?«

Maria, Steffi und Karo sehen einander an und lachen verhalten.

»Was?«, flüstere ich ihnen zu.

»Die fahren doch sicher morgen ab«, meint Maria.

»Ja. Werden sie. Okay, ignorieren wir sie einfach.«

»Wird am besten sein«, gibt mir Maria recht und wir wechseln das Thema, denn die zarte blonde Frau mir gegenüber ist ja nicht nur mittlerweile eine Freundin von mir, sondern auch quasi die Betreiberin einiger Vermietungsprojekte meiner Auftraggeber. Daher quatsche ich eine Weile mit Maria und Steffi über ihre Arbeit in der Vermietung der Appartements und welche neuen Trends es diesen Winter gibt. Das ist immer gut zu wissen.

Zwischendurch beobachte ich Titus verstohlen. Toll, wie wohl er sich fühlt. Wenn mich einer fragt, sieht das nach einem echt erfolgreichen Abend aus. Plötzlich steht er auf. Er will jetzt aber nicht gehen, oder?

»Ich bin gleich zurück«, murmelt er mir zu und verschwindet. Ah. Verstehe. Pipibox.

»Klar.«

Andrea wechselt das Thema und nun diskutieren wir Frauen über Deko und ob Bücher für die Gäste in den Appartements aufliegen sollten oder nicht. Felix und Marias Mann, Walfried, haben ein eigenes Thema gefunden: Wohnungspreise in Schladming. Scheint Felix brennend zu interessieren.

Mitten in unserer Diskussion, gerade sprechen wir über das Für und Wider von Echtholzmöbeln und welcher Stil hier in die alpine Landschaft passt, erscheint Titus wieder am Tisch. Doch zu meiner Überraschung bleibt er hinter mir stehen und legt die Arme auf meine Schulter.

»Ich hoffe, ihr seid nicht böse, aber ich muss morgen wirklich früh raus«, sagt er laut, damit es alle hören können.

Oh. Will er gehen? Felix sieht ihn auch ganz verwundert an.

»Ich habe mich wirklich sehr gefreut, euch alle kennenzulernen, und habe mir erlaubt, euch alle in Marlies Namen einzuladen.« Oh. Er hat die gesamte Rechnung übernommen?

»Das ist lieb von dir, aber das sollte meine Einladung sein«, zische ich ihm zu.

»Deines, meines, unseres? Babe, das ist doch nicht wichtig. Es ist deine Einladung.«

Gut. Das klären wir noch im Auto.

Alle bedanken sich bei ihm und auch bei mir.

Auch Felix steht nun auf, während Titus und ich bereits eine Verabschiedungsrunde absolvieren.

Gerade gibt er Marias Mann die Hand und arbeitet sich weiter. Ich hinterher. Bei mir dauert es mit den Drückern einfach etwas länger.

Zu Theo sagt er noch: »Wir rufen uns nächste Woche mal zusammen.« Hat er ihm seine Nummer gegeben und umgekehrt? Erstaunlich.

Schade, dass er schon gehen will, nun kann ich nicht weiter beobachten, was Lisa genau im Schilde führt. Aber als ich sie zum Abschied küsse, muss Uwe erst den Arm von ihrer Hüfte nehmen, also denke ich, sie wird bekommen, was sie will.

»Wir reden morgen«, flüstere ich ihr ins Ohr.

»Kein Problem«, meint sie laut und überdreht.

Ich schwöre: Morgen rufe ich als Erstes Esmeralda an und rede ihr ins Gewissen. Sie muss Lisa wieder von diesem Weg abbringen. Das ist nicht sie und das passt auch nicht zu ihr. Will sie sich ab jetzt jeden Freitag an einen Urlauber heranmachen, bloß weil der sicher am nächsten Tag nach Hause fährt?

Vielleicht sollte ich ihr das von Herzen gönnen und sie so gut ich kann dabei unterstützen?

Ich weiß nicht. Nein. Das ist nicht richtig, weil sie nicht dieser Typ ist. Lisa nimmt Liebe ernst, nimmt Beziehung ernst. Sie schafft das nicht, ohne Gefühle mit dem nächstbesten Mann ins Bett zu gehen. So tragisch es war, ich habe das schon hinbekommen. Ein paar Monate nach Victors Tod hatte ich so eine One-Night-Stand-Phase. Aber sie hat mich nur noch mehr ausgehöhlt und innerlich leer und einsam zurückgelassen. Und dass sie sich vielleicht auch so fühlt, wünsche ich Lisa auf gar keinen Fall. Das muss ich verhindern.

Während Titus mir in meinen Mantel hilft, meint er: »Ich mag deine Freunde, Marlie.«

Strahlend sehe ich ihn an. »Das freut mich, weil ich sie auch mag. Sehr sogar.«

Lachend gehen wir nach draußen und vor der Tür fragt Titus: »Macht sie das immer so?«

»Lisa? Nein! Das ist das erste Mal und ich mache mir echt Sorgen um sie.«

»Verstehe ich, aber sie ist erwachsen. Lisa wird schon wissen, was sie da tut.«

Ich sehe ihn verdutzt an. »Oh nein, das weiß sie nicht. Glaub mir. Morgen knöpfe ich sie mir vor.«

»Zwischen euch beiden bleibt wohl nichts unausgesprochen, oder?«

Ich schüttle den Kopf und steige ins Auto. »Nein. Wir sind wie Schwestern. Streitgespräche aller Art inklusive.«

»Das ist schön.«

»Ja, ist es. Doch heute könnte ich sie gerade erschlagen. Ich meine, was denkt sie sich dabei?«

»Und wenn es Liebe auf den ersten Blick war?«

Der Satz kam jetzt tatsächlich von Titus?

»Sicher nicht, außerdem glaube ich nicht daran.«

»Nicht? Dann solltest du mich mal fragen, was ich mir gedacht habe, als ich dich zum ersten Mal auf der Piste gesehen habe.«

Felix fährt los und ich schmiege mich an Titus. »Erzähl mir jetzt bloß nicht, du hättest dich Hals über Kopf in mich verliebt, du warst nämlich ziemlich unfreundlich zu mir. Auch beim Spaziergang, als wir einander über den Weg gelaufen sind.«

»Wundert dich das? Ich musste doch verbergen, wie sehr du mir vom ersten Moment an gefallen hast.«

Ich sehe ihn mit großen Augen an. »Was genau willst du mir damit sagen?«

Titus fährt mir mit seinen Fingern zärtlich über die Wange. »Ist das nicht klar? Ich habe mich vom ersten Moment an in dich verliebt, Marlie.« Ein Stich jagt durch mein Herz, während er mir wieder einmal eine Strähne hinters Ohr streicht. »In der ersten Sekunde.«

Nach der ersten Schrecksekunde quillt mein Herz, mein Bauch, einfach alles in mir über. Etwas Schöneres hätte er mir nicht sagen können. Statt darauf etwas zu antworten, küsse ich ihn zart auf die Lippen.

»Moment mal, wir wollten doch noch klären, warum du meine Einladung bezahlt hast.«

»Du wolltest. Ich will mit dir schlafen«, erklärt er mir, küsst mich leidenschaftlich und fährt mir mit seiner Hand unters Kleid.

Überredet. Das können wir auch morgen besprechen.

»Wolltest du nicht früh aufstehen?«

»Will ich noch immer, aber du siehst heute einfach zu bezaubernd aus, da war ich ein wenig egoistisch und habe deshalb vielleicht ein klein wenig Druck wegen des Gehens gemacht.«

»Aha, verstehe. Da steckte also Planung hinter der ganzen Sache?«

Mit einem Augenaufschlag, der mich gleich noch mehr weichklopft, meint er: »Und wenn?«

»Vergiss es. Küss mich einfach.«

Natürlich schmusen wir den gesamten Weg zurück in die Ramsau.

Kapitel 21

Neun Tage später …

Geschickt hat Lisa sich einem Gespräch mit mir entzogen. Und zwar über eine Woche lang! Aber heute ist sie fällig und entkommt mir nicht mehr.

Mit Esmeralda habe ich jedoch gleich letzten Sonntag telefoniert. Sie meinte, das wäre nur eine kurze Phase und ich solle sie nicht ernst nehmen. Lisa bräuchte das, aber ihre gesamte Energie müsse sie in den kommenden Wochen und Monaten in ihre Arbeit stecken. ›Doch dann, Marlie, dann trifft sie den Richtigen. Aber das wollte ich ihr nicht sagen, denn sie muss erst ihre Aufgabe lösen, die heißt, alles für ihre Arbeit zu geben.‹

Großartig. Ich glaube ihr nämlich. Aber ist es nicht meine Pflicht, das Lisa zu sagen? Ich finde, das war keine große Hilfe von Esmeralda, die mich eindringlich gebeten hat, es meiner besten Freundin nicht zu verraten.

Ebenso wenig hilfreich war Esmeraldas an mich adressierter Teil des Gesprächs: ›Und du musst lernen, zu vertrauen. Egal, was passiert. Verstehst du? Titus ist der Richtige, das sagen die Karten, Marlie!‹

Diese Sätze hat sie mir zum Abschied ungefragt mit auf den Weg gegeben und sie beschäftigen mich schon die ganze Woche lang. Vielleicht hätte ich sie nicht anrufen sollen, aber das habe ich.

Noch immer frage ich mich, was sie damit gemeint haben könnte. Ich vertraue Titus doch und weiß auch ohne Karten, dass das, was wir haben und langsam wachsen lassen, mit etwas Glück zu etwas Wunderschönem gedeihen wird. Ich fühle mich ja jetzt schon richtig angekommen bei ihm. Mehr, als ich mir vor ein paar Wochen jemals hätte vorstellen können.

Also vertraue ich ihm sowieso. Warum Esmeralda das so betonen musste, ist mir schleierhaft. Aber egal. Am besten, ich vergesse das Ganze wieder.

Auf jeden Fall ist die Woche nur so vorbeigeflogen, weil ich zu sehr damit beschäftigt war, die Bestellungen von der Tischlerei und den anderen Lieferanten zu koordinieren. Es ist eine Qual, alles an zwei oder drei aufeinanderfolgenden Tagen geliefert bekommen zu wollen.

Daher hatte Lisa es mit ihren Ausreden bei mir auch leicht. Mein Handy hat andauernd geklingelt, einige Male war ich drüben im Möbelhaus oder ich musste Unmengen an E-Mails verschicken. Und da ich gestern und vorgestern mit Titus Skifahren war und bei ihm übernachtet habe, ist Lisa mir auch da entkommen, wie auch letztes Wochenende, da hat sie das gemeinsame Skifahren mit uns nämlich sausen lassen.

Aber jetzt ist Schluss damit, denn ich stehe vor ihrer Wohnung und läute Sturm. Es ist Sonntagnachmittag. Da muss sie ganz einfach zu Hause sein.

Ja! Sie öffnet die Tür und steht in einem cremefarbenen Jogginganzug vor mir.

»Du?«

»Ja, ich. Darf ich reinkommen?« Ich halte den Karton mit Tortenstücken aus der Konditorei hoch. »Ich habe uns auch etwas zum Kaffee mitgebracht.«

Sie umarmt mich. »Weltklasse-Idee.«

»Weiß ich noch nicht. Was ist denn los? Hast du einen Lagerfeld-Hänger?«

Sie grinst. »Wegen der Jogginghose? Nein, ich war gerade am Arbeiten.«

»Dann ist ja gut.«

Wir erreichen das erste Stockwerk und gehen in ihre Wohnung.

So minimalistisch wir vor Jahren ihr Studio unten im Erdgeschoss gestaltet haben, so maximalistisch ist ihre Wohnung im ersten Stock eingerichtet. Ein Rausch an Farben, Mustern und Erinnerungsstücken von all ihren Urlauben. Das war ihr Werk.

Auf dem weißen Kaminsims stehen Figuren aus Afrika neben großen Glaskugeln, die sie irgendwo erstanden hat. Im Wohnzimmer hängen gerahmte Stoffbilder aus Japan, Afrika und Südamerika. Abgesehen von Australien war Lisa schon überall. Dank ihrer Eltern, denen auch dieses Haus hier mitten in der Innenstadt gehört.

Lisa nimmt mir den Karton mit den Tortenstücken ab.

»Machs dir bequem. Ich mach mal Tee für dich.«

»Wunderbar. Danke.«

Auf dem großen Holztisch liegen lauter Skizzen verstreut. Ich hebe welche auf und sehe sie durch.

Die erste Zeichnung zeigt ein Brautkleid vor einer Szene mit einem Chalet. Das nächste die Skizze eines Abendkleids vor einem schneebehangenen Baum. »Wow! Das sind ja ganze Szenen. Was hast du damit vor?«

Sie kommt strahlend mit einer Tasse Tee für mich und einem Kaffee für sich selbst aus der Küche. »Das, meine Liebe, das wird mein Durchbruch. Ich habe das alles bereits mit Ferdinand besprochen.«

Da muss ich sie jetzt unterbrechen.

»Wer ist Ferdinand?«

»Der Bruder von Nathalie. Du weißt schon, die, die im Sommer auf der Schnepf'n Alm geheiratet hat.«

»Nathalie kenne ich ja, aber ich denke nicht, dass ich ihren Bruder jemals getroffen habe.«

»Egal. Jedenfalls macht er tolle Videos für manche Betriebe hier. So Werbevideos. Aber wir haben beschlossen, mit meiner Mode einen gemeinsamen Channel auf TikTok und YouTube zu eröffnen.«

Ich will sie ja nicht enttäuschen, aber bis das etwas wird, könnte es dauern.

»Und er dreht dann die Videos?«

»Ja. Er schneidet sie auch und macht auch die grafischen Sachen. Ich entwerfe die Kleider, wir wollen auch verrückte Accessoires bringen. Mal sehen. Mit etwas Glück geht etwas davon viral. Er kriegt den größten Teil der Kanaleinnahmen und ich habe hoffentlich den Mehr-Umsatz aus dem Atelier, sollte uns das Ganze gelingen.«

»Klingt nach einem fairen Modell für euch beide.« Ich sehe nach draußen. »Zum Glück waren wir die letzten zwei Tage Skifahren, jetzt schneit es wieder.«

»Ja, sieht schön aus. Würdest du dich eventuell in deinem Schneeflöckchen-Abendkleid von Ferdinand filmen lassen? Es ist übrigens fertig. Du kannst es nachher gleich anprobieren.«

»Lisa! Natürlich mache ich das. Wie auch immer ich dich da unterstützen kann, ich werde es tun. Das weißt du doch.«

Sie umarmt mich. »Danke, Sis!«

»Hör auf, mir zu danken.«

»Okay, okay. Und jetzt komm: Gibs mir. Ich kenne dich. Du wolltest wegen der Sache mit Uwe schon die ganze Woche mit mir reden.«

Ich seufze. Wir kennen einander eben und lesen wie aus einem Buch, was die andere angeht.

»Ja. Ich will dir bloß sagen, dass ich das für eine Schwachsinnsidee halte. Wie willst du denn damit weitermachen? Hast du dir diesen Freitag auch wieder einen Touristen aufgezwickt?«

Sie grinst. »Und wenn? Was wäre so schlimm daran?«

»Grundsätzlich gar nichts. Aber das bist du nicht und du warst doch immer die von uns beiden, die gegen One-Night-Stands gewettert hat.«

»Stimmt!«, gesteht sie fröhlich ein. »Aber man kann seine Meinung ja auch ändern, oder?«

»Klar. Okay. Gut. Du willst das also plötzlich. Und? Wie war es mit Uwe?«

»Toll«, erklärt sie mir und setzt sich mir gegenüber im Schneidersitz ins weiße Sofa. Dann grinst sie schelmisch. »Wir haben geflirtet, noch ein paar Schnäpse getrunken und dann habe ich bei den Jungs am Sofa übernachtet.«

»Moment mal. Wieso am Sofa?«

Sie schüttelt lachend den Kopf. »Marlie! Ich hatte nie vor, mit Uwe ins Bett zu gehen, sondern nur Spaß zu haben und zu flirten. Und den hatte ich.«

Jetzt bin ich aber baff. »Dann waren meine Sorgen also völlig unbegründet?«

»Absolut. Uwe hat nämlich eine Freundin, die er gar nicht betrügen wollte. Also perfekt. Wir werden uns nie mehr wiedersehen und hatten einen absolut unterhaltsamen Abend. Das war alles.«

»Und das hast du diesen Freitag gleich wiederholt?«

»Nein«, meint sie kichernd. »Da hatte ich keine Zeit dafür, sondern hab den ganzen Abend gezeichnet.«

»Mir fällt ein Stein vom Herzen.«

»Jetzt tu nicht so prüde! Selbst wenn etwas zwischen Uwe und mir gelaufen wäre, ich darf das.« Sie hüpft auf und dreht sich im Kreis. »Ich bin Single und frei wie ein Vogel!«

Dann dreht sie die Musik auf. Hip-Hop.

»Was ist denn in dich gefahren?«

Sie umarmt mich von hinten. »Gar nichts. Ich habe da nur eine klitzekleine Bitte an dich.«

»Schieß los.«

»Du bist doch so toll im Erschaffen von Umgebungen. Könnten wir nicht gemeinsam uns was für diese Videos überlegen? Ich stehe irgendwie an.«

»Ich weiß nicht, ob ich dazu etwas beitragen kann, aber ja: Lass es uns versuchen.«

»Du bist die Beste!« Dafür ernte ich sogar einen Knutscher auf die Wange.

Schon als kleine Mädchen haben wir beide gerne gezeichnet. Erst Anime-Figuren, später haben wir uns dann auch mit Mode beschäftigt. Deshalb waren wir ja auch in der Modeschule. Und wir haben schon lange nicht mehr miteinander gezeichnet. Das wird sicher toll.

Lisa lässt mich los, schnappt einen Zeichenblock vom Tisch und drückt ihn mir samt Bleistift in die Hand.

»Dann würde ich sagen: Los gehts. Was wir brauchen, ist eine Idee, wie wir ohne viel Aufwand vor einem stimmungsvollen Ambiente pro Video eines meiner Kleider samt Accessoires präsentieren können. Oder vielleicht mehrere Kleider auf einmal?«

Ich sehe sie an. »Wir sollten also eine Geschichte erzählen, am besten über mehrere Videos hinweg, oder?«

»Also wenn uns das gelänge, wäre das der Hammer.«

»Du hast doch gesagt, diese Hochzeitsvideos gehen so gut?«

»Ja. Die und Verlobungen.«

»Hast du ein Paar, das sich filmen lassen würde?«

Sie schüttelt den Kopf. »Alle meine Models, die bei meinen Modenschauen für mich laufen, sind für dieses Projekt zu teuer.«

»Das ist nicht gut.«

»Nein. Und mir fällt auch niemand ein, den ich fragen könnte.«

Ich zwirble an meinen Locken, dann kaue ich am Bleistift. »Das gibt es doch nicht. Irgendjemand muss doch Spaß an so was finden, oder?«

Sie zuckt mit den Schultern. »Ja, das wäre schön, aber wie gesagt, mir –«

»Ich habs!«

»Was?«

»Wir fragen Patrick und Steffi, ob sie es machen.«

»Echt? Die haben doch ganz andere Jobs und sicher genug zu tun.«

»Egal, lass das mal meine Sorge sein, wir kümmern uns jetzt darum, wie wir das angehen könnten.«

»Perfekt. Du bist die Beste! Wenn die beiden zusagen würden, wäre ich gerettet.«

»Das werden sie.« Keine Ahnung, warum ich davon überzeugt bin, aber ich bin es. Gleich morgen frage ich die beiden.

Wie früher hocken wir am Boden, beide einen Skizzenblock am Schoß, und werfen einander wie beim Pingpong Ideen zu. Dann beginnt Lisa damit, Kleider zu entwerfen, und ich zeichne so etwas wie ein Storyboard, mit kleinen, ganz simplen Szenen vor einer Winterlandschaft. Dann wieder vor einer Hütte. Also nichts, was man hier nicht überall finden könnte.

Ein paar Stunden später haben wir bereits fünf Videosequenzen erschaffen. Beim ersten Date zeigen wir, wie Steffi sich ihr dunkles Haar hochsteckt und dabei Blütenspangen von Lisa verwendet. Sie schlüpft in ein Filzkleid, trägt dazu Sneakers mit extrem groben Sohlen und breiten Schuhbändern aus dem gleichen Stoff wie die Taschen des Kleides und wir lassen sie bloß zur Tür hinausgehen. In der letzten Szene trifft sie dann Patrick rein zufällig vor einer Hütte. Und auf genau dieser Alm spielen auch alle weiteren Szenen. Vom ersten Kuss über eine Schneeballschlacht bis zur Verlobung.

»Das könnte Ferdinand alles in einem drehen«, meint Lisa.

»Ja. Du musst nur eine einzige Location checken, und was ich cool finde, in jedem Video gibt es quasi einen Stylingtipp mit dazu.«

Sie umarmt mich. »Ich habe gewusst, mit dir zusammen wird das was.«

Ich grinse breit. »Das müssen wir wieder machen.«

Denn auch das ist etwas, das ich zwei Jahre lang nicht mehr getan habe.

»Unbedingt.«

»Und wenn du beim Drehen Hilfe brauchst, sags mir. Ich kann ja hinkommen und beim Styling oder was auch immer mithelfen.«

»Das wäre super. Ich sag dir, wie und wann wir das drehen. Jetzt halte ich mir selbst die Daumen, dass Steffi und Patrick zusagen.«

»Weißt du was? Ich rufe die beiden einfach gleich an.«

Zehn Minuten später springen wir Hand in Hand im Kreis herum und Lisa kreischt: »Sie machen es! Sie machen es!«

Ich bin auch hin und weg vor Freude. Wie cool ist das denn von den beiden?

Es dauert, bis wir beide uns wieder beruhigt haben und noch gemeinsam zu Abend essen. Nichts Aufwendiges, einfach nur Schinkenbrote mit Gurkerln.

Kurz vor zwanzig Uhr verabschiede ich mich von Lisa und stapfe rundum zufrieden durch den frischen Schnee nach Hause.

Zwischendurch breite ich die Arme aus. Ich liebe diese dicken Schneeflocken. Und mein neues Leben.

Seltsam. Mir fällt auf, dass Titus sich noch gar nicht gemeldet hat.

Er hat heute bei mir übernachtet und ist gegen neun Uhr zu sich nach Hause gefahren, ohne mit mir auszumachen, wo und wann wir uns am Abend sehen werden. Aber er wollte arbeiten. Das weiß ich. Und vielleicht noch ein wenig Sport treiben. Also nichts Großartiges.

Ich sperre meine Haustür auf.

Dann werde ich mal ein wenig fernsehen. Ich suche mir eine neue Serie auf Netflix oder Prime. Da finde ich bestimmt etwas. Titus wird sich schon melden.

Gegen Mitternacht schalte ich den Fernseher ab und klappe auch meinen Laptop zu. Ich kann mich ohnehin nicht mehr auf die Serie konzentrieren. Warum meldet er sich denn nicht? Und wieso habe ich mir nicht Felix' oder Petras Nummer geben lassen? Es gibt niemanden, den ich anrufen könnte, um zu fragen, was mit ihm los ist. Langsam mache ich mir echt Sorgen.

Andererseits hab ich ihn gegoogelt. Peinlich, aber was soll ich tun? Es war ja bloß aus Angst, dass etwas passiert sein könnte. Aber zu ihm gab es keine News. Das ist schon mal gut. Obwohl auch dämlich. Das würde vermutlich zwei, drei Tage dauern, bis es irgendjemand erwähnt.

Ich reagiere bloß über. Soll ich versuchen, zu schlafen?

Wird das Beste sein. Vielleicht hat er einfach auf die Zeit vergessen und arbeitet an etwas für ihn sehr Wichtigem? Das wird es sein. Kein Grund, gleich auszuflippen und den Teufel an die Wand zu malen.

Aber das ist so verdammt schwierig.

Kapitel 22

Seit dem Aufwachen checke ich immer wieder mein Handy. Nichts. Kein Anruf in Abwesenheit von ihm, keine Nachricht. Und er hebt auch nicht ab. Mailbox. Die ganze Zeit schon, dabei ist es jetzt bereits Mittag.

Nein. So geht das nicht weiter.

Ich lasse alles stehen und liegen, schnappe meine Handtasche und die Autoschlüssel, ziehe mir schnell einen Mantel und Boots an und renne nach draußen zu meinem Wagen.

Zwanzig Minuten später und nach einer Geisterbahnfahrt quer durch alle Horrorszenarien, die meinem Kopf am Weg zu ihm eingefallen sind, parke ich mein Auto in seiner Einfahrt. Mir ist mulmig zumute. Da steht nicht einmal Petras Wagen.

Ich könnte schreien. Ich weiß ja nicht einmal ihren Nachnamen oder wo sie wohnt!

Auf jeden Fall läute ich an der unbeschrifteten Glocke Sturm.

Nichts.

Niemand meldet sich über den Lautsprecher oder öffnet mir einfach die Tür. Das kann es nicht sein. Ist er sage und schreibe ohne ein Wort zu sagen abgehaut? Vielleicht nach Wien gefahren? Oder nach Salzburg? München? Etwas anderes kann ich mir nicht vorstellen, sonst wäre Petra ja hier. Sie kommt jeden Tag, wenn er in der Ramsau ist.

Aus lauter Frust trete ich gegen die Säule mit der Klingel und schreie: »Ich hasse dich! So was kannst du nicht mit mir machen!«

Und das tue ich. Mehr als ihn aber hasse ich mich selbst. Ich habe doch immer gewusst, dass es schlecht ausgehen wird, wenn ich mich wieder verliebe. Wie konnte ich nur so dämlich sein und zulassen, dass er mich auf diese rosarote Wolke bugsiert? Was habe ich jetzt davon? Ich kann nicht mehr klar denken, und der Gedanke, Titus hat mich einfach hinterrücks fallengelassen, schnürt mir die Kehle zu. Sticht mir mitten ins Herz.

Verdammt, ist mir schlecht.

Vielleicht hat er das von Anfang an vorgehabt? Gewusst, dass er nur mehr ein paar Wochen hier in der Ramsau ist, und deshalb musste zwischen uns alles recht schnell gehen? Ich war also sein willkommener Zeitvertreib und jetzt ist er irgendwo?

Eine kleine dumpfe Stimme meldet sich in meinem Hinterkopf: Er hat doch ein Haus in Neuseeland. Da ist es jetzt Sommer.

Tränen voller Wut und Verzweiflung steigen in mir auf, aber ich wische sie weg. Nein. Diese Tränen hast du nicht verdient, Titus. Du nicht!

Eine ganze Weile bleibe ich hinter dem Lenkrad sitzen und schlage zwischendurch darauf ein. Er kommt nicht und auch sonst niemand. Das hier hat überhaupt keinen Sinn. Dieses Haus ist ausgestorben. Leer. Verlassen.

So wie ich.

Ich hätte ihn gestern gleich fragen müssen, was er vorhat. Sonst hat er mir das immer gesagt. Gestern nicht.

Wieso ist mir das nicht sofort komisch vorgekommen? Aber nein. Blöd wie ich bin, habe ich ja beschlossen, ihm blind zu vertrauen.

Einfach ohne ein Wort verschwinden? Das kann er doch nicht machen. Nicht mit mir. Nicht, nachdem er weiß, wie zerbrechlich mein ganzes Leben ist. Ich hätte niemals hierherziehen dürfen. Nie! Wenn ich jetzt zu Hause in meinem Bett in Wien liegen würde, dann wäre mir das alles egal. Aber ich habe mich so angestrengt. Und jetzt das?

Und plötzlich bekomme ich keine Luft mehr, außerdem beginnt die Luft vor meinen Augen, zu flirren. Ich sehe diese mir wohlbekannten schwarzen Sternchen vor den Augen und mein Herz rast. Kalter Schweiß steht auf meinem Nacken und am Rücken.

Ich kenne das. Bitte nicht!

»Lisa anrufen!«, krächze ich laut.

Mein Handy tut es.

»Hi, du!«

»Ich –«, keuche ich und halte mir den Hals.

»Was ist los? Gehts dir gut?«, schreit Lisa ins Telefon.

»Nein. Panikattacke«, stammle ich.

»Okay, okay. Wo bist du?«

»Vor – Titus' Haus.« Mir ist so schwindlig. Ich weiß es, ich werde nicht sterben, aber es fühlt sich so an.

»Bleib, wo du bist, und heb ja ab, wenn ich dich wieder anrufe.« Sie legt auf.

Ich öffne das Fenster. Frischluft hilft. Hinaussehen auch. Aber ich kann mich nicht davon ablenken, dass mein Körper verrücktspielt und meine Psyche gerade austickt.

Ich werde hier erfrieren. Ich werde Titus nie mehr wiedersehen. In der nächsten Sekunde werde ich einen Herzinfarkt haben. Oh Gott! Womit habe ich all das verdient?

Mein Puls hämmert in meinen Ohren. Meine Gedanken jagen in einer Spirale immer tiefer. Abwärts. Da fallen mir meine Atemübungen wieder ein, die ich in der Therapie gelernt habe.

Darauf konzentriere ich mich. Tief in den Bauch einatmen. Dann lange ausatmen. Und wieder –

Es klingelt.

»Lisa?«

»Ja, also der Harald kann am schnellsten bei dir sein. Du redest jetzt so lange mit mir, bis er da ist. Verstanden?«

Sie hat schon einige solcher Attacken miterlebt und war auch schon zwei Mal deswegen mit mir in der Notaufnahme. Daher weiß sie, dass sie mit mir reden muss. Da sein muss.

»Ja. Danke.«

»Hör auf, dich zu bedanken, dafür bin ich doch da. So, und jetzt sagst du mir mal, was du vor Titus' Villa tust.«

»Er ist weg.« Mir steigen Tränen auf und gleichzeitig ist mir heiß und eisig kalt.

»Wie *weg*?«

»Verschwunden. Abgetaucht. Was weiß ich«, heule ich los oder schreie sie an. Je nachdem, wie sie es sieht.

»Okay. Ganz ruhig, Marlie. Das kann ich mir nicht vorstellen, so wie ich ihn erlebt habe. Er ist ziemlich verliebt in dich. Warum sollte er da abtauchen?« Das frage ich mich auch. Weil er doch ein Vampir ist und jetzt meine Seele frisst? »Für sein Verschwinden gibt es sicher einen ganz banalen Grund.«

»Nein! Da irrst du dich.« Ich muss aussteigen, habe aber Angst, direkt vor dem Auto im Schnee zusammenzuklappen.

»Weißt du was, das klären wir später. Ich sitze auch schon im Auto und bin am Weg zu dir.«

»Danke.«

»Hast du die Fenster aufgemacht?«

»Ja, aber es ist trotzdem so stickig, und mein Puls –« Ich kann ihn nicht einmal mit dem Daumen am Handgelenk messen, so schnell ist er.

»Was ist damit?«

»Viel zu schnell.«

»Vielleicht klappst du den Sitz nach hinten und versuchst, dich zu entspannen?«

Wenn das so einfach wäre, hätte ich es längst gemacht.

Sie gibt mir gefühlt noch zwanzig andere Tipps, die nicht weiterhelfen. Aber wenigstens ist Lisa da. Wenn auch nur übers Telefon. Das allein hilft schon und beruhigt mich ein wenig. Wenn ich wegkippe, dann merkt sie es und kann etwas tun.

Plötzlich klopft es an meine Scheibe und Birgits Mann, Harald, steht vor meinem Auto.

Er öffnet die Tür und sieht mich an. »Du machst Sachen. Wie kann ich dir helfen?« Er tätschelt fürsorglich meinen Arm. »Komm, ich fahre dich hinunter ins Krankenhaus.«

Ja, bitte!

Aber wozu? Sobald ich in der Notaufnahme bin, ist die Attacke weg. Das kenne ich.

»Kannst du einfach nur hierbleiben, bis Lisa kommt?«

»Bist du sicher?«

Nein, ich weiß ja nicht einmal, ob ich nicht gleich sterben werde. Trotzdem nicke ich.

»Gut, dann bleib sitzen, und ich rufe Lisa an.«

»Musst du nicht.« Ich halte ihm mein Handy hin, sie ist ja noch dran.

Die beiden reden kurz, doch in meinen Ohren surrt es viel zu sehr, als dass ich mich auf sein Gespräch mit ihr konzentrieren kann. Atmen. Darauf muss ich mich fokussieren. Tief in den Bauch einatmen, wenn das so einfach wäre, und langsam wieder ausatmen. Geht auch nicht, aber ich versuche es wieder.

Nach einer halben Ewigkeit stellt Lisa ihren Wagen direkt hinter meinem ab.

Sie läuft auf mich zu und umarmt mich. »So. Wir zwei fahren jetzt hinunter nach Schladming und lassen dein Auto stehen.«

»Ist gut.«

»Gib mir deinen Schlüssel, Marlie. Ich werde organisieren, dass wir dir dein Auto vor die neue Wohnung stellen. Hast du einen Zweitschlüssel in der Wohnung?«

»Ja, habe ich. Danke, Harald. Das ist so lieb von dir.«

Seit Lisa da ist, geht es mir schon besser.

Er klopft mir auf die Schultern. »Das ist doch selbstverständlich. Ruf mich später an, damit wir wissen, wie es dir geht. Birgit macht sich auch Sorgen.«

»Danke! Mach ich.«

»Soll ich nicht doch mitkommen?«

»Nein, aber danke, Harald. Ich schaffe das schon«, erklärt ihm Lisa und bugsiert mich mit seiner Hilfe auf den Beifahrersitz ihres Autos. Er schließt die Tür und winkt mir.

Lisa knallt ihre Tür zu und wir fahren los.

Den gesamten Weg nach Schladming hinunter textet sie mich zu. Keine Ahnung, sie erzählt etwas von einer neuen Kundin, die tausend Kleider bei ihr anprobiert hat. Ich bin damit beschäftigt, tief zu atmen und das Fenster auf- und zuzumachen. Kaum schließe ich es, habe ich wieder das Gefühl, keine Luft zu bekommen. Ist es offen, wird mir einfach viel zu kalt.

Lisa fragt mich gar nicht, sondern parkt direkt vor dem Spital, steigt aus und öffnet meine Tür.

»Egal, was du jetzt sagst, Marlie. Wir lassen dich anschauen. Kann ja nicht schaden.«

»Aber es ist schon viel besser.«

Lisa hält mir die Hand hin. »Komm. Dann dauert es ja nicht lange.«

»Okay.«

Ich weiß, dass sie nichts Organisches finden werden und mir wieder einmal eine Therapie empfehlen. Habe ich ja gemacht. Die Panikattacken waren ja auch weg. Bis heute.

Wir gehen dem großen, glasüberdachten Eingang entgegen, vorbei am Bauteil, der komplett mit dunklem Holz verkleidet ist. Je näher ich der Anmeldung komme, desto besser fühle ich mich. Weil ich weiß, wenn ich jetzt umkippe, können sie mir sofort helfen. Und das hilft mir. Meiner Psyche.

Aber Titus ist weg. Ich spüre das. Sonst hätte er bereits hundert Mal angerufen. Ich werde ihn nie wieder sehen.

»Wir müssen dich anmelden.«

»Ja.« Klar.

Ich folge Lisa durch die großen Glastüren ins Gebäude. Weiterhin versucht sie, mich zu unterhalten, und erzählt mir gerade, dass sie sich eine neue Stehlampe fürs Wohnzimmer in Italien bestellt hat. Auf meinen Namen, da ich dort ein gewerbliches Konto habe.

»Super«, lautet meine Antwort. Doch dann zucke ich zusammen. Das ist doch »Felix!«, der uns gerade entgegenkommt.

Unübersehbar. Hier gibt es sonst keine Männer, die in hohen Stiefeln mit Pelzbesatz und einem eng geschnittenen knallroten Daunenmantel herumlaufen. Was tut er hier?

Außerdem sieht er fertig aus. Das Make-up ist verschmiert. Er kommt auf mich zu und Lisa sieht mich mit großen Fragezeichen in ihren Augen an.

»Was macht er denn hier?«, fragt sie verblüfft.

Ich laufe ihm entgegen und mir wird schwindlig. Als ich ihn erreiche, sehen wir einander kurz an, dann nimmt er mich einfach in die Arme. »Es tut mir so leid, aber erst war alles so hektisch, und dann, als ich dich anrufen wollte, war mein Akku leer.«

Mein Gott! Titus ist etwas passiert. Mir schnürt es die Kehle zu.

»Felix! Was ist los? Wie geht es Titus?«

»Nicht gut.«

Mir wird schwarz vor Augen und ich taumle.

»Was heißt das?«, bringe ich krächzend gerade noch heraus.

»Mensch, es tut mir so leid. Ich wollte es dir sofort sagen, aber –« Felix' Stimme ist nicht weniger brüchig als meine. Das ist gar nicht gut.

Ich spüre noch, wie meine Beine versagen, dann klingelt es laut in meinen Ohren und alles wird schwarz.

Sofort bin ich wieder zurück im Krankenzimmer in Wien. Nachdem ich tagelang nach Victor gefragt habe, hat meine Mutter meine Hand genommen, der Arzt ist dabei hinter ihr gestanden, und sie hat mir die Wahrheit gesagt: Er lebt nicht mehr.

Wiederholt sich gerade die Geschichte? Meine Geschichte? Das pack ich nicht. Nicht noch einmal

»Marlie«, höre ich noch aus der Ferne Lisa schreien. Doch dann wird es wieder still. Und dunkel.

Kapitel 23

Wo bin ich?

»Sie hat die Augen offen!«, höre ich Felix' Stimme sagen.

»Marlie! Da bist du ja wieder.«

Lisa hängt über mir. Ah, jetzt sehe ich auch ein Stückchen von Felix' Gesicht.

Langsam rapple ich mich auf und stütze mich auf den Ellbogen ab. Felix fächelt mir mit einer Zeitschrift Luft zu. In der Sekunde beschleunigt mein Puls. Felix. Das Spital!

»Die brauche ich nicht«, erkläre ich ihm energisch, damit er aufhört, mit dem Magazin vor meinem Gesicht herumzufuchteln.

»Okay.«

Dann sehe ich Lisa eindringlich an. »Titus! Was ist mit ihm? Und sag mir die Wahrheit, Lisa.«

»Ich weiß es nicht, ehrlich«, meint sie zerknirscht. »Wir sind ja noch nicht dazu gekommen, zu reden, weil du umgefallen bist.«

»Göttchen! Ich bin so froh, dass du nur eine Sekunde weg warst«, bemerkt Felix, der sich nun selbst Luft zufächelt.

»Ich muss zu Titus. Und zwar sofort. Wo ist er, Felix?«

Doch bevor er mir antworten kann, beugt sich eine brünette, etwas ältere Frau über mich. »Wie geht es Ihnen?« Sie nimmt meine Hand und fühlt den Puls, aber ich muss sie abwimmeln.

»Danke! Geht schon wieder.« Ich muss diese Ärztin schleunigst wieder loswerden. »Das ist mir schon öfter passiert. Niedriger Blutdruck, sonst gar nichts.«

»Dann werden wir den mal messen.«

Versteht sie denn nicht, dass ich dafür keine Zeit habe?

»Das muss nicht sein, es geht mir schon besser. Wirklich.«

»Sie haben es aber eilig. Ich würde Sie gerne im Behandlungsraum durchchecken.«

»Nein! Bitte nicht!«

Nicht mit mir. Nicht noch einmal werden mir alle tagelang ins Gesicht lügen und mich in einem Zimmer festhalten. Ich muss wissen, was mit Titus ist, aber wenn ihm etwas zugestoßen ist, dann überlebe ich das auch nicht. »Ich will sofort zu Titus! Lisa! Felix! Jetzt!« Ja. Ich habe sie angeschrien. Alle.

Die Ärztin sieht mich verwundert an. »Bitte, beruhigen Sie sich erst mal wieder. Sie werden sehen, alles wird gut.« Diese Frau im weißen Kittel hat ja keine Ahnung. Nichts wird gut. Nicht bei meinem Glück.

In meinem Kopf übertrifft jeder Gedanke den vorangegangenen. Und das Horrorszenario wird von Sekunde zu Sekunde schlimmer. Plastischer. Ausweglos.

Lisa erklärt ihr flüsternd: »Wir haben gerade eben erfahren, dass ihr Freund wahrscheinlich einen Unfall hatte und ebenfalls hier ist. Deshalb ist sie so außer sich. Titus Tantz. Wissen Sie, auf welchem Zimmer er liegt?«

Nun werden die Züge der brünetten Ärztin wieder weicher und sie nickt. »Das verstehe ich.« Wie könnte sie?

Ich stehe auf und die beiden Frauen stützen mich. »Danke, geht schon.«

»Was weißt du?«, frage ich Felix scharf.

»Dass er ab gestern Mittag mit zwei Bergführern Eisklettern war. Am Krippenstein.«

Ich nehme all meinen Mut zusammen und hauche: »Ist er tot?«

»Nein!«, schreit Lisa auf. »Natürlich nicht.«

Was soll das heißen *natürlich nicht*? Ich habe das schon erlebt.

Zu meiner Erleichterung bestätigt es jedoch Felix. »Nein, Marlie! Aber Titus dürfte unglücklich ausgerutscht und auf ein Felsstück geprallt sein.«

Ich denke, ich habe aufgehört, zu atmen. »Und weiter?«

»Sie haben ihn mit dem Helikopter von der Bergrettung gestern am späten Nachmittag hierhergeflogen und ich bin auch sofort hergefahren, nachdem mich dann einer der Bergführer am frühen Abend angerufen hat. Dann haben sie Titus operiert.« Er schnieft laut. »Mehr weiß ich auch nicht, weil ich am Gang auf einer Bank gewartet habe.« Und völlig entnervt fügt er hinzu: »Niemand hat mir etwas gesagt, außer, dass Titus im OP war, dann, dass er im Aufwachraum ist. Und am Vormittag hat er geschlafen.«

Ich muss mir kurz an den Kopf greifen, weil alles in mir surrt. »Kommt, wir müssen zu ihm.«

»Nicht so schnell, erst möchte ich Sie durchchecken und Sie bekommen auch ein Glas Wasser«, meint die Ärztin.

»Das brauche ich alles nicht! Bitte glauben Sie mir.« Dann sehe ich ihr tief in die Augen. »Bitte! Ich habe schon einmal meinen Verlobten verloren. Ich pack das hier gerade nicht.« Und ich flehe sie an: »Sie müssen mir helfen!«

Sie sieht von mir zu Lisa und Felix, die beide nicken. »Okay. Können Sie gehen, ohne dass Ihnen schwindlig ist?«

»Ja.«

»Gut, dann warten Sie hier einen Moment und ich schicke Ihnen Schwester Elisa mit, die Sie zu Ihrem Freund bringen wird.«

»Danke!«

»Ich werde auch nachfragen, wo er liegt, und die Schwester wird Ihnen das sagen, ja?«

Nun mischt sich Felix ein. »Ich weiß, wo er ist: zweiter Stock, Station S.«

»Wunderbar. Und sollte irgendetwas sein oder Sie sich schwindlig oder nicht gut fühlen, dann sagen Sie das sofort Schwester Elisa, ja? Nicht, dass Sie uns noch einmal umkippen.«

Das ist meine geringste Sorge, aber okay. »Mach ich. Danke.«

Es dauert ewig, aber Lisa und Felix bestehen darauf, dass wir auf die Schwester warten. Als sie uns dann endlich entgegenkommt, hakt Lisa sich bei mir unter, Felix ebenso, und wir folgen ihr quer durchs Gebäude zu einem Lift. Allein der Geruch ist schwer zu ertragen. Es riecht wie damals.

Wir steigen im zweiten Stock aus.

»Ist es noch weit?« Ich halte es kaum noch aus. Daher beginne ich, zu laufen.

Die Schwester hält mich am Arm zurück. »Bitte, langsam. Ich bringe Sie doch zu Ihrem Freund.«

Sie öffnet eine der Glastüren und kurz später betreten wir sein Zimmer.

Da liegt Titus!

Ich sehe ihn an. Und atme tief ein. Er lebt. Oh mein Gott!

Langsam gehe ich an sein Bett und scanne ihn von oben bis unten. Er hat die Augen geschlossen, aber keine Wunden am Kopf. Gott sei Dank. Sein rechtes Bein scheint operiert worden zu sein, aber es liegt unter der Decke. Ein Schlauch führt in ein Sackerl. Kenne ich, hatte ich auch.

Vorsichtig setze ich mich auf die Bettkante, ich weiß ja nicht, wo er Schmerzen hat, und nehme seine Hand. Dann streichle ich sie sanft.

»Bin ich froh, ihn sehen zu können.« Lisa spricht mir aus der Seele. Kurz drückt auch sie Titus' Hand, aber dann geht sie nach hinten zu Felix.

Plötzlich öffnet Titus die Augen und mir fällt ein Stein vom Herzen. Er ist wach!

»Marlie?«

»Ja, ich bin es.« Zärtlich streiche ich ihm über die Wange. »Wie geht es dir?«

Er sieht mich an, dann nach unten auf sein Bein. »Ganz gut, denke ich.«

Jetzt schaut er mir tief in die Augen. Wohlige Wärme strömt durch meine Brust. *Er lebt. Er kann mit mir sprechen. Es wird alles wieder gut!* Das sind die Gedanken, die in meinem Kopf kreisen, gerade so, als müssten sie mich aus einer tiefen Trance wachrütteln.

Titus fährt fort: »Entschuldige, aber ich habe mein Handy verloren und konnte dich nicht anrufen.«

»Vergiss es. Du hast keine Ahnung, wie froh ich bin, dass du –« *Er wollte mich nicht verlassen!* Ich versuche, die hochkommenden Tränen zu unterdrücken. Verstohlen wegzuwischen. Aber es sind Tränen der Erleichterung. Der unbändigen Freude. Tiefer Dankbarkeit.

»Babe!« Titus drückt meine Hand.

Dann kommt Felix an sein Bett und fällt ihm um den Hals. Kurz tätschle ich ihn. Der Arme ist ja auch völlig am Ende. Kein Wunder, er hat die ganze Nacht ja gar nicht geschlafen.

Sie reden kurz, dann legt Lisa einen Arm um seine Schulter. »Felix. Du solltest nach Hause und dich ausruhen. Ich kann dich fahren.«

Er nickt nur und Titus meint: »Warst du denn die ganze Nacht hier?«

»Ja!«, brüllt Felix geradezu gequält auf. »Und sie haben mir am Anfang gar nichts gesagt. Rein gar nichts.« Wieder schluckt er schwer. »Du hast ja keine Ahnung, was ich mir alles ausgemalt habe.«

»Doch. Ich kann es mir vorstellen. Leider«, erwidert Titus.

Das wollte ich auch gerade sagen, schweige aber.

Es klopft und wir sehen alle zur Tür. Mir ist gar nicht aufgefallen, dass die Schwester wieder nach draußen ist.

Schon betreten ein großer, dunkelhaariger Mann sowie ein weiterer und eine Frau den Raum. Visite, wie es aussieht.

»Du hast schon Besuch?«, meint der große Arzt lächelnd. Sie kennen einander?

»Ja. Das ist meine Freundin Marlie, ihre Freundin Lisa und mein Freund Felix«, antwortet Titus leicht schmunzelnd und deutet jeweils einzeln auf uns.

»Verstehe.« Oder auch nicht, denn ich kann dem Arzt ansehen, dass er kurz am Nachdenken ist, wie das wohl gemeint war, aber er wischt seine Gedanken offensichtlich mit einer Geste weg. Dann kommt er auf mich zu und reicht mir seine Hand.

»Paul. Freut mich, Marlie.«

An seinem Namensschild sehe ich, dass er Oberarzt Doktor Paul Himmelstoss heißt.

»Mich auch.«

Auch wenn mir andere Umstände lieber gewesen wären, mal einen Freund von Titus außerhalb seines engsten Kreises kennenzulernen.

Paul gibt auch noch Lisa und Felix die Hand. Finde ich nett, dass er uns alle begrüßt.

Er dreht sich zu uns. »Könntet ihr uns bitte kurz für die Visite allein lassen und draußen warten?«

»Klar«, sagen wir alle drei.

Felix tritt einen Schritt nach hinten und ich ebenfalls. Doch Titus hebt die Hand.

»Nein, bitte! Ich möchte, dass sie bleiben können. Sie sind meine Familie, Paul.«

Doktor Himmelstoss sieht einen nach dem anderen von uns an. Dann nickt er. »Gut, kein Problem, wenn du das so möchtest, Titus.«

»Ich danke dir, Paul, denn das will ich unbedingt.« Titus versucht, zu lächeln. »Dass ausgerechnet du gestern Nacht Dienst hattest, war ja wirklich ein Glück für mich.«

Der dunkelhaarige Mediziner grinst. »Das Glück hattest du oben am Berg, Titus.«

»Das auf jeden Fall. Aber was genau ist jetzt mit meinem Rücken?«

Und wieder setzt alles in mir aus.

Was meint er denn mit dieser Frage? Ein Schauer zieht eiskalt meinen Nacken hinunter. Der Fels!

Ich greife mir an den Hals und Lisa, die sich neben mich gestellt hat, drückt meine Hand. Ist er jetzt gelähmt? Das darf nicht sein. Alles in mir schreit. Fleht um ein Wunder. Victor! Das darfst du nicht zulassen!

Lisa kneift ihre Augen zusammen und hält meine Hand fest in ihrer. Wir wenden uns wieder Titus zu, der gerade »Bitte! Sprich ganz offen, Paul, was Sache ist« sagt.

»Gut. Ich habe dir ja schon in der Nacht gesagt, dass du verdammtes Glück hattest. Wir waren in Sorge, dass du einen Wirbelbruch erlitten hattest.« Wirbelbruch? Ich klatsche mir die Hand auf den Mund, sonst hätte ich jetzt laut aufgeschrien. »Aufgrund dieses Verdachts haben die Bergretter dich ja auf einer Vakuummatratze und mit einer HWS-Schiene hergeflogen.«

Das klingt alles gar nicht gut, aber der Arzt meinte gerade eben, Titus hätte Glück gehabt!

»Gestern war ich etwas außer Gefecht, aber du hast vor der Operation gesagt, meine Wirbelsäule sei in Ordnung. Ist das sicher?« Du meine Güte. Seine Augen sind schmal und seine

Wangen wirken, als wären sie gerade noch mehr eingefallen. Gut geht es Titus gerade nicht.

»Ja, das ist sie. Mach dir keine Sorgen, Titus. Es ist nur eine schwere Prellung, obwohl du mit dem Rücken auf den Felsen gelandet bist. Wir haben ja ein CT gemacht. Kein Bruch, auch keine Haarrisse. Zum Glück. Die Prellung ist zwar schmerzhaft, aber das wird wieder, und die Hämatome werden auch wieder vergehen.«

»Und mein Bein?«

»Das vordere Kreuzband war gerissen, vermutlich ist das passiert, als du auf der Eisplatte ausgerutscht bist und in einer Drehbewegung nach hinten und unten gestürzt bist.« Titus nickt. »Deshalb habe ich ja mit deinem Einverständnis sofort am Abend noch operiert, weil eine OP innerhalb der ersten vierundzwanzig Stunden sehr gut funktioniert. Je nach Schwellung hätten wir sonst eventuell abwarten müssen und erst später operieren können.«

»Danke«, murmelt Titus. »Dass wir darüber gesprochen haben, weiß ich noch, aber danach kann ich mich nicht mehr an alles erinnern.«

»Das war die Anästhesie und der Unfall hat dich auch mitgenommen. Der Meniskus und die anderen Bänder waren in Ordnung, gebrochen ist auch nichts.« Titus atmet tief und sichtlich erleichtert aus. »Aber jetzt sag mir doch mal, wie es dir jetzt geht? Hast du irgendwelche Schmerzen?«

Kopfschüttelnd meint Titus: »Nein. Nicht wirklich.«

Sie sprechen eine Weile miteinander und ich nütze die Zeit, um zu sortieren, was ich alles gehört habe. Ich denke, ich kann mich beruhigen. Die Operation hat Titus ja bereits hinter sich, und wie es sich angehört hat, ist das Schlimmste vorbei.

Der sympathische Arzt erklärt Titus noch so einiges über die Operation und wie er das Kreuzband mit einem Band aus den seitlichen Beinmuskeln wieder zusammengebastelt hat, die Medikamentation und die weitere Therapie.

Aber das Schönste ist, dass Doktor Himmelstoss zum Schluss sagt, dass Titus morgen schon entlassen werden könnte, wenn er das will und mit häuslicher Pflege und einer Physiotherapie fortfährt.

»Danke, das werde ich annehmen, Paul. Du weißt ja, ich kann das alles in meinem Haus organisieren.«

»Und wie wir das können«, meldet sich Felix voller Freude, die ihm ins Gesicht geschrieben steht.

»Ich weiß. Also, Titus, sollte sich nichts ändern, dann entlasse ich dich morgen am frühen Nachmittag, aber jetzt kontrolliere ich noch einmal die Nähte und die Drainage. Die werden wir dann heute Nachmittag entfernen.«

»Klingt gut«, meint Titus.

Lisa hat mich an den kleinen Tisch gezogen und mich sanft auf den Sessel gedrückt. Vermutlich aus Angst, dass ich gleich wieder umkippe.

Alles muss ich auch nicht haben, daher klopfe ich Lisa auf den Arm und stehe wieder auf. »Können wir kurz rausgehen?«

»Ja! Danke«, flüstert sie mir zu.

Felix will bleiben. Auch gut. Ich habe genügend Blut und Narben gesehen. Moment mal. Es ist sein rechtes Bein. Dann wird er auf dem gleichen wie ich die Narben haben. Das ist schon schräg.

Im Hinausgehen fügen sich alle Informationen in meinem Kopf zu einem erschreckenden Bild zusammen. Titus ist haarscharf an einer Katastrophe vorbeigeschrammt. Und damit auch ich. Nein, das hätte ich nicht ertragen. Der Gedanke, dass er mich ohne ein Wort verlässt, war schlimm genug. Aber alles andere? Nicht auszudenken. Das hätte ich nicht überlebt.

»Er kennt den Arzt«, stellt Lisa vor der Tür fest.

Wir gehen ein paar Schritte weiter, damit Titus' Security-Mann nicht unbedingt jedes Wort mithören kann.

»Ja, sieht so aus.«

Sie tätschelt meinen Arm. »Ich hätte vor Freude schreien können, dass außer dem Kreuzbandriss alles okay ist.«

Bedächtig nicke ich. »Ja, Lisa. Ich auch. Wenn es anders gekommen wäre, weiß ich nicht, was ich –«

»Stopp!«, fällt sie mir ins Wort. »Es ist alles gut und das wird es bleiben, Marlie. Okay?«

»Ja«, nicke ich und fühle mich plötzlich unendlich ausgelaugt und gerädert.

Ein paar Minuten später ist die Visite beendet und Doktor Himmelstoss sowie die Schwester und der junge Arzt verabschieden sich vor der Tür von uns.

»Ich hoffe, wir sehen uns mal außerhalb des Spitals«, meint Paul.

»Ja, das wäre nett.«

»Machen wir. Entschuldigt, aber ich muss jetzt weiter.«

Kurz sehe ich ihnen nach, dann gehen Lisa und ich wieder zurück ins Zimmer. In dem Moment fällt Felix Titus gerade um den Hals.

Dann dreht er sich um und meint in unsere Richtung: »Ah, ihr seid schon da. Lisa, ich checke mir ein Taxi, da stehen sicher welche am Eingang. Bleib du lieber bei Marlie.«

Lisa nickt. »Okay.«

Er umarmt uns beide und zieht dann leise die Tür hinter sich zu. Ich setze mich wieder zu Titus ans Bett.

»Können wir uns bitte für den Augenblick ersparen, über die Details meines Unfalls zu sprechen?« Er sieht mir tief in die Augen.

»Natürlich, die sind ja auch nicht wichtig. Wichtig ist nur, dass du wieder ganz gesund wirst.«

»Das werde ich. Ich schwöre es dir.«

»Das will ich auch hoffen. Aber eines muss ich wissen. Warum gehst du eisklettern, ohne es mir gegenüber mit nur einem Wort zu erwähnen?«

»Weil sich das zufällig und spontan ergeben hat. Hubert ist ein mehr als erfahrener Kletterer und er hat mich angerufen und gefragt, ob ich mitkommen will.« Er sieht mir tief in die Augen. »Marlie, er hatte einen Anfänger bei sich. Was passiert ist, war reines Pech und hatte nicht einmal etwas mit dem Klettern selbst zu tun.«

Ich atme tief durch. »Okay. Das besprechen wir dann ein anderes Mal. Jetzt wirst du erst mal wieder gesund.«

Er drückt meine Hand und nickt.

»Ich will euch beide ja nicht stören, aber Marlie, wir sollten vermutlich noch einmal nach unten zur Aufnahme.«

Titus reißt die Augen auf. »Wieso?«

»Nichts Schlimmes, keine Sorge.« Dann erzähle ich ihm die Kurzfassung meines Besuchs vor seinem Haus und der Panikattacke. Er sieht schockiert aus.

»Hör mal, ich würde dich niemals einfach ohne ein Wort verlassen, Marlie! Denk das bitte nie mehr wieder, ja?«

Seufzend antworte ich nur mit »Ist gut«.

»Ist gut? Vertraust du mir denn nicht?«

Ich spüre einen Stich, denn mir fallen Esmeraldas Worte wieder ein. Mist. Sie hatte schon wieder recht.

»Ich schwöre, ich will dir vertrauen, Titus. Nur dem Schicksal vertraue ich nicht. Aber mit der Zeit wird das schon.« Denke ich. Nein, das hoffe ich. Aus ganzem Herzen.

Er nimmt meine Hand und meint nur: »Ganz sicher, Liebling.«

Leider drängt mich Lisa, noch mal nach unten zu gehen, weil die Ärztin das so wollte.

»Ich komme wieder!« Dann küsse ich ihn und drücke noch einmal ganz fest seine Hand. Jetzt weiß ich ja, dass die linke in Ordnung ist. Seine rechte Hand tut noch etwas weh, aber nichts Ernstes, wie er mir versichert hat.

Zum Glück war gerade nicht viel los und ich bin nach einem kurzen Check meines Blutdrucks und Pulses schnell fertig. Lisa schicke ich zurück ins Atelier. Sie ist ein Engel!

Nun sitze ich seit ein paar Stunden an Titus' Bett und habe auch schon die ganze Geschichte über den unglücklichen Unfall gehört. Er wollte doch darüber sprechen.

Das muss so ein Schock für ihn gewesen sein. Vor allem die Angst, die alle um seine Wirbelsäule hatten. Auch die anderen Kletterer müssen fertig gewesen sein, aber sie haben alles richtig gemacht und sofort den Helikopter angefordert. Ich bin geschafft, aber so glücklich, dass ich die Welt umarmen könnte.

Am späteren Nachmittag schickt Titus mich nach Hause. Er ist erschöpft und müde. Und er will, dass ich mich bei mir in der Wohnung von meiner Panikattacke erhole. Mir ein Bad einlasse und ihn vielleicht später anrufe. Felix hat jemanden mit einem neuen Handy für ihn geschickt. Er denkt auch immer an alles.

Ich nehme ein Taxi nach Hause und steige vor meiner Haustür aus.

Was für ein Tag! Ich bin körperlich völlig kaputt, aber gleichzeitig bin ich auch so erleichtert. Jetzt brauche ich erst einmal einen heißen Tee, am besten Rooibos Cup Caramel, und ein Bad.

Titus geht es so halbwegs und das ist alles, was zählt. Was er mir wirklich bedeutet, ist mir heute klar geworden. Die Wahrheit ist: Ich liebe ihn. Über alles.

Morgen rufe ich meine Eltern an und erzähle ihnen von ihm. Von uns. Es wird Zeit. Vielleicht auch, ihm endlich zu gestehen, was ich wirklich für ihn empfinde.

Kapitel 24

Gleich in der Früh besuche ich Titus im Spital. Ich habe ihm von der Bäckerei ein mit Schinken, Salat und Ei gefülltes Briochekipferl und Süßigkeiten mitgenommen sowie einen doppelten Espresso im Becher. Außerdem ein Sackerl seiner geliebten Latschen-Lutschi-Bonbons aus der Edelweiss-Apotheke.

Als ich vor seinem Zimmer ankomme, sitzt da ein großer, ziemlich muskulöser Mann.

»Wohin wollen Sie?«

»In dieses Zimmer.«

»Es tut mir leid. Da können Sie nicht hinein.«

Spinnt der? Oder: Moment mal. »Sind Sie die Security von Titus Tantz?«

»Bin ich«, grummelt er.

Ich strecke meine Hand aus. »Und ich bin Marlie Berger, seine Freundin. Sie können ihn ja fragen.«

»Werde ich auch. Sie warten hier bitte.«

Pfuh. Der nimmt seinen Job aber ernst.

Es dauert nur kurz, dann ist er wieder da und lässt mich ins Zimmer. Geht ja.

»Guten Morgen, mein Liebling«, begrüße ich Titus fröhlich und winke ihm schon mit meinem Papiersackerl vom Lasser zu.

»Schön, dass du da bist, Babe.«

Ich küsse ihn. »So. Und jetzt bekommst du ein tolles Frühstück.«

»Das ist lieb von dir. Ich habe aber schon gefrühstückt. Gefühlt um sechs Uhr.«

Ich stelle ihm den Espresso auf das Nachtkästchen, packe das Kipferl aus und lege es auf das Papier daneben. Dann kann er es nehmen, wann immer er will. Die süßen Sachen lasse ich mal im Sackerl. Auch das hat noch auf dem kleinen Rollwagen Platz.

»Hab ich mir gedacht, aber was ist mit einem guten Espresso?«

Er fährt seine Rückenlehne hoch, damit er aufrecht sitzen kann. »Den nehme ich. Das Kipferl esse ich vielleicht später.«

»Wann immer du willst. Ich habe da auch noch ein Topfentascherl, eine Nusskrone und eine Zimtschnecke zur Auswahl. Ich wusste ja nicht, was genau du magst.«

Titus lächelt. »Alles davon, Marlie. Danke. Aber erst später, das ist echt lieb von dir. Übrigens: Kommen nicht heute die ersten Möbel für dein Projekt?«

»Ja, ich muss dann gegen elf Uhr kurz rüber ins Basecamp. Karo wird auch da sein.«

»Paul hat heute bei der Visite gemeint, alles sieht gut aus, und er entlässt mich am frühen Nachmittag.«

»Das ist super. Und? Ist er mit allem zufrieden?«

»Ja, ist er. Mir geht es ja auch wieder so halbwegs, auch wenn es dauern wird, bis ich mein Knie wieder voll belasten und abbiegen kann. Heute bekomme ich noch eine Schmerzinfusion, aber dann sollte das mit Tabletten machbar sein und mein Knie muss ich dann von zu Hause aus weiter mobilisieren. Petra und Felix suchen gerade nach einem fähigen Physiotherapeuten.«

»Perfekt. Ich werde mit Felix ausmachen, wann wir dich abholen und nach Hause begleiten.«

Er sieht mich mit schmalen Augen an. »Würdest du eventuell die nächsten paar Tage bei mir wohnen können?«

»Natürlich bin ich für dich da. Das wollte ich dir sowieso schon anbieten.«

Titus küsst meine Hand. »Ich habe verdammtes Glück, dir über den Weg gelaufen zu sein.«

»Nicht nur du! Sag, woher kennst du Paul?«

»Wir haben uns vor Jahren zufällig in einer Runde an gemeinsamen Freunden in einem Lokal kennengelernt und waren dann öfter mal miteinander Skifahren oder haben uns zum Essen getroffen, wenn ich hier war.«

Weiter kommen wir nicht, denn plötzlich klopft es und sein Wachmann erscheint im Türrahmen.

»Herr Tantz, Ihre Eltern sind da. Mit Begleitung.«

Wie jetzt? Aus Wien?

»Sie sollen hereinkommen.«

Titus sieht mich an. »Tut mir leid, jetzt lernst du sie alle im Spital kennen.«

»Das macht doch nichts.« Ich freue mich sogar darauf.

Und schon rauschen drei Personen zur Tür rein. Sofort verfliegt meine Vorfreude, seine Familie kennenzulernen. Wer ist diese blonde Frau in meinem Alter?

Die drei ignorieren mich und drängen mich von seinem Bett weg. Obwohl ich »Grüß Gott« sage, kommt nur beiläufig ein Gruß zurück.

Dass seine Eltern völlig aus dem Häuschen sind, verstehe ich ja. Allein die Vorstellung, wie sie ihn geborgen haben, jagt einem Angst ein. Aber die giftigen Blicke der Blonden verstehe ich nicht.

Bis er »Dass du auch hier bist, überrascht mich, Sophie« sagt.

Sie ist es! Sofort beschleunigt mein Puls und alles Mögliche schießt mir durch den Kopf. Warum ist sie mitgekommen? Was hat sie hier zu suchen?

»Ich wollte die Eltern nicht fahren lassen und habe sie chauffiert«, erklärt sie ihm und küsst ihn. Beinahe auf den Mund, wenn er sich nicht weggedreht hätte. Ja gehts noch?

»Justus lässt dich ganz lieb grüßen und meldet sich später telefonisch«, ergänzt seine Mutter. Sein Bruder muss auch Nerven haben, dass er seine Frau allein zu Titus schickt.

Lass das! Diese Sophie packt das Kipferl zurück ins Papiersackerl. »Wie stillos ist das denn? So servieren sie hier das Frühstück? Ohne Teller? Und noch dazu so ungesunden Junk?«

Nein. So nicht. »Lassen Sie das bitte? Ich habe das Titus mitgebracht. Aus der Bäckerei Lasser!«, füge ich trotzig hinzu, was vermutlich sinnlos war, denn sie weiß ja nicht, dass das seine und meine Lieblingsbäckerei ist, wie wir letzte Woche festgestellt haben.

Dann gehe ich auf den Nachttisch zu und reiße ihr Kipferl und Papier aus der Hand.

»Was erlauben Sie sich? Für eine Angestellte sind Sie doch ziemlich frech.«

Ja hat die blöde Kuh sie noch alle?

»Das ist nicht meine Angestellte, sondern meine Freundin. Mama, Papa, Sophie: Darf ich euch vorstellen: Marlie Berger. Marlie: Meine Eltern und meine Schwägerin Sophie.«

Ich strecke meine Hand als Erstes in Richtung seiner Mutter aus, ziehe sie aber sofort wieder zurück. So, als hätte ich gar nie vorgehabt, ihr die Hand zu geben, weil sie mich nämlich bloß von oben bis unten mustert und keine Anstalten macht, mir ihre ebenfalls zu reichen. Bitte. Dann eben nicht.

Ich murmle nur »Freut mich«, was wenigstens auch seine Eltern sagen. Sophie aber starrt mich nur an. Aus völlig kalten, eisgrauen Augen.

Dann wendet sie sich Titus zu. »Seit wann hast du denn eine neue Freundin?«

Auch wenn mir das völlig gegen den Strich geht, ich muss die Situation hier entschärfen. Aber wie?

Plötzlich höre ich mich sagen: »Nun ja, ich bin *eine* Freundin, nicht *die* Freundin von Titus.«

Er schickt mir einen Blick, als ob ich spontan verrückt geworden wäre. Ich zucke nur mit den Schultern.

Sophie ist sichtlich erleichtert, wie auch seine Mutter. Seinem Vater scheint das alles egal zu sein, er schaut auf sein Handy.

»Ach so. Na dann«, bemerkt Sophie eisig.

»Das ist aber nett, dass Sie Titus besuchen. Sind Sie von hier?«

Ach. Jetzt also redet seine Mutter mit mir?

Aber das ist gut. Andererseits, vielleicht war das wieder eine meiner lausigen Ideen, aber auf jeden Fall besser als sie hassen mich und stressen ihn damit. Das kann Titus im Moment auf gar keinen Fall brauchen.

»Nein, aber ich wohne hier.«

»Aha. Und wie lange sind Sie schon mit meinem Sohn befreundet?«

Mann, seine Mutter sollte beim CIA anheuern!

Bevor ich etwas sagen kann, fragt Titus zurück: »Seit einiger Zeit. Ist das wichtig?« Dann deutet er mir, an die andere Seite des Bettes zu kommen, was ich natürlich tue. Ich tätschle kurz seine Hand. Rein freundschaftlich eben. Und er fährt fort: »Schade, dass ihr euch hier kennenlernen müsst.«

Seine Eltern schicken einander Blicke zu, die ich nicht ganz entschlüsseln kann. Sein Vater meint trocken: »Aber besser so, als dir wäre vorgestern mehr passiert.«

»Warum hast du uns erst gestern Abend angerufen?«, bemerkt seine Mutter sichtlich echauffiert. »Wir wären ja noch am Sonntag gekommen.«

Auf jeden Fall habe ich es geschafft, nicht mehr das Thema Nummer eins für sie zu sein.

Titus erklärt ihnen die Sache mit dem Handy und wie sich alles im Detail zugetragen hat, doch nach einer Weile reicht es mir. Jede Minute, die ich früher im Basecamp bin, kann ich früher wieder hier bei ihm sein und dann sind sie hoffentlich weg.

»Wisst ihr was? Ihr habt sicher viel zu besprechen.«

Ich beuge mich zu ihm und flüstere ihm ins Ohr: »Ich komme, so schnell ich kann, wieder.«

»Ist gut.« Dann küsse ich ihn auf die Wange. Er hält kurz meine Hand und sieht mich fragend an. Ich nicke nur.

»Dann werd mal schnell wieder gesund.«

Seinen Eltern winke ich im Gehen quasi nur zu, Sophie übersehe ich einfach. »Auf Wiedersehen!«

Lieber wäre mir ja ein Nimmerwiedersehen mit dieser schrecklichen Familie.

Vor der Tür muss ich mal tief durchatmen.

»Alles okay mit Ihnen?«, fragt mich der große Mann mit dem kurz geschorenen Haar.

»Ja, danke. Ich komme am frühen Nachmittag wieder. Bis später.«

»Ist gut. Bis dann.«

Die sind ja krass. Und was bildet sich Sophie eigentlich ein? Sie ist seine Schwägerin. Hat ihn für seinen Bruder verlassen. Wieso reagiert sie auf mich wie ein Stier auf ein rotes Tuch? Will sie noch immer beide haben? Die ist ja irre.

Am Weg zur Reiteralm rufe ich Lisa an und erzähle ihr brühwarm von dieser Begegnung der dritten Art. Ja, ich denke, Aliens wären freundlicher mit mir umgegangen.

Auch sie ist erbost. »Das ist ja cringy. Ich hoffe, die fahren nach dem Besuch gleich wieder nach Wien zurück.«

»Ich auch. Glaub mir.«

Ich biege nach links in die kleine Seitenstraße zum Basecamp mit den grau gestrichenen Appartementhäusern ab. Ein Lkw von der Tischlerei Schwab-Walcher parkt direkt vor mir auf der Seite der Zufahrtsstraße. Sehr gut. »Ich muss jetzt aufhören und hier mal alles checken.«

Langsam passiere ich die zwei anderen Lieferwagen von weiteren Möbelhäusern und finde am Ende der Gasse noch eine Lücke für mein Auto. Super.

»Mach das. Wir hören uns später. Übrigens: Ferdinand findet unsere Ideen toll und startet schon Ende der Woche mit den Videos.«

»Das ist ja super!«

»Noch etwas: Soll ich später kurz bei dir vorbeischauen?«

»Das geht leider nicht, ich begleite Titus nach Hause und werde die nächsten Tage bei ihm bleiben.«

»Mach das.« Dann kichert sie plötzlich. »Jetzt wissen wir, zu welchem Anlass du das neue Abendkleid tragen kannst.«

»Ich wüsste keinen.«

»Ich schon. Du kannst es ja zu Hause tragen und Titus mit einem Strip aufheitern. Ich bin sicher, das würde ihm gefallen.«

»Lisa! Der Arme hat ein kaputtes Knie, einen schmerzenden Rücken und im Moment echt andere Sorgen.«

»Okay. Dann hängst du es eben in den Kasten. Irgendwann gibt es sicher eine Gelegenheit dafür.«

»Bestimmt.«

Schnell verabschiede ich mich, denn ich muss los. Karos Wagen steht auch schon da.

Ich liebe diese Anlage. Sie ist schlicht, jung und modern. Die grau gestrichenen Fassaden mit der Holzverkleidung unter dem First und den großen Glasfenstern und Balkonen passen perfekt zum Weiß des Schnees und sind mal etwas anderes. Außerdem ist die Talstation der Achter-Gondelbahn, die auf die 1860 Meter hohe Gasselhöhe führt, gleich daneben. Wie auch das Restaurant Brunner. Sehr praktisch.

Im ersten der drei Gebäude treffe ich auf Karo. Wir begehen gemeinsam eine der Wohnungen, die ich einrichte, und die Möbelpacker stellen gerade ein Ledersofa aus Italien auf.

Ich streiche mit der Hand über das Leder. Ja, die Qualität passt. Auch die Farbe. Ein dunkles Taupe. Sieht super aus. Doch da ich gerade dabei bin, Karo von Titus' dramatischem Unfall zu erzählen, kann ich das auch noch später mit ihr besprechen und ihre Meinung zu den Möbeln einholen.

»Das ist ja furchtbar«, meint sie bestürzt.

»Ja, aber er hatte einige Schutzengel, wie meine Mutter sagen würde.«

»Gott sei Dank. Jetzt liegt er drüben im Krankenhaus?«

»Ja. Mit einer frisch operierten Kreuzbandplastik und schweren Wirbelsäulenprellungen. Aber wenn wir hier fertig sind, fahre ich zu ihm und hole ihn ab.«

»Gott sei Dank! Was du alles erlebst, geht echt auf keine Kuhhaut.«

»Nein. Leider. Aber diesmal wird alles wieder gut.«

Karo umarmt mich. »Das hast du auch verdient.«

»Hab ich wohl. Danke.« Ja, so muss ich es sehen. Nachdem ich den Topf mit Pech mehr als aufgebraucht habe, darf ich auch mal aus dem Glückstopf schöpfen. »Und Titus auch. Okay, ich werde die Lieferscheine durchgehen und eine Mängelliste erstellen, falls etwas fehlt oder falsch geliefert wurde.«

Karo hebt die Schultern. »Irgendwas fehlt ja immer.«

»So ist das in diesem Geschäft.«

»Ja, leider. Das kostet unnötig Nerven.«

»Keine Sorge, das kriegen wir hin.«

Und in dem Moment sehe ich, wie zwei Männer gerade eine Kommode aufstellen. Falsche Holzfarbe!

Geht schon los. Ich hoffe, es gibt nicht zu viele weitere Falschlieferungen, denn dann wird das hier dauern.

Kapitel 25

Dummerweise bin ich verdammt spät dran und wie befürchtet erfahre ich am Weg zurück ins Spital von Titus am Telefon, dass er bereits bei sich im Haus in der Ramsau ist. So ein Mist. Ich wollte ihn doch abholen und habe Felix gebeten, auf mich zu warten. Vermutlich war es Titus, der ungeduldig geworden ist, aber das verstehe ich. Wer bleibt schon gerne länger in einem Krankenhaus, als er muss?

Gut. Dann nütze ich die Chance, fahre bei mir in der Wohnung vorbei und packe ein paar Sachen für die kommenden Tage.

Als ich mich über eine Stunde später die gewundene Bergstraße in die Ramsau hinaufschlängle, muss ich über mich selbst lachen. Habe ich wirklich gedacht, ich komme mit einer Sporttasche aus? Wie war das mit ein paar Sachen?

Titus wird Augen machen und denken, ich ziehe bei ihm ein, was de facto auch irgendwie stimmt, denn ich habe alles mit: vom Computer über meine Styling-Collage für das Projekt, jede Menge an Plänen und Ordnern mit Katalogen und den Lieferscheinen sowie einen großen Koffer voll Wäsche. Meine Stiefel und zwei Jacken habe ich in einen großen Plastiksack gepackt und meine Toilettensachen und anderer Krimskrams in meine Sporttasche. Kurzum: Mein Auto ist bummvoll.

Als ich ankomme, läuft mir Felix entgegen. »Da bist du ja! Aber Achtung! Bitch im Haus.«

Klar meint er damit Sophie.

»Was? Die sind nicht zurück nach Wien gefahren?«

Enttäuschung macht sich in mir breit. Ich habe mir das so schön vorgestellt, ihn in Ruhe ein wenig umsorgen und bemuttern zu können.

»Nein, aber das werden sie hoffentlich bald. Komm, ich helfe dir mit den Sachen.«

»Okay. Aber wir müssen es so machen, dass sie nicht mitbekommen, dass ich einziehe.«

»Wieso?«, fragt er verwundert. Ach ja, er war ja nicht dabei, als ich die Familie angelogen habe. Daher erkläre ich es ihm.

»Kein Problem, wir können ja mit dem Lift direkt nach oben fahren. Das bekommen sie nicht mit und zur Einfahrt sehen sie aus dem Wohnzimmer auch nicht.«

»Danke, Felix. So machen wir es.«

Und schon schnappt er sich den schweren Koffer und den noch schwereren Sack mit den Ordnern und Unterlagen.

Wenig später haben wir alles nach oben in den kleinen Palast gebracht, den Titus ursprünglich für Sophie als ihr Reich vorgesehen hatte. Verdammt, fühlt sich das falsch an. Zwar hat sie die Räume nie wirklich benutzt, aber trotzdem. Jetzt stehen meine Sachen in ihrem Mega-Wohn- und Arbeitszimmer mit Bad und die Kuh sitzt unten im Wohnzimmer! Außerdem: Wie erkläre ich denen jetzt meinen Besuch hier?

Typisch ich. Warum einfach, wenn es auch kompliziert geht? Aber da muss ich jetzt irgendwie durch und die Beste-Freundin-Nummer glaubhaft rüberbringen. Heute ist nicht der Zeitpunkt, unsere Beziehung mit seiner Familie zu diskutieren.

Bevor ich hinuntergehe, frische ich mein Make-up im Bad auf und ziehe mir eines von Lisas Kleidern an.

Hm. Overdressed. Aber ich fühle mich wohl in dem Minikleid aus einem violettpinken Strickmaterial mit den großen quadratischen Taschen und meinen neuen, ebenfalls pinken hohen Pantoletten mit Keilabsatz. Die habe ich noch nie getragen, aber zum Glück im Herbstausverkauf erstanden.

Ich betrachte mich im Spiegel. Doch. Sieht gut aus. Mir ist sogar die Frisur recht passabel gelungen. Ich habe meine dunkelbraunen Locken mit Haarspangen locker aufgesteckt und ein paar Strähnen fallen lose ins Gesicht.

Okay. Dann gehe ich mal nach unten ins Wohnzimmer. Auf ins Vergnügen.

Titus' Augen strahlen, als er mich erblickt. Er sitzt auf einem seiner senffarbenen Ledersofas mit dem operierten Bein auf einer keilförmigen Unterlage. Abwinkeln kann er das Knie ja noch nicht.

»Wow! Marlie!«

Mit einem »Hallo, alle zusammen« gehe ich an seinen Eltern vorbei und direkt auf ihn zu.

Sophie sitzt neben ihm am Ende seiner Füße, weil er sich in der Sofaecke – auf Pölster gestützt – anlehnt. Seltsame Familie. Alle sitzen herum und haben einen Drink in der Hand. Wenigstens steht vor Titus auf einem Beistelltisch eine Kanne Tee.

»Tee statt Kaffee? Das finde ich gut.« Er grinst und ich umarme ihn vorsichtig. »Du siehst schon viel besser aus«, raune ich ihm zu.

»Weil du hier bist.«

»Eher, weil du wieder in deinen vier Wänden bist, aber danke.«

Dann küsst er mich brav auf beide Wangen.

Sophie räuspert sich, woraufhin ich ihm gleich noch die Hand drücke. Bloß, um sie zu ärgern.

Im Hintergrund läuft ›Buena Vista Social Club‹ und ein Kribbeln durchfährt mich. Seit der Nacht in seinem Pool ist das unsere Musik. Zwar passt kubanische Musik nicht wirklich zur Winterlandschaft vor den Glaswänden, aber sie ist fröhlich. Genau, was ich brauche, denn die Stimmung ist schon wieder zum Schneiden. Ich hoffe, die merken das auch selbst und verkrümeln sich schnellstmöglich.

»Sophie, überlässt du Marlie bitte mal deinen Platz?«

»Sie kann ja wohl auch im Leder-Fauteuil sitzen«, mault sie zurück.

Doch Titus blitzt sie aus seinen dunklen Augen an und sie erhebt sich. Sieh an. Geht ja.

»Aber dein Wunsch ist mir natürlich Befehl. Du bist ja hier der Patient.«

Ich habe das Gefühl, sie meint damit nicht unbedingt nur seinen Zustand nach den Verletzungen.

»Bin ich«, erwidert er mit einem sarkastischen Unterton. »Aber am besten Weg zur Heilung.«

Sie verzieht ihren Mund und sieht wie eine Hexe aus.

Ja. Gibs ihr!

Und dieses Biest wollte er heiraten? Meine Mama würde sagen, er kann eine Messe lesen lassen, dass sie sich seinen Bruder geschnappt hat und der jetzt das Problem am Hals hat. Dabei ist meine Mutter nicht einmal religiös, aber sie stammt aus einem kleinen Dorf in der Steiermark. Da sind solche Redewendungen alltäglich.

Nicht normal dagegen ist, dass ich schon wieder ein leises Surren in meinen Ohren höre.

Oh. Das war die Türglocke. Aber darum kümmern sich sicher Petra oder Felix. Ich habe Petra kurz nach dem Ankommen im Flur begrüßt. Sie war im Stress, weil sie irgendetwas bäckt.

»Frau Berger?« Unwillkürlich zucke ich bei der Stimme seiner Mutter zusammen. Allein, wie sie meinen Namen ausgesprochen hat. »Wie haben Sie meinen Sohn denn kennengelernt?«

»Mama. Ich bitte dich, das klingt ja nach einem Verhör.«

Genau. Und sie hatte bereits genügend Zeit mit Titus allein, um ihm diese Frage zu stellen. Warum will sie es also von mir wissen? Außerdem weiß ich ja nicht, was er ihnen erzählt hat.

»Durch reinen Zufall«, antworte ich lapidar.

»Ach wirklich? Dann sind Sie ein Glückspilz, denn wenige lernen meinen Sohn *rein zufällig* kennen, zumal er die Öffentlichkeit ja meidet, wie wir wissen.«

»Mutter!«

Was unterstellt sie mir da? Dass ich ihm hinter einem verschneiten Baum aufgelauert und ihn überfallen habe?

»Entschuldige schon, Titus. Ich werde das wohl noch fragen dürfen, oder etwa nicht?«

»Natürlich darfst du. Die Kurzfassung lautet: erst auf der Skipiste und dann auf einem meiner nächtlichen Spaziergänge. Zufrieden?«

Ich schon. Mehr muss sie nicht wissen, wenn sie mich nicht mag. Und das tut sie nicht.

Sie nickt, hat ihre Brauen unnatürlich weit nach oben gezogen und trinkt einen Schluck aus ihrem Glas. Sieht nach Gin Tonic aus. »Verstehe. Dann waren es also gleich zwei Zufälle?«

»Du hast recht, Helga. Ich meine, wieso gehst du überhaupt um Mitternacht spazieren, Titus?«

Sophie, halt einfach deinen Mund! Ich erwürge sie gleich.

»Weil es da still ist. Aber nicht jeder weiß die Natur zu schätzen«, erklärt ihnen Titus geduldig. »Doch Marlie tut es und das verbindet.« Er grinst mich schelmisch an.

»Sie streunen also tatsächlich mutterseelenallein um Mitternacht hier in der Gegend herum?« Dabei sieht seine Mutter mir funkelnd in die Augen. »Haben Sie denn keine Angst?«

Sie hat *streunen* gesagt! Ich pack sie nicht.

»Dummerweise nein. Ich habe keine Angst, ganz im Gegenteil. Ich mag die Ruhe«, erkläre ich ihr zuckersüß, und damit sie etwas zum Nachdenken hat, ergänze ich noch: »Aber nur manchmal, wenn es sich lohnt.«

Dann denk mal darüber nach!

Tut sie auch, denn ihr Kiefer malmt. »Dann wissen Sie ja, dass er eine gute Partie wäre. Und da sind Sie nur so befreundet? Erstaunlich.«

Jetzt spricht sie es auch noch aus? *Sag gleich, dass ich auf sein Geld aus bin.* Diese Frau ist ja unerhört!

»Mama. Männer können mit Frauen befreundet sein und umgekehrt, auch wenn du es nicht glaubst.«

Danke, Titus!

»Wenn ihr meint?«

Hat sie es jetzt geschluckt oder nicht? Und was ist mit seinem Vater los? Der starrt auf sein Glas, dreht es in der Hand hin und her und schweigt sich aus. Aus dem werde ich überhaupt nicht schlau.

»Ich bin ja auch mit Titus befreundet, nicht wahr?«

Ja genau, Sophie. Auf diesen Einwurf hat die Welt gewartet. Aber befreundet? Das nehme ich ihr nie ab. Nicht nach allem, was mir Titus über sie erzählt hat. Er hasst es, sie sehen zu müssen. Das spürt man und gerade sie sollte das doch checken.

»Natürlich. Und am besten funktioniert es zwischen uns, meine liebe Sophie, wenn mindestens ein Ozean zwischen uns liegt, nicht wahr?«

Ich muss mir ein Lachen verbeißen. Allein dass er ihren Tonfall beim ›nicht wahr‹ nachgemacht hat, war perfekt.

»Titus, lass das«, tadelt ihn seine Mutter energisch.

»Du übertreibst, wie immer!« Dann wendet Sophie sich mir zu. »Glaub ihm das nicht, Marlie. Wir lieben uns.«

Unwillkürlich fasse ich mir an den Hals. Kein Wunder, sie will mir mit ihren Provokationen ja auch an die Gurgel. Absichtlich! Außerdem: Wann genau sind Sophie und ich zum vertraulichen Du übergegangen? War das vor oder nach dem Einsetzen meiner Mordfantasien, was sie betrifft?

»Ich weiß«, antworte ich ihr beherrscht und absichtlich lächelnd. »Titus hat mir so oft erzählt, wie sehr er seine Familie schätzt und liebt.«

Er zieht die Brauen hoch und betrachtet mich.

»Ja, das tut er. Dann hat er dir sicher auch von seiner Modelfreundin aus Deutschland erzählt?«, fährt Sophie zuckersüß fort. Was soll denn das jetzt? Imitiert sie mich? Will sie mich aus der Reserve locken? Was soll der Quatsch?

»Von wem sprichst du?«, fährt Titus sie an, dennoch krümmt sich mein Herz.

Spricht die Bitch vielleicht die Wahrheit? Möglicherweise meint sie eine Ex von ihm, aber er hat definitiv keine außer Sophie erwähnt.

»Von Carmen natürlich. Jetzt tu nicht so.«

Tatsächlich! Von dieser Frau habe ich noch nie etwas gehört. Meine Brust zieht sich zusammen.

Tadelnd sieht ihn seine Mutter scharf an. »Die ist extrem nett und kultiviert.« Und ich nicht, oder wieso betont sie das jetzt so? »Hast du ihr von deinem Unfall erzählt, Titus? Wo ist Carmen denn?«

Also ein Model findet seine Mutter super. Damit kann ich leider nicht dienen.

Sofort assistiert Sophie. »Ja, wo ist Carmen denn, Titus? Ich habe ganz vergessen, dich gleich nach ihr zu fragen.«

»Seid ihr alle übergeschnappt? Carmen und ich sind miteinander befreundet, das ist alles.«

Oh. Dann sind sie es noch, wie es sich anhört.

»Aber du hattest sie doch auch bei unserem Fest im Palais mit?« Seine Mutter will nicht lockerlassen. Bin gespannt, was er dazu zu sagen hat. Mich interessiert das nämlich mittlerweile brennend. »Und dann noch, als wir alle in der Oper waren.«

Ich erwürge diese Frau. Möglicherweise auch Titus, denn das finde ich nicht sehr aufrichtig. Egal, was mit dieser Carmen ist oder war, er hätte diese Frau mir gegenüber erwähnen müssen.

»Ja, ich habe sie mitgenommen. Weil Carmen jedes Mal zufällig in der Stadt war und ihr alle auf eine Begleitung bestanden habt, wenn ihr euch zurückerinnert.«

Sophie sieht mir plötzlich direkt in die Augen. »Gut, dass du nur mit ihm befreundet bist, Marlie. Als Partner taugt Titus nichts. Zu viele Affären. Er kann leider nicht treu sein.«

Und wie aus dem Off meldet sich plötzlich sein Vater: »Jetzt habe ich genug! Titus hätte sterben können und ihr habt keine anderen Gesprächsthemen, als Leute auszurichten? Und zum Schluss auch noch ihn selbst, Sophie?«

Ja! Gibs ihnen! Er hat völlig recht und ich hab das dringende Verlangen, etwas zu tun. Weglaufen zum Beispiel. Oder seiner Mutter den Gin Tonic ins Gesicht schütten und anschließend mit einem Permanentmarker Bitch in Großbuchstaben auf Sophies cremefarbenem Kleid zu verewigen.

Die sind ja nicht zu ertragen. Diese Arroganz! Wahnsinn. Dass er überhaupt noch zu Familienfesten geht, spricht für Titus. Ich würde da auch jemanden mitbringen wollen, und wenn es ein Fremder aus der U-Bahn wäre.

Ich stehe auf. »Ihr entschuldigt mich? Ich habe Petra angeboten, ihr ein wenig mit den Vorbereitungen zu helfen, damit Titus später dann alles hat, wenn er zu Bett geht.«

Etwas Intelligenteres als Ausrede ist mir nicht eingefallen. Und zu meinem Leidwesen meint Titus: »Aber das hat –«

»Stimmt«, falle ich ihm ins Wort. »Petra wollte das allein machen, doch da ich mich unbedingt nützlich machen wollte, habe ich sie gebeten, dass wir das zusammen tun.«

Er sieht mich an und seine Augen lachen. Ich schätze, er hat verstanden.

»Dann macht das bitte.«

»Natürlich.«

Mit meinem besten Lächeln im Gesicht reiche ich allen dreien demonstrativ freundlich die Hand und verabschiede mich. Oh Wunder, jetzt auf einmal geben sie auch mir brav die Hand. So, und jetzt auf Nie-mehr-Wiedersehen, wenn es nach mir geht.

»Wenn wir fertig sind, werde ich zurück nach Schladming fahren. Ich wünsche Ihnen allen eine gute Heimreise nach Wien!« Damit drehe ich mich um und laufe fast in Felix hinein. »Ich gehe nur kurz nach oben«, zische ich ihm zu. »Um Petra zu helfen.«

Die Verwunderung steht ihm ins Gesicht geschrieben, aber ich denke, er hat es gecheckt.

»Gut. Mach das, es ist ohnehin noch so viel zu tun, und, äh, Titus: Der Physiotherapeut ist hier. Er wartet unten im Massageraum auf dich.«

Ich schnelle herum. Titus wird Hilfe brauchen, wenn er auf den Krücken nach unten muss.

»Wunderbar, Felix.« Und in meine Richtung meint er: »Wir schaffen das, außerdem habe ich ja glücklicherweise den Lift.«

Gut, das wäre geklärt.

Damit sehe ich zu, endlich außer Sicht- und Hörweite dieser Familie zu gelangen. Sind die anstrengend. Und bösartig! Er tut mir echt leid.

Kapitel 26

Es war mehr als Glück, dass die Familie von Titus noch am selben Abend abgereist ist. Der Hero heißt Felix, denn er hat spontan angeboten, sie in Sophies Wagen nach Wien zu fahren und dann den Zug zurück nach Schladming zu nehmen. Sophie hatte schon zu viel Alkohol getrunken und wollte unbedingt eine Nacht bleiben.

Ich denke, das hat sie absichtlich gemacht. Gott! Das wäre schlimm gewesen!

So aber ist letztendlich sein erster Abend zu Hause richtig gemütlich geworden. Wir haben gemeinsam in seinem Bett ferngesehen und er hat mir auch versichert, dass zwischen Carmen und ihm nie etwas gelaufen ist, was ich ihm glaube. Sophie wollte mich nur verschrecken und damit verscheuchen. Aber das wird ihr nicht gelingen.

Auch die letzten beiden Wochen sind absolut harmonisch vorbeigezogen. Untertags habe ich gearbeitet und war bei Terminen im Basecamp, während Titus mit seinen Therapien beschäftigt war. Er bekommt Lymphdrainagen, wird täglich massiert und der Physiotherapeut ist zwei Mal täglich hier. Dazwischen trainiert er selbst und kann schon wieder ziemlich gut gehen, allerdings natürlich noch mit Krücken.

Und Doktor Himmelstoss war bei den Kontrollen im Krankenhaus von seinen Fortschritten begeistert und hat zwei Mal auf einen Sprung abends bei uns vorbeigesehen. Ich mag ihn.

Jetzt, im Nachhinein, weiß ich, dass er ein Kniespezialist ist. Wirklich eine Fügung des Schicksals, dass ausgerechnet Paul Dienst hatte, als Titus eingeliefert worden ist. Aber was weiß ich schon? Vielleicht gibt es im Spital gleich mehrere? Wäre auch nicht verwunderlich, bei allem, was die ganze Saison über auf den Pisten passiert.

Auf jeden Fall darf Titus seit der Kontrolle heute bei Paul im Spital auch wieder in den Pool, was super ist, denn nun kann er dort ebenfalls Übungen für sein Knie machen. Schwimmen darf er natürlich nicht, aber Unterwassergymnastik mit seinem Therapeuten ist super fürs Knie.

Aufregend war auch der Nachmittag gestern auf der Alm, wo ich dabei war, als Lisas erste Videos gedreht wurden. Die Aufnahmen hatten sich etwas verzögert, weil Steffi und Patrick davor keine Zeit hatten, aber jetzt ist der erste Schritt getan.

Lisa hat darauf bestanden, dass wir beide ebenfalls ein Video für ihren Kanal drehen und es in unseren Abendkleidern bestreiten. Das war etwas!

Ferdinand hat Close-ups von uns während des Schminkens und Anziehens gedreht. Eine Friseurin hat mir das Haar locker aufgesteckt und in Lisas Clips hineingesteckt, auf denen sie Schneeflöckchen drapiert hat. Hat toll ausgesehen. Danach mussten wir kurz nacheinander aus dem schneeverhangenen Wald kommen. Zuerst Lisa, dann bin ich dazugestoßen und alles hat in der Sonne geglitzert, während wir uns die Hände gereicht und zu tanzen begonnen haben. Es war zwar saukalt, aber ich hoffe, das Video wird es wert sein. Auf jeden Fall hatten wir verdammt viel Spaß dabei. Bin gespannt, wann ich es sehen kann.

Anschließend habe ich noch bei den Videos von Steffi und Patrick beim Styling geholfen, die das großartig und extrem natürlich hinbekommen haben. Jetzt ist Ferdinand am Zug. Mal sehen, wie das alles dann rüberkommt.

Doch heute gönne ich mir eine kleine Auszeit. Da Samstag ist, bin ich mal in mein Appartement gefahren, um nach dem Rechten zu sehen. Titus hat seinen Masseur und seinen Therapeuten bei sich, so habe ich ein wenig Zeit für mich. Da ich ja nicht in der Wohnung war und Petra dankenswerterweise meine Wäsche mitmacht, ist aber nicht viel zu tun, außer, meine Topfpflanze zu gießen, was schnell geht.

Wunderbar! Dann bummle ich jetzt einfach noch eine Runde durch den Ort. Ein wenig spazieren gehen wird mir guttun. Außerdem will ich mir ein schickes Nachthemd kaufen.

Ich schlüpfe in meine weiße Daunenjacke, die super zu den schwarzen dicken Boots und Jeans passt, setze mir eine schwarze Beanie auf und ziehe mir die passenden Handschuhe über. Meine Handtasche hänge ich quer über die Schulter und ab mit mir.

Heute ist am Hauptplatz erstaunlich wenig los. Aber klar. Es ist Samstag. Da ist Ab- und Anreisetag. Als Erstes gehe ich in den kleinen Wäscheladen. Edelfein.

Nach einigem Herumstöbern zeigt mir die Verkäuferin ein süßes, wirklich verführerisches Spitzenneglige in Weiß. Das nehme ich.

Etwas später spaziere ich beim Café Niederl vorbei. Die beiden Büsche, die in viereckigen Töpfen – mit einer roten Masche versehen – vor dem Eingang stehen, tragen ein Schneehäubchen. Sieht nett aus. Ich gehe mal hinein. Nur schauen.

Es hilft nichts. Kalorienbomben hin oder her. Vor dieser Vitrine zu stehen, vor all den Obst- und Schokotörtchen, die mir ›Nimm mich mit‹ zurufen, und nichts einzukaufen, geht gar nicht.

Daher bestelle ich gleich sechs verschiedene Tortenstücke zum Mitnehmen und die nette Verkäuferin packt sie in einen Karton. Ich zahle und gerade als ich das Wechselgeld in meine Geldbörse stecke, läutet mein Handy. Schnell greife ich nach dem Karton, winke der jungen Frau zu und gehe nach draußen.

»Titus?«

»Wo bist du?«

»Direkt vor dem Café Niederl am Hauptplatz, wieso?«

»Ich habe eine Überraschung für dich. In zwanzig Minuten hast du einen Termin bei der Hufschmiede in der City.«

»Wieso?« Das ist ein Kosmetiksalon, den es auch in der Ramsau gibt. Einmal war ich schon dort, aber noch nie in dem hier in Schladming.

»Ich wollte dir etwas Gutes tun und habe alles gebucht, was sie an einem Nachmittag anbieten können. Für Lisa auch. Felix ruft sie gerade an.«

»Ist das süß von dir!« Obwohl es wieder einmal feuchtkalt ist, wird mir warm ums Herz. »Danke! Ich hoffe, Lisa hat Zeit.«

»Hoffe ich auch.« Kurz herrscht Stille und ich höre eine Stimme bei ihm im Hintergrund.

»Und?«

»Felix sagt gerade, Lisa gibt sich selbst frei und wird in zehn Minuten da sein. Du weißt, wo die Hufschmiede ist?«

»Ja, unten neben dem Hotel Neue Post.«

Ich spüre sein Schmunzeln. »Exakt. Ich dachte mir, du kannst eine kleine Auszeit von unserer Reha-Station hier im Haus brauchen.«

»Wenn du so weitermachst, dann wirst du mich nie mehr wieder los.«

»Babe, genau das ist der Plan! Grüß Lisa von mir und habt viel Spaß. Wir sehen uns dann am Abend.«

»Natürlich. Danke, und ich vermisse dich!«

»Ich dich auch.«

Als ich auflege, hüpfe ich auf dem Stand vor lauter Freude. Ein Nachmittag mit Gesichtsbehandlungen, Maniküre und Pediküre gemeinsam mit Lisa! Das ist genau das, was ich nach den letzten beiden Wochen brauche.

Oh. Der Karton mit den Mehlspeisen. Egal. Die schmecken auch heute Abend oder morgen noch gut.

»Marlie?«

Ich schnelle herum. »Maria! Das ist ja ein netter Zufall.«

Wir begrüßen einander mit einer Umarmung und zwei Küssen auf die Wange.

Sie deutet auf den kleinen Karton in meiner Hand. »Da will ich auch gerade hin. Hast du Lust auf einen Kaffee mit mir?« Sie hebt die Hand und korrigiert: »Also Tee für dich, Kaffee für mich?«

»Würde ich sehr gerne, aber ich habe gleich einen Termin in der Hufschmiede«, antworte ich ihr strahlend.

»Schade. Dann machst du dich schön für Titus?«

Ich zucke mit den Achseln. »Kann man so sagen, aber er war es, der mir den Termin gebucht und mich damit gerade überrascht hat.«

»Das ist aber nett von ihm. Kann man sich bei ihm gar nicht vorstellen, wenn man Titus nicht kennt.«

»Ich weiß! Vampir und so. Aber weißt du was? Langsam gewöhne ich mich dran, dass er schlicht und ergreifend ein echt toller Mann ist.«

Maria schmunzelt und steckt ihr langes blondes Haar hinten im Nacken in den Mantel, weil es zu schneien beginnt.

»Das ist er. Ich mag ihn auch sehr, also genieße es einfach, wenn er dich verwöhnt.«

»Mache ich. Danke, Maria. Ich würde ja gerne noch länger mit dir plaudern, aber leider muss ich jetzt los.«

»Kein Problem. Wir sehen uns sicher nächste Woche mal drüben beim Basecamp oder hier in der Stadt.«

»Unbedingt. Und ich zeige dir dann mal die Wohnungen, die schon beinahe fertig sind.«

Sie umarmt mich. »Kann es kaum erwarten. Ich habe sie schon zur Vermietung draußen.«

»Das stresst jetzt gar nicht, Maria«, erkläre ich ihr grinsend, dabei wusste ich ja schon von Karo, dass die Wohnungen über Schladming Appartements bereits zum Buchen sind.

»Du schaffst das rechtzeitig.«

»Hoffen wirs.«

Sie macht so einen tollen Job mit der Vermietung und dem Service für die Urlauber, das darf ich nicht vermasseln. Aber ich bin halt von den Lieferanten abhängig. Gleich am Montag rufe ich die letzten noch durch, die in der nächsten Woche liefern sollen. Zur Sicherheit. Vor allem, dass die Küchen am Dienstag kommen, ist wirklich wichtig.

Wir umarmen einander und Maria verschwindet mit einem Winken im Café, während ich mich auf den Weg die Straße runter zum Kosmetikladen mache.

»Juchuhhh! Marlie!«, ruft mir Lisa, die vor dem Eingang steht, schon entgegen.

Sie läuft auf mich zu und fällt mir um den Hals. »Du hast den besten Freund der Welt! Genau das habe ich heute gebraucht.«

»Ich auch«, grinse ich. »Das ist er, ich weiß.«

Lisa sieht mich zweifelnd an. »Sicher? Hast du deinen Eltern mittlerweile endlich von Titus erzählt?«

Mist. »Nein, habe ich nicht.« Ich hebe den Zeigefinger. »Aber es ist nicht so, wie du denkst.«

»Ach? Und wie ist es dann?«

»Ich will einfach noch nicht, dass Victors Mutter davon erfährt. Du weißt ja, dass sie alle paar Monate mit meinen Eltern essen geht, und sie telefonieren auch regelmäßig. Sie soll erst dann von Titus erfahren, wenn das ganz sicher etwas Langfristiges ist.«

Lisa öffnet die Tür. »Sag, gehts noch? Welchen Vertrag brauchst du denn, um dir sicher zu sein? Einen Trauschein?«

Ich schlage ihr auf den Arm. »Blödsinn.«

»Kein Blödsinn. Sobald wir die Masken im Gesicht haben, diskutieren wir das aus.«

Sicher nicht. Ich will nicht, dass dabei jemand mithört. Obwohl die blonde, etwas ältere Dame echt sympathisch wirkt, die uns schon entgegenkommt. »Herzlich willkommen. Haben Sie einen Termin bei uns?«

Stolz erkläre ich ihr: »Ja, den haben wir. Marlie Berger. Zwei Personen.«

Plötzlich schmunzelt sie. »Sie bekommen dann also quasi das Luxuspaket.«

»Ja!«, meint Lisa, während wir ihr an den Regalen mit den unterschiedlichen Produkten in einen Behandlungsraum folgen. »Ich will unbedingt die Gib-mir-alles-Behandlung und ein Gläschen, wenn es geht. Ich muss meine Nerven beruhigen.«

»Alles geht«, meint die ganz in Weiß gekleidete Frau schmunzelnd und zeigt uns, wo wir es uns bequem machen sollen. Dann fragt sie mich: »Soll ich Ihnen das in der Zwischenzeit in den Kühlschrank stellen?«

Sofort übergebe ich ihr den Karton mit den Torten. »Ja, gerne. Das ist nett.« Das Sackerl mit dem neuen Nachthemd und meine Handtasche lege ich auf einem Sessel ab, Lisa legt ihre Tasche auch dazu.

Nachdem wir bequem in den weichen Behandlungsstühlen liegen, frage ich sie. »Was ist denn bei dir heute los gewesen, das dich so gestresst hat?«

»Ach, heute ist echt alles schiefgegangen. Ich habe die Änderungen bei einem Kleid vergessen, das um elf Uhr abgeholt wurde. Du kannst dir nicht vorstellen, wie peinlich mir das war.« Sie hält inne. »Und Ferdinand braucht noch ein paar Tage mit dem Kanal. Ich dachte, wir können den ersten Clip schon morgen online stellen.«

»Ist das alles?«

Sie grinst. »Bis auf die Kundin, die gerade eben zwanzig Teile probiert und kein einziges gekauft hat? Ja. Alles.«

Ich drücke sie. »Jeder kann mal etwas vergessen, und was deinen Kanal betrifft: Gut Ding braucht eben Weile.«

»Pst! Erwähne das nie wieder, und schon gar nicht, wenn Ferdinand dabei ist, denn sonst könnte das ewig dauern.«

»Hier, meine Damen. Ein wunderbarer Prosecco für Sie.«

»Sie sind ein Schatz, danke!«

Auch ich bedanke mich.

Wir heben die Gläser und Lisa meint: »Auf einen richtig chilligen Mädelsnachmittag, der aus uns Aschenputteln Prinzessinnen machen wird.« Dann stoßen wir an.

»Auf uns, aber du übertreibst jetzt schon ein bisschen, Lisa.« Als Aschenputtel würde ich weder sie noch mich bezeichnen. Im Gegenteil. Sie war und ist immer außerordentlich hübsch, und so gut, wie ich gerade ausschaue, habe ich beinahe zwei Jahre nicht ausgesehen.

»Stimmt, aber du weißt doch, ich kann auch theatralisch sein.«

»Und ich kann auch lustig sein, falls du jetzt denkst, ich bin hier gerade die Spaßbremse.«

»Denke ich.« Sie sieht mich an. »Auf jeden Fall will ich Gurkenscheiben, dann vielleicht noch so etwas Verwegenes wie eine Kaviar- oder, was weiß ich, Goldmaske vielleicht? Ach ja, und dann noch ein Selfie von uns beiden mit den Masken im Gesicht.«

Lisa kann schon etwas übertreiben, aber das liebe ich an ihr. Ich bin mir sicher, wir werden diesen Nachmittag so was von genießen!

Doch bevor er richtig startet und wir unsere Hände in ein warmes Bad tauchen, schreibe ich noch eine WhatsApp an Titus: ›Das war die beste Idee der Welt! Danke!‹ Dazu kommen noch ein paar Herzchen und schon drücke ich auf den weißen Pfeil im grünen Kreis.

Ach, ich habe etwas vergessen und tippe: ›Wir genießen es sehr, aber ab jetzt kann ich nicht mehr telefonieren. Melde mich, wenn wir fertig sind.‹ Das schicke ich ihm mit zwei Kuss-Emojis.

Ich lehne mich zurück. Jetzt kann der Wellnessnachmittag beginnen! Allerdings fühle ich mich bereits schon vor der ersten Behandlung pudelwohl.

Es ist schön, dass ich mich hier endlich heimisch fühle und Freundinnen wie Maria einfach auf der Straße treffe. Also eines weiß ich sicher: Ich will nie mehr wieder auf Dauer in der Großstadt wohnen, wenn es nicht sein muss. Mir gefällt es hier nämlich immer besser, um nicht zu sagen saugut.

Kapitel 27

Meine Fingernägel habe ich in einem echt coolen Weißton lackieren lassen, die Zehennägel in einem dunklen Rot. Gefällt mir total gut. Und ich fühle mich beschwingt, denn der Nachmittag mit den Behandlungen war einfach ein Hammer. Geschminkt habe ich mich dann aber selbst noch zu Hause und jetzt tippe ich den sechsstelligen Code an der Haustür von Titus ein.

Schreien könnte ich, so verrückt gut fühle ich mich gerade in meiner Haut. Oder den sexy Mann niederreißen, der da drinnen sicher schon sehnsüchtig auf mich wartet. Da ich ihn mit etwas Besonderem überraschen will, habe ich Titus auch nicht angerufen.

Die Tür springt auf. Wunderbar. Ich werde mich nach oben schleichen und mich in Sophies-Ex-Zimmer umziehen. Das wird dann meine Art, ihm Danke zu sagen. Titus wird Augen machen.

Kurz darauf bin ich fertig. Ich trage nichts außer dem Hauch von einem weißen Spitzennegligé, das ich mir bei Edelfein gekauft habe.

In den letzten Wochen hat sich so einiges in und an mir verändert. Ich bin definitiv selbstsicherer und ein Stück verwegener geworden, was nur gut für mich sein kann. Und in diesem Fall auch für Titus.

Toll, dass wir beide anscheinend allein im Haus sind. Felix habe ich weder gesehen noch gehört und Petra dürfte auch schon gegangen sein, denn ihr Auto ist weg. Besser gehts nicht!

Auf Zehenspitzen schleiche ich den Gang entlang hinüber zu seinem Wohn-Schlafzimmer. Anders kann man es ja nicht nennen, weil in diesem Haus alles so riesig ist.

Oh. Ich höre etwas. Titus wird wohl fernsehen. Mit dem Knie kann mein armer verletzter Panther ja nicht viel anderes unternehmen.

Vorsichtig ziehe ich die Tür auf und tappe auf Zehenspitzen den langen Wandverbau entlang, der die direkte Sicht auf sein Bett und die Sofagruppe versperrt.

Ich spähe ums Eck.

Mein Herz setzt aus.

Nein! Wer ist das?

Geistesgegenwärtig klatsche ich mir die Hand auf den Mund. Meine Augen fallen demnächst aus dem Gesicht. Kleine dunkle Sternchen tauchen in meinem Sichtfeld auf. Aber nicht nur die!

Gerade legt diese fremde Blondine ihre Arme um seinen Nacken. »Liebe dich, Titus! Das weißt du.«

Er drückt sie an sich. »Ich weiß, Carmen. Liebe dich auch.«

Carmen?

Nach der Schrecksekunde setzt in meinem Kopf ein Sturm ein. *Ich muss raus hier! Sofort! Und leise.* Diese vernünftigen Gedanken setzen sich für den Moment durch.

Ich mache ein paar Schritte nach hinten. Sie sagen, sie lieben sich? Das darf doch nicht wahr sein!

Aber ich habe es gehört. Und gesehen! Der Parkettboden unter mir gibt nach, aber ich muss ins andere Zimmer. So dürfen sie mich nicht sehen. Das ist entwürdigend.

Carmen ist doch seine Freundin! Sophie hat nicht gelogen.

In mir stürzt alles zusammen. Irgendwie schaffe ich es, bei Sinnen zu bleiben.

So leise, wie ich mich angeschlichen habe, laufe ich ins andere Zimmer zurück, zieh mir in Windeseile den Mantel über und schlüpfe in die Boots. Mein Kleid und die Strumpfhosen stopfe ich in die Handtasche, dann schnappe ich mir den Autoschlüssel und renne nach unten. Ohne zu atmen, stürze ich zur Tür hinaus und am ganzen Körper zitternd springe ich in meinen Wagen.

Zum Glück startet mein Auto per Knopfdruck. Wer weiß, wie lange es gedauert hätte, bis ich den Schlüssel mit meinen zitternden Händen ins Schloss stecken hätte können.

Erst nach ein paar Hundert Metern auf der Landstraße realisiere ich, was sich vor meinen Augen abgespielt hat und was das für mich bedeutet: *Es ist alles aus.*

Und Sophie hatte recht: Titus ist nicht treu.

Mein Herz wird immer enger. »Du bist so ein Arsch!«, schreie ich ins Nichts.

Jetzt ist mir sonnenklar, warum ich bei der Kosmetik war. Er wusste, dass sie auftaucht, und musste mich loswerden. Vermutlich hätte er mir nach dem Besuch in der Hufschmiede am Telefon erklärt, ich solle heute doch lieber in meiner Wohnung schlafen.

Mit der Hand schlage ich immer wieder auf das Lenkrad. »Warum, Titus? Warum?«

In mir tobt eine Wut, wie ich sie noch nie gefühlt habe. Das tut er mir an? Nach allem, was wir gemeinsam erlebt haben und er über mich weiß? Noch dazu mit Vorsatz? Und Planung? Oh, ich hasse dich so sehr, Titus Tantz! Wäre ich dir doch niemals begegnet. Aber ich werde nicht ein zweites Mal wegen dir mit einer Panikattacke im Spital landen! No way!

»Lisa anrufen«, brülle ich und mein Handy verbindet mich.

»Was ist los?«

»Kann ich bei dir schlafen?«

»Sag nicht, es ist schon wieder etwas passiert?«

»Nur eine gewisse Carmen.«

Lisa textet mich zu, aber ich kann ihre Worte gar nicht erfassen, bis sie »Wo bist du?« schreit.

»Im Auto, bin schon beim Kreisverkehr.«

»Gut! Fahr bitte langsam, hast du mich verstanden?«

»Ja. Mach du schon mal eine Flasche von irgendetwas auf.«

»Okay, bis gleich.«

»Alles wegen dir, du Mistkerl!«, brülle ich und lasse einen Urschrei los. Ich sehe noch, wie mich ein Kind aus dem Nachbarauto erschrocken anstarrt, bevor es losrollt.

»Tut mir leid«, sage ich laut in seine Richtung, aber natürlich hilft das nichts mehr.

Als ich vor Lisas Haus parke, bin ich erstaunlich gefasst. Das überrascht mich selbst. Oder im Schock. Keine Ahnung.

Lisa öffnet bereits die Haustür und schießt auf mich zu. Mit offenem Mantel schließe ich sie in meine Arme und halte mich an ihr fest.

»Oh, holy Shit! Du hast ja nichts an.«

»Sprich mich bitte nicht darauf an. Nicht vor der ersten Flasche, die ich getrunken habe.«

»Ist ja gut. Komm.« Sie legt den Arm um meine Schulter und wir gehen nach oben in den ersten Stock.

So wie ich bin, werfe ich mich aufs Sofa und starre den Plafond an. Nie mehr in diesem Leben versuche ich es mit Liebe. Nie mehr wieder!

Warum verdammt noch mal bin ich vom Weg abgekommen? Ich habe ja gewusst, dass es nicht funktionieren wird. Und schon gar nicht mit jemandem wie Titus. Esmeralda, die Karten – so ein Quatsch! Wie dämlich muss man sein, sich daran zu klammern und es auch noch zu glauben?

»Hier. Ein Jogginganzug für dich.«

Einen Moment sehe ich sie an. Sie hat das sicher nicht bewusst gemacht, aber genau das wird passieren. Ich werde mich wieder aufgeben und in Jogginghosen leben.

Oh nein. So weit wird es nicht kommen. Nicht wegen dir, Titus. Niemals.

»Danke, aber die brauche ich nicht.« Ich lasse meine Boots auf den Boden plumpsen und ziehe den Mantel enger. Mir ist kalt. Wo ist die Flasche?

»Hast du einen Prosecco?«

»Ja.«

Wenig später will Lisa mir ein Glas in die Hand drücken. Aber ich nehme ihr die Flasche weg und setze an.

»Ahhh! Das habe ich jetzt gebraucht.«

»Äh, willst du die allein trinken?«

Mit der Flasche in der Hand stelle ich die Gegenfrage: »Spricht etwas dagegen?«

»Okay, nein. Dann hole ich noch eine und schenke mir ein Glas ein.«

»Aus Gläsern zu trinken, wird überbewertet!« Der zweite große Schluck schmeckt noch besser als der erste.

Lisa setzt sich neben mich. Ich liege wieder am Rücken, halte die Flasche mit beiden Händen über meiner Brust fest und starre nach oben.

»Du hast auch nicht angenommen, dass das mit der Hufschmiede nur ein Ablenkungsmanöver von ihm war, damit er sturmfreie Bude für sich und diese Bitch hat, oder?«

»Wieso sollte ich?« Sie tätschelt meine Hand. »Aber sag: Kannst du mir erst mal genau erzählen, was passiert ist?«

Mit einem Ruck setze ich mich auf. »Klar kann ich das: Ich will ihn überraschen, schleiche mich im neuen Nachthemd –«, ich zupfe daran, um zu demonstrieren, welches ich meine, »wie blöd bin ich eigentlich? Auf jeden Fall schleiche ich in sein Schlafzimmer und da stehen sie: eng umschlungen. Sie erklärt ihm, dass sie ihn liebt. Und er sagt es auch zu ihr. Dann bin ich abgehauen.«

»Ist ja krass.« Lisas Stirn liegt in Falten. Schade um die Gesichtspackung. »Und er hat dich nicht gesehen?«

Ich hebe den Finger, nehme aber erst noch einen Schluck. »Nein. Weil ich so verdammt geistesgegenwärtig war und mich wieder davongeschlichen habe.«

»Und er hat bis jetzt nicht bei dir angerufen?«

Wo ist mein Handy? Ach hier. Der Rest des Inhalts meiner Tasche purzelt auf den Boden. Ich werfe das Telefon auf ihren Schoß. »Schau selbst nach.«

Sie tut es. Wozu? Aber egal. Ich werde seine Nummer löschen. Oder ist Blockieren besser?

»Okay, stimmt. Er hat nicht angerufen, also hat er bis jetzt nicht mitbekommen, dass du dort warst.«

»Sag ich ja, ich war wie ein Geist. Rein, raus ... oh, ich habe die Tortenstücke bei ihm in die Küche gestellt.« Schade. Die hätte ich jetzt alle auf einmal verdrücken können.

»Die sind ja jetzt wohl egal.«

»Ganz im Gegenteil. Hast du Eiscreme?«

»Willst du gleich kotzen? Du kannst Soletti oder Nüsse haben, oder besser: Wir bestellen uns etwas zu essen.«

»Nein, passt schon.«

Sie nimmt mir die Flasche weg, gerade als ich für den nächsten Schluck ansetze, aber ich wehre mich. »Nicht!«

Ja! Ich habe sie zurückerobert und genehmige mir gleich noch einen Schluck. Das Zeug hat viel zu wenig Alkoholgehalt.

»Willst du diesmal zum Magenauspumpen im Spital landen?«

»Denkst du, ich vertrage gar nichts?«

»Nein, nicht in dem Zustand. Ich koche dir jetzt einen Tee und mache dir ein Schinkenbrot. Mehr gibt meine Küche gerade nicht her.«

Sie steht auf und will den Prosecco mitnehmen. Aber ich halte mich an der Flasche fest. »Lass die hier!«

»Auf keinen Fall! Du hast schon die halbe getrunken.«

»Dann fehlt noch die andere Hälfte.«

»Marlie! Lass los! Zieh dir lieber mal den Jogginganzug an. Ich habe dir auch einen neu gekauften und noch nie getragenen Slip dazugelegt.«

Ich sehe an mir herab. Stimmt. Ich trage kein Höschen. Wegen diesem Vollidioten! Und Carmen!

»Nein, denn dann bekommt Lagerfeld wieder recht.«

Sie schaut mich aus ihren großen grünen Augen an. »Wie meinst du denn das jetzt?«

»Im Ernst? Du hast mir doch immer eingebläut, wer Jogginghosen trägt, hat sich aufgegeben, und das will ich nicht. Ich werde mich nicht aufgeben, nur weil er ein Betrüger ist.«

Sie umarmt mich. »Mensch, Marlie. So hab ich das doch nicht gemeint. Die Hose soll dich bloß wärmen, sonst gar nichts. Du hast Gänsehaut, falls dir das entgangen sein sollte.«

»Habe ich?«

Ja. Habe ich.

»Okay. Aber ich trage sie nur heute.«

»So war das auch gemeint: Nur für heute.«

Und schon ziehe ich den Schlüpfer und die Hose an, dann noch das T-Shirt. Aber das ändert rein gar nichts an dem Sturm, der in meinem Inneren tobt.

Lisa geht in die Küche, aber ich laufe ihr nach. »Wie kann man so hinterhältig sein? Und ich so unfassbar dämlich? Hä?«

»Ich weiß es auch nicht, aber ich kann dir sagen: Das passt nicht zu ihm.«

Will sie mich verarschen? »Das passt genau zu ihm. Zu seiner Heimlichtuerei, dazu, dass er nirgendwo auf Social Media ist, und überhaupt: Alle in seiner Familie wussten doch, dass es sie gibt. Und was mache ich?«

Ich schlage mir auf den Kopf. Jetzt erst wird mir klar, wie sehr ich ihm mit meiner Lüge im Spital in die Karten gespielt habe. Verdammt, ist er gut! Er hat gewusst, dass ich ihn schützen werde, und mich lügen lassen. Sonst wäre es da schon zu einem Drama gekommen. »Ich frage nicht einmal nach«, schreie ich Lisa an.

Titus! Jetzt habe ich dich durchschaut!

Und Victor: Ich dachte, du beschützt mich von da oben! Was soll das? Wieso schickst du mich im Schneesturm in diese Hütte? Nur damit es dann so ausgeht? Danke. Echt jetzt.

»Beruhige dich, Marlie. Und komm mit. Wir setzen uns an den Esstisch.«

Sie ist schon fertig?

Lisa geht mit einem Tablett voraus zurück ins Wohnzimmer. Wer bitte braucht jetzt Schinkenbrote mit Essiggurkerl und Tee? Ich sicher nicht.

»Ich habe aber gar keinen Hunger.«

»Vorhin wolltest du Eiscreme.«

»Wegen der Seele, nicht, weil ich Hunger habe.«

»Egal, komm, wir essen erst mal und dann überlegen wir, was wir tun sollen.«

Wir? Tun sollen? »Gar nichts. Das ist vorbei. Ich will ihn nie mehr wiedersehen.«

»Okay, okay.« Sie schenkt mir den Tee ein. »Sollen wir Musik auflegen oder einen Film ansehen?«

»Mir egal.« Mein Hirn ist wie eingefroren. Immer wieder dreht sich alles um diesen einen Moment, als sie ihm die Arme um den Nacken gelegt und gesagt hat, dass sie ihn liebt. Ich muss dieses Bild wegbekommen. Mein Herz jault geradezu auf, als ich nun auch ihn wieder vor mir sehe: Auf zwei Krücken stand er da. In Jeans, einem schwarzen T-Shirt, und dann sagt er ›Ich liebe dich auch‹.

Wo bitte ist da Platz für ein Missverständnis? Nirgendwo. Genauso wenig wie zwischen den beiden, als sie einander umarmt haben.

Das ist mindestens so eindeutig, wie in sein Zimmer zu platzen und ihn beim Sex mit ihr zu erwischen. Vielleicht noch schlimmer. Wenn er sie liebt, was war das dann zwischen uns? Zeitvertreib? Unterhaltungsprogramm für einen Millionär, dem fad ist? Eine Affäre, weil er sie ohnehin dauernd betrügt, wie Sophie angedeutet hat?

Er hat nicht nur mich mit ihr betrogen, sondern auch sie mit mir! Das sieht ihm ähnlich. Opfer pflastern seinen Weg. Vielleicht stimmt ja die ganze Geschichte mit Sophie auch nicht?

Ich kralle mir meine Nägel ins Haar. Bis es auf der Kopfhaut wehtut. Ich hasse dich so sehr, Titus! Du hast keine Ahnung, was ich dir gerade alles antun könnte.

Lisa steht auf, zieht meine Hände nach unten und umarmt mich von hinten. »Ich weiß, du glaubst es gerade nicht, aber ich habe das Gefühl, es wird alles wieder gut. Du wirst sehen.«

Ruckartig drehe ich mich um. »Wird es auch. Ich bleib Single. Für den Rest meines Lebens! Und sollte ich jemals wieder einen Mann anschleppen: Weis mich ein.«

Sie nimmt das nicht ernst!

»Ich meine das genau so, wie ich es sage, Lisa. Schwöre mir, dass du es nicht zulassen wirst, dass ich mich jemals wieder verliebe! Schwörst du es?«

Sie kaut an ihrer Lippe. »Okay. Du wirst dich nach Titus nie mehr wieder verlieben, und wenn ja, dann bringe ich euch auseinander. Ich schwöre.«

Sie legt zwei Finger auf ihre Brust. Geht ja.

»Okay. Dann können wir jetzt fernsehen. Etwas Romantisches.«

Lisa schüttelt den Kopf. »Sicher nicht.«

»Doch, genau das will ich jetzt sehen.« Dann kann ich mitheulen und muss mir nicht denken, es sei wegen ihm. Denn er verdient meine Tränen nicht. Außerdem: Was soll das? Das ist jetzt der dritte verpasste Anruf von ihm in den letzten dreißig Sekunden.

›Werd glücklich mit Carmen, und wage es ja nicht, mich noch einmal anzurufen!‹

So, das texte ich ihm jetzt. Er soll ruhig wissen, dass er aufgeflogen ist.

Lisa ignoriert das und entscheidet sich für den Film ›Ein Mann namens Otto‹ mit Tom Hanks. Auch gut. Ich werde ohnehin nicht mitbekommen, worum es geht, da mich diese Szene zwischen den beiden einfach nicht loslassen will.

Schwerer Irrtum.

Noch während der Abspann läuft, heule ich wie ein Schlosshund am Ende des Films. Natürlich nur, weil die Geschichte so bewegend war. Nicht wegen diesem Idioten.

Lisa mustert mich und ich schieße sie an: »Denk ja nicht, ich hätte da gewisse Parallelen zwischen mir und Otto gesehen! Ich glaub, jetzt muss ich schlafen.«

Jetzt umarmt sie mich und drückt mir einen Kuss auf die Wange. »Hätte ich niemals angenommen. Ich bringe dir noch Decke und Polster, aber du kannst auch bei mir im Bett schlafen. Das ist breit genug für uns beide.«

»Nein. Ist schon gut. Danke, Lisa. Danke für alles.«

Ich schätze, es liegt am vielen Alkohol, denn ich fühle mich tatsächlich ziemlich träge und schwer, auch wenn ich ihm geistig alles Mögliche an den Hals wünsche. Carmen natürlich auch. Diesen Betrüger kann sie gerne behalten. Er hat ja nicht einmal etwas zurückgeschrieben.

Kapitel 28

Als Lisa mich telefonisch erwischt, bin ich schon längst wach und habe mich vor über zwei Stunden leise aus ihrer Wohnung geschlichen und bin nach Hause gegangen. Ich konnte ohnehin nicht mehr schlafen.

»Wieso bist du schon weg?«, will sie wissen.

»Weil ich beschlossen habe, zu meinen Eltern zu fahren. Bis morgen.«

»Moment mal. Wo bist du denn?«

»Im Zug nach Wien.« Mit dem Hangover hatte ich keine Lust auf die Autofahrt, auch wenn es leider mit dem Zug beinahe doppelt so lang dauert. Aber das ist egal. So kann ich meinen Gedanken nachhängen und mich sammeln, bis ich bei meinen Eltern bin. Ich will sie überraschen. Sie werden sich ganz sicher riesig freuen.

»Und wann bist du weggefahren?«

Wieso will sie das jetzt so genau wissen? Ich sehe aufs Handy. Es ist fünf Minuten nach neun Uhr.

»Vor drei Minuten und um halb zwei bin ich in Wien.«

»Verstehe. Das ist der Zug, wo du in Bischofshofen umsteigen musst?«

Irgendetwas an ihr ist komisch.

»Ja. Und dann noch einmal in Salzburg. Ist das nicht völlig egal?«

»Entschuldige. Ich bin noch nicht wach und war wirklich überrumpelt, als die Couch leer war. Wie geht es dir denn heute?«

»Ich habe etwas Kopfweh«, gestehe ich. »Und wenn er nicht alle halben Stunden bei mir anrufen würde, ginge es mir besser.«

»Ach. Das tut er?«

»Ja. Aber mein Handy ist auf lautlos. Ich werde ihn blockieren.« Hätte ich schon längst tun sollen, aber irgendwie habe ich es noch nicht geschafft. Ich war froh, dass ich trotz duschen, umziehen und packen dennoch die schnellste Zugverbindung erwischt habe.

»Ja. Solltest du. Ich lasse dich jetzt mal in Ruhe, aber ich bin da, falls du telefonieren willst.«

»Danke, Lisa. Du bist immer wieder mein rettender Engel.«

»Und du meiner. Also: Bis später.«

Ich drehe das Handy komplett ab. Das ist am besten.

Die Landschaft zieht gemächlich an mir vorbei. So viel Schnee. Obwohl ich mich auf die Felder, Wälder und Häuser konzentriere, sehe ich immer wieder sein Bild vor Augen. Groß plakatiert erscheint andauernd die Frage: Warum? Es gab keinen Grund für ihn, mich jemals anzulügen. Ich war auf der Hütte doch gnadenlos ehrlich zu ihm. Warum war er es nicht auch?

Er hätte mir dort schon sagen können, dass er eine Freundin hat, die anscheinend nicht oft bei ihm ist. Na und? Wir hätten den Schneesturm gemeinsam ausgesessen und anschließend wären wir getrennte Wege gegangen. Aber nein. Eine Affäre mit mir ist klarerweise viel interessanter, und dass er mir das Herz gebrochen hat, oder die Reste, die er noch brechen konnte, ist ihm egal.

Wozu ruft er mich an? Um sich am Anblick des Schlachtfeldes zu ergötzen, das er hinterlassen hat? Nein. Diese Genugtuung gebe ich ihm nicht.

Ich hole mein kleines Notizbuch aus der Handtasche und lese, was ich vor Monaten, als ich hierhergezogen bin, aufgeschrieben habe:

›Erstens: Früh aufstehen und einen geregelten Tagesablauf haben.‹ Den Punkt habe ich übererfüllt. Mittlerweile arbeite ich ja sogar wieder und ich habe den frühen Zug erwischt. Super, wenigstens irgendetwas, das funktioniert! Heute allerdings nur, weil ich *wegen dir* nicht mehr schlafen konnte.

›Zweitens: Wieder aus ganzem Herzen lachen und zum alten Humor zurückfinden.‹ Gestern Abend war ich darin schon ganz gut. Weil das alles nur mehr absurd und surreal ist. Ich und neu verliebt? Das ist die Lachnummer des Jahrhunderts. Wird aber nie mehr wieder passieren.

›Drittens: Kraft in der Natur tanken.‹ Das ist mir gelungen. Dank der Pferde, der Spaziergänge und auch dank des Skifahrens. Aber jetzt hast *du* es versaut. Ich fühle mich leer. Ausgelaugt. Wie erschlagen. Doch du wirst mir nicht stehlen können, wofür ich so viel Kraft gebraucht habe, um es zu meinem Alltag zu machen. Nein. Das werde ich nicht zulassen.

›Viertens: Wieder bewusst unter Menschen gehen, neue Freundschaften knüpfen und pflegen!!!‹ Ja, die drei Rufzeichen haben damals Sinn gemacht.

Darum muss ich mich kümmern. Meine Familie und meine Freunde. Soll er doch bleiben, wo der Pfeffer wächst.

›Fünftens: Sich für einen Wohnort entscheiden.‹ Auch erledigt. Er wird ohnehin nicht ewig bleiben. So, wie ich das verstanden habe, ist das nicht sein Zweit-, sondern eher sein Dritt-

oder Viertwohnsitz. Hau ab, Titus. Am besten ans andere Ende der Welt. Oder frag Elon, ob er dich mit zum Mars nimmt!

Als ich das alles im Sommer aufgeschrieben habe, war für mich sonnenklar, dass ich mich nie mehr verlieben will und werde. Deshalb habe ich diesen Vorsatz nicht als sechsten Punkt aufgelistet. Aber anscheinend ist mein Hirn zu klein und ich sollte es immer wieder mal lesen, um mich auch ganz sicher daran erinnern zu können.

Daher krame ich nach einem Stift in der Handtasche. Kaugummi, OBs, Taschentücher – irgendwo habe ich doch sicher einen Kugelschreiber?

Ah ja. Da ist er.

Größer als die anderen Punkte füge ich ganz unten auf der Seite hinzu:

›Sechstens: NIE MEHR VERLIEBEN!!!‹

Ohne mein bewusstes Zutun schreibt mein Stift den Namen ›Titus‹ darunter. Schnell streiche ich ihn gleich zwei Mal durch und schließe mein Notizheft. Gleich danach auch meine Augen. Ich will nichts mehr sehen oder hören.

Funktioniert nicht.

Gut. Dann lasse ich mich eben berieseln. Irgendwo finde ich die EarPods und tippe am Handy auf den ersten Podcast, der mir unterkommt. Es geht um UFOs? Auch gut. Die sollen ihn entführen. Am besten sofort. Das wäre mal eine gute Tat!

Zwei Mal bin ich diese Strecke schon mit dem Zug gefahren und jedes Mal ist mir dieses Stück ziemlich kurz vorgekommen. Heute nicht.

Aber irgendwann zeigt die Anzeige im Waggon ›Nächster Halt: Bischofshofen‹ an. Ich nehme meinen Trolley und die Tasche und steige aus. Der Anschlusszug ist am Bahnsteig drei, also muss ich die Treppe hinunter und am nächsten Bahnsteig wieder hinauf.

Für die Übung habe ich vierzehn Minuten Zeit. Mehr als ausreichend. Beinahe zu viel Zeit. Daher kann ich wohl langsam gehen. Blödsinn. Das kann ich nicht. Was, wenn ich dann doch zu spät komme?

Kapitel 29

Keine Ahnung, ob geübte Zugfahrerinnen das anders machen, aber ich habe jetzt auf dem kurzen Weg zwischen den beiden Bahnsteigen bereits drei Mal mein Handy und damit die Gleisnummer gecheckt. Als ob ich an Spontanamnesie zwischen zwei Schritten leiden würden. Aber ich habe eben immer Angst, dass ich bei meinem Glück am falschen Gleis warte und den Zug verpasse.

Auf der Plattform angekommen, lese ich das elektronische Schild. Salzburg. Das passt. Die Zugnummer auch.

Okay. Dann setze ich mich mal auf diese ungemütliche Bank aus eisig kaltem Stahl und warte.

Wunderbar. Die Frauenstimme sagt gerade an, dass der Zug auf Gleis drei einfährt und wir zurücktreten sollen.

Ich erhebe mich und nehme den Trolley. In dem Moment höre ich eine tiefe, samtige Stimme »Marlie!« rufen. Ich zucke zusammen und mein Herz setzt einen Takt aus.

Er ist hier?

Was will er denn?

Nein! So nicht, Titus. Es ist zu spät.

Alles in mir krampft. Ich wüsste nicht, was er Sinnvolles von sich geben könnte, dass ich ihm diesen Liebesschwur mit Carmen verzeihe.

Nicht umdrehen. Der Zug ist gleich hier. Mit den Krücken kann er nicht so schnell gehen. Ich schaffe das. Und dann: Tschüs, Titus!

Plötzlich fasst mich jemand an der Schulter und ich wirble herum.

»Lisa? Du?« So eine »Verräterin!«.

Jetzt weiß ich, warum mir unser Telefonat so seltsam vorgekommen ist: Er war neben ihr. Darauf würde ich alles, was ich besitze, verwetten.

Sie starrt mich an. »Bist du übergeschnappt? Ich verrate dich nicht, sondern ich bin hier der Liebesengel, verstanden?«

»Sicher nicht.«

Felix und Titus erreichen uns beide. Na super.

Mein Blut kocht. Demnächst spucke ich es.

Abwehrend hebe ich die Hand. »Sag ja nichts! Erspare es dir und vor allem mir, mich mit Ausreden zuzutexten. Ich muss diesen Zug erwischen.«

Noch einmal schnappe ich mir den Koffer und will los, doch er hält mich zurück.

»Marlie! Bitte! Hör mich erst an. Das war alles bloß ein Missverständnis.«

»Ach ja? Ich liebe dich! Ach. Seufz. Ich dich auch, Carmen. Was bitte kann man daran falsch verstehen? Nichts, wenn du mich fragst. Und jetzt will ich zu diesem Zug.« Giftig sehe ich ihn an. »Und denk ja nicht, ich bin blöd.«

»Nein, natürlich nicht. Bitte, Marlie. Das sagen wir uns zum Abschied immer.«

Ich halte inne. Das ist ja die Höhe!

»Ach ja? Was Besseres fällt dir nicht ein?« Wieso verachtet er mich dermaßen? Etwas anderes drückt diese Schwachsinnsausrede nicht aus.

»Weil es die Wahrheit ist. Und weil wir auch nicht ›Ich liebe dich‹ gesagt haben, sondern bloß ›Liebe dich‹ und dann ›Liebe dich auch.‹ – Ohne *ich* davor.«

Ich kann es nicht fassen. »Und du denkst wirklich, dass du mir diesen Blödsinn aufschwatzen kannst?«

Sein Blick hat etwas Flehentliches an sich, aber darauf falle ich nicht herein.

»Muss ich, denn das ist keiner. Carmen war in Salzburg und wollte nur kurz sehen, wie es mir geht, weil Sophie sie natürlich angerufen hat.«

Ich koche. Innerlich und meine Wangen auch. Ist ja nicht zu fassen. »Du hältst mich also für so dämlich, dass ich dir glauben soll«, und jetzt äffe ich seine tiefe Stimme nach, »ihr sagt euch das immer? Ich liebe dich *ohne ich*? Vergiss es.« Einfältiger könnte seine Ausrede nicht sein.

»Aber es ist genau so. Das musst du ihm glauben!«

Felix springt also auch für Titus in die Bresche? Vielleicht muss er. Ist ja sein Boss. Aber Lisa schicke ich einen bösen Blick. Weltklasse. Schuldbewusst zuckt sie zusammen. Sie muss ihn nämlich nicht verteidigen!

»Ich muss sterben, Felix. Irgendwann. Das ist das Einzige, das ich *muss*.«

Titus sieht zu Boden. »Bitte, Marlie. Zwischen Carmen und mir, das ist nur eine Freundschaft, und da wir auch oft Englisch sprechen, haben wir uns dieses *love you, love you, too* eben auch in Deutsch angewöhnt. Bei uns bedeutet das bloß, ich mag dich. Nicht mehr.«

Mist. Jetzt hat er meine Aufmerksamkeit. Dummerweise kenne ich das. Eine meiner Studienkolleginnen war halbe Amerikanerin, die hat das auch immer gesagt. Quasi zu jedem. Aber Carmen ist nicht hier. Das spricht dagegen.

»Und wo ist sie, wenn Carmen nur eine –«, ich zeichne die Gänsefüßchen in die Luft, »gute Freundin ist, hm? Ich denke, dann wäre sie hier und würde alles daransetzen, dass deine, ähm, Mission auch zu deinen Gunsten ausgeht. Oder?« Wie meine Verräterfreundin es auch tut.

»Juchuhhh!«

Ich schnelle herum. »Sorry, musste den Wagen noch parken. Legal. *So obnoxious!*«

Sie findet das nervig? Carmen schießt auf mich zu und mir das Blut in den Kopf. Besser gesagt in die Wangen. Sie werden gleich platzen.

Dann fällt sie mir um den Hals. »Bitte! Du musst Titus glauben. Er hat mir alles über euch erzählt und ich freue mich so für euch!«

Unsere Blicke verhaken sich. Spricht sie die Wahrheit? Aber warum sollte sie hierherkommen und für ihn lügen? Das ergibt doch gar keinen Sinn.

»Schwörst du bei deinem Leben und all deinen Jobs, dass zwischen euch nichts läuft?«

Theatralisch legt sie zwei Finger an die Brust ihres sündteuren Designermantels in Quietschgrün.

»Ich schwöre, Marlie!« Dann sieht sie von mir zu Titus. »Ich liebe ihn einfach. Auf meine Art. Rein platonisch.«

Das kann wiederum jede behaupten.

»Ach ja?«

Sie hebt die Hand. »Gib mir einen Moment.«

Dann zieht sie ihr Telefon aus der Handtasche, wischt auf dem Bildschirm herum und hält es mir vor die Nase.

Es zeigt Carmen und eine asiatische Frau. Eng umschlungen. »Das ist meine Freundin. Keiko. Sie ist Model, wie ich.«

Der Boden unter meinen Füßen tut sich auf und meine Knie werden weich. Dann war das ganze Drama völlig umsonst und ich dessen Queen? Ich?

So ein Shit aber auch.

»Glaubst du mir jetzt?«, will Titus wissen und macht einen Schritt auf mich zu.

»Ja«, flüstere ich kleinlaut.

»Wie war das?«

Ich gifte ihn blicktechnisch an. Will er das jetzt auskosten? Ich bringe ihn um.

»Jaaa!«, schreie ich laut. »Zufrieden? Es tut mir leid. Okay?« Hab ich mich echt gerade bei ihm entschuldigt? Dafür, dass ich seit gestern gedanklich Karussell in der Geisterbahn fahre? Wegen der beiden hier?

Ich lasse mich auf meinen Trolley fallen.

»Mist!«

Leider kippt er unter mir um und ich lande am Boden.

»Babe! Du musst nicht kniend um Verzeihung bitten.« Titus reicht mir die Hand.

Ich bringe ihn doch um. »Mach so etwas nie wieder, ohne mir vorher Bescheid zu geben, verstanden?«

Er grinst. »Ich schwöre. Ist alles wieder gut zwischen uns?«

Vier Augenpaare starren mich an, während ich mich dann doch lieber an Felix' Hand hochziehe. Nicht, dass Titus auf seiner Krücke Übergewicht bekommt und dann auch noch stürzt.

Hinter mir erklingt der letzte Aufruf für den Zug nach Salzburg.

Ich stehe wieder und streiche meinen Mantel ab. Um Zeit zum Nachdenken zu haben, denn die Nässe und den Schmutz bekomme ich ohnehin nicht weg.

Plötzlich fällt Titus' Krücke auf den nassen Beton und er umarmt mich. »Ich will dich nicht verlieren, Marlie.« Dann sieht er mir tief in die Augen. »Nie mehr, verstehst du?«

Zaghaft schüttle ich den Kopf. »Nie mehr? Was bedeutet das für dich?«

»Mensch, Marlie! Könntest du ihn dann bitte endlich küssen?!«, meldet Lisa aus dem Off und ich drehe mich zu ihr um.

»Du bist eine Verräterin!«

»War mir ein Vergnügen, Schwester. Ich bin auch deine Trauzeugin. Also nur, damit du es weißt.«

Felix und Carmen lachen schallend. Dann falle ich Titus um den Hals.

»Solange du und ich es wollen, in guten und in schlechten Zeiten, Marlie. So habe ich das gemeint«, raunt er mir ins Ohr.

Ich sehe in seine Augen und die Welt um mich löst sich auf. Da sind nur mehr diese wundervoll sanftmütigen bernsteinfarbenen Augen, die mich ansehen. Mich allein. Voller Liebe. Zärtlichkeit. Aber auch mit einem Tick Wachsamkeit, die ich ihm nicht verdenken kann. Ich habe es ihm nicht gerade leicht gemacht.

»Ich liebe dich, Marlie. Und bei dir bedeutet das: Ich liebe dich, Marlie. Nichts anderes.«

Der sechste Vorsatz in meinem Notizbuch ist wohl hinfällig. Ich schlinge meine Arme um seinen Nacken und sehe ihm tief in die Augen. »Ich liebe dich auch, Titus.«

Unsere Lippen finden den Weg zueinander. Alles dreht sich und sprüht Funken. Der Zug fährt ab. Egal. Ich bin, wo ich sein sollte: angekommen.

Als ich die Augen öffne, ist der Bahnsteig bis auf uns beide beinahe leer.

»Wo sind die drei denn hin?«

»Ich nehme an, ins Auto.«

»Und was machen wir jetzt?«

»Du wolltest nach Wien? Zu deinen Eltern?«

Ich winke ab. »Ja, aber jetzt nicht mehr. Das machen wir ein anderes Mal.«

»Wunderbar. Denn ich habe einen Plan B. Komm.«

Ich hebe für ihn die Krücke vom Boden auf. Mittlerweile braucht er nur mehr eine. Mein Trolley ist weg, ich schätze, den hat Felix oder Lisa mitgenommen.

»Okay. Ich bin gespannt. Aber wir nehmen den Lift, oder?«

Er hat einen Arm um meine Schulter gelegt und humpelt neben mir her.

»Ja, Stiegen dauern zu lange.« Ich lehne für einen Moment meinen Kopf an seine Schulter. »Aber weißt du, was ich nicht verstehe?«

»Nein. Sags mir.«

»Dass du mich kampflos abgeschrieben hast, Babe. Das bist doch gar nicht du.«

»Stimmt, scheint noch zu dauern, bis ich so wie früher bin.« Er hat recht. Damals hätte ich sogar halbnackt ein Schreiduell begonnen.

Wir erreichen gerade den Aufzug und er bleibt vor der Glastür stehen. »Marlie? Wie wäre es, nicht dem alten Ich nachzulaufen, sondern dein neues Ich zu leben?«

»Das mit den Narben?«

»Ja, das mit den Narben und mit allem, was dich heute ausmacht. Denn in diese wundervolle Frau habe ich mich auf Anhieb verliebt.«

Ich kneife die Augen zusammen. »So auf den ersten Blick?«

»Ja. Auf den ersten Blick. Aber erst als du mir deine Geschichte auf der Hütte erzählt hast, wusste ich, dass ich alles daransetzen werde, dein Herz zu erobern.«

»Das ist dir gelungen, würde ich sagen.«

Die Türen öffnen sich vor uns.

»Zum Glück. Jetzt musst du es nur noch mit mir aushalten.«

»Stimmt. Für immer ist lange.«

»Verdammt lange, Babe!«

Und während sich die Türen des Aufzugs schließen, küssen wir einander. Zwar fühle ich mich erschöpft, aber andererseits auch wie neugeboren. So beflügelt und leicht. Vielleicht ist Victor doch kein so schlechter Schutzengel? Geistig schicke ich ihm ein ›Danke‹ in den Himmel, das ich auch leise gemurmelt habe.

Titus streicht mir über die Wange. »Er wird immer einen Platz in deinem Herzen haben, Marlie. Und wenn wir gemeinsam in Wien sind, dann würde ich gerne mit dir auf sein Grab gehen.«

»Shit!« Mir rinnen die Tränen über die Wangen. »Wieso bist du so, wie du bist?«

Titus hält mich fest. »Weil du mich transformierst, Marlie. Alles an mir, das andere als falsch oder mühsam empfinden, ist für dich genau das Gegenteil und macht mich zu einem besseren Menschen.«

Ich schlage ihm kurz auf die Brust. »Hör auf, sonst komme ich gar nicht mehr aus dem Heulen.«

Er nickt und die Türen öffnen sich wieder.

Beim Auto habe ich mich wieder halbwegs im Griff. Die drei warten direkt vor dem Ausgang im Wagen auf uns. »Hat Carmen euch tatsächlich hergefahren?«

Titus grinst. »Ja. Sie fährt wie eine Wildsau, behauptet Felix immer. Und das stimmt. Da wir uns zeittechnisch in einer Notlage befunden haben, hat Felix ihr das Steuer überlassen.«

Aber jetzt sitzt er hinter dem Lenkrad, springt jedoch aus dem Wagen und öffnet uns die Tür hinten, von wo Lisa mir grinsend zuwinkt.

»Sagt mir dann mal einer, wohin es jetzt geht? Ich brauche dann langsam nämlich einen Kaffee, sonst pack ich das alles nicht mehr«, motzt sie.

Ich klettere auf den Mittelsitz und umarme sie. »Danke, meine Lieblingsverräterin!«

Sie grinst breit. »Gut, dass du es endlich einsiehst!«

»Felix: Plan B«, sagt Titus laut.

»Ist gut, Boss«, antwortet Felix vorne und fährt los. Ich sehe im Rückspiegel, wie er grinst. Carmen vermutlich auch, sie sitzt vorne neben ihm.

»Was genau war dein Plan A?«, frage ich Titus.

»Nach Wien fahren und deine Eltern besuchen. Mit dir gemeinsam.«

Das wäre ja eine Überraschung für sie gewesen.

»Verstehe. Und Plan B ist?«

»Lass dich überraschen.«

»Okay.«

Ich kuschle mich an ihn. Ja, das werde ich. Und ich schwöre mir selbst, heute finde ich irgendwann Zeit, meinen Eltern von uns zu erzählen.

Kapitel 30

Wir bedanken uns bei Klaus, der uns mit dem Ski-doo von der Mittelstation netterweise abgeholt und hergebracht hat. Ich bin schlichtweg sprachlos. Allein, dass er sich diese rumplige Fahrt durch den Schnee mit seinem Knie angetan hat. Und seine Überraschung ist unsere Hütte! Wie süß ist das?

»Ob sie diesmal auch offen steht?«, frage ich übermütig, und Titus meint: »Versuche es einfach mal, denn wenn nicht, sind wir hier und jetzt gestrandet.«

Natürlich ist die Tür nicht abgeschlossen und ich strahle übers ganze Gesicht. Wir sind bei unserer Hütte. Ich kann es nicht fassen. Doch diesmal ist es Mittag und die Sonne strahlt vom blitzblauen Himmel. Allein der Blick auf die gegenüberliegenden Berge ist atemberaubend. Langsam sollte ich wissen, wie sie heißen, aber das lerne ich noch.

»Ich bringe euch das Gepäck rein, und wenn ihr irgendetwas braucht, ihr habt ja meine Handynummer.«

»Danke!«, strahle ich Klaus an.

Die beiden Männer reden noch kurz vor dem Eingang, dann schließt Klaus die Tür von außen.

»Brechen wir hier gerade ein zweites Mal ein?«

»Tun wir«, erwidert Titus ernst, aber ich sehe genau, wie seine Augen lachen.

»Tun wir nicht!«

»Wie du meinst, Liebling.«

»Mach das nicht mit mir! Du weißt, wie ich das letzte Mal wegen der Eigentümer gelitten und mich geniert habe.«

Er hält mich an den Schultern. »Beruhige dich. Ich habe mich doch damals bei der Familie Thaler mit einem Geschenk bedankt. Was du jedoch nicht weißt, ist, dass ich Toni danach noch einmal angerufen und gefragt habe, ob ich ihnen die Hütte abkaufen kann.«

Mein Herz klopft schneller. Er wird das doch nicht wirklich getan haben, oder? »Und? Hast du?«

Er schüttelt den Kopf. »Nein. Leider. Die Thalers wollten nicht verkaufen!« Jetzt schmunzelt er voller Vorfreude. Warum? »Aber die gute Nachricht ist: Ich konnte Toni überreden, mir die Hütte für die Saison zu vermieten. Ausgenommen der Weihnachts- und Semesterferien, da wollen sie mit ihren Enkelkindern herkommen. Wie findest du das?«

Ich kreische laut und tanze um ihn herum. »Das ist so cool! Danke, danke, danke!«

Er sieht mich an. Brauen oben. »Wenn ich gewusst hätte, wie sehr du diesen Platz liebst, hätte ich mein Angebot bis zur Obszönität erhöht.«

»Bloß nicht. Das ist perfekt, genau so, wie es ist.«

Ich küsse ihn.

»Bist du sicher?«

»Ja.« Und auch, dass ich ihn liebe. Über alles. Keine Ahnung, wie es passiert ist, aber er hat sich Stück für Stück in mein Herz geschlichen. Und nun hätte ich gute Lust, ihm schon mal den Pulli über den Kopf zu ziehen.

Plötzlich klopft es.

Okay. Daraus wird nichts. Vorerst zumindest.

»Ich gehe schon.« Wer will denn jetzt etwas von uns?

Schwungvoll ziehe ich dir Tür auf und vor mir steht Klaus.

»Und hier ist die besprochene Lieferung.« Er reicht mir eine riesige Box aus Styropor. »Titus weiß Bescheid. Also dann: Griaß enk!« Und damit wirft er mir die Tür vor der Nase zu.

»Äh. Was hast du denn bestellt?«

»Mittagessen beim Lokal meines Vertrauens«, schmunzelt er.

»Du bist ein Hammer!«

»Im Moment leider einer aus Schaumgummi mit einem echten Handicap.« Er deutet auf sein Knie.

»Das macht nichts. Wir schaffen das hier schon.«

»Das werden wir.«

Ich trage die Box zur Küchenzeile, während er mir hinterher humpelt. Dafür, dass die Operation noch gar nicht lange her ist, geht er schon echt gut.

»Würdest du mir einen Gefallen machen?«

»Klar. Was?«

»Könntest du alle Fensterläden schließen?«

»Aber es ist Mittag?« Doch ich sehe, dass er sich das echt wünscht. »Okay. Mache ich. Bin gleich zurück.«

Die Runde um die kleine rote Hütte dauert nicht lange und nachdem ich meine Stiefel im Vorraum wieder ausgezogen habe, knistert im Wohnzimmer bereits das Kaminfeuer.

Ich liebe es! Diesen Geruch von brennendem Holz, das Licht der Kerzen, die am Couchtisch stehen und vor sich hin flackern, und diesen Mann, der sich auf das Sofa gesetzt hat.

Ich hocke mich neben ihn. »Das Schicksal kann schon echt schräg sein, denkst du nicht?«

Er fängt eine meiner Haarsträhnen mit seinem Zeigefinger und wickelt sie darum herum.

»Absolut, denn hätten wir uns hier nicht im Sturm getroffen, gäbe es kein *wir* oder *uns*.«

»Vielleicht. Vielleicht aber auch nicht. Es hätte ja auch sein können, dass wir uns bei unseren mitternächtlichen Spaziergängen so oft über den Weg gelaufen wären und aus deinem Flachmann getrunken hätten, dass wir auf diese Weise zueinandergefunden hätten.«

»Dann denkst du, es war so etwas wie Bestimmung?«

Ich lege meinen Kopf schief und sehe der Kerze beim Züngeln zu. War es das? Bestimmung? Esmeralda hat es auf jeden Fall kommen sehen. Hm. Und ich habe auch Victor um Hilfe angefleht.

»Weißt du was? Ich denke schon, dass es einfach sein hat sollen, dass wir uns treffen.«

»Und verlieben«, ergänzt er.

»Ja. Und verlieben. Wer oder was genau dahintersteckt, weiß ich nicht, aber den Gedanken daran, dass eine höhere Macht uns zusammenbringen wollte, finde ich schön.«

Titus gibt mir einen sanften Kuss auf die Lippen. »Ich auch. Und wir werden ihn so stehen lassen und nicht zerreden. Außerdem würde ich dich bitten, vielleicht das Essen hier am Couchtisch zu servieren?« Er entschuldigt sich gestisch. »Nicht einmal mit einer Krücke schaffe ich das unfallfrei.«

»Kein Ding. Bleib sitzen und entspanne dich. Ich mache das schon.«

Ich serviere ihm das Garnelen-Tartar mit frischem Weißbrot. Dann zeige ich ihm den Zettel.

»Lasst es euch gut schmecken! Und ganz liebe Grüße an euch beide, Elke«, lese ich vor. »Das ist dein Geheimnis? Das Lokal deines Vertrauens?«

»Erwischt. Nachdem Elke mir das Julius zugesperrt hat, konnte ich sie überreden, mir dennoch ein Überlebenspaket für uns beide zusammenzustellen.«

»Wow! Wie lieb von ihr und so gut.«

»Ja, absolut. Wir werden sie mal besuchen.«

»Machen wir.«

Nach der Vorspeise essen wir auch noch die herrlich duftenden handgemachten Tagliolini mit schwarzem Sommertrüffel aus der Toskana. Bald bin ich dann mehr als satt. Ob ich den Salat noch schaffe, bezweifle ich. Das Tiramisu im Glas muss ich definitiv auf später verschieben.

»Du hast ja echt an alles gedacht, aber wer soll denn noch den Prosciutto und all die Antipasti essen?«

»Die waren auch für den Abend gedacht. Bis dahin haben wir sicher wieder Hunger.«

Ich weiß mittlerweile, was diese leicht zusammengekniffenen Augen mir sagen wollen.

»Könnte sein.«

»Siehst du.«

Eine Stunde später haben wir erstaunlicherweise nicht nur die Pasta aufgegessen, sondern den Salat ebenso. Wir haben einfach so vor uns hin geplaudert und mir ist gar nicht aufgefallen, wie viel ich auf diese Weise hinunterbringe.

»Jetzt kommt die Nachspeise«, erklärt er mir freudestrahlend.

»Titus! Ich bringe dir gerne deine, aber ich kann echt nicht mehr.«

»Nein?«

Energisch schüttle ich den Kopf. »Nein, echt nicht. Später vielleicht.« Dann deute ich auf meinen prall gefüllten Bauch. »Der platzt demnächst.«

»Gut, dann verschieben wir das. Schade.«

So großartig, wie er tut, ist das jetzt auch nicht. Ich esse nur selten drei Gänge. Quasi nie.

»Du kannst ja eines haben.«

Er winkt ab. »Nein, das essen wir dann gemeinsam. Passt schon.«

Das Geschirr ist schnell abgeräumt und ich stelle den Rest aus der Box in den Kühlschrank. »Tiramisu wird nur besser, je länger es zieht«, rufe ich ihm zu.

»Da ist etwas Wahres dran.«

Nachdem ich fertig bin, kuschle ich mich zu ihm aufs Sofa und wir sehen eine Weile schweigend ins Feuer.

Weiterhin auf die lodernden Holzscheite blickend, höre ich, wie er mir leise ins Ohr raunt: »Ich weiß, dass es dir schwerfällt, über die Zukunft zu sprechen, Marlie, aber ich denke, es ist an der Zeit. Wir sollten darüber reden, wie es mit uns weitergehen wird, denn in zwei Wochen muss ich beruflich nach Portugal zu einem meiner Projekte.«

Ich bin im Sofa zusammengesunken. Natürlich habe ich geahnt, dass er nicht auf Dauer hierbleiben kann. Aber muss es so schnell gehen? Ich fühle mich gerade verdammt wohl auf meiner rosaroten Wolke.

Ich sehe Titus in die Augen. »Du kommst doch sicher zurück, oder?«

»Natürlich komme ich wieder. Aber ich bin vermutlich rund einen Monat lang unterwegs, weil ich beruflich auch noch ein paar andere Verpflichtungen habe.«

»Okay.« Ich muss schlucken. »Und was, denkst du, bedeutet das für uns beide?«

Er zieht mich enger an sich. »Es wird sich gar nichts ändern, Marlie, außer, dass ich mir wünschen würde, dass du mich begleiten könntest.«

Wie stellt er sich das vor? Ich muss das Basecamp-Projekt noch fertigstellen und habe vielleicht ein neues von Top-Living in Aussicht. Das geht auf gar keinen Fall.

»Das wird schwierig, du weißt ja, dass ich einiges an Arbeit habe.« Titus sieht mich enttäuscht an. »Ich würde dich gerne begleiten, ehrlich, aber im Moment versuche ich doch gerade, wieder in meinem Job Fuß zu fassen.«

»Ist gut. Ich habe es versucht. Dann sehen wir uns aber leider erst wieder, wenn ich zurück bin. Willst du das wirklich?«

Ein Monat ist lange. Andererseits vergeht die Zeit mit Arbeit aber auch viel schneller als ohne.

»Das werden wir schaffen, Titus. Auch wenn ich dich unendlich vermissen werde.«

»Ich dich auch. Allerdings habe ich da noch eine gute Nachricht für dich.« Seine Augen funkeln vor Freude. Was kommt denn jetzt? »Also im Grunde eine gute Nachricht für uns beide.«

»Kannst du es bitte weniger spannend machen?«

»Kann ich. Ich habe vorgestern mit Theo telefoniert und ihm von meinen Plänen erzählt.«

»Und?«

»Und er meinte, sie würden das mit deinem neuen Auftrag so hinbiegen, dass du mich auf jeden Fall begleiten könntest.«

»Echt jetzt?«

»Ja«, meint er strahlend. »Ich fand das auch ziemlich toll von ihm.«

Hm. Das klingt zwar super, ist aber nicht ganz, was ich will. Doch mir kommt da eine Idee. Titus hat doch alle Möglichkeiten.

»Vielleicht kannst du ein paar deiner Termine verschieben und erst zwei Wochen nach Portugal reisen und dann wieder für zwei Wochen hier bei mir sein? Mir wäre wohler dabei, wenn ich Theos Angebot nicht annehmen müsste.«

Er sieht mich erstaunt an. »Okay. Gut. Auf die Idee bin ich noch gar nicht gekommen, weil ich immer versuche, alles, was ansteht, so schnell wie möglich zu erledigen.«

»Sollst du auch, aber wenn du es dir so einteilen könntest, bist du ja immer nach zwei Wochen wieder zurück, oder?«

»Natürlich!«

Das klingt wie Musik in meinen Ohren. Zwei Wochen vergehen schnell. Schneller als ein Monat auf jeden Fall. Ich schlinge meine Arme um seinen Hals. »Heißt das jetzt, du wirst deine Termine so abändern? Immerhin bist du doch dein eigener Boss?«

»Bin ich.« Titus neigt seinen Kopf zur Seite und scheint nachzudenken. »Aber ich finde es schade, denn du könntest mich ja auch in rund einem Monat auf die Malediven begleiten. Für Theo und die Partner wäre das okay.«

Hat er gerade von den Malediven gesprochen? Da wollte ich immer schon hin. »Für wie lange denn?«

»Zwei Wochen. Wir könnten in meiner neuen Hotelanlage Urlaub machen.«

Höre ich das richtig?

»Du hast ein Hotel auf den Malediven?«

Er grinst breit. »Ja. Nach der Pandemie hat die Regierung sechzehn unbewohnte Inseln versteigert und meine Firma hat den Zuschlag für drei davon bekommen. Die Auflagen waren, eine Hotelanlage zu errichten und Einheimische anzustellen, darunter fünf Prozent Frauen. Das habe ich übererfüllt und nun muss ich dorthin, denn wir eröffnen die erste Anlage dann offiziell, wenn ich vor Ort bin.«

»Wow!« Ich kann es nicht fassen. Er besitzt drei Inseln? Im Indischen Ozean?

»Mehr sagst du nicht dazu?«

»Doch! Also ich werde das zwar selbst noch einmal mit Karo und Theo besprechen, aber ich schwöre dir, ich arbeite auch Tag und Nacht, wenn es sein muss, damit ich dich begleiten kann.«

»Du machst das wegen mir, nicht wegen der Malediven, oder?«

Ich muss wegen seines leicht sarkastischen Untertons lachen. »Nur wegen dir. Die weißen Sandstrände, das türkise Meer und die kitschigen Sonnenuntergänge sind mir egal.«

»Da bin ich erleichtert. Dann planen wir das so.«

Nach wie vor kann ich es nicht glauben. Wir werden gemeinsam Urlaub machen? Auch wenn sich meine erste Zeit hier ebenfalls wie Urlaub angefühlt hat, war das doch etwas anderes. Ich habe meine gesamte Kraft gebraucht, um mich aus meinem Tief zu befreien.

Es sickert. Wir werden Urlaub machen! Ich springe auf und tanze vor ihm herum. »Wir fahren auf die Malediven.«

»Fliegen«, korrigiert er mich lachend.

»Auch gut«, erwidere ich kichernd. »Das müssen wir feiern!«

»Gute Idee.«

Ich shake mit erhobenen Händen bis zur Küchenzeile. »Urlaub! Wir kommen!«

Ob wir die Flasche Champagner nehmen können? »Äh, ist der Champagner von dir?«

Er nickt. »Ja, ist er. Ich habe schon letzte Woche Alkohol und ein paar Sachen heraufbringen lassen.«

Ein Blitz durchfährt mich und ich drehe mich um. »Dann hast du das hier schon länger geplant? Wann wolltest du denn ursprünglich mit mir herauffahren?«

Mit großen Augen und erhobenen Brauen sieht er mich an. »Gestern Abend. Gleich nach deinem Kosmetiktermin.«

Oh. »Können wir das von gestern einfach vergessen und nie wieder darüber sprechen?«

»Ja. Aber nur, wenn wir jetzt auch das Tiramisu essen.«

»Deal.«

Wir stoßen auf unseren Urlaub an und dann noch einmal auf uns. Nach einem kleinen Schluck stelle ich mein Glas ab.

»Lustig, auf deinem sind Erdbeeren, auf meinem sind Blaubeeren zur Dekoration. Jeweils mit einem Blatt Minze.«

Kurz sieht er erschrocken aus. »Äh, können wir tauschen?«

»Klar. Aber wieso?«

»Ich mag keine Erdbeeren.« Und schon schiebt er sein Glas in meine Richtung und schnappt sich meines.

»Echt jetzt? Wie kann man Erdbeeren nicht mögen?«

Er versenkt bereits seinen Löffel in der Creme. »Keine Ahnung, mir schmecken sie einfach nicht.«

Okay. Muss ich mir merken.

Ich koste. »Mhmm, ist das köstlich! Und nicht zu süß, das mag ich nämlich nicht.«

»Stimmt. Ich auch nicht.«

Mein Problem mit Nachspeisen ist, wenn ich einmal damit anfange, kann ich nicht mehr aufhören. Deshalb kaufe ich so selten welche und schon gar keine Schokolade, da geht nur die ganze oder kein einziges Stück davon.

Ich löffle weiter, während er sich mit dem Glas in der Hand zurücklehnt und mir dabei zusieht.

Eindeutig. Titus hat sich besser im Griff als ich mich, wenn es um Desserts geht.

»Achtung!«

Wieso? Sofort halte ich mit dem Löffel direkt in der Luft vor meinem Mund inne.

»Was ist?«

Er deutet auf den Löffel.

Nein.

Meine Ohren beginnen, zu sausen, und meine Hand, zu zittern. Ich lege den Löffel im Glas ab und starre auf das Ding.

»Willst du ihn nicht eventuell vom Tiramisu befreien?«

Meine Kehle fühlt sich wie zugeschnürt an.

»Was ist das?«, krächze ich.

»Wonach sieht es aus?«

Nach einem verdammten Verlobungsring! Aber das kann ich nicht. Ich habe mir geschworen, ich verlobe mich nie wieder. Und er weiß es. Warum macht er das mit mir? Vielleicht sehe ich in ein paar Jahren alles auch ganz anders, aber ich kann das einfach noch nicht.

Titus zieht mich an sich. »Also ich wollte dir bloß eine Freude machen und nicht, dass du mich ansiehst, als hättest du einen Geist gesehen.«

Ich deute auf das Ding, dessen riesiger Diamant aus der Creme schaut. »Ist das ein –?«

Plötzlich lacht er schallend auf. »Verlobungsring? Nein, Babe. Das würde ich mich nie trauen.«

Ufhhh. Das Gewicht von zwei Sandsäcken fällt von meinen Schultern ab.

»Nicht?«

Energisch schüttelt er den Kopf. »Bestimmt nicht, Marlie. Du hast mir doch hier in dieser Hütte ziemlich eindringlich erklärt, dass du dich nie wieder verloben willst.«

Langsam nicke ich. »Ja.«

Er ist ein guter Zuhörer und merkt sich auch alles. Das hätte ich wissen müssen. Er würde mich nicht mit so etwas überrumpeln.

»Ich weiß, und genau deshalb werde ich dir nie einen Antrag machen, sondern, sollte es mal so weit sein, dich vor vollendete Tatsachen stellen, und dann sagst du hoffentlich Ja und nicht Nein.«

So weit denkt er?

Mein Herz rast noch immer. Und ich sitze stocksteif da, weil ich überwältigt bin. Ich weiß nicht einmal, was ich denken soll.

Er schnipst direkt vor meinen Augen mit den Fingern. »Erde an Marlie?«

Doch. Ich weiß, was ich denken soll. Es war meine beste schlechteste Idee ever, die Gondel auf diesen Berg zu nehmen. Bei Schneesturm in dieser kleinen roten Hütte zu landen. So lausig viele meiner Entscheidungen der letzten beiden Jahre auch waren, seit ich hier bin, hat sich alles verändert. Alles.

Ungestüm falle ich ihm um den Hals. »Du bist das Beste, das mir passieren konnte, Titus.«

Bevor er etwas darauf sagen kann, küsse ich ihn. Und er mich.

Gott, ich liebe ihn! All die Kleinigkeiten, alles, was er für mich tut, und wie er ständig versucht, mir zu zeigen, wie wichtig ich ihm bin! Wie sehr er mich liebt.

Und das tut er.

Ich spüre es mit jeder Faser meines Herzens, und die Sternchen, die in meinem Kopf grell explodieren, geben mir recht. Ab jetzt, schwöre ich mir, werde ich ihm vertrauen. Bedingungslos. Nun ja, sagen wir, so gut ich kann. Aber ich werde mich bemühen, denn wieder hatte Esmeralda recht: Wenn ich diese Beziehung will, dann muss ich mich fallen lassen und vertrauen. Und das werde ich.

Nur langsam lösen wir uns voneinander. Zärtlich streicht er mir über die Wange, über die Lippen. »Ich liebe dich, Marlie.«

»Und ich liebe dich, Titus.«

Er hebt die Brauen. »Bist du sicher?«

»Ja. Zu hundert Prozent.«

»Ist das genug, um endlich diesen Ring zu probieren? Wegen ihm habe ich nämlich beinahe meine Freundin verloren. Ich hoffe also sehr, er war es wert und passt auch.«

»Was? Wieso?«

Nun nimmt er beide meiner Hände in seine. »Ich habe dir nicht die ganze Wahrheit über Carmen gesagt.«

»Nein?«

»Es stimmt, sie hat mich ein paar Mal angerufen, nachdem sie erfahren hat, was passiert ist. Und Anfang der Woche hat sie mich gefragt, ob sie am Samstagnachmittag vorbeikommen kann, weil sie ohnehin für ein paar Tage in Salzburg ist.«

»Und dann?«

»Nun, das habe ich zum Anlass genommen, mir telefonisch bei einem Juwelier einen Ring für dich auszusuchen, den sie dann abgeholt und mir für dich vorbeigebracht hat.« Er hebt die Schultern und ich bin schlichtweg baff. Von meinem schlechten Gewissen ihm und Carmen gegenüber ganz zu schweigen. Sie muss sich ja gedacht haben, ich bin eine Irre! Titus ebenso. »Hätte ich nicht diese blöden Krücken und andauernd die Therapien, wäre ich selbst gefahren.« Dann schiebt er nach: »Sorry, wir haben ausgemacht, nicht mehr darüber zu sprechen, aber ich denke, das solltest du wissen.«

»Mir tut das alles so leid.«

»Nicht! Es ist alles gut und das wird es bleiben. Vertrau mir, Marlie. Vertrau uns!«

»Das tue ich. Ich schwöre es.«

Titus lässt meine Hände los und deutet auf das Tiramisu. »Würdest du ihn jetzt bitte anstecken?«

»Ja!« Ich küsse ihn kurz, dann hole ich mit zwei Fingern den Ring aus der Creme und wasche ihn vorsichtig in der Küche mit heißem Wasser ab. Nicht, dass er mir noch in den Abfluss fällt.

Einer der Spots unter dem Oberschrank leuchtet direkt auf den Diamanten und er funkelt wunderschön. So einen Ring habe ich mein ganzes Leben noch nie in der Hand gehalten.

Ich trage ihn zu ihm zurück und gebe ihm den Ring.

»Äh, würdest du ihn mir bitte anstecken?«

»Gerne.« Er nimmt ihn. Unwillkürlich reiche ich ihm meine linke Hand, doch er nimmt meine rechte und sieht mich von unten an. »Wir wollen doch keine Verlobung, oder etwa doch?«

Oh. Ups. »Nein, nein«, erwidere ich und lächle. »Rechts ist perfekt.«

»Wunderbar.« Dann zieht er ihn vorsichtig über meinen Ringfinger. »Er passt!«

Ich betrachte meine Hand mit dem Ring und bin hin und weg. »Er ist wunderschön und sieht irgendwie wie eine Schneeflocke aus.«

»Gut, dass du das auch so siehst! Genau das habe ich mir gedacht, als ich ihn gesehen habe. Der Juwelier hat mir nämlich Bilder einiger Steine und Ringe per E-Mail geschickt. Und der hat mich an dich erinnert.«

Titus drückt mir einen Kuss auf die Hand und damit den Ring. »Ich hoffe, er wird dich auch immer daran erinnern, dass ich dich liebe. Über alles.«

»Wird er. Aber Titus, es war nicht notwendig, dass du mir ein so teures Geschenk machst.« Und das war dieser Ring ganz sicher. Der facettenreiche und riesengroße viereckige Stein geht sogar an den Seiten in zwei längliche Diamanten über, die am Ring selbst ansetzen.

»Doch. War es. Und denk bitte nicht darüber nach, was er gekostet hat. Das ist völlig unerheblich.« Für ihn vielleicht. Für mich nicht. Wieso grinst er jetzt? »Vielleicht sollte ich dir aber dennoch sagen, dass du etwas aufpassen solltest, denn das ist ein Fünf-Karat-Diamantring aus Platin, Asscher-Schliff. Falls dich jemand danach fragt, wäre es wohl besser, du lügst und behauptest, er sei unecht.«

Ich habe es geahnt. Ich trage hier ein Luxusauto oder gleich ein ganzes Appartement am Finger. Daher fällt mir nichts Besseres als »Das ist ja Wahnsinn« ein.

»Ich habe dir schon einmal gesagt, Normalität und ich sind ohnehin keine Freunde. Also nenne es Wahnsinn oder nicht, du musst so oder so mit mir klarkommen, weil du dich ja dummerweise in diesen Menschenfeind verliebt hast.« Er schmunzelt. »Was dir übrigens, zumindest die meiste Zeit über, ziemlich gut zu gelingen scheint.«

Jetzt muss auch ich lachen. Titus hat die Gabe, unerbittlich ehrlich und gleichzeitig voller Ironie zu sein. Ich liebe das an ihm. »Wir wollten doch *darüber* nicht mehr sprechen, oder? Daher würde ich sagen, ich komme sehr gut damit zurecht.«

Er fährt mir übers Haar. »Ja, das tust du.«

»Findest du auch, wir haben hier zu viel Licht?«

»Absolut.«

Ich springe auf, nehme gleich die Tiramisu-Gläser mit und schalte die Spots der Küchenzeile ab. Dann kuschle ich mich wieder in seine Arme.

»Ich würde noch gerne mit dir anstoßen.«

»Ich auch.« Sofort drücke ich ihm sein Glas in die Hand und nehme auch meines. »Worauf möchtest du trinken?«

»Auf ein wildes, bewegtes und dennoch leichtes Leben mit dir an meiner Seite.« Er kneift wie so oft seine Augen zusammen. »Das wird nicht immer ganz einfach, das kann ich dir jetzt schon sagen. Speziell nicht bei unseren Familienfeiern.«

Ich muss schmunzeln. »Das macht nichts, denn genau dieses Leben wünsche ich mir. Dann also auf das, was vor uns liegt.«

Bevor ich auch einen Schluck vom Champagner trinke, muss ich erst so schlucken. Ja. Ich habe mich entschieden. Entschieden, mich nicht von der Vergangenheit zu verabschieden, denn sie wird immer ein Teil von mir und in meinem Herzen sein, sondern sie vielmehr dort zu lassen, wo sie ihren Platz hat: in meinem Herzen, aber gleichzeitig auch in der Vergangenheit, denn mein Leben hier in Schladming und mein Leben mit Titus an meiner Seite findet hier und jetzt statt. Und wie ich festgestellt habe, ist mein Herz groß genug, um auch ihm und uns ein wunderschönes Plätzchen zu geben.

Also danke, Victor! Ich denke immer noch, du hast mich hierher begleitet, um ihn zu finden.

Ja, darauf trinke ich!

Wir stellen die Gläser wieder auf dem Couchtisch ab und sicherheitshalber lege ich noch ein paar Scheite Holz in den Kamin. Ich liebe das Prasseln so sehr.

Eine Weile schaue ich in seinen Armen liegend ins Feuer, während er mir zärtlich über den Rücken streicht.

»Bist du sicher, dass das bequem für dich ist und dein Knie nicht schmerzt? Oder dein Rücken?«

»Bin ich. Keine Sorge.«

Dann küsst er mich. Sachte. Wie ein warmer Hauch auf die Lippen.

Mit jedem weiteren Kuss fällt ein Stückchen mehr an Anspannung und Aufregung von mir ab. Ich komme endgültig im Hier und Jetzt an. In seinen Armen. In diesem Duft aus verbranntem Holz und herb riechenden Kräutern. In einem unbändigen Verlangen, jeden Zentimeter seiner nackten Haut berühren und küssen zu wollen.

Die Zeit verliert sich im Schein des Feuers und der Kerzen. Wir ziehen einander aus. Langsam. Kleidungsstück um Kleidungsstück. Und werfen sie einfach auf den Boden.

Könnte ich wie eine Katze schnurren, würde ich es tun. So aber genieße ich jede seiner Zärtlichkeiten schweigend. Nun ja, manchmal beinahe grunzend.

Ich will ihn. Jede seiner Eigenheiten, jeden seiner Blicke, jede seiner Berührungen. Einfach alles. Wir sind nicht gleich. Keinesfalls. Aber vielleicht sind wir wie zwei völlig unterschiedliche Äste des dennoch gleichen Baumes. Verschieden an Erfahrungen und Verletzungen, aber gleich in unseren einfachen Wünschen und Träumen nach Liebe und Geborgenheit. Nach neuen Erfahrungen und Momenten wie diesen. Mehr kann ich ihm nicht geben. Aber das dafür aus ganzem Herzen. Denn ja, in diesem Moment weiß ich, dass es genau das wieder ist: ganz. Zwar mit Narben, aber geheilt. Nicht wegen ihm, sondern für ihn. Meine Erinnerungen sind unsterblich und werden mich immer begleiten. Aber es war an der Zeit, das Leben und die Liebe wieder zu umarmen. Deshalb leben wir doch. Oder?

Epilog

Nun weiß ich endlich, wann ich Lisas Abendkleid tragen kann: zum Abendessen bei Kerzenschein direkt am Strand. Und das in meinem ersten echten Urlaub seit Langem, noch dazu auf einer traumhaft schönen Insel auf den Malediven. Wenn ich nicht ein Glückspilz bin?

Ein letzter Blick in den Spiegel: Passt. Alles perfekt. Der nudefarbene Lippenstift war auch die richtige Wahl zum Kleid. So kommt der schimmernde und in Champagnerfarben changierende Stoff samt der Spitzen besser zur Geltung.

Ich liebe dieses Badezimmer. Die Dusche und eine Badewanne stehen unter dem freien Himmel. Das hat echt etwas.

Barfuß gehe ich zurück ins geräumige Wohnzimmer der Villa mit Meerblick, wo Titus noch in weißen Jeans und einem Leinenhemd am Computer sitzt und sich gerade ein Zuckerl in den

Mund steckt. Das ist typisch er. Nimmt sich zwei Sackerln Latschen-Lutschi auf die Malediven mit.

»Fertig!«, erkläre ich ihm und drehe mich einmal im Kreis. »Was sagst du?«

Er sieht auf. »Wow! Du siehst atemberaubend aus, aber jetzt fühle ich mich leicht underdressed.«

Ich umarme ihn. »Musst du nicht, solange dir Lisas Kleid an mir gefällt.«

»Gefällt? Marlie, du siehst wie ein Filmstar aus. Es steht dir ungemein gut.«

»Wenn das so ist, dann lass uns gehen, bevor du auf die Idee kommst, es mir wieder auszuziehen, ehe ich es ausführen konnte!« Denn das will ich. Unbedingt sogar. Heute ist das große Eröffnungsfest im nagelneuen Restaurant am Strand.

»Seit wann genau kennst du mich so gut?« Titus zwinkert mir zu.

»Schon länger, denke ich.«

In dem Moment läutet mein Handy. Lisa.

»Hattest du Schluckauf? Ich trage gerade dein Kleid, weil wir jetzt gleich die offizielle Eröffnung feiern.«

»Echt jetzt? Du hast das Abendkleid mit auf die Malediven genommen?«

»Habe ich. Und ich finde, barfuß trägt es sich auch ganz toll.«

Lisa kichert. »Schon seltsam, ich rufe dich nämlich an, um dir zu sagen, dass du ein TikTok-Star bist.«

Wie meint sie denn das? Ich habe schon mindestens drei Wochen nicht mehr bei TikTok reingesehen, geschweige denn etwas gepostet. »Ich? Da musst du dich irren.«

»Tu ich nicht! Ich habe dir doch von dem seltsamen Auftrag für ein langes Abendkleid erzählt.«

»Hast du. Ich erinnere mich.« Zwei Personen waren bei ihr im Laden, haben ihr Maße gegeben und gleich fünf Kleider anfertigen lassen. Eines davon sollte ein Abendkleid ähnlich meinem werden, da Lisa Bilder davon im Atelier ausgestellt hat. »Und?«

»Das war für eine Prinzessin!«, kreischt sie durchs Handy.

Ich bin so weg, dass mir nicht mehr dazu einfällt als »Nicht wahr!«.

»Doch. Und jetzt hat sie es bei einem Empfang in London getragen, woraufhin die Reporter herausgefunden haben, wer das Kleid gemacht hat, und als Nächstes sind unsere Videos viral gegangen.« Sie überschlägt sich beinahe, so aufgeregt ist Lisa. »Ferdinand hat ja nicht nur die geplanten Videos gemacht und gepostet, sondern vor ein paar Tagen auch noch einen Zusammenschnitt von uns beiden mit den Abendkleidern im Schnee.«

Ich packs nicht. Wie wahrscheinlich ist das denn alles? »Da, wo wir uns kichernd umarmt und dann Schneebälle ins Gesicht geworfen haben?«

»Genau diese Sequenz.«

»Ja, und?«

»Marlie, verstehst du denn nicht? Wir haben bereits über fünf Millionen Views und quasi jede Minute kommen neue Bestellungen herein. Für Abendkleider, aber auch viele für Accessoires und andere meiner Entwürfe.«

Titus sieht mich an und ich deute ihm, dass ich noch einen Moment brauche, bevor ich ihm erklären kann, worum es hier geht.

»Nicht dein Ernst jetzt, oder? Dann hat Esmeralda recht behalten?« Ich dachte ja, sie hat sich geirrt, weil wochenlang nichts passiert ist.

»Und wie sie das hat. Ich fahre morgen zu ihr, um ihr das zu zeigen. Aber ich habe noch eine Wahnsinnsnachricht.«

»Die da wäre?«

»Morgen am Vormittag muss ich den Laden schließen, weil sich Tiana angekündigt hat. Mitsamt ihrer Entourage.«

Die berühmte Sängerin?

»Hammer! Ich würde sagen, du hast es geschafft. Jetzt musst du nur noch am Ball bleiben.«

»Und wie ich das werde. Ich nehme diesen dämlichen metaphorischen Ball mit ins Bett, wenn es sein muss«, erklärt Lisa mir lachend.

Wahnsinn. Dann hat es also geklappt. »Ich gratuliere dir!«

»Danke. So schade, dass du nicht hier bist, ich würde dir nämlich echt gerne um den Hals fallen.«

»Tut mir so leid, aber fühl dich ganz fest geherzt und gedrückt. Du hast dir diesen Erfolg wirklich verdient.«

Ich bin noch immer hin und weg. Damit konnte ja wirklich niemand rechnen. Ob Esmeralda auch mit dem Rest ihrer Prophezeiung recht behalten wird? Mir hat sie nämlich gesteckt, dass Lisa erst diesen ganz tollen beruflichen Erfolg haben wird und kurz darauf gute Chancen hat, den Mann fürs Leben zu treffen.

Aber das darf ich Lisa ja nicht verraten, denn ich bin sicher, sie wird es spüren, wenn sie ihn tatsächlich treffen sollte.

»Wenn ich zurück bin, kann ich dir auf jeden Fall ein wenig helfen, egal bei was.«

»Darauf komme ich zurück, auch wenn mir Karo heute bei einem Kaffee erzählt hat, dass die Pläne für dein Hotelprojekt schon abgesegnet sind und du, wenn du zurück bist, mit den Bestellungen beginnen kannst.« Was? »Sorry, das wollte sie dir erst nach dem Urlaub sagen.«

Das ist ja großartig! »Dann petzt du gerade?«

»Natürlich. So, aber jetzt muss ich weiterarbeiten. Trink für mich ein Gläschen mit und schau dir das Video an.«

»Werde ich!«

»Ach ja, heute Abend werde ich das feiern. Vielleicht kommen Birgit und Harald auch, Karo, Theo und Maria haben auf jeden Fall Zeit, Ferdinand, Nathalie und Georg kommen auch, nur Gerhard weiß noch nicht, ob er sich freigeben kann.«

»Schade, dass ich nicht bei euch sein kann.«

»Finde ich auch, weil du ja unbedingt diesen Luxusurlaub machen musst.«

Ich kichere. »Absolut! Den habe ich mir nämlich verdient, behauptet zumindest mein Freund.« Wobei sich mein ganzes Leben in Schladming mittlerweile wie Urlaub anfühlt und das hier im Grunde ja eine Dienstreise von Titus ist.

Als wir das Gespräch beenden, ist Titus offensichtlich ins Bad verschwunden. Ich gehe nach draußen auf die riesige, auf Stelzen im Wasser stehende Holzterrasse und muss das erst einmal verarbeiten. Vor mir, oder besser gesagt unter mir, schimmert das seichte Meer geradezu kitschig in ganz hellen Türkistönen. Und überall sind kleine bunte Fische zu sehen.

Mist! Ich hätte sie nach dem Namen der Prinzessin fragen sollen! Das muss ich nachholen. Aber jetzt freue ich mich einfach nur wie eine Schneekönigin für Lisa. Sie hat so hart dafür gearbeitet! Dass es so was gibt? Eine Prinzessin lässt sich undercover bei ihr etwas anfertigen? Unwillkürlich schüttle ich den Kopf.

»Mein Outfit gefällt dir nicht?«, fragt Titus, der plötzlich neben mir steht.

»Nein!« Blödsinn. »Sorry, ich habe nur an Lisas Geschichte gedacht.« Dann mustere ich ihn. Verdammt, sieht er toll aus. Titus hat sich umgezogen, denn jetzt steht er in einem cremefarbenen Sommeranzug vor mir, unter dem er ein weißes T-Shirt trägt. Und mit diesem Mann teile ich das Bett?

»Und? Passe ich jetzt zu dir?«

»Aber wie!« Ich falle ihm um den Hals und küsse ihn.

Dann springe ich wie eine Irre im Kreis und erzähle von Lisas Erfolg.

Ich denke, er freut sich nicht weniger als ich, auch wenn er nicht barfuß am Holzdeck herumtanzt. Aber er kann ja auch noch nicht, obwohl er schon ohne Krücken geht, und das erstaunlich gut.

Wenig später erreichen wir bestens gelaunt und Hand in Hand das Restaurant. Eine junge Frau empfängt uns mit einem Lächeln und bietet uns sofort ein Glas Champagner an, das wir natürlich dankend annehmen.

»Auf dein wunderschönes Inselprojekt!«

»Danke. Ich denke, den Gästen gefällt es.«

»Und wie! Sieh dich doch um. Alle sind bester Laune.« Und vom Feinsten angezogen. »Ich kann gar nicht glauben, dass wir da jetzt zu Abend essen.«

Titus sieht mich strahlend an. »Ich auch nicht. Aber komm.«

Wir betreten das Restaurant, das im Prinzip ein riesiges Holzdach ist, unter dem sich alles abspielt. Im von den Seiten beleuchteten Sand gehen wir bis ganz nach vorne. Bis auf einen sind alle Tische auf den Holzdecks bereits besetzt.

Ich liebe es! Die Tische sind alle weiß gedeckt. Unterschiedliche Lampen in verschiedenen Größen hängen auf unterschiedlichen Höhen von der Decke herab und werden das Restaurant nach Sonnenuntergang in ein wunderschönes warmes Licht tauchen. Unser Tisch ist direkt vorne am Meer.

Das Blumengesteck ist auch toll. In kugelförmigen Vasen thronen die hier typischen und beinahe wie Wachsblumen aussehenden weiß-gelben Frangipani-Blüten auf großen Blättern.

»Das sieht ja aus wie im Märchen«, flüstere ich ihm zu, während wir uns setzen.

»Dann bist du also mit der Ausstattung zufrieden, obwohl leider nicht du sie entwerfen konntest?«

»Zufrieden? Bist du verrückt? Alles, was du hier gebaut hast, ist einfach nur Hammer. Ich liebe den Erdton der Stühle und überhaupt alles in diesem Resort.« Es ist eine winzige Insel, aber der pure Luxus. In allem.

Weiter kommen wir nicht, denn nun begrüßen uns Yasir, der Hoteldirektor, und dessen Stellvertreterin Safia, die sich ebenfalls an unseren Tisch setzen. Bin gespannt, wer noch zu uns stoßen wird, denn zwei Plätze sind noch frei.

Gemeinsam stoßen wir auf jeden Fall schon mal auf die Eröffnung des Blue Diamond Dreams Resort an.

Während die drei über Details der Buchungszahlen sprechen, sehe ich auf die untergehende Sonne hinaus.

Gestern hat Titus mich gleich nach unserer Ankunft herumgeführt und ich war baff. Auch die anderen beiden Projekte, die wir zuvor besucht haben, waren atemberaubend schön. Aber das hier ist absolutes High End. Zwar die kleinste der drei Inseln, aber sicher die schönste. Allein, wie der breite weiße Strand sanft ins seichte Wasser taucht, ist unglaublich. Und die Insel hat ein Hausriff mit allen möglichen Fischen und Meeresbewohnern. Besser gehts nicht.

Mit einem Mal denke ich an Victor. Wie so oft, wenn ich bewusst auf die untergehende Sonne blicke.

»Entschuldigt ihr mich bitte ganz kurz?« Ohne auf die Antworten zu warten, stehe ich auf und nehme mein Glas mit.

»Was hast du vor?«

»Nur ein paar Minuten da vorne am Meer den Sonnenuntergang genießen«, erkläre ich Titus.

Zu meinem Erstaunen erhebt auch er sich und meint: »Ich komme mit.« Dann erklärt er es den beiden auf Englisch und wir gehen die paar Meter hinaus ans Meer.

»Du hättest mich nicht begleiten müssen.«

Er neigt seinen Kopf zur Seite und sieht mich an. »Ich weiß, aber ich will.«

Lächelnd nicke ich. »Ist gut.«

Wir setzen uns auf eines der cremefarbenen Sofas und sehen schweigend auf das glitzernde, in Gelb-, Rot- und Rosatönen getunkte Wasser hinaus.

»Das mit den Sonnenuntergängen kann er wirklich gut«, bemerkt Titus und ich zucke zusammen.

Ja, ich habe ein paar Mal erwähnt, dass ich mich in solchen Momenten Victor nahe fühle, aber so habe ich das noch nie vor ihm ausgesprochen.

»Wie meinst du das?«

Er sieht mir tief in die Augen. »So, wie ich es gesagt habe. Ich denke, das ist Victors Art, dir zu sagen, dass er auf dich aufpasst, und ich finde, er hat einen Hang zu theatralisch schönen Sonnenuntergängen.«

Ich wusste nicht, dass mein Herz sich ihm noch weiter öffnen kann, als es das ohnehin schon getan hat. Aber das tut es. In genau diesem Moment. Denn genau das fühle ich jetzt.

»Ich liebe dich.«

Titus nimmt meine Hand. »Und ich liebe dich.« Dann hebt er sein Glas. »Wir sollten auf ihn trinken.«

»Oh ja«, gebe ich ihm strahlend recht und fahre laut fort: »Danke, Victor! Und pass weiter auf uns auf.« Kurz spüre ich einen Kloß im Hals, doch ich möchte aussprechen, was ich denke. Auch ich hebe mein Glas und halte es in Richtung des Horizonts. »Ich werde dich immer lieben!«

Titus zieht mich in seine Arme. »Das sollst du auch.«

Mit Tränen in den Augen blicke ich ihn an. »Danke, dass du bist, wie du bist.«

Dass er in Wien vor dem Abflug als Erstes mit mir an Victors Grab gegangen ist, werde ich ihm nie vergessen. Auch nicht, dass er sich anschließend meinen Eltern und ihren tausend Fragen an ihn gestellt hat. Die hatten sie, schließlich haben sie erst drei Wochen zuvor von ihm erfahren.

Er küsst mich auf die Stirn. »Danke, dass du das Beste in mir zum Vorschein bringst.«

Ich genieße es, mich an ihn zu schmiegen und der Sonne dabei zuzusehen, wie sie am Horizont im Meer versinkt.

Plötzlich höre ich hinter uns »Marlie! Titus! Huhu!«.

Wie vom Blitz getroffen fahre ich hoch und drehe mich um. »Mama? Papa!«, schreie ich auf und in der Sekunde Titus an: »Das warst du!«

Sie umarmen mich schon, während Titus meint: »Ja, war ich. Ich dachte, ihnen würde diese Insel gefallen.«

Nun fällt meine Mutter auch ihm um den Hals. »Und das tut sie. Aber du hast keine Ahnung, wie ich gelitten habe, als wir heute mit dem kleinen Wasserflugzeug hergeflogen sind. Das ist gewöhnungsbedürftig.«

»Also ich habe es toll gefunden«, widerspricht ihr mein Papa. »Und war sehr beeindruckt, Titus, dass es mit einem E-Fuel betrieben wird.«

»Ja, darauf habe ich geachtet. Und es funktioniert auch wirklich sehr gut.«

Und dann quatschen wir alle durcheinander, weil ich einfach nicht glauben kann, dass die drei es geschafft haben, diese Überraschung tatsächlich vor mir geheim zu halten.

Als wir an unseren Tisch zurückkehren, wird mir schlagartig klar, warum da noch zwei Plätze frei sind. Für meine Eltern. Die, nebstbei bemerkt, großartig aussehen. Auch mein Vater trägt einen hellgrauen Anzug zu einem T-Shirt, so kenne ich ihn gar nicht, und ist noch dazu, wie wir alle, einfach barfuß. Und das wallende knöchellange Sommerkleid meiner Mutter in Gelb steht ihr ganz toll zu ihrem dunklen aufgesteckten Haar. Ich bin einfach nur hin und weg. Meine ganze Familie ist hier!

Titus stellt alle einander vor, dann meint er: »Ich denke, nun sollten wir mit dem offiziellen Teil beginnen.«

Als Erster spricht dann jedoch Yasir, der die Geschichte der Neubelebung dieser Insel erzählt und wie schwierig es war, eine eigene Flaschenabfüllanlage zu installieren, damit sie nicht Plastikflaschen auf die Insel schippern müssen. Auch mit den Photovoltaikanlagen hatten sie so einige Probleme und er berichtet, was hier auf der Insel noch getan wurde, um den CO2-Fußabdruck so klein wie möglich werden zu lassen, damit die Gäste ihren Urlaub genießen können. Dann stellt er ihnen Safia vor, die kurz über die Angestellten und deren Kultur spricht und auch darüber berichtet, dass es für sie einen riesigen Fußballplatz gibt, denn der sei speziell den Männern hier enorm wichtig. Von Titus weiß ich: Ohne Fußballplatz bekommst du hier gar keine Angestellten.

Zum Schluss kündigt Yasir unter großem Applaus Titus als Eigentümer der Anlage an.

»Ich danke Ihnen! Nun, vielleicht geht es Ihnen wie mir und Sie waren gefühlt gestern noch in den Bergen und im Schnee, die Sie lieben, und plötzlich sind Sie in einer völlig anderen Art von Paradies. Hier, auf den Malediven.« Ein Raunen der Zustimmung geht durch das Lokal. »Wie Ihnen Yasir und Safia schon gesagt haben, wird unser Team alles tun, damit Sie hier eine unvergessliche Zeit verbringen, und ich hoffe, was wir hier geschaffen haben, ist wirklich der Traum eines kleinen blauen Diamanten inmitten des Indischen Ozeans.«

Meine Mutter nickt und sieht mich dabei strahlend an. »Das ist es.«

»Doch bei allem Luxus und bei allen Unterschiedlichkeiten in unseren Herkunftsländern ist mir am wichtigsten, dass wir nie dabei vergessen: Wir sind eine einzige Gruppe an Wesen, die sich Erdlinge nennen und diesen wunderschönen Planeten in all seinen Facetten, mit all seinen Jahreszeiten, mit seinen Bergen und Tälern, mit seinen Meeren, Inseln und Städten teilen dürfen. Wir borgen uns eine Zeit auf dieser Erde und es liegt an uns, dass auch die nächsten Generationen Paradiese wie dieses hier erleben dürfen.« Wie toll! Das finden auch die Gäste, denn Titus muss kurz pausieren, weil sie ihm applaudieren. »Ich sehe, wir teilen diese Meinung, wofür ich Ihnen danke. Bevor wir zum ersten Gang unseres sicher fulminanten Dinners kommen, möchte ich Sie nun bitten, die LED-Kerzen an Ihren Tischen einzuschalten, die wir in der Sonne aufgeladen haben.« Er lächelt beinahe schelmisch. »Auf ein Feuerwerk zur Eröffnung haben wir verzichtet, die Fische und Leguane mögen das nicht so wirklich, aber ich denke, wir alle werden den Abend bei künstlichem Kerzenlicht nicht weniger genießen.« Er nimmt sein Glas in die Hand. »Danke, dass Sie mit uns die Eröffnung dieses blauen Diamanten feiern, und ich trinke darauf, dass Ihre Zeit hier traumhaft schön wird! Dass Sie diese besonderen Momente des Glücks spüren und auch später noch daraus Kraft ziehen. Auf das Blue Diamond Dreams Resort und unser einzigartiges Team hier, das Ihnen nicht nur einen wunderschönen Urlaub ermöglichen will, sondern sich nichts mehr wünscht, als die Schönheit dieser Inselwelt gemeinsam mit uns allen zu erhalten!«

Zu meiner Überraschung applaudieren die Gäste nicht nur, sondern einer nach dem anderen steht auf und hält sein Glas in die Höhe. Laut ist ein »Cheers!« nach dem anderen zu hören, und gemeinsam mit Titus, der noch davor mit uns allen anstößt, trinken wir auf dieses kleine, aber so gefährdete Paradies im Meer.

Mittlerweile ist die Sonne vollends untergegangen und an den Tischen gehen die Lichter an. Es sieht so romantisch aus.

Meine Mama legt ihre Hand auf meine. »Ich kann dir gar nicht sagen, wie dankbar ich bin, dass ihr beide euch getroffen habt. Er tut dir so gut, Marlie.«

»Ja, das tut er. Ich weiß, Mama. Aber das Beste ist: Er wird jetzt die meiste Zeit über in der Ramsau wohnen. Ist das nicht toll?«

Sie nickt und wischt sich über die Augen. »Dort bist du wohl angekommen, was?«

»Ja. Das hier ist Urlaub und wunderschön, aber dort habe ich mein Zuhause gefunden.«

Mein Papa räuspert sich. »Wir haben noch eine, nennen wir es mal, *Überraschung* für dich.«

Wie jetzt? »Noch eine?« Aber Lisa ist doch in Schladming?

Meine Mutter strahlt mit den Kerzen um die Wette. »Ja! Wir überlegen, ob wir nicht in der Pension zu dir in die Berge ziehen. Was würdest du dazu sagen?«

»Jaaa!« Das sage ich dazu. Das wäre das Schönste überhaupt! Überschwänglich falle ich ihnen beiden um den Hals.

Titus tippt mich an der Schulter an und ich wende mich ihm zu.

»Äh, wir haben auch schon ein Haus für deine Eltern gefunden.«

Moment mal. »Ihr kennt euch doch erst seit vorletzter Woche?«

»Stimmt«, antwortet mein Papa. »Aber manchmal gehen die Dinge schnell, wenn man einander mag.«

»Und was heißt das?«

»Dass Theo und ein paar wirklich nette Einheimische mir dabei geholfen haben, eine Option auf ein wirklich tolles Haus direkt in Schladming zu bekommen.«

Ich blicke ihn an. »Das war das ›Objekt‹, über das du in der letzten Zeit ständig am Telefon gesprochen hast und dich dann in den nächsten Raum verzogen hast?«

»Ertappt«, meint Titus grinsend. »Ich erkläre mich für schuldig.«

Ich auch. Schuldig, mich Hals über Kopf in ihn verliebt zu haben, und schuldig, mehr Familienmensch zu sein, als ich das früher jemals angenommen habe, denn: »Ich freue mich so sehr darüber, dass ich tanzen könnte.«

»Das werden wir noch, Babe. Versprochen. Alles andere würde diesem Kleid doch nicht gerecht werden, oder?«

Nein. »Da hast du recht.« Obwohl? »Aber das geht doch gar nicht mit deinem Knie.«

»Es wird, verlass dich drauf.« Wenn er das sagt? »Aber jetzt essen wir erst mal die Vorspeisen, die gerade serviert werden.«

Vor zwei Jahren habe ich gedacht, ich könnte nicht weiterleben. Zum Glück habe ich mir irgendwo tief in meinem Inneren jedoch ein Fünkchen Hoffnung bewahrt. So hart es auch ist, das Leben geht weiter und hin und wieder schreibt es ein Märchen, mit dem du nicht rechnest. Mein Märchen. Und ich wünsche mir nur, dass das Schicksal diesmal gnädig mit mir ist und es mich so lange wie möglich genießen lässt.

Titus zieht mich an sich. »Deine Augen sehen traurig aus. Woran denkst du?«

Erwischt! Wie so oft.

»Daran, dass ich aus diesem Traum mit dir niemals wieder aufwachen muss.«

Er nimmt mein Gesicht in beide Hände. »Liebling, das wirst du nicht. Das hier, aber vor allem zu Hause in den Bergen, das ist jetzt unsere gemeinsame Zukunft und ich werde alles in meiner Macht Stehende tun, dass wir beide sie so gestalten und leben, wie wir uns das wünschen.«

Kurz fällt mein Blick auf den Ring, den er mir geschenkt hat, während ich seine Hand mit meiner halte. »Ich weiß. Ich werde das Gleiche versuchen.«

Dann küsst er mich und ich vergesse, wo ich bin.

In meinen Gedanken fallen kleine weiße Schneeflöckchen auf uns herab und wir tanzen eng umschlungen barfuß im Schnee. Spüren die Wärme, die wir einander geben, und das Licht, das immer für uns da ist. Es gibt immer einen Weg, auch wenn man ihn lange suchen muss und sich zwischendurch in der Dunkelheit verirrt. Doch irgendwann muss man all seinen Mut zusammennehmen und diesem kleinen Funken Licht folgen, denn er führt dich an Orte, von denen du vergessen hast, dass sie existieren.

ENDE

Danke

Liebe Leser*in!

Ich hoffe, Sie haben die zauberhafte Winterlandschaft in der Schladming-Dachstein-Region genossen und Marlie und Titus in Ihr Herz geschlossen.

Wenn ja, dann würden Sie mich und meine Arbeit sehr damit unterstützen, wenn Sie Ihren Leseeindruck auf einer der Online-Plattformen beschreiben. Ich bin dankbar für jede Rezension und lese auch alle. Und natürlich freue ich mich über positives Feedback am meisten, versuche aber natürlich, aus fairem, negativem Feedback zu lernen und mich weiterzuentwickeln.

Auch dieses Buchbaby hat die Unterstützung vieler wundervoller Menschen gebraucht, um das Licht der Welt zu erblicken, aber es wäre nicht ohne den sagenhaften Einsatz und Enthusiasmus eines meiner ganz lieben Freunde zustande gekommen, denn Theo hatte bei einem gemeinsamen Kaffee die Idee, dass ich mal einen Roman in dieser Region mit echten Schauplätzen spielen lassen sollte.

Gesagt, getan! Und schon wurde Theo quasi zu meinem Agenten, Unterstützer und Fürsprecher für diesen Roman. Gemeinsam haben wir alle Schauplätze besucht und ausgesucht. Was soll ich noch sagen, außer: Danke, lieber Theo! Du hast dieses Buchprojekt zu etwas ganz Besonderem gemacht!!!

Aber nun der Reihe nach.

Ein riesengroßes Dankeschön geht an Martina König, auf deren Feedback ich immer zitternd warte. Danke, dass du auch bei diesem Roman wieder für den Feinschliff in der Rechtschreibung und für das Lektorat verantwortlich zeichnest. Ich kann gar nicht in Worte fassen, was es mir bedeutet, immer wieder mit dir zu arbeiten, liebe Martina! Es ist einfach nur genial. Ich umarme dich und sage Danke!

Wie immer gäbe es jedoch weder ein fertiges Cover noch einen Buchsatz ohne Janos. Diesmal hatte er noch mehr Arbeit, da wir Geschenkboxen für das Buch (erhältlich über meine Instagram-Seite) und extra Notizbücher (auf allen Online-Plattformen und im Buchhandel erhältlich) samt allen dafür nötigen Grafiken designt haben. Ich will also erst gar nicht die Stunden zählen, die wieder einmal in diesen Roman und alles rundherum geflossen sind. Eine dicke Umarmung an dich, lieber Janos, und danke, danke, danke! Du bist immer da, wie ein Fels in der Brandung.

Ein großes Dankeschön geht wie immer natürlich an meine Testleser:innen, Blogger:innen und Stammleser:innen. Ihr alle tragt dazu bei, dass meine Romane ihren Weg zu alten und neuen Leser:innen finden, und dafür bin ich euch, wie auch meiner Facebook- und Instagram-Community, unendlich dankbar. Ihr seid und bleibt meine Prinzessinnen und Prinzen und dafür verantwortlich, dass ein Buchrelease zu etwas Besonderem wird! Danke und ein dicker Drücker an euch alle, ihr Lieben!

Wie Sie an dem diesmal sehr langen Quellennachweis sehen können, habe ich in diesem Roman eine Ausnahme gemacht und tatsächlich real existierende Menschen, regionale Produkte und Schauplätze eingebaut.

Ich war von der Unterstützung, die mir in Schladming und der Ramsau bei den Recherchen zum Buch entgegengebracht wurde, schlichtweg überwältigt und danke allen aus ganzem Herzen dafür, dass sie mir ihr Einverständnis gegeben haben, ihren Namen, ihre Betriebe oder Produkte nach meinem Belieben in den Roman einzubauen! Zu meinem Glück ist die Liste so lange, dass ich nicht jeder und jedem gesondert hier danken kann, aber glauben Sie mir, in meinem Herzen tue ich es.

Ein ganz spezielles Danke möchte ich auch dem Leitungs- und Marketingteam des Tourismusverbandes Schladming-Dachstein aussprechen, das die Idee zur Umsetzung dieses Romans mit realen Schauplätzen mitgetragen hat und mich von Anfang an aus vollem Herzen und tatkräftig unterstützt hat. Danke an alle Mitarbeiterinnen vom Tourismusverband und speziell auch an euch, Andreas Keinprecht, Mag. (FH) Mathias Schattleitner, Mag. Alexandra Gerhardter und Lisa Moosbrugger für alles, was ihr für diesen Roman auf die Beine gestellt habt! Unfassbar!

Ich weiß, ich wiederhole mich, aber was mir beim Planen und Schreiben dieses Romans sowie bei dessen Vermarktung an wunderbaren Erlebnissen, Ideen, zauberhaften Worten und Unterstützung zuteilwurde, ist nicht alltäglich!

Nie werde ich vergessen, dass mir Gerhard von der Sonnenalm und Birgit und Harald vom Reiterparadies Zechmannhof ohne zu zögern, gleich bei meinem ersten Besuch gesagt haben, ich dürfe sie in den Roman einbauen, wie ich will! Ich kann nur hoffen, dieses Vertrauen nicht enttäuscht zu haben und dass euch die Geschichte auch wirklich gefällt! Danke, dass ihr so hinter mir steht, obwohl ihr mich nur einmal gesehen habt, aber ich weiß, wir sehen uns bald wieder und dann kann ich euch das auch persönlich sagen! Ihr seid einfach zauberhaft, großzügig und ich kann jedem nur empfehlen, das Reiterparadies Zechmannhof und die Sonnenalm selbst zu besuchen!

Ähnlich berührt bin ich von allem, was Karo und Jasmin, natürlich auch Theo, von Top-Living für das Zustandekommen dieses Buches getan haben. Ich weiß echt nicht, wie ich euch danken kann, aber ich kann euch sagen, es hat mich umgehauen! Danke für diese einzigartige Erfahrung und ich freue mich auf die Lesungen in Schladming und der Ramsau und das Wiedersehen mit euch allen!!! Ach ja, und Buchboxen würde es ohne euch auch nicht geben. Danke und dickes Bussi an euch, denn auch bei euch will ich gar nicht erst überlegen, wieviel Aufwand ihr im Hintergrund für dieses Buch geleistet habt. Ihr seid meine Held*innen!

Ähnlich ging es mir mit Maria von den Schladming-Appartements. Sie hat mich einen Abend lang kennengelernt und ohne zu zögern alles Erdenkliche getan, um mein Buchbaby tatkräftig zu unterstützen! Du bist ein Wahnsinn, meine Liebe, und dein Team mit Katharina und Steffi ebenfalls! Ich danke euch und freue mich aus ganzem Herzen auf ein Treffen in der nahen Zukunft!

Ich möchte mich aber auch beim Bürgermeister der Ramsau, Ernst Fischbacher, nicht nur für den Termin, sondern auch für alle Tipps, Unterstützung, wie auch Freude an dem Projekt bedanken! Es ist ebenfalls nicht alltäglich, dass ich als Autorin bei einem Bürgermeister einer Gemeinde mein neues Buchprojekt vorstellen darf und dann auch noch auf Begeisterung stoße! Danke, lieber Ernst!

Ebenfalls ergeht ein riesengroßes Dankeschön an Josef Walcher und die Mitarbeiter*innen der Tischlerei und dem Möbelhaus Schwab-Walcher! Sie alle waren es, die in Wirklichkeit die Innenarchitektur der Wohnungen im Basecamp entworfen und ausgestattet haben. Da jedoch in meiner Geschichte Marlie dafür verantwortlich zeichnet, kommen sie bis auf ihren Lkw in der Geschichte gar nicht vor und haben das Projekt dennoch voll unterstützt! Herzlichen Dank an euch alle für eure Großzügigkeit und Bescheidenheit!

Sie spüren es vermutlich, dieses Buch ist für mich etwas wirklich Besonderes und mir kommen echt die Tränen, während ich das hier schreibe, denn noch nie habe ich es in dieser Form gewagt, reale Personen oder wirklich existierende lokale Produkte oder Locations in eine Geschichte einzubauen. Doch die Erfahrung hat mich gelehrt, es ist einfach wundervoll, wenn Menschen, die dich zum ersten Mal sehen, mit so viel Freude und Enthusiasmus ein Buchprojekt wie dieses zu ihrem machen. Ich kann nicht alle einzeln erwähnen, aber jede und jeder, den ich in den Quellen angeführt habe, ist etwas Besonderes für mich und ich sage noch einmal ein herzliches Dankeschön für all die positive Energie, die ihr mir alle entgegengebracht habt!

Abschließend möchte ich mich jedoch ganz speziell bei Ihnen bedanken. Ich danke Ihnen von Herzen dafür, dass Sie diesen

Roman gekauft und bis an diese Stelle gelesen haben! Vielleicht empfehlen Sie ihn Ihren Freundinnen und Freunden weiter, vielleicht verschenken Sie dieses oder einen meiner anderen über 30 Romane als Taschenbuch oder vielleicht haben Sie Lust, diesen Roman zu rezensieren. All das würde mich natürlich unheimlich freuen und ich sage schon jetzt Danke dafür.

Sollten Sie tatsächlich in die Schladming-Ramsau-Region kommen und einen oder mehrere der Schauplätze dieses Romans besuchen, dann erwähnen Sie doch bitte, dass Sie aufgrund des Mira-Morton-Romans dort sind. Ich garantiere Ihnen, Sie erleben strahlende Gesichter!

Auf jeden Fall hoffe ich sehr, dass Sie die winterliche, bitter-süße Stimmung in diesem Buch genossen haben.

Wie immer hoffe ich auch, Ihnen mit meinem modernen Märchen eine Auszeit vom Alltag beschert zu haben. Es wäre schön, wenn mir das gelungen ist.

Ich wünsche Ihnen und uns allen gemeinsam das Allerbeste hier auf unserem wundervollen Planeten, der bei uns in Österreich speziell im Winter seinen ganz eigenen Reiz versprüht, vor allem aber Frieden und verdammt viel Liebe im Herzen! Und bitte, bleiben Sie mir gewogen!

›Keep on dreamin‹‹,

Ihre Mira Morton

Meine Homepage:www.miramorton.com

Melden Sie sich dort für den Newsletter an!

Nur wenn es wirklich Berichtenswertes gibt, wie eine neue Buchveröffentlichung, Lesungen, die Möglichkeit, signierte Bücher oder limitierte Geschenkboxen bei mir zu erwerben, ein tolles Gewinnspiele oder eine E-Book-Aktion, erhalten Sie diese Information an Ihre E-Mail-Adresse.

Mail me: principessa@miramorton.com

Follow me on Instagram: @miramorton_author

Follow me on Facebook: @miramortonauthor

Quellen

Die Geschichte dieses Romans sowie sämtliche Hauptcharaktere darin sind von Mira Morton völlig frei erfunden und haben keinen Bezug zu real lebenden Personen oder deren Geschichten.

Doch in diesem Mira-Morton-Roman finden sich erstmalig auch Namen real lebender Personen als Vorlage für Nebenfiguren, die mit deren freundlicher Genehmigung von der Autorin genannt und in die Geschichte miteinbezogen werden durften, um ihr mehr Lokalkolorit und Authentizität zu verleihen. Die Handlungen, Dialoge, Charaktereigenschaften, welche diesen Nebenfiguren im Roman zugeschrieben werden, sind jedoch ebenfalls von der Autorin frei erfunden.

Folgende Nebenfiguren basieren auf real existierenden Menschen und sind mit deren freundlicher Genehmigung namentlich erwähnt:

- Birgit und Harald, Hans Stocker vom ›Reiterparadies Zechmannhof‹

- Gerhard und Matthias Höflehner von ›Die Sonnenalm‹
- Karo Mihelic, Mag. Theo und Andrea Poppmeier, Gerfried Schuller sowie Patrick Wukicsevits von ›G1860‹ bzw. ›Top-Living‹ bzw. ›Basecamp Reiteralm‹
- Maria Gruber und Stefanie ›Steffi‹ Tritscher von ›Schladming Appartements‹ sowie Mag. Walfried Gruber
- Notar Dr. Wolfgang Erhart vom ›Notariat Dr. Erhart‹
- Henry Lackner von ›Fischer Bau‹
- OA Dr. Paul Himmelstoss
- Elke Weitgasser vormals vom Restaurant ›Julius‹, jetzt ›Mount Fischer‹
- Christian Schöpf von sky heli service

Zur Einbettung der Romanfiguren und deren Geschichten in die Realität wurden Namen von realen Marken und Firmen, von berühmten Menschen, Songs und Filmen etc. erwähnt. Jeder Bezug zu ihnen ist jedoch ebenfalls frei erfunden. Diese sind hier aufgelistet:

Genannt wurden folgende Marken- oder Firmennamen bzw. Namen von Institutionen:

- Amazon Prime
- Amazon Alexa
- Audi
- Bogner
- CIA
- Crocs
- Google

- Hummer
- Netflix
- Mercedes EQS
- Mercedes-Maybach G 650 Landaulet
- MI6
- Mini Cooper
- Ratrak
- Ski-doo
- Tesla und Tesla X
- TikTok
- Uber
- WhatsApp
- Wikipedia
- YouTube

Genannt wurden folgende Personen des öffentlichen Lebens:

- Johnny Depp
- Tom Hanks
- Karl Lagerfeld
- Zitat von Karl Lagerfeld: ›Wer Jogginghosen trägt, hat die Kontrolle über sein Leben verloren.‹
- Elon Musk
- Arnold Schwarzenegger
- Vivienne Westwood

*Genannt wurden auch folgende Filme, Filmfiguren, Namen von Schauspieler*innen und/oder Bezeichnungen aus Filmen:*

- ›Die Bergretter‹ – ZDF-TV-Serie
- ›Ein Mann namens Otto‹ – Film mit Tom Hanks
- ›Das geheime Fenster‹ – Film mit Johnny Depp
- ›Sherlock Holmes‹ – Filmfigur aus den Sherlock-Holmes-Filmen
- ›Batmobil‹ – aus den Batman-Filmen
- ›Ironman‹ – Filmfigur aus den Marvel-Ironman-Filmen
- ›Arnold‹ – Dokuserie auf Netflix

Des Weiteren wurden folgende Songs und/oder Musikalben genannt:

- Album: ›Buena Vista Social Club‹
- Song: ›As It Was‹ von Harry Styles
- Song: ›Control‹ von Zoe Wees
- Song: ›Girls like Us‹ von Zoe Wees
- Zitat aus dem Song ›Girls like Us‹: »Girls like us, we don’t know who we trust, not even the ones we love!«

Als Hauptschauplatz für diesen Roman dient die Schladming-Dachstein-Region mit den Orten Schladming, Gleiming und Ramsau sowie indirekt auch Wien und am Schluss eine fiktive Insel auf den Malediven.

Die in der Folge genannten Unternehmen wurden mit deren freundlicher Genehmigung in den Roman eingebaut (die Sie natürlich als Leser*in jederzeit selbst besuchen können):

*Reale Schauplätze, Locations bzw. Betriebe in der **Ramsau**:*

- **Reiterparadies Zechmannhof**
  Vorberg 25, 8972 Ramsau
- **Die Sonnenalm**
  Mandling 18, 8974 Schladming
- **Halseralm**
  Vorberg 101, 8973 Schladming
- **Dachstein Gletscherbahn Ramsau und Dachstein Gletscherwelt** (Sky Walk, Hängebrücke, Treppe ins Nichts, Eispalast)
  Schildlehen 79, 8972 Ramsau am Dachstein
- **Museum Zeitroas**
  Ramsau 227, 8972 Ramsau am Dachstein
- **pur Styria – Der Dorfladen**
  Ramsau 299, 8972 Ramsau am Dachstein

*Reale Schauplätze, Locations bzw. Betriebe in **Schladming**:*

- **Schladming Appartements Maria Gruber**
  Erzherzog-Johann-Straße 248A, 8970 Schladming
- **Bäckerei Lasser**
  Erzherzog-Johann-Straße 560, 8970 Schladming

- **Blumenstadl Birgit Seggl**
Erzherzog-Johann-Straße 248b, 8970 Schladming

- **Café Niederl**
Hauptplatz 42, 8970 Schladming

- **Edelfein – Meine und deine Wäsche**
Hauptplatz 28, 8970 Schladming

- **Edelweiss Apotheke Schladming** (Latschen-Lutschi)
Pfarrgasse 677, 8970 Schladming

- **Fischer Bau GmbH**
Klaus 164, 8970 Schladming

- **Fleischhauerei und Imbiss Alois Wanke** (Wacholderspeck)
Ramsauerstraße 135, 8970 Schladming

- **Hufschmiede**
Hauptplatz 35, 8970 Schladming

- **Notariat Dr. Wolfgang Erhart**
Hauptplatz 40, 8970 Schladming

- **Restaurant ›die tischlerei‹**
Roseggerstraße 676, 8970 Schladming

Die wahren Innenarchitekten und Ausstatter des Basecamps sind:

- Josef Walcher und die **Tischlerei und Möbelhaus Schwab-Walcher**
Salzburgerstraße 519, 8970 Schladming

Reale Locations bzw. Betriebe in ***Gleiming*** *bzw. auf der* ***Reiteralm:***

- **Basecamp Reiteralm**
(Projekt von ›G1890‹ bzw. ›Top- Living‹)
Gleiming 42, 8973 Schladming/Pichl-Preunegg

- **Schnepf'n-Alm und Almwelt Austria**
  Preunegg 45, 8973 Schladming – keinprecht.com
- **Intersport Gerhardter**
  Gleiming 34, 8973 Schladming

Marlies Teesorten:

- **Demmers Teehaus** (›Roiboos Cup Caramel‹)
  Mölkerbastei 5, 1010 Wien (im Palais Ephrussi)
- **Ennstaler Kräuterfee** – Kunst & Kroft Platz
  (NaHu ›Alles wird gut-Tee‹)
  In der Kirchengasse 63, 8967 Haus im Ennstal

Andere in der Region ansässige und genannte Marken oder Unternehmen:

- **sky heli service**
  Flugplatz 83, 8960 Niederöblarn
- **Mandlberggut**
  Mandlbergweg 11, 5550 Radstadt

Die in der Folge genannten Betriebe bzw. Unternehmen/Marken/Locations aus der Schladming-Dachstein-Region wurden im Roman zur Einbettung der Geschichte in die Realität genannt:

- Blue Tomato Shop, Schladming
- Erlebnis Rittisberg
- Fastenberglift
- Hotel Neue Post, Schladming
- Hotel Restaurant Brunner, Gleiming
- Klinik Diakonissen Schladming
- Planaibahn, Schladming
- Planai-Hochwurzen-Bahnen

- Reiteralm Bergbahnen – Talstation Gleiming
- Restaurant Julius, Schladming – mittlerweile geschlossen (jetzt: Mount Fischer)

Zuletzt noch eine historische Information:

Die Dachstein Südwand Erstbesteigung erfolgte 1909 durch Franz und Georg Steiner.